Marie Louise Fischer
Traumtänzer

Marie Louise Fischer

Traumtänzer

Roman

Copyright bei der Autorin
Genehmigte Lizenzausgabe

Monika Stuffer saß auf einem Bretterstapel hinter der flachgestreckten Fabrikhalle, hatte den weiten Leinenrock bis zum Ansatz ihres Höschens hochgeschoben, die Ärmel aufgekrempelt und hielt ihr junges Gesicht der Frühjahrssonne entgegen. Dabei biß sie kräftig in einen grünen Apfel.

Dieser Apfel und ein Knäckebrot waren ihre Mittagsmahlzeit. Bis vor vier Monaten, als ihr Vater noch lebte, war sie immer mit ihm nach Hause gefahren, wo die Mutter mit dem Essen auf sie gewartet hatte. Aber seit seinem Tod hatte sich das geändert. Sie wohnten auf dem Berg, fünf Kilometer oberhalb der Fabrik und der Autobahn, eine Strecke, die hin und zurück in anderthalb Stunden zu Fuß oder mit dem Rad nicht zu bewältigen war. Das Mofa mußte sie mit ihre Schwester teilen, die es meist für sich in Anspruch nahm. Sich mit Gabriele auseinanderzusetzen, hatte keinen Zweck, denn sie fühlte sich zu sehr überlegen. Vielleicht war sie es ja auch, mußte Monika sich zugeben, denn während sie selber mit einem Abschluß der mittleren Reife von einer Handelsschule abgegangen war, besuchte Gabriele das Gymnasium in Rosenheim.

Monika mußte, wie immer, eine leise Eifersucht unterdrücken, wenn sie an die Schwester dachte. ›Was soll's?‹ versuchte sie sich zu trösten. ›Kann ja sein, daß sie wirklich klüger ist als ich, aber ich verdiene schon seit fast zwei Jahren, und wann sie das erste Geld an Land zieht, steht ja noch in den Sternen!‹«

Während Gabriele ganz davon in Anspruch genommen wurde, sich auf das Abitur vorzubereiten, büffelte sie jetzt für den Führerschein und war entschlossen, ihn mit achtzehn in der Tasche zu haben.

Sie hatte genug gespart, um sich dann ein Auto leisten zu können, natürlich gebraucht. Das würde sie aber nicht mit der Schwester teilen, schwor sie sich, fürchtete aber doch, daß es anders kommen würde.

Monika hatte den Apfel aufgegessen, mitsamt dem Butzen, schnellte den Stiel fort und verzehrte ihr Knäckebrot. Natürlich wurde sie nicht satt davon, aber das war nur gut so. Sie war froh, daß sie seit dem Weglassen des regulären Mittagessens einige Pfunde losgeworden war. Früher hatte sie sich allzu pummelig gefunden, jetzt aber konnte sie mit ihrer Figur zufrieden sein. Zum Glück war sie groß, gute 1,76, das war auch etwas, das sie Gabriele voraushatte.

Zu dumm, daß sie sich dauernd mit Gabriele vergleichen mußte! Warum nur? Sie wußte die Antwort: Gabriele war immer Vaters Liebling gewesen, sein ganzer Stolz. Sie, Monika, hatte immer nur die zweite Geige gespielt. Ob Mutter auch so fühlte? Das war schwer zu sagen. Jedenfalls hatte sie sich immer Mühe gegeben, gerecht zu sein und ihre Liebe gleichmäßig zu verteilen. Vielleicht war sie aber auch nur deshalb ein bißchen netter zu ihr gewesen, weil sie beim Vater immer zu kurz gekommen war. Jedenfalls kümmerte auch sie sich jetzt viel mehr um Gabriele, so als hätte ihr, Monika, Vaters Tod viel weniger ausgemacht.

Aber das war gar nicht wahr. Ihr hatte er ja nicht nur zu Hause, sondern auch in der Firma gefehlt. Sie war doch ganz darauf eingestellt gewesen, sich nach seinen Anweisungen zu richten. Von heute auf morgen hatte sie sich gezwungen gesehen, selbständig zu werden, denn Sepp Mayr war zwar ein erstklassiger Schreinermeister, aber bis dahin hatte er mit dem ganzen Bürokram gar nichts zu tun gehabt und mußte sich selber erst einarbeiten.

Der gute Sepp! Monika wurde es warm ums Herz, wenn sie an ihn dachte. Welch ein Glück, daß Vater ihn vor zwei Jahren in den Betrieb genommen hatte! Ihnen wäre bestimmt bei Vaters plötzlichem Tod alles über den Kopf gewachsen, wenn Sepp ihnen nicht zur Seite gestanden hätte. Sie war ihm so dankbar, und sie wußte, Mutter war es auch. Nur Gabriele wußte ihn natürlich nicht zu schätzen und glaubte auf ihn herabsehen zu können, weil er nur ein Handwerker war. Aber was war Vater denn mehr gewesen, auch wenn er die Fabrik aufgemacht hatte? Auch nur – und Monika dachte das »nur« in Anführungszeichen – ein Schreinermeister. Aber in Gabrieles Augen war er nicht sensibel genug, ihren Schmerz zu verstehen. Ihm fehlte die »höhere Bildung«. Wer nicht Klavier spielte und keine Lateinkenntnisse besaß, war für sie ein Mensch zweiter Klasse.

Unwillkürlich lachte Monika auf. Das war doch zu komisch! Nein, eigentlich war es sogar dumm. Vielleicht war Gabriele trotz ihrer guten Noten gar nicht so klug, wie sie selber glaubte.

Im Hof ertönte eine Autohupe.

Monika blickte auf ihre Armbanduhr; noch eine halbe Stunde Mittagspause. Möglicherweise war Sepp schon zurück, aber er hätte nicht gehupt, sondern wäre einfach in sein Büro gegangen. Niemand, der sich hier auskannte, würde hupen. Also konnte es sich nur um einen Fremden handeln.

Warum sollte sie sich stören lassen? Sie beschloß, ihn zu ignorieren, und schloß sogar die Augen.

Aber da ertönte wieder ein Hupsignal, diesmal von einer jener italienischen Dreiklanghupen, wie sie in Deutschland verboten sind.

Jetzt wurde Monika doch neugierig. Sie sprang vom Holzstoß, krempelte die Ärmel herunter und lief um das Gebäude herum. Auf dem Hof stand ein kleines rotes Kabriolett mit offenem Verdeck und Münchner Nummer. ›Ein Auto zum Verlieben!‹ war Monikas erster Gedanke.

Dann erst richtete sich ihr Interesse auf den Fahrer, der neben dem Auto stand, noch einmal hineinlangte und kräftig auf die Dreiklanghupe drückte. Er war schlank, feingliedrig, fast zierlich, hatte braune Locken und war in einem grauen Flanellanzug, wie Monika fand, fast ein wenig zu korrekt und elegant gekleidet. Immerhin trug er das hellblaue Hemd offen und ohne Krawatte.

»Grüß Gott!« sagte sie, näher kommend.

»Wieso läßt sich denn kein Mensch hier blicken?« rief er ungeduldig.

»Bin ich etwa kein Mensch?« entgegnete sie schnippisch. Es war, als sähe er sie erst jetzt; er musterte sie intensiv von den Füßen, die in roten Sandaletten steckten, über die langen, schlanken, braungebrannten Beine, die schmale Taille, den festen runden Busen, den kräftigen Hals, der aus der weißen Rüschenbluse stieg, bis in das frische Gesicht. »O doch«, gab er lächelnd zu, »und was für ein Prachtexemplar!«

Sie ärgerte sich, daß sie unter seinem Blick errötete, und wußte nicht sogleich etwas zu erwidern.

»Aber warum haben Sie sich erst so lange locken lassen?« fuhr er fort.

»Mittagspause!« erklärte sie lakonisch.

»Und da macht der ganze Betrieb dicht?«

»Ja. Die Leute wohnen hier so nahe, daß sie zum Essen nach Hause gehen!« erklärte sie und fügte, als ihr bewußt wurde, daß diese Aussage nicht ganz wahrheitsgemäß war, hinzu: »Oder fahren.«

»Und was machen Sie dann hier?«

»Für mich lohnt es sich nicht. Ich habe in der Sonne gesessen. Aber eigentlich geht Sie das gar nichts an.«

Er lachte, und in der braunen Iris seiner Augen funkelten helle, grüne Pünktchen. »Dann muß ich mich wohl ganz besonders für Ihre Liebenswürdigkeit bedanken.«

»Hören Sie auf, mich zu verarschen!«

»Das liegt nicht in meiner Absicht!«

»Was wollen Sie eigentlich?«

»Ich habe ein Date...« Er verbesserte sich, als befürchtete er, sie könnte ihn nicht verstehen: »eine geschäftliche Besprechung mit Ihrem Chef!«

»Aber bestimmt nicht um diese Zeit.«

Er zog ein Notizbuch aus der Innentasche seines Jacketts und blätterte es auf. »Sie haben recht. Um zwei Uhr.«

Monikas runde blaue Augen verengten sich ein wenig. »Dann kommen Sie von der Firma ›Arnold und Corf‹.«

»Erraten, schönes Kind.«

»So was brauche ich nicht zu erraten. Ich weiß es. Ich bin die Sekretärin des Chefs. Ich mache auch die Termine.«

»Donner!« rief er. Sie wußte nicht recht, ob er beeindruckt oder nur belustigt war. Er wirkte dauernd irgendwie belustigt. Aber vielleicht lag das nur daran, daß er, obwohl sein Gesicht sonnengebräunt war, einige noch dunklere Sommersprossen auf dem Nasenrücken hatte.

»Zu früh gekommen«, erklärte sie lehrhaft, »ist auch unpünktlich. Der Chef liebt so was gar nicht.«

»Sagen Sie das nicht! Im allgemeinen haben die Herren es gern, wenn man auf sie wartet.«

»Herr Mayr jedenfalls nicht.«

»Wo steckt er denn? Auch beim Mittagessen? Vielleicht können Sie ihn schonend darauf vorbereiten, daß ich schon da bin.«

»Auf einer Baustelle. Oder unterwegs.«

»Dann können Sie ihn also nicht erreichen?«

»Doch«, entgegnete sie nicht ohne Stolz, »er hat ein Autotelefon.«

»So weit hab' ich es noch nicht gebracht«, stellte er bedauernd fest.

»Aber Sie haben ein tolles Auto!« Sie streichelte

das Kabriolett mit einem bewundernden Blick. »Ist das ein Firmenwagen?«

»Nein. Bei so einem Prachtwetter fahre ich lieber mit meinem eigenen.«

»Ist er sehr schnell?«

»Wollen Sie ihn mal probieren?«

»Ich hab' noch keinen Führerschein«, bekannte Monika bedauernd.

»Noch nie am Steuer gesessen?«

»Doch. Schon. Ich habe Fahrstunden.«

»Also dann, worauf warten Sie? Hier im Hof können Sie doch eine Runde drehen. Das kann Ihnen niemand verbieten.« Einladend öffnete er die Wagentür.

Monika konnte der Versuchung nicht widerstehen; sie rutschte auf den Sitz. Er flankte von der anderen Seite in das Auto. Der Zündschlüssel steckte. Monika kuppelte, legte mit einigen Schwierigkeiten den ersten Gang ein und gab Gas. Fast im Schrittempo fuhren sie drei Runden durch den Hof.

»Das klappt ja wunderbar!« rief er begeistert.

Sie hatte ganz rote Wangen bekommen. »Ein herrliches Gefühl!«

»Jetzt legen Sie mal den zweiten Gang ein! Er liegt ein Stück weiter hinten... ja, so ist's recht!«

»Ich werde zu schnell!«

»Dann fahren Sie raus!«

Glücklich lenkte Monika das Kabriolett durch die Ausfahrt, vorbei an mächtigen Bretterstapeln, und stoppte am Straßenrand. Weder von links noch von rechts kam ein anderes Auto. Aber als sie wieder anfahren wollte, zog der Motor nicht.

»Oh, verdammt!« sagte sie bestürzt.

»Kein Grund zur Aufregung!« tröstete er sie. »Sie haben vergessen zu schalten. Also noch einmal ganz von vorn... erster Gang!«

Monika schaffte die Linkskurve, blieb einige hundert Meter auf der Hauptstraße und bog dann ab. »Das ist ein Wirtschaftsweg!« rief sie ihrem Begleiter zu. »Der führt nur zu einer Baumschule... und zu einem Bauernhof! Da kann kaum was passieren!«

»Bißchen eng«, meinte er skeptisch.

Tatsächlich war die Straße so schmal, daß zwei Autos nicht aneinander vorbei konnten. Aber Monika, die hier oft mit dem Mofa gefahren war, fühlte sich ganz sicher.

»Es macht unheimlich Spaß!« rief sie.

Er beobachtete sie von der Seite, das klare Profil mit der leicht stupsigen Nase, die vollen Lippen, die sie jetzt vor Eifer aufeinanderpreßte, die runde Stirn, aus der sie das blonde Haar zurückgebürstet und zu einem dick geflochtenen Zopf gebunden hatte, der ihr fast bis in die Taille fiel. »Man sieht's Ihnen an!« sagte er und strich ihr eine kleinen Locke, die sich gelöst hatte, mit einer zärtlichen Geste aus der Stirn.

»Oh, nicht! Bitte, nicht! Sie irritieren mich!«

Erst in diesem Augenblick gewahrten beide den kleinen Lieferwagen, der genau auf sie zukam.

»Stopp!« rief er. »Gas weg! Zieh die Handbremse!«

Auch der Lieferwagen hatte einen knappen Meter vor ihnen abgebremst. Das Fenster wurde herabgekurbelt, und eine alte Frau mit verwittertem Gesicht, ein Tuch um das graue Haar gebunden, streckte den Kopf heraus. Sie fluchte herzhaft. Dann, als sie die Fahrerin erkannte, fügte sie etwas milder hinzu: »Ach, du bist's, Monika! Wußte ja gar nicht, daß du schon den Führerschein hast!«

»Entschuldige, Tante Anna! Ich habe wohl nicht aufgepaßt!«

»Scheint mir auch so! Drei Meter hinter dir ist die Ausweichstelle! Ist das dein Auto?«

»Leider nicht.«

»Seien Sie nicht böse, gute Frau!« mischte er sich ein. »Aller Anfang ist schwer.«

»Wer nicht fahren kann, sollte es lieber lassen! So was ist ja gemeingefährlich!«

»Fahren Sie zurück!« bat er.

»Wieso ich?« brummte die alte Frau. »Die Ausweichstelle...«

Er fiel ihr ins Wort. »Kennen Sie denn die Straßenverkehrsordnung nicht? Wer am Berg von oben kommt, muß zurück!«

»Unverschämt san's, die jungen Leut' von heut'!« schimpfte die Alte, ließ aber doch den Motor an, wandte das Gesicht nach hinten und setzte ihren Lieferwagen zurück.

»Jetzt ist sie wütend«, stöhnte Monika.

»Mach dir nichts draus! Erstens sind wir im Recht, und zweitens hättest du es unmöglich geschafft, bei all der Aufregung den Rückwärtsgang zu finden!«

»Stimmt schon«, gab sie zu, »aber wie kommen Sie eigentlich dazu, mich zu duzen, wo ich noch nicht mal Ihren Namen kenne?«

»Oliver Baron, Betonung auf der ersten Silbe! Aber sag einfach Oliver zu mir und duz mich zurück!«

»Jetzt muß ich erst mal sehen, wie ich hier von der Stelle komme!«

»Anfahren am Berg! Noch nie geübt?«

»Im letzten Moment die Handbremse lösen, ja?«

»Ganz richtig! Mach's, wie du es in der Fahrschule gelernt hast! Du hast Zeit. Deine Tante muß erst ein gutes Stück hinauf.«

»Sie ist nicht meine Tante«, sagte Monika und mühte sich, den Motor wieder in Gang zu bringen und anzufahren, ohne zurückzurollen, »ich nenn' sie nur so.«

»Aha!«

»Geschafft!« Monika atmete auf, als sie weiter den

Berg hinauffuhren; sie lächelte versöhnlich in Richtung der alten Frau, als sie den Lieferwagen passierten, wagte aber nicht die Hand vom Steuer zu nehmen und ihr zuzuwinken, wie sie es am liebsten getan hätte.

Auch Oliver lächelte und machte eine Geste der Dankbarkeit. »Jetzt müssen wir aber bald umkehren«, sagte er.

»Das geht erst bei der Baumschule!« Nun, da die Aufregung überwunden war, fuhr sie mit größerer Sicherheit. »Mit dem Duzen, das habe ich mir inzwischen überlegt. Es geht nicht!«

»Und warum denn nicht? Ich bin zwar ein paar Jährchen älter als du...«

»Wie alt?« unterbrach sie ihn.

Er grinste. »Vierundzwanzig. Nicht verlobt und nicht verheiratet.«

»Das hatte ich gar nicht wissen wollen!« protestierte sie.

»Ich hab's dir freiwillig gesagt. Und was ist mit dir? Bist du schon in festen Händen?«

Das war eine schwierige Frage. Monika mußte überlegen, bevor sie antwortete. Es war noch niemals ganz deutlich ausgesprochen worden, aber sie wußte, daß Sepp Mayr sie heiraten wollte. Das wäre auch ganz im Sinn ihrer Mutter gewesen, eine praktische Lösung, die einige der Probleme, die durch den Tod ihres Vaters entstanden waren, gelöst hätte. Sie mochte Sepp und konnte es sich gut vorstellen, seine Frau zu werden – nicht so schnell, aber doch in zwei, drei Jahren. Aber warum sollte sie das diesem hergeschneiten Oliver auf die Nase binden? Eine wirkliche Verlobung oder Absprache bestand ja doch noch gar nicht. »Eigentlich nicht«, erklärte sie.

»Uneigentlich also doch!« folgerte er sofort.

»Das kann Ihnen doch egal sein!«

»Ist es aber nicht! Wollten wir nicht du zueinander

sagen? Ich denke, ihr Leute vom Land duzt euch alle untereinander.«

»Sie sind aber keiner von uns, sondern ein Stadtmensch!«

»Du sagst das, als käme ich vom anderen Stern.«

»So ähnlich ist es ja auch! Du hast ja keine Ahnung!«

»Na endlich!« sagte er. »Du hast den Bann gebrochen!«

»Das war nur ein Versehen! Du mußt... ich meine, Sie müssen sich nichts dabei denken. Natürlich würde ich Sie gerne duzen, wenn es nach mir ginge. Warum auch nicht? Aber meinem Chef würde es bestimmt nicht passen, wenn ich gleich so vertraut mit einem wie Ihnen täte, den ich gerade erst kennengelernt habe.«

»Ist er so konventionell?«

»Konventionell?« widerholte sie und dachte nach, was der Ausdruck bedeutete. »Ja, schon, er hält am Hergebrachten fest. Alles muß seine Ordnung haben. Er sieht's nicht gern, wenn ich mit den Arbeitern oder den Azubis spaße. Ich gehöre ins Büro, und damit bin ich was Besseres. Ich darf auch nicht mit Jeans zum Dienst kommen. Ganz ausgeschlossen. Und das Haar muß ich ordentlich tragen.«

»Aber das brauchst du dir doch nicht gefallen zu lassen!«

»Und was soll ich dagegen tun? Meine Mutter denkt genauso.«

»Und dein Vater?«

»Lebt nicht mehr.«

»Das tut mir leid... das heißt, was soll ich dazu sagen? Wenn ich es geahnt hätte, hätte ich nicht danach gefragt.«

»Halb so schlimm. Sie konnten es ja nicht wissen. Übrigens war er genauso... so konventionell, noch konventioneller. Zum Teil hatte er wirklich ganz überholte Ansichten. Kein Wunder, er war ja auch fast schon fünfzig.«

Sie waren bei der Baumschule angekommen, und während Monika das Wendemanöver durchführte, hielt er den Mund, um sie nicht abzulenken. Erst als sie dann bergab fuhren, sagte er: »Dann haben wir doch schon was Gemeinsames. Mein Vater war auch sehr streng, und er lebt nicht mehr.« Er legte seine linke Hand auf ihre Rechte, die das Lenkrad noch übermäßig fest umklammert hielt. »Wir Waisenkinder sollten zusammenhalten.«

Seine Berührung elektrisierte sie; mühsam bat sie: »Bitte, lassen Sie das... bitte!«

»Was?« fragte er unschuldig.

»Sie wissen es genau! Wenn Sie nicht sofort Ihre Pfote wegnehmen, fahre ich noch in den Graben!«

»Es wäre mir ein Vergnügen, mit dir im Graben zu liegen!«

»Mumpitz!« sagte sie, härter, als es sonst ihre Art war.

Als er seine Hand zurückzog, empfand sie ein ganz unerwartetes Gefühl der Enttäuschung, der Leere, des Verlassenseins; sie hätte es nicht in Worte fassen können, aber sie spürte einen Verlust.

»Du tust mir leid«, behaupete er.

»Ah, ja? Und warum?« fragte sie gereizt, weil sie sich im Augenblick selbst bedauerte, ohne recht zu wissen, warum.

»Es ist doch ein Jammer, daß ein so schönes Mädchen wie du hier auf dem Land versauert! Warum mußt du ausgerechnet auf dieser Klitsche in Niedermoos roboten? In München...«

»Unsere Fabrik ist keine Klitsche! Mein Vater selbst hat sie aufgebaut, und sie ist ein gutgeführtes, gutgehendes Unternehmen!« sagte sie heftig und fügte dann einschränkend hinzu: »Soweit eine Fabrik für Fenster und Türen heutzutage noch gutgehen kann.«

Er schwieg einen Augenblick verdutzt, dann sagte er: »Dann bist du also die Tochter von Georg Stuffer, ›Stuffer Fenster und Türen‹!«

»Du hast's erfaßt.«

»Dann erbst du das alles eines Tages?«

»Oder auch nicht. Zunächst mal hat meine Mutter geerbt, und die ist noch keine vierzig. Außerdem habe ich noch eine Schwester.«

»So sieht das also aus. Aber was hält dich dann noch hier? Ich nehme an, du wirst bald achtzehn...«

»Im Juni.«

»Dann kannst du doch endlich tun und lassen, was du willst, brauchst dir keine Vorschriften mehr machen zu lassen. Du ahnst ja nicht, was dir auf dem Land alles entgeht!«

»Mir gefällt's ganz gut.«

»Dann ist dir nicht zu helfen.«

Sie schoß ihm einen funkelnden Blick zu. »Ich kann mich nicht erinnern, Sie um Hilfe gebeten zu haben!«

»Laß die Augen bloß auf der Straße, sonst passiert noch was!« mahnte er. »Ich wußte übrigens gar nicht, daß du so wild werden kannst.«

»Du weißt überhaupt nichts von mir!« Plötzlich überfiel sie der unwiderstehliche Wunsch, daß er sie verstehen sollte, und sie erklärte: »Ich habe gleich nach der Schule in unserer Firma angefangen. Das alte Fräulein Berger hat mich eingearbeitet. Als sie in Rente ging, bin ich Vaters Sekretärin geworden. Nach seinem Tod mußte ich dem neuen Chef, Josef Mayr, erst helfen, eine Übersicht zu bekommen. Wie könnte ich denn jetzt daran denken, einfach alles hinzuschmeißen? Den Betrieb im Stich zu lassen? Meine Mutter? Sie ist noch längst nicht über Vaters Tod weg.«

»Entschuldige«, bat er, wenn auch nicht gerade sehr zerknirscht, »darüber habe ich nicht nachgedacht.«

»Jetzt weißt du es! Und, bitte, keine Vertraulichkeiten mehr, Herr Baron! Ich kann es nicht leiden, wenn jemand so scharf rangeht!«

»Zu Befehl, gnädiges Fräulein!«

»Ach, lassen Sie doch die Faxen!« erwiderte Monika, wurde sich aber bewußt, daß sie sich in seiner Gegenwart so gut unterhalten hatte, wie schon lange nicht mehr, und fügte freundlicher hinzu: »Trotzdem danke ich Ihnen für die Spazierfahrt. Ich glaube, ich habe was dazugelernt.«

Auf dem für ihn reservierten Parkplatz stand Sepp Mayrs schwere Limousine, schon einige Jahre alt, die er nach dem Tod von Josef Stuffer übernommen hatte. Der Betrieb war wieder in vollem Gang, und bis auf den Hof hinaus klang das Schrillen der Elektrosägen und das Brummen der Motoren. Aber sie fanden ihn nicht in dem kleinen Büro, das ganz und gar nicht auf Präsentation, sondern nur nach praktischen Gesichtspunkten eingerichtet war.

Monika nahm den Telefonhörer in die Hand. »Ich werde ihn suchen!«

Aber ehe sie noch den Anschluß in die Werkshalle wählen konnte, wo sie Sepp Mayr vermutete, trat er schon ein, ein großer blonder Mann Anfang 30, der sich zur Schonung seines Anzugs einen weißen Kittel übergezogen hatte.

Er sah, aus der Helle des Frühlingstages kommend, im ersten Augenblick nur Monika. »Wo hast du gesteckt?« fragte er barsch.

»Tut mir leid, Sepp!«

»Wie oft muß ich dir noch sagen, daß wir den Leuten ein Vorbild geben müssen?«

»Du tust, als wenn mir so was alle naselang passieren würde!«

Jetzt trat Oliver Baron, der im Schatten der Tür gestanden hatte, einen Schritt vor. »Schimpfen Sie nicht mit Fräulein Stuffer!« bat er. »Es war meine Schuld!«

»Und wer sind Sie?«

»Oliver Baron«, erwiderte er mit einer leichten Verbeugung, »von der Firma ›Arnold und Corf‹.«

Sepp Mayr blickte auf seine Armbanduhr. »Ich hatte Sie vor einer Viertelstunde erwartet.«

»Ich war zu früh, und Fräulein Stuffer hat sich netterweise erboten, mir die Gegend zu zeigen.«

»Was gibt es denn hier zu sehen?« fragte Sepp Mayr, ehrlich erstaunt.

»Wir sind ein bißchen den Berg hinauf und haben nicht so genau auf die Zeit geachtet.«

Sepp Mayr blickte mit gerunzelter Stirn von ihm zu Monika und wieder zu ihm; das Blau seiner Augen unter den hellen Brauen war sehr intensiv und wurde noch verstärkt durch die dunklen Wimpern. »Na, wir wollen keine Staatsaffäre daraus machen«, entschied er, »ich nehme an, Sie haben die Papiere mitgebracht?«

»Unterschriftsreif!« Oliver beeilte sich, seine Aktentasche zu öffnen.

»Sepp, ich muß dir, glaub ich, noch etwas gestehen!« sagte Monika.

»So?« Er hatte sich eine Brille aufgesetzt und sah sie über deren Gläser hinweg flüchtig an, um sich dann sogleich dem Kaufvertrag zuzuwenden, den Oliver ihm vorgelegt hatte.

»Er hat mich ans Steuer gelassen!«

»Sehr unvernünftig!« Sepp Mayr nahm hinter dem Schreibtisch Platz und wies Oliver mit einer Handbewegung den gegenüberstehenden Sessel zu. »Hast du dem Herrn... wie war noch der Name?«

»Baron!« half Oliver.

»... Herrn Baron nicht gesagt, daß du noch keinen Führerschein hast?«

»Doch, das hat sie!« sagte Oliver rasch. »Aber ich finde, daß doch nicht der Führerschein, sondern das Können ausschlaggebend sein sollte! Man liest doch immer wieder, wie viele junge Leute verunglücken, sobald sie den Führerschein haben.«

»Aber dann zahlt wenigstens die Versicherung«, entgegnete Sepp Mayr trocken.

»Es ist ja nichts passiert, Sepp«, sagte Monika begütigend.

»Es hätte gar nichts passieren können«, fügte Oliver hinzu, »ich habe neben ihr gesessen und auf sie aufgepaßt... und natürlich auch auf mein Auto.«

»Und wer hat dich dabei gesehen?« fragte Sepp Mayr, während er die Zeilen des Vertrags überflog.

»Wie kommst du jetzt darauf?«

»Sonst hättest du es mir wohl kaum erzählt.«

»Ich bin immer ehrlich!« verteidigte sie sich.

»Ja, wenn du fürchtest, erwischt zu werden!«

»Du tust gerade so...«

Er schnitt ihr das Wort ab. »Vergessen wir die ganze Geschichte.« Über die Gläser seiner Brille hinweg sah er Oliver an. »Ich soll also wirklich so ein Ding kaufen?«

»Unbedingt, Herr Mayr! Schon nach ein paar Monaten werden Sie nicht mehr wissen, wie Sie ohne Computer haben auskommen können.«

»Wenn sich aber dann herausstellt, daß ich eine zusätzliche Arbeitskraft brauche...«

»Bestimmt nicht. Ein MCX ist kinderleicht zu bedienen. Das lernt Fräulein Stuffer ganz schnell. In der Firma sagte man, daß Sie sich gerade deshalb für diesen Typ entschieden haben. Sie haben sich doch, soviel ich weiß, fast alle in Frage kommenden Typen vorführen lassen.«

»Warum hast du mich dazu nicht mitgenommen?« fragte Monika, die sich inzwischen an die Schmalseite des Schreibtischs gesetzt hatte, den Platz, an dem sie auch ihre Stenogramme aufzunehmen pflegte.

»Ich hatte in München zu tun und brauchte dich im Büro«, erwiderte er kurz angebunden.

»Sie hatten sich doch schon entschieden, Herr Mayr!«

»Wissen Sie, Ihre Kollegen haben ein sehr geschicktes Verkaufsgespräch mit mir geführt. Man hat mich überzeugt... nur leider so sehr, daß ich dabei doch auch das Gefühl hatte, überredet zu werden. Deshalb habe ich mir ja auch Bedenkzeit ausgebeten.«

»Aber Mutter und du, ihr hattet euch doch schon seit langem entschlossen, einen Computer einzusetzen!«

»Ja, aber ob sich ein Kauf wirklich lohnt? Ob wir nicht lieber einen mieten sollten?«

»Das bleibt ganz Ihnen überlassen«, erklärte Oliver, »es wäre auch eine Kombination möglich... erst ›Leasing‹ und später dann Kauf. Im Moment wäre es billiger, den Computer zu ›leasen‹, aber auf Dauer gesehen, wäre ein Kauf das bessere Geschäft. Sie sollten auch bedenken, daß wir in jedem Fall Lieferzeiten haben. Gerade der MCX ist sehr gefragt. Je eher Sie ihn anfordern, desto früher kommt er Ihnen ins Haus.«

Sepp Mayr schraubte den Füllhalter auf, den er nur für Unterschriften benutzte, ließ ihn dann aber wieder sinken. »Das wichtigste für mich ist, daß dann aber auch das Programm stimmt... daß es ganz speziell auf meinen Betrieb zugeschnitten ist.«

»Deshalb bin ich selber zu Ihnen herausgefahren, Herr Mayr! Ich bin Programmierer bei der Firma ›Arnold und Corf‹. Man hielt es für richtig, daß ich die Einzelheiten der ›Software‹ schon mit Ihnen bespreche. Grundprogramme, wie Sie sie wünschen, liegen natürlich sowieso vor. Ein Betrieb nach dem anderen stellt sich jetzt ja auf Computer um.«

»Es sollten alle Aufträge, die Liefertermine und die Außenstände gespeichert werden.«

»Das ist selbstverständlich!« Oliver holte ein dickes Merkbuch aus seiner Aktentasche und machte sich Notizen. »Dafür brauchen Sie zwei Disketten.«

»Was ist eine Diskette?« fragte Monika interessiert. Er hob den Kopf und lächelte sie an. »Man nennt die Dinger so, die man in den Computer hineinschiebt und auf denen die Aufzeichnungen gespeichert werden! Wie beim Musikrecorder oder Videorecorder die Kassetten.«

»Und warum gleich zwei?« wollte Sepp Mayr wissen.

»Sicherheitshalber. Denn so eine Diskette ist hochempfindlich. Wenn man sie versehentlich auf die Heizung legt oder eine Flasche Cola oder den Inhalt einer Kaffeetasse darüber vergießt... Sie werden es kaum glauben, aber so etwas passiert immer wieder... ist sie nicht mehr zu brauchen, und alle Unterlagen sind gelöscht.«

»Also muß man die ganze Arbeit doppelt machen?« fragte Monika. »Ich meine, es ist doch Arbeit, all diese Daten einzutragen?«

»Halb so wild. Wir liefern ein gut durchdachtes Schema, und Sie tippen die Daten dann ein. Jeder, der mit zwei Fingern eine Schreibmaschine beherrscht, kann das auch. Außerdem brauchen Sie es nur einmal zu machen. Der Computer überträgt es dann selbständig von der einen Diskette auf die andere.«

»Aha!« sagte Monika und kam sich nicht eben geistreich vor; die bevorstehende Umstellung auf EDV faszinierte und erschreckte sie zugleich.

»Außerdem möchte ich«, verlangte Sepp Mayr,

»daß der Computer die Daten sämtlicher Mitarbeiter aufnimmt, ihr Alter, Eintritt in die Firma, Lohn, Zahl der Überstunden und so weiter.«

Oliver machte sich eine Notiz. »Dafür brauchen wir wohl ein zweites System.«

»Kann man mit einem Computer nicht auch Geschäftsbriefe schreiben?« fragte Monika. »Mahnungen und so? Die meisten Briefe haben doch immer den gleichen Wortlaut!«

»Nein, das macht der MCX nicht. Dazu brauchten Sie ein Zusatzgerät für Ihre Schreibmaschine. Was für ein Modell benutzen Sie?«

»Eine ganz moderne, elektronische. Mit Display.«

»Bei uns gekauft?«

»Nein, in Rosenheim.«

»Darf ich sie mir mal ansehen?«

»Noch mehr Unkosten!« stöhnte Sepp Mayr.

»Ach bitte, Sepp, bitte! Es ist so langweilig, immer die gleichen Briefe zu schreiben!«

»So ein Speicher wäre wirklich eine große Entlastung«, erklärte Oliver.

»Und wie willst du dir dann im Büro die Zeit vertreiben?«

Monika lachte. »Notfalls kann ich ja stricken!« Sie sprang auf. »Darf ich Ihnen meine Maschine mal zeigen, Herr Baron? Ob es überhaupt geht?«

»Das ist im Moment nicht wichtig«, entschied Sepp Mayr, »befassen wir uns erst mal weiter mit den Programmen.«

Monika setzte sich zögernd. »Aber danach, Sepp, bitte, ja!« –

Es dauerte noch eine gute Stunde, bis Sepp Mayr endlich zufrieden war und seine Unterschrift gab; seine Langsamkeit und Gründlichkeit bildeten einen starken Gegensatz zu Oliver Barons flotter, beweglicher Art.

»Ich danke Ihnen sehr, Herr Mayr«, sagte Oliver, als er die Aufträge in seine Aktentasche steckte, »Sie werden Ihren Entschluß bestimmt nicht bereuen.«

»Wollen wir's hoffen!«

»Jetzt müssen wir nur noch überlegen, wo wir den Computer aufstellen.«

»In Fräulein Stuffers Büro selbstverständlich.«

Das war für Monika das Stichwort, wieder auf den ersehnten Speicher zurückzukommen.

»Darüber ist das letzte Wort noch nicht gesprochen«, sagte Sepp Mayr, erhob sich und ging zur Tür, »du kannst dich aber gerne erkundigen. Entschuldigen Sie mich jetzt. Ich habe zu tun.«

Monikas Büro war sehr klein und noch bescheidener eingerichtet als das Chefzimmer. Aber es war hell, und sie hatte das Fensterbrett mit einem Strauß selbstgepflückter Feldblumen in einem Marmeladenglas geschmückt. Die neue Schreibmaschine war das einzige Glanzstück. Oliver sah sie sich an. »Ja, es geht«, stellte er fest, »ein gutes Stück. Schweizer Fabrikat. Die hätten Sie auch von mir haben können.«

»Aber da kannte ich Sie ja noch gar nicht!«

»Auch wieder wahr!«

»Oliver, Sie müssen mir helfen, daß ich das Zusatzgerät kriege!«

»Aber natürlich, Monika. Nur immer hübsch eins nach dem anderen. Ihr Chef ist kein Mensch, der sich überfahren läßt.«

»Er war ziemlich schwierig, nicht wahr?«

»Halb so schlimm. Er weiß wenigstens, was er will. Viel schwieriger sind die Kunden, die heute dies und morgen jenes wünschen.« Oliver drehte sich in dem kleinen Raum.

»Ziemlich eng hier, nicht?« fragte Monika. »Als Fräulein Berger noch hier arbeitete, war's manchmal unerträglich.«

»Das kriegen wir schon hin. Der Aktenschrank muß natürlich raus.«

»Aber den brauche ich!«

»Nicht mehr, wenn Sie einen Computer haben, dann können sie das, was Sie noch an Papierkram haben, leicht in einem Unterbau unterbringen.« Er öffnete seine Aktentasche und zog zu Monikas Überraschung einen Zollstock heraus. »Wollen wir mal messen!« Er tat es und trug die Daten in sein Notizbuch ein. »Ja, so ginge es«, stellte er zufrieden fest, »hierher der Tisch mit dem Computer und hierher der Drucker...«

»Wieso denn Drucker? Was ist das überhaupt?«

»Ein kleiner Apparat, der die gespeicherten Daten aus dem Computer auf Papier überträgt.«

»Aber so was brauchen wir nicht!«

»Doch. Ganz bestimmt sogar. Wenn Sie den Computer erst ein paar Wochen haben, werden Sie es feststellen. Sonst ist das so: wenn du ein ›date‹, eine Gegebenheit, aus dem Computer abrufen willst, drückst du ein paar Knöpfchen, und die Information erscheint auf dem Bildschirm.« Unvermittelt war er wieder zum ›Du‹ übergewechselt. »Aber bis du damit im Chefzimmer bist...«

»Es ist doch gleich nebenan!«

»Vielleicht mußt du den Chef aber auch erst in der Werkstatt aufsuchen, oder er fragt erst Stunden später danach...«

»Ich kann's ja aufschreiben!«

»Das ist natürlich eine Möglichkeit, aber sie ist umständlich, altmodisch und uneffektiv. Nein, du wirst sehen, du brauchst einen Drucker. Dann bedienst du nur eine andere Taste, der Apparat macht ratatata und spuckt alles schriftlich aus, was du wissen willst. Zack, du reißt das Papier ab und kannst es vorzeigen.«

»Das finde ich nun wieder umständlich.«

»Wart erst mal ab, bis du Erfahrungen mit deinem MCX gemacht hast!«

»Aber wenn es wirklich so ist, wenn man einen Drucker braucht...« Unwillkürlich ging auch sie zum ›Du‹ über. »...warum hast du das nicht vorhin gesagt? Drinnen? Zu Sepp Mayr?«

Er grinste. »Immer schön eins nach dem anderen, mein liebes Mädchen! Wenn es dir schon nicht einleuchtet, wie hätte ich es dann deinem Chef klarmachen können?«

»Nun, ich finde, du hättest es wenigstens andeuten müssen.«

»Wozu die Pferde scheu machen?«

Das heimliche ›Du‹ und das nahe Zusammensein in dem kleinen Raum schafften eine seltsame Atmosphäre der Intimität, die Monika verwirrte.

»Ach, Oliver, du bist ein unmöglicher Mensch«, sagte sie und wich einen Schritt zurück, als müßte sie sich in Sicherheit bringen.

Er lächelte, in seinen braunen Augen tanzten die grünen Fünkchen. »Das sagt meine Mutter auch«

»Sie hätte dich besser erziehen sollen.«

»Strenger, meinst du? Das findet sie auch!« Er folgte ihr und blieb dicht vor ihr stehen. »Hör mal, du solltest sie kennenlernen.«

»Wozu?«

»Weil sie meine Mutter ist. Ihr beide würdet euch bestimmt prächtig verstehen.«

Sie stand jetzt beim Fenster, so dicht, daß sie fast das Blumenglas mit dem Ellbogen umgestoßen hätte; sie konnte es gerade noch rechtzeitig mit der anderen Hand auffangen. Dabei sah sie, daß draußen Gesellen und Arbeiter in Gruppen vorbeizogen. »Feierabend!« stellte sie fest. »Wir müssen raus hier, sonst werden wir noch eingeschlossen!«

»Wäre vielleicht gar nicht mal so übel!«
»Red keinen Mumpitz! Los, gib den Weg frei!«
»Nur gegen Lösegeld!«
»Du mußt verrückt sein!«
»Einen Kuß!«
Er stand so nahe vor ihr, daß sein Atem ihre Wange streifte. Sie mußte gegen den Impuls kämpfen, sich in seine Arme zu werfen. Es verstörte sie. Ihre Augen weiteten sich, und er merkte es, deutete es aber falsch.

»Hast du etwa Angst?«
»Ich kann auch aus dem Fenster springen!«
»Dann tu's doch, wenn es dir Spaß macht!«
»Soll ich?« Mit einem Ruck riß sie den Fensterflügel auf. »Dann stehst du aber ganz schön blöd da!«
»Wieso ich?«
»Na, was glaubst du, was die Leute sich für einen Reim darauf machen werden? Und Sepp Mayr?«

Das ernüchterte ihn; er gab den Weg frei und ließ sie vorbei, konnte sich aber nicht enthalten zu fragen: »Hat er dir etwa auch was in deinem Privatleben zu sagen?«

»Hier in der Firma bin ich nicht privat!« Sie holte ihre Umhängetasche aus dem Schreibtisch, streifte den Riemen über die Schulter und trat auf den Hof hinaus.

Oliver folgte ihr. »Kommst du noch mit auf ein Bier?«

»Nein, danke.«

»Also gehörst du zu denen, die auf Kaffee und Kuchen stehen? Soll mir auch recht sein.«

»Weder noch. Ich muß nach Hause.«

»Dann fahre ich dich!« Sie streifte mit einem sehnsüchtigen Blick seinen roten Flitzer und sagte weicher: »Danke, Oliver, das ist lieb von dir. Aber es geht leider nicht. Meine Schwester holt mich ab. Mit dem Mofa.« Sie sah auf ihre Armbanduhr. »Sie müßte eigentlich schon hier sein.«

»Vielleicht hat sie dich versetzt.«

»Nein, das traut sie sich denn doch nicht. Warten läßt sie mich ja öfter.«

»Dann spielen wir ihr jetzt einen Streich und fahren einfach los! Komm schon, sei nicht fad! Was soll schon sein? Sie wird doch merken, daß du nicht mehr da bist.«

»Eigentlich hast du recht«, sagte sie, schon halb gewonnen.

»Und uneigentlich auch!« Er warf seine Aktenmappe auf den Notsitz. »Los, steig ein! Aber diesmal fahre ich!«

Sie folgte seiner Aufforderung und ließ sich mit einem zufriedenen Seufzer auf den Beifahrersitz fallen. »Ist mir auch lieber so! Zum zweiten Mal am gleichen Tag würde ich es nicht riskieren!«

Er kurvte aus dem Hof, auf dem jetzt nur noch zwei, drei Fahrzeuge standen, unter ihnen Sepp Mayrs Limousine.

»Was treibt der Chef noch hier?« fragte Oliver.

»Weiß nicht. Er arbeitet oft länger.«

»Muß er ja wohl. Weil er ein Langsamdenker ist.«

»Das darfst du nicht sagen!« protestierte sie, obwohl sie sich ein Lächeln nicht verkneifen konnte. »Er ist sehr tüchtig! Mein Vater hat große Stücke auf ihn gehalten.«

»Und du?«

»Ich auch.«

»Sonst ließest du dir wohl nicht so viel von ihm gefallen.«

»Tu ich ja gar nicht!«

»Gib doch zu, daß du einen Riesenbammel vor ihm hast!«

Fast im gleichen Atemzug fragte er: »Und wohin jetzt?«

»Immer den Karberg hinauf! Nicht den Wirtschaftsweg, die Hauptstraße!« Sie sah ihn von der Seite an. »Dir macht es wohl Spaß, die Leute zu ärgern?«

»Ja«, gab er zu.

»Das versteh' ich nicht.«

»Versetz dich mal in meine Lage! Tag für Tag sitze ich bei ›Arnold und Corf‹, starre auf die Mattscheibe und entwickle Programme, muß mir von meinen Chefs sagen lassen, was ich tun und lassen soll und mich noch von den Kunden anmeckern lassen. Daß ich mal unterwegs sein kann wie heute, ist eine glückliche Ausnahme und für mich ein Grund, ein bißchen vergnügt zu sein.«

»Das heißt aber doch nicht, daß du mich ärgern mußt.«

»Irgendwie muß ich meine Freude doch loswerden.«

Sie lachte. »Armer Junge!«

»Ich habe es wirklich nicht leicht«, behauptete er.

»Obwohl du im sagenumwobenen München leben darfst? Das hast du mir doch noch vorhin so schmackhaft zu machen versucht. Siehst du, das ist der Unterschied zwischen uns: Ich lebe auf dem Land und bin glücklich und zufrieden.«

»Bist du es wirklich?«

Sie fuhren die kurvenreiche, mit Hecken umsäumte Straße hinauf, vorbei an satten Weiden und Gruppen frühlingsgrüner Bäume. »Ist es nicht schön hier?« fragte sie mit einer weit ausholenden Handbewegung.

»Ja, sehr! Aber das habe ich dich nicht gefragt.«

»Ob ich wirklich glücklich bin?« wiederholte sie nachdenklich. »Das Leben ist eben so, wie es ist, und so muß man es auch nehmen.«

»Das hat dir deine Mutter eingetrichtert! Aber

hast du dir nicht doch schon einmal überlegt, ob es wirklich so sein muß? Ob man es nicht ändern könnte? Hast du niemals die Sehnsucht auszubrechen?«

Sie spürte diese Sehnsucht ganz stark, gerade in diesem Augenblick, mit ihm weiter zu fahren und immer weiter, ziellos und sorglos. Aber das mochte sie ihm nicht zugeben, sondern sagte statt dessen mit einer Stimme, die brüchig wirkte, weil sie sich so sehr beherrschen mußte: »Wohin denn? Komm mir jetzt nicht wieder mit München. Du hast ja eben selber zugegeben, daß dort auch nicht das Glück auf der Straße liegt.«

»Irgendwohin!«

»Irgendwohin?« wiederholte sie, und es sollte spöttisch klingen, kam aber ganz versonnen heraus; sie merkte es selber und zwang sich zu lachen. »Du kannst einen vielleicht auf Ideen bringen!«

Dann entdeckte sie Gabriele, die ihnen aus einer Kurve kommend mit dem Mofa entgegenfuhr. »Da ist sie endlich!« rief sie. »Meine Schwester!«

»Da hättest du aber ganz schön lange warten können!«

Monika zückte ein Taschentuch und winkte Gabriele zu. »Juhu!«

Schon waren das Mofa und das Kabriolett aneinander vorbeigesaust.

Monika blickte sich über die Schulter nach ihrer Schwester um. »Jetzt wird die aber ganz schön sauer sein!«

»Recht geschieht's ihr!«

Monika lachte. »Da will ich dir gar nicht widersprechen! Aber, bitte, halte bei der nächsten Gelegenheit. Sie kommt bestimmt zurück, und dann kann ich bei ihr aufsitzen.«

»Nein«, widersprach er, »jetzt fahre ich dich auch noch ganz bis nach Hause.«

»Aber warum...«

Er fiel ihr ins Wort. »Weil ich gern mit dir zusammen bin.« Sie errötete und kam sich dumm vor, weil sie darauf nichts zu erwidern wußte.

»Das kann dich doch nicht überraschen«, sagte er, »das mußt du doch schon längst gemerkt haben.«

Sie nestelte an ihrem Taschentuch. »Nett so etwas zu hören.«

»Das müssen dir doch schon viele Burschen gesagt haben!«

»Da kennst du die Hiesigen nicht! Denen kommt kein Kompliment über die Lippen!«

»Es war auch kein Kompliment, sondern die Wahrheit.«

Verschiedene Antworten schossen ihr durch den Kopf, ›Hör auf damit!‹ und ›du machst mich ganz verlegen‹, aber dann bekannte sie offen: »Ich bin auch gern mit dir zusammen, Oliver!«

»Na, wunderbar! Also... wann sehen wir uns wieder?« Höhenmoos tauchte vor ihnen auf, ein vor dem Hintergrund der Alpen gelegenes Dorf mit schönen alten Bauernhöfen, deren Gärten zur Straße hin hübsch bepflanzt waren, und Neubauten im alpenländischen Stil. »Wir müssen quer durchs Dorf«, erklärte sie, »das letzte Haus ganz hinten rechts ist es.«

»Ich habe dich etwas gefragt, Monika.«

»Ich hab's gehört. Aber so einfach kann ich darauf nicht antworten.«

»Du wirst doch wenigstens in deinem Privatleben deine Freiheit haben?«

»Nicht unbedingt. Natürlich kann ich ausgehen, wann und mit wem ich will.«

»Na also!«

»Aber nicht mit einem Wildfremden.«

»Na hör mal! Ich stehe zu eurer Firma in Geschäftsbeziehungen.«

»An denen dir einiges gelegen sein sollte.«
»Natürlich ist das so.«

Sie waren jetzt vor Monikas Elternhaus angekommen, einem zweistöckigen Gebäude mit tief gezogenem Dach, Daubenfenstern an der ausgebauten Mansarde und einem Balkon mit gedrechselten Stützen, der um das ganze Obergeschoß führte. Auf ein Zeichen von Monika hatte Oliver gebremst, ließ aber den Motor laufen.

»Dann ist ein Flirt mit mir das letzte, was du dir erlauben könntest.«

»Wer spricht denn von einem Flirt?«

»Ist doch egal, wie man es nennt, du weißt schon, was ich meine. Heimlichkeiten mag ich nicht, und es würde meine Mutter beunruhigen, wenn ich mich mit dir träfe. Sie würde mit Sepp Mayr sprechen, sie sieht ihn ohnehin fast jeden Tag, und es könnte ihm durchaus einfallen, sich in Zukunft an eine andere Computerfirma zu wenden, um meiner Mutter diese Sorge aus der Welt zu schaffen.«

»Soll er doch!«

»Und was wird aus dem Drucker, den du ihm noch verkaufen wolltest? Und dem Zusatzgerät für meine Schreibmaschine?«

Oliver lachte. »Die kauft er dann eben anderswo oder gar nicht! Bildest du dir denn ein, es wäre so entsetzlich, wenn ›Arnold und Corf‹ einmal das Nachsehen hätten?«

Monika, die von kleinauf gehört hatte, wie wichtig es war, daß die Fabrik genügend Aufträge hatte und daß alle Kunden zufriedengestellt wurden, sah ihn mit großen Augen an. »Das verstehe ich nicht«, sagte sie ehrlich.

»Daß du mir mehr bedeutest als ein paar Maschinchen?«

Das Gespräch wurde von Gabriele unterbrochen,

die auf ihrem Mofa neben ihnen hielt. Sie war ganz anders als ihre Schwester, klein, zierlich, mit braunen Augen, braungelocktem Haar und einer sehr geraden, fast spitzen Nase.

»Grüß dich!« sagte sie mürrisch. »Du hättest mich wenigstens anrufen können, wenn du mich nicht brauchst!«

»Aber, Gaby, ich...« wollte Monika sich verteidigen.

Oliver ließ sie nicht zu Wort kommen. »Ich habe mir erlaubt, Ihre Schwester nach Hause zu fahren, nachdem sie zuerst vergeblich auf Sie gewartet hat!«

»Vergeblich? Ich habe mich ein paar Minuten verspätet. Was ist schon dabei? Ich habe schließlich mehr zu tun, als sie hin und her zu kutschieren!«

»Niemand macht Ihnen einen Vorwurf. Ich versuche nur, die Dinge richtigzustellen.

»Gaby«, sagte Monika rasch, »das ist Oliver Baron von der Firma ›Arnold und Corf‹... und das ist meine Schwester Gabriele!« Sie nahm die Gelegenheit wahr, aus dem Auto zu klettern.

»Sie sollten Ihren Motor abstellen«, bemerkte Gabriele mit einem schiefen Blick, »Sie verpesten noch die ganze Umgebung!« Sie schob das Mofa zur Garage.

»Reg dich nicht auf! Er fährt ja schon ab!« rief Monika hinter ihr her und wandte sich wieder Oliver zu. »Also... bis dann!«

»Bis wann, Monika?«

»Bis wir uns wiedersehn!« Sie lächelte ihm zu, spürte, daß ihr Tränen in die Augen schossen, drehte sich rasch um, lief auf das Haus zu und verschwand hinter ihrer Schwester in der Garage. – Oliver warf noch einen Blick auf das schöne, gut erhaltene Gebäude, dann wendete er und fuhr in Richtung Niedermoos und Autobahn zurück.

»Was war denn das für ein Typ?« fragte Gabriele und stellte das Mofa neben das kleine Auto der Mutter.

»Ich hab's dir doch gesagt!«

»Und wie bist du an den gekommen?«

»Er war wegen des Computers da! Jetzt stell dich doch nicht blöd! Sepp und Mami haben in letzter Zeit doch immerzu davon gesprochen!«

Gabriele zuckte die Achseln. »Du weißt, das interessiert mich nicht.«

»Aber Oliver Baron?«

»Den kannst du dir an den Hut stecken! Ein aalglatter Typ in einer Angeberkiste. Wer so einen Wagen fährt, hat's nötig!«

Sie traten durch die innere Garagentür, die tagsüber nie abgeschlossen war, und den Hausflur in das Wohnzimmer. Frau Barbara Stuffer saß am Schreibtisch, hatte einige Rechnungen vor sich und war dabei, Schecks auszustellen; sie hob den Kopf. »Da seid ja ihr beiden«, sagte sie freundlich.

»Hallo, Mami!« grüßte Monika, lief zu ihr hin, beugte sich zu ihr herab und gab ihr einen leichten Kuß auf die Wange.

Barbara Stuffer war eine sehr gut aussehende, fast schön zu nennende Frau, kleiner als Monika, ihr aber sehr ähnlich. In einem der schwarzen Gewänder, die sie seit dem Tod ihres Mannes trug und die ihre zarte Blässe noch unterstrichen, wirkte sie rührend und etwas hilfsbedürftig. Tatsächlich aber war sie, obwohl ihre Trauer echt war, durchaus imstande, mit Belastungen des Alltags alleine fertig zu werden.

»Stell dir vor, Mami«, berichtete Gabriele sofort, »Monika hat sich einen Typ angelacht!«

»Ist ja gar nicht wahr!« protestierte Monika.

»Wie kannst du das leugnen? Ich hab' es doch selber gesehen! Du hättest mich gar nicht so jagen müssen,

Mami. Sie hat sich von ihm nach Hause bringen lassen. In einem offenen Sportcoupé.«

»Ist das wahr, Monika?«

»Warum fragst du das?« rief Gabriele. »Ich lüge dir doch nichts vor!«

»Ich möchte nur wissen, was Monika dazu zu sagen hat.« Monika legte ihre Umhängetasche ab, warf sich in einen der kleinen bequemen Sessel, die um den Couchtisch gruppiert waren, und streckte die Beine von sich. »Er hat's mir angeboten, und als Gaby sich dann nicht blicken ließ, habe ich mich von ihm fahren lassen.«

»Er heißt Oliver Baron«, ergänzte Gabriele, »und ist Vertreter von einer Computerfirma.«

»Programmierer«, verbesserte Monika.

»Kommt doch aufs gleiche raus.«

»Seit wann kennst du ihn?« fragte die Mutter.

»Überhaupt nicht.«

»Und dann steigst du in sein Auto?«

»Nicht privat, habe ich gemeint. Er war heut in der Firma, um mit Sepp über die ›Software‹ zu sprechen, die wir für den Computer brauchen.«

»Hat er ihn jetzt wirklich gekauft?« fragte die Mutter interessiert.

»Er hat ihn bestellt, und Herr Baron bemüht sich, das Programm unseren Bedürfnissen anzupassen, damit es fertig ist, wenn wir die ›Hardware‹ geliefert bekommen.«

»Ich hoffe, du verstehst dein Fachchinesisch«, spottete Gabriele.

»Ich schon und Mutter auch! Nicht wahr, Mami?«

»Ob es richtig ist, den Betrieb auf EDV umzustellen?« fragte die Mutter und malte Kringel auf ein Stück Papier. »Vater war immer dagegen.«

»Aber du warst doch schon seit langem dafür«, erinnerte Monika und war froh, daß das Gespräch sich nicht länger um Oliver Baron und ihre Heimfahrt drehte, »gib's doch zu! Und ich finde das auch ganz richtig. Man muß mit der Zeit gehen.«

»Wer soll euren Computer denn bedienen?« erkundigte sich Gabriele.

»Ich natürlich«, sagte Monika und stand auf, »ich freu' mich schon darauf.« Sie nahm ihre Umhängetasche und ging zur Tür.

»Wo willst du hin?« fragte ihre Mutter.

»Mich frisch machen und umziehen!«

»Ich schwing' mich auch«, verkündete Gabriele, »ich muß noch lernen.«

Als sie hintereinander die Treppe zum Dachgeschoß hinaufgingen, in dem sie beide ihre Zimmer hatten, sagte sie: »Da bist du noch mal mit 'nem blauen Auge davongekommen!«

»Das war nicht dein Verdienst! Du mußtest ja unbedingt versuchen, mich reinzureißen.«

»War doch nur Spaß.«

»Schöne Späße. Ich verpetz' dich nie.«

»Weil's bei mir nichts zu verpetzen gibt.«

»Und deine Knutscherei mit Hans? Letzten Samstag vor dem Wirtshaus?:

»Das war doch harmlos. Mit so einem Bauerntölpel würde ich mich nie einlassen.«

»Mami hätte es aber bestimmt nicht gefallen.«

»Ach ja, Mami. Wie kommst du überhaupt darauf, daß ich geknutscht hätte? Du warst doch gar nicht draußen.«

»Aber genügend andere. Das ganze Dorf weiß Bescheid.«

»Das verdammte Dorf! Gott, werde ich froh sein, wenn ich hier endlich weg kann!«

»Du willst fort?«

»Dumme Frage! Warum, glaubst du, büffle ich so? Weil mir die Schule Spaß macht? Ich will ein anständiges Abi bauen, damit ich anschließend einen Studienplatz bekomme. Kennst du etwa eine Hochschule in Rosenheim und Umgebung?«

»Das Holztechnikum!« erwiderte Monika prompt.

»Laß mich bloß damit in Frieden! Meinst du, ich will mich später abplagen wie Vater? Er hätte nicht so früh sterben müssen, wenn...« Gabriele brach ab, lief in ihr Zimmer und knallte die Tür hinter sich zu.

Unwillkürlich machte Monika ein, zwei Schritte hinter ihr her, besann sich dann aber anders, weil ihr bewußt wurde, daß sie die Schwester doch nicht trösten konnte. Sie ging in das kleine Bad, das zwischen ihren Zimmern lag, zog sich aus, steckte sich den langen Zopf hoch und duschte gründlich. In ihrem eigenen Zimmer zog sie dann frische Unterwäsche an, Jeans und ein T-Shirt, statt der Sandaletten Turnschuhe. Den wadenlangen Rock hängte sie über einen Bügel, die Rüschenbluse und die Unterwäsche stopfte sie zu den Schmutzsachen. Sie löste den Zopf und bürstete ihr Haar, das ihr jetzt in einer blonden Woge bis über die Taille hinabfiel, mit langen, kräftigen Strichen.

Das war ein merkwürdiger Tag gewesen. Dieser Oliver Baron, der so plötzlich in ihrem Leben aufgetaucht war! Noch nie hatte sie einen jungen Mann kennengelernt, der sich so benahm. Sie hatte schon oft erlebt, daß jemand zudringlich geworden war, nie aber, daß jemand so unverschämt gewesen war wie Oliver. Aber konnte man sein Benehmen wirklich als unverschämt bezeichnen? Er hatte bloß von Anfang an und ohne jede Schüchternheit vorausgesetzt, daß er ihr gefiel und auch sein Kabriolett. Damit hatte er ja auch durchaus recht gehabt.

Vielleicht war sie es gewesen, die ihn durch ihr Verhalten ermutigt hatte. Oder benahm er sich allen Mädchen gegenüber so? Auch das war möglich. Einen Jungen wie ihn konnte sie nicht einstufen, dazu fehlte es ihr an Erfahrung. Ein aalglatter Typ, wie Gabriele behauptet hatte, war er jedenfalls nicht.

Dieses seltsame Gefühl, das sie an seiner Seite im Auto überkommen hatte, dieser brennende Wunsch, bei ihm zu bleiben, immer weiter und weiter mit ihm zu fahren, irgendwohin und nie mehr zurück und schon gar nicht nach Hause. Das war, so fand sie, ein richtiger Anfall von Verrücktheit gewesen. Dabei hatte sie nicht einmal einen Funken Vertrauen zu ihm und konnte nie ausmachen, ob er das, was er sagte, ernst meinte oder ob er das nur daherredete. Sie verstand sich selber nicht mehr.

Und auch die Schwester sah sie nach dieser unvermuteten Eröffnung auf der Treppe in einem ganz anderen Licht. Nie wäre sie auf die Idee gekommen, daß Gabriele von zu Hause fort wollte. Es war auch nie darüber gesprochen worden, nicht zu Lebzeiten des Vaters und auch danach nicht. Monika hatte es als selbstverständlich angenommen, daß Gabriele bald heiraten würde. Verehrer hatte sie ja genug, wenn sie auch die meisten mit einer gewissen Hochnäsigkeit behandelte. Trotzdem war sie sicher gewesen, daß Gabriele zum guten Schluß sich hier einen Mann vom Karberg nehmen würde. Es gab ja einige junge Beamte und Rechtsanwälte, die hier lebten und täglich zur Arbeit nach Rosenheim fuhren. Eine passende Partie hätte sich schon finden lassen.

Niemand hier auf dem Land glaubte an die große Liebe. Jeder heiratsfähige und heiratswillige Mann suchte sich eine Frau, die zu ihm paßte, die gesund war, wirtschaften konnte und etwas mit in die Ehe brachte. Die Mädchen dachten genauso. Es kam nicht darauf an, ob ein Mann hübsch und charmant war – zwei Adjektive, die, wie es Monika auffiel, sehr gut zu Oliver Baron paßten –, sondern daß er ehrlich, anständig, zuverlässig war und eine sichere Existenz hatte.

Als Monika in ihren Gedanken so weit gekommen war, faßte sie den Entschluß, sich Oliver Baron aus dem Kopf zu schlagen. Mochte Gabriele zusehen, wie sie in der Großstadt glücklich würde. Monika zweifelte sehr daran, daß es ihr gelingen könnte. Wahrscheinlich würde sie nach ein, zwei Jahren, vielleicht sogar schon nach wenigen Monaten reumütig zurückkehren.

Monika hatte ihr Haar ausgebürstet, betrachtete sich wohlgefällig im Spiegel, bevor sie es im Nacken zusammenband.

Dann lief sie die Treppen hinunter, steckte den Kopf ins Wohnzimmer und rief: »Ich fahr' noch ein bißchen los, Mammi! Wenn ich zum Abendessen nicht zurück bin, rufe ich rechtzeitig an!«

Sie war schon fast in der Garage, als sie in scharfem Ton zurückgerufen wurde. Im Hausflur begegnete sie ihrer Mutter.

»Wo willst du hin?« fragte Barbara Stuffer.

»Bißchen Mofafahren. Gaby braucht's gerade nicht.«

»Wohin?« hakte die Mutter nach.

»Weiß noch nicht genau. Vielleicht bis Frasdorf. Mal sehen, ob ich Anni oder Katrin treffe.«

»Machst du mir auch nichts vor?«

»Aber, Mami, warum sollte ich denn?«

»Du könntest dich mit diesem jungen Mann im Sportwagen treffen wollen.«

Monika ärgerte sich so sehr, gerade weil sie sich keiner Schuld bewußt war, daß sie rot wurde.

Die Mutter deutete ihr Erröten anders. »Mir scheint, ich habe den Nagel auf den Kopf getroffen.«

»Aber, Mami, wie kannst du denn so was glauben?«

Die Mutter schnupperte. »Jedenfalls riechst du wie ein ganzer Parfümladen!«

»Wär's dir lieber, ich stänke nach Mist?« rief

Monika wütend, aber sie merkte selber sofort, daß sie zu weit gegangen war, und fügte in einem sanfteren Ton hinzu: »Entschuldige, Mami, aber was du auch dauernd hast! Ich habe mich geduscht und ein Toilettenwasser benutzt, genau das, was du mir selber geschenkt hast. Das tue ich doch fast jeden Tag, wenn ich von der Arbeit nach Hause komme.«

»Na schön, vielleicht habe ich mich geirrt. Du triffst dich also wirklich nicht mit diesem Menschen?«

»Und wenn ich es täte, wäre das denn so schlimm?«

»Also doch!«

»Nein, Mami, nein, wirklich nicht! Der ist inzwischen längst wieder in München! Ich möchte nur wissen, was so schlimm daran wäre.«

»Du weißt, daß du so gut wie verlobt bist.«

»So gut wie, aber doch noch nicht wirklich! Sepp hat noch nie mit mir darüber gesprochen.«

»Aber mit mir. Daß ihr heiratet, ist eine ausgemachte Sache.«

»Ihr habt das also ausgemacht? So einfach über meinen Kopf weg?«

»Ich hätte dir das vielleicht nicht sagen sollen.«

»Nein, wirklich nicht. Jetzt komme ich mir vor wie eine Kuh, die verkauft wird!«

»Nun übertreibe aber mal nicht. Du magst ihn doch, sonst hätte ich nie...«

Monika ließ ihre Mutter nicht aussprechen. »Natürlich mag ich ihn! Warum auch nicht? Es ist ja nichts gegen ihn einzuwenden. Aber er hat mir noch nie gesagt, daß ich ihm etwas bedeute!«

»Aber er zeigt es doch! Er ist immer nett zu dir...«

»Hast du eine Ahnung, wie oft der mich in der Firma anpfeift!«

»Du weißt, wie genau und wie zuverlässig er ist. Das gleiche erwartet er dann selbstverständlich auch von seinen Mitarbeitern. Aber er kümmert sich doch um dich! Er geht abends mit dir aus...«

»Aber meist mit mir und mit Gaby!«

»In seinem Benehmen Gaby gegenüber ist doch ein deutlicher Unterschied. Sag mir jetzt nicht, daß du das nicht spürst.«

Monika begriff, daß sie ihrer Mutter nicht klarmachen konnte, was ihr in ihrer Beziehung zu Sepp wirklich fehlte; sie wußte es ja selber nicht einmal ganz genau. »Ach«, sagte sie, »lassen wir das. Vielleicht wäre es ja nicht das schlechteste, ich würde ihn heiraten. Aber bis es so weit ist, werde ich ja doch wohl noch auch andere Männer treffen dürfen.«

»Nein, Monika«, sagte ihre Mutter ruhig und sehr bestimmt.

»Nicht? Aber es ist doch nichts dabei!«

»Ich weiß, du bist ein anständiges Mädchen. In dieser Beziehung mache ich mir keine Sorgen. Aber es würde Sepp verletzen, und mit Recht. Es geht um deinen und um seinen Ruf. Die Leute hier erwarten alle, daß ihr beide heiratet. Wenn du jetzt mit anderen Burschen herumziehst, macht das einen ganz schlechten Eindruck. Du weißt, wie die Leute denken. Ich wollte vorhin in Gabys Gegenwart nicht zu sehr mit dir schelten. Aber es war durchaus nicht passend, daß du mit diesem Münchner im offenen Auto durch die Gegend gefahren bist.« Monika riß entgeistert die Augen auf. »Ich denk', ich steh' im Wald!«

»Wenn du in Ruhe darüber nachdenkst, wirst du einsehen, daß ich recht habe.«

»Aber, Mami, ich bin doch erst siebzehn!«

»Das wird dir auf einmal klar? Erstaunlich. Sonst versuchst du doch immer, die Erwachsene zu spielen.«

»Du kannst doch nicht verlangen, daß ich auf jeden Spaß verzichte! Ich hab's ja eingesehen, daß wir wegen Vaters Tod nicht tanzen gehen dürfen...«

»Dazu solltest du nicht einmal Lust haben!«

»...aber ich kann doch nun nicht auf jeden Spaß verzichten!«

»Das sollst du ja auch nicht. Im Winter bist du Ski gefahren, jetzt hat die Tennissaison schon wieder begonnen, bald wirst du deinen Führerschein machen, um nur einiges aufzuzählen. Ich wünsche nur, daß du darauf verzichtest, mit fremden Männern herumzuziehen.«

»Aber Oliver Baron ist mir ja gar nicht mehr fremd!« platzte Monika heraus. »Wenn du es genau wissen willst: Ich habe mit ihm mehr geplaudert und gelacht als mit Sepp in der ganzen Zeit, seit ich ihn kenne!«

Nach diesem Ausbruch standen sich Mutter und Tochter stumm gegenüber.

»Ich wußte es«, sagte Barbara Stuffer dann tonlos und mit mühsamer Beherrschung, »ich habe gespürt, daß etwas mit dir nicht in Ordnung ist, gleich als du nach Hause kamst. Noch bevor Gabriele mir etwas erzählt hat, habe ich es gespürt.« Ihre Augen waren voller Schmerz.

»Mutter, bitte, nun mach doch nicht gleich ein Drama daraus! Es ist ja nichts passiert, und es wird auch nichts passieren. Oliver ist ein netter, intelligenter und lustiger Bursche. Aber du brauchst dich gar nicht aufzuregen. Ich habe mich entschlossen, ihn nie wiederzusehen, noch bevor du mir hier diesen ›trouble‹ gemacht hast.«

»Und das soll ich dir glauben?«

»Du weißt doch, ich lüge nie!« Einschränkend fügte sie hinzu: »Oder doch nur sehr selten. Ich will ihn nicht wiedersehn, einfach weil er mir zu städtisch ist. Irgendwie paßt er nicht zu uns, mal ganz davon abgesehen, daß ich gar nicht sicher bin, ob er sich wirklich für mich interessiert. Du kannst ganz beruhigt sein.

Meinetwegen sollst du keinen Kummer haben.« Sie nahm die Mutter zärtlich in die Arme. »Alles klar?«

»Wenn dein Vater noch lebte...« sagte Barbara seufzend.

»Ja, du hast ganz recht, dann hätte so was nie passieren können. Er hätte mich in seinem Auto zu uns auf den Berg gebracht. Warum kann diese Gaby auch nie pünktlich sein?«

Sofort nahm Barbara ihre Älteste in Schutz. »Es ist kein schlechter Wille von ihr! Sie hat so viel zu arbeiten. Alles dieses Latein und Mathematik und...«

»Ja, ja, ja!« Monika gab ihr einen zärtlichen Kuß. »Ich bin froh, daß mir das erspart geblieben ist.«

Die Mutter überhörte Monikas leichten Spott. »Ja, das solltest du wirklich! Du verdienst jetzt schon dein eigenes Geld...«

»...während die arme, arme Gaby auf deine großzügigen Spenden angewiesen ist! Kann ich jetzt fahren, Mami? Sonst lohnt es sich schon gar nicht mehr.«

»Mußt du denn jeden Tag losbrausen? Es wäre mir lieber, du würdest mir in der Küche helfen.«

Monika setzte schon zum Widerspruch an, dann aber besann sie sich anders und stimmte zu. »Von mir aus. Um des lieben Friedens willen. Es kommt ja auch nicht drauf an.«

»Was soll denn das nun schon wieder heißen?«

»Nichts. Gar nichts. Ich habe es bloß so gesagt.«

»Wenn du so wenig Lust hast, dann möchte ich doch lieber auf deine Hilfe verzichten.«

»Was heißt hier ›Lust‹? Hast du etwa Lust zu kochen? Und gerade dann, wenn du etwas ganz anderes vorgehabt hast?« »Vielleicht war es wirklich eine dumme Idee von mir. Nun fahr schon los!«

»Bist du mir auch wirklich nicht böse?«

»Nein, Monika. Aber, bitte, sei pünktlich zum Essen zurück. Auch wenn eine deiner Freundinnen dich einladen sollte. Ich möchte dich heute abend zu Hause haben. Nach all diesen Aufregungen. Das wirst du doch verstehen.«

Monika willigte ein.

Sie hatte gedacht, daß sie glücklich sein würde, wenn sie endlich auf ihrem Mofa saß und sich den Wind um die Ohren wehen lassen konnte. Aber sie war es nicht. Zu viele einander widersprechende Gedanken und Gefühle stritten sich in ihr, und die Ausfahrt bot ihr keine Gelegenheit, mit sich ins reine zu kommen.

So bog sie denn gleich hinter dem Dorf von der Hauptstraße ab und in einen Feldweg ein und hoppelte langsam und vorsichtig weiter, bis sie zu einer Bank kam. Dort stellte sie das Mofa ab und setzte sich.

Die Bank war für die Fremden aufgestellt, die sommers und winters in das Erholungsgebiet Karberg kamen, und bot einen Blick auf die Berge, deren bizarre Gipfel sich klar vom frühlingsblauen Himmel abzeichneten. Aber es war kein Föhn, und so wirkten sie nicht erdrückend nah und bedrohlich, sondern freundlich und einladend. Dennoch fühlte Monika sich beengt und eingekreist.

Sie hatte immer gerne hier gelebt und war überzeugt, daß der Karberg und Höhenmoos zu den schönsten Flecken Oberbayerns zählten. Das war auch der Grund gewesen, warum sie nicht, wie Gabriele, auf das Gymnasium gedrängt hatte, denn das bedeutete, jeden Tag nach Rosenheim hinein zu fahren. Wahrscheinlich wäre sie sogar so lange wie möglich auf der Hauptschule geblieben, wenn ihre Lehrer die Eltern nicht beeinflußt hätten, sie nach der 6. Klasse auf die Handelsschule zu schicken. Sie hatte die Strapaze nur auf sich genommen, weil sie gewußt hatte, daß sie in drei Jahren erlöst sein würde. Es war von vornherein ganz selbstverständlich gewesen, daß sie danach in der

Firma ihres Vaters arbeiten würde. Jetzt, zum ersten Mal, zweifelte sie daran, ob nicht alles in ihrem Leben zu selbstverständlich gewesen war, ob sie jemals eigene Entschlüsse gefaßt oder sich einfach auf eine bestimmte Bahn hatte schieben lassen. Sie fühlte sich manipuliert.

Dabei mußte sie sich zugeben, daß sie bisher niemals auch nur den Wunsch gehabt hatte, etwas anderes zu tun, als die Mutter von ihr erwartete. Als der Vater noch lebte, waren sie hin und wieder alle zusammen nach München gefahren, hatten ein Konzert gehört oder eine Theateraufführung besucht. Einmal war sie auch mit der Schule im Deutschen Museum gewesen. Die Großstadt hatte ihr gefallen, wenn sie sie auch als ziemlich verwirrend empfunden hatte, und sie war jedesmal wieder froh gewesen, wenn nach dem Irschenberg die Alpenkette wieder vor ihr aufgetaucht war. Ihr genügte die kleine Kreisstadt Rosenheim, die sie mit dem Bus erreichen konnte, um einzukaufen, ins Kino zu gehen oder Pizza zu essen, auch einmal abends eine Vorführung in der neuen Stadthalle zu besuchen.

Ihr gefiel das Leben auf dem Karberg mit den vielen Möglichkeiten, Sport zu treiben, all den Freundinnen, die sie hatte, den Burschen, die sie kannte. Sie liebte ihr Elternhaus mit dem weiten Blick ins Tal, ihrem gemütlichen Zimmer mit den Postern an den Wänden, die sie nach Geschmack und Laune auswechseln konnte, und sie war auch durchaus bereit, den guten Sepp zu heiraten. Nein, Oliver Baron war nichts für sie, dessen war sie sicher, obwohl ihr Herz unsinnigerweise schneller zu klopfen schien, sooft sie an ihn dachte.

Wenn die Mutter nur verstanden hätte, daß sie trotz ihrer Gefügigkeit und ihrem Einverständnis zu dem Lebensplan, den man ihr gemacht hatte, doch auch ein wenig Freiheit brauchte, vielleicht auch nur die Illusion von Freiheit! Später, wenn sie erst verheiratet war, würde ohnehin alles vorbei sein. Sepp würde Kinder haben wollen, und die wollte sie ja auch. Aber wenn sie erst da waren, würde sie ans Haus gebunden sein. Sie würde nicht mehr in der Firma arbeiten, wahrscheinlich kaum noch Sport treiben, nicht mehr ins Kino fahren können und allein abends ausgehen schon gar nicht. Außer Besuchen und Gegenbesuchen von Nachbarinnen und Freundinnen, abends Fernsehen und Spaziergängen mit der Familie würde es nichts mehr für sie geben. Die Männer nahmen ihre Frauen nicht mit ins Wirtshaus und nicht auf Tanzereien, das war hier nun einmal so. Auch ihr Vater hatte seine Frau ja kaum jemals irgendwohin mitgenommen, vielleicht dreimal im Jahr, und dann zu Einladungen von Geschäftsfreunden, die wiederum ihre Ehefrauen mitbrachten, wobei das Vergnügen sich sehr in Grenzen hielt.

Jetzt, nach der Schule und vor der Ehe, war doch die einzige Zeit, in der sie Freiheit brauchte und sich Freiheit auch hätte leisten können, wenn die Mutter nicht so streng gewesen wäre. Diese Verständnislosigkeit machte Monika das Herz schwer.

In den nächsten Wochen verlief Monikas Leben in der gewohnten Bahn, aber über ihre schöne heile Welt war ein Schatten gefallen, der nicht, wie sie gehofft hatte, gleich wieder verschwand, sondern sich verdunkelte. Oft sagte sie sich, daß es an ihr selber lag, aber das half nichts. Überempfindlich reagierte sie auf all jene Mahnungen der Mutter, die sie früher als selbstverständlich hingenommen hatte. Es war, als hätte sie sich einen Dorn ins Fleisch gezogen, der bei jedem ›Aber bleib nicht so lange aus!‹, ›Mußt du denn schon wieder fort?‹ und ›Was hast du vor?‹ tiefer und tiefer eindrang. Auch Sepps manchmal etwas barsche Art, die ihr sonst gar nichts ausgemacht hatte, weil sie wußte, daß er es nicht böse meinte, verletzte sie jetzt.

»Mußt du denn dauernd auf mir herumtrampeln?« schrie sie einmal zurück.

Er ließ seine Brille auf die Nasenspitze rutschen und blickte sie über die Gläser hinweg ganz erstaunt an. »Man wird doch wohl noch was sagen dürfen.«

»Aber nicht in diesem Ton!«

»Meine Geduld hat Grenzen.«

»Meine auch!« brüllte sie, zog sich in ihr kleines Büro zurück und schlug die Tür hinter sich zu.

Voll Wut und Selbstmitleid wartete sie danach darauf, daß die Mutter ihr wegen ihres Benehmens Vorwürfe machen würde. Aber dazu kam es nicht. Er war zu klug, um sich bei Barbara zu beschweren. Statt dessen bemühte er sich, ihr gegenüber nachsichtiger und höflicher zu ein, aber das hatte zur Folge, daß ihr Umgangston seine Natürlichkeit verlor. Einmal rief Oliver Baron an und wollte mir ihr plaudern. Es gelang ihr, ihn kühl und geschäftsmäßig abzufertigen, und sie war stolz auf sich. Nachts aber kamen ihr die Tränen.

Als er dann wieder vor ihr stand – er brachte den Computer und die Disketten –, war es ihr nicht möglich, ihre ablehnende Haltung zu bewahren. Sie versuchte es, kam sich aber bald albern vor. Sein Charme brachte ihren Widerstand zum Schmelzen.

Sepp, der sich zuerst die Programme hatte vorführen lassen, ließ die beiden jungen Leute dann allein, damit er ihr den Umgang mit dem Computer genau erklären konnte.

Er machte es ihr vor. »Siehst du, es ist ganz einfach: Die Programmdiskette kommt in das rechte Laufwerk, in die linke die zu beschriftende Diskette. Dann drückst du auf das kleine ›b‹ und gibst euer Codewort ein und drückst die Leertaste. Dann erscheint mit Zahlen versehen das gesamte Programm auf dem Bildschirm. Du drückst die Zahl, die du haben willst, zum Beispiel drei ›Hilfsarbeiter‹. Siehst du, jetzt tippst du den Namen ein! In die Rubrik ›Alter‹ das Alter, in die ›Antritt‹, wann er bei eurer Firma eingetreten ist, ›Lohn‹ ist ja ganz klar und so weiter und so fort. Versuch es einmal selber!«

Sie wechselten die Plätze, und er stand jetzt dicht hinter ihr. Monika hatte sich auf den Computer gefreut und versuchte, alles richtig zu machen. Aber es gelang ihr nicht.

»Tut mir leid, daß ich mich so dumm anstelle!« sagte sie endlich. »Aber du machst mich nervös!«

»Wieso denn? Ich bin doch ganz still!«

»Ich weiß auch nicht, woran es liegt, aber ich kann mich einfach nicht konzentrieren.« Sie wandte ihm das Gesicht zu und blickte geradewegs in seine schönen braunen Augen, in denen die grünen Fünkchen glühten.

»Mein armes Mädchen!« sagte er lächelnd.

»Ich komme mir ja so blöd vor!« klagte sie.

»Weißt du was, du schreibst es dir einfach auf, Punkt für Punkt. Ich geh dann für eine Weile nach draußen, und du versuchst es allein!«

»Das Zimmer ist einfach zu eng für zwei Personen.«

»Ja, daran wird's schon liegen!« Er diktierte ihr, was zu tun war, und trat dann auf den Hof hinaus.

Monika atmete tief durch, wartete ab, bis sich ihr Pulsschlag normalisiert hatte, und drückte, wie angegeben, eine Taste nach der anderen. Zu ihrer freudigen Verblüffung erschien die Rubrik ›Hilfsarbeiter‹ tatsächlich auf dem Bildschirm. Mutig geworden, tippte sie den Namen eines Mannes ein, der ihr gerade einfiel, und er erschien an der dafür gedachten Stelle.

»Ich hab's!« schrie sie, sprang auf und stürzte in den

Hof. »Oliver, ich hab's!« Nahe daran, sich ihm in die Arme zu werfen, konnte sie den Schritt knapp vorher noch stoppen.
In seinen Augen glaubte sie zu lesen, daß er begriff, was beinahe passiert wäre, und sie wich ein wenig zurück.
»Wußt ich's doch!« sagte er, gar nicht überrascht.
Sepp Mayr kam heraus. »Was macht ihr denn hier?«
»Sepp, ich hab's schon raus! Ich hab's kapiert!«
»Schlimm, wenn es anders wäre. Aber ich verstehe trotzdem nicht, warum ihr hier draußen rumsteht.«
»Ich habe Fräulein Stuffer allein gelassen, damit sie es ganz selbständig versuchen konnte, und gerade eben kam sie mit der Erfolgsmeldung«, erklärte Oliver rasch und glatt.
»Dann können Sie also schon wieder zurück.«
»Nein, so schnell denn doch nicht. Das war erst der Anfang.«
»Ach so. Na, bitte. Wie lange wird's noch dauern?«
»Schwer zu sagen«, wich Oliver aus.
Sepp warf einen Blick auf seine Armbanduhr. »Ich muß noch fort. Gabriele kann dich heute nicht abholen. Wenn ihr fertig seid, wartest du einfach auf mich, ja?«
»Ich kann Fräulein Monika ja nach Hause bringen«, erbot sich Oliver.
»Sehr nett von Ihnen!« und »Bitte, nicht!« sagten Sepp und Monika gleichzeitig.
Die beiden Männer blickten Monika an.
»Was ist denn los mit dir?« fragte Sepp.
Und Oliver: »Warum denn nicht?«
Sie biß sich auf die Lippen. »Es ist nur, weil Mutter es nicht für richtig hält. Sie hat mir schon einmal einen Riesenwirbel deswegen gemacht.«
»Wann war denn das? Davon weiß ich ja gar nichts.«

»Als...« Monika stockte, wußte nicht, ob sie »Herr Baron« oder »Oliver« sagen sollte, fand dann eine neutrale Lösung. »...er zum ersten Mal hier war.«

»Deine Mutter ist übermäßig besorgt um dich. Aber du hast recht, wir dürfen ihr keinen unnötigen Kummer bereiten.« Sepp lächelte ihr zu. »Also wartest du auf mich. Ich werde mich beeilen.« Er grüßte Oliver, stieg in seinen Mercedes und setzte das schwere Auto rückwärts aus dem Hof. »Er hätte nichts dagegen gehabt«, sagte Oliver vorwurfsvoll.

»Kann schon sein.«

»Aber du mußtest alles vermasseln.« Er wirkte nicht mehr strahlend und selbstsicher wie sonst; sein Gesicht hatte sich verdüstert, die Lippen waren schmal geworden, und die grünen Funken in seinen Augen schienen erloschen.

Monika versuchte leichthin zu reden. »Nimm's nicht tragisch!«

»Nie hätte ich dir so eine Gemeinheit zugetraut. Ich hatte mich auf das Wiedersehen mit dir wie ein Verrückter gefreut, und die Gelegenheit war so günstig...«

»Für was?« fiel Monika ihm ins Wort.

»Ein bißchen mit dir spazierenzufahren, was sonst? Meinst du, ich hätte vorgehabt, dich zu verführen?«

»Du mußt mich für eine schreckliche Landpomeranze halten.«

Er trat auf sie zu, packte sie bei den Schultern und schüttelte sie. »Warum? Sag mir, warum bloß hast du das getan?«

Sie fühlte, wie die Knie unter ihr nachzugeben drohten; mit letzter Beherrschung forderte sie: »Laß mich los: Sofort! Wir sind nicht allein!«

Tatsächlich waren zwei Männer damit beschäftigt, Bretter vom Hof in die Fabrikhalle zu schleppen.

Er gab sie frei. »Ich will eine Antwort!«

»Aber die hast du doch schon. Es ist genauso, wie ich es vorhin erklärt habe. Meine Mutter hat sich letztes Mal aufgeregt.«

»Das ist doch unsinnig! Wie kannst du dir ein so harmloses Vergnügen verbieten lassen?«

»Für mich ist es nicht ganz so harmlos, Oliver!«

Seine Züge entspannten sich. »Monika!«

Sie wich vor ihm zurück. »Und jetzt wollen wir wieder an die Arbeit gehen, ja? Es ist noch nicht Feierabend.« Sie ging in ihr Büro zurück, und es blieb ihm nichts übrig, als ihr zu folgen.

Die nächste Stunde wurde für Monika zu einer Qual. Seine Nähe, die Verwirrung ihrer Gefühle, der Zwang, sich auf ein ihr bisher unbekanntes Metier zu konzentrieren, dies alles versetzte sie in einen Zustand, der sie einem Zusammenbruch nahebrachte.

Dabei bemühte sich Oliver, sie nicht zu verunsichern. Erst als sie Sepps Auto wieder in den Hof einfahren hörten, sagte er: »Wir müssen uns wiedersehen Monika! Du willst es doch auch.«

»Nein, Oliver. Es wäre sinnlos.«

»Sag doch so was nicht!«

»Es ist die Wahrheit.«

»Du machst dir was vor!«

Sie war froh, daß Sepp das Gespräch unterbrach. Er steckte den Kopf durch die Tür, die zu seinem Büro hin offenstand, und fragte: »Komme ich etwa zu früh?«

»Nein, Sepp, wir haben es gerade geschafft.«

»Na, da bin ich aber froh. Ich hätte mich ungern wegen nichts und wieder nichts derartig gesputet. Dann schreib jetzt gleich den Scheck für ›Arnold und Corf‹ aus!«

»Wegen des Zusatzgerätes für die Schreibmaschine habe ich mich erkundigt«, sagte Oliver rasch, »es würde...«

Sepp winkte ab. »Ein andermal. Monika hat in der nächsten Zeit genug damit zu tun, ihren Computer zu speichern.«

»Aber es würde ihr Routinearbeiten abnehmen und damit Zeit sparen!«

»Das glaube ich Ihnen ja gerne. Wir können uns später noch einmal darüber unterhalten. Das letzte Wort in dieser Sache ist noch nicht gesprochen.«

Mit dieser Enscheidung mußte Oliver sich zufriedengeben. Monika stellte den Scheck aus, Sepp unterschrieb, und er bedankte sich, als er ihn einsteckte.

Der Abschied fiel kühl und förmlich aus.

»Sag mal, Monika, ist der Kerl dir gegenüber etwa frech geworden?« fragte Sepp, als er sie den Karberg hinauffuhr.

»Nein, im Gegenteil. Er hat bemerkenswert gute Manieren und ist ausgesprochen höflich.«

»Das ist genau mein Eindruck.«

»Warum fragst du dann so was?«

»Es war doch merkwürdig, daß du dich von ihm nicht nach Hause bringen lassen wolltest.«

»Nur Mamis wegen. Weil ich keinen Ärger haben will.«

Er sah sie von der Seite an. »Du bist nicht sehr glücklich in letzter Zeit.«

»Wie kommst du darauf?«

»Weil du mit einer Trauermiene herumläufst. Erzähl mir jetzt nicht, daß das mit dem Tod deines Vaters zusammenhängt. Den hast du doch mit einiger Haltung verkraftet.«

Monika versuchte, ihre Betroffenheit hinter Spott zu verbergen. »Ich wußte gar nicht, daß du ein so scharfer Beobachter bist!«

»Das hat's nicht gebraucht.« Danach schwieg er.

Monika glaubte, eine Erklärung abgeben zu müssen. »Ich fühle mich einfach nicht wohl in meiner Haut. Ich komme auch mit Mami nicht zurecht. Sie behandelt mich wie ein Baby.«

»Das bist du wohl auch in ihren Augen.«

»Aber ich bin ja fast erwachsen.«

»Mütter sind nun mal so. Es ist Unsinn, sich darüber zu ärgern. Meine Mutter fragt heute noch: ›Bub, bist du auch warm genug angezogen?‹ oder sie sagt: ›Ich verstehe nicht, warum du keinen Regenschirm mitnehmen willst!‹ und lauter solche Sachen.« Er lachte in sich hinein.

»Ja, du kannst darüber lachen! Aber deine Mutter kann dir auch nichts mehr ernstlich verbieten oder dir irgendwelche Vorschriften machen.«

»In ein paar Wochen, wenn du erst achtzehn bist, ist das auch vorbei.«

»Da kennst du Mami schlecht! Solange ich in ihrem Haus lebe, werde ich tun müssen, was sie von mir verlangt. Das hat sie mir selber oft genug gesagt.«

»Dann solltest du ausziehen.«

Monika richtete sich auf. »Ist das dein Ernst?«

»Es ist ein Vorschlag. Ich wollte zwar jetzt noch nicht darüber sprechen, es schien mir nicht der richtige Zeitpunkt... das Trauerjahr, du weißt ja... aber ich glaube doch, daß wir uns längst einig sind. Ich meine, wir sollten so bald wie möglich heiraten.«

Darauf wußte sie nicht sogleich etwas zu antworten. »Ich bin so verwirrt«, sagte sie endlich.

»Im Herbst wird mein neues Haus fertig. Wir können es uns dann gemütlich einrichten, und im Januar, wenn das Trauerjahr um ist, ziehst du bei mir ein. Ich denke, du wirst in den ersten Jahren noch keine Kinder wollen. Das ist mir recht so, du bist ja noch sehr jung. Außerdem brauche ich dich auch noch in der Firma. Du wirst also weiter leben können wie bisher, nur daß dir niemand mehr etwas hereinreden wird.«

»Außer dir!«

Er lachte. »Du hältst mich doch hoffentlich nicht für einen Tyrannen! Von mir aus kannst du schalten und walten, wie du möchtest. Das verspreche ich dir. Wir werden viel mehr zusammen unternehmen können. Ein guter Tänzer bin ich allerdings nicht, das weißt du ja. Dafür wirst du mich im Tennis kaum je schlagen, und auf den Brettern stehe ich genau so gern wie du, wenn es nur meine Zeit erlaubt. Wir können auch zusammen übers Wochenende wegfahren, wenn auf dem Karberg noch nicht genug Schnee liegt.«

»Das alles klingt sehr verlockend«, sagte sie lahm.

»Wir werden auch Gaby nicht mehr dauernd am Bein haben.«

»Stört sie dich?«

»Sie nicht. Aber ihr Benehmen. Sie ist wirklich noch sehr unreif.«

»Ich auch, Sepp.«

»Diese Bemerkung zeigt schon, daß du es nicht bist. Du wirst eine prachtvolle Frau und Mutter werden. Ich verspreche dir, daß ich dir Zeit lasse. In jeder Hinsicht.«

Monika verstand nicht ganz, was er ihr sagen wollte, und sie schwieg.

»Du mußt dich nicht jetzt entscheiden. Denk darüber nach!«

»Das werde ich, Sepp«, versprach sie, aber sie war noch verwirrter als zuvor.

Hätte er nur ein Wort von Liebe gesprochen, vielleicht hätte sie sich auf der Stelle für ihn entschieden. Aber sie wagte nicht zu sagen, was sie vermißte, weil sie fürchtete, daß er sie nur auslachen würde. Vielleicht war ja alles gut und richtig so, vielleicht war sie selber dumm, vielleicht ging es wirklich im Leben anders zu als in den Romanen, die sie gelesen hatte. Aber sie sehnte sich nach einem zärtlichen Wort, wünschte, er würde mit ihr in einen der Seitenwege einbiegen, sie in die Arme nehmen und küssen. Dann, glaubte sie, hätte sie gewußt, woran sie mit ihm und mit sich selber war.

Aber er tat es nicht, sondern fuhr sie geradewegs durch das Dorf und zum Haus ihrer Mutter.

Dort stieg sie aus. »Bis morgen, Sepp«, sagte sie mit einem unsicheren Lächeln.

Er hatte die Hand am Griff der Tür, um sie hinter ihr ins Schloß zu ziehen. »Grüß Barbara!«

»Werd' ich!« rief sie.

Aber er hörte sie nicht mehr, denn er war schon dabei zurückzusetzen.

Die Tage gingen dahin. Monika arbeitete angespannt im Büro. Sie mußte sich stark konzentrieren, um die erforderlichen Daten in den Computer einzuspeichern. Aber die Arbeit lenkte sie ab und machte ihr Freude. Zweimal in der Woche hatte sie Fahrstunden, und auch damit gab sie sich Mühe. Wenn sie frei hatte, spielte sie Tennis, ging schwimmen oder fuhr mit dem Mofa herum. Bei Regenwetter lief sie, um fit zu bleiben, morgens den Karberg zu Fuß hinunter und in die Firma. Aber es war ein schöner Sommer, und es regnete nicht allzu oft.

Immer wieder sagte sie sich, daß sie allen Grund hatte, glücklich zu sein. Aber sie war es nicht.

Die Führerscheinprüfung bestand sie auf Anhieb und wurde von ihrer Schwester und ihren Freundinnen ein wenig neidvoll beglückwünscht.

Sepp gratulierte sehr herzlich. »Du kannst stolz auf dich sein!«

»Aber wieso?« entgegnete sie. »Es war gar nicht schwer, und Auto fahren kann schließlich jeder Depp.«

Unendlich viel schwerer schien es ihr, eine Entscheidung über ihre Zukunft zu treffen. Selbst wenn Sepp sich in der Ehe so verhalten würde, wie er es ihr versprochen hatte, kam es ihr doch vor, als würde sie nur einen Käfig mit dem anderen tauschen. Sie fühlte sich wie ein junger Vogel, der doch auch ein bißchen fliegen und flattern will, bevor er ein Nest für seine Jungen baut.

Der achtzehnte Geburtstag brachte eine große Überraschung. Im Hof der Fabrik wartete ein strahlendblaues kleines Auto auf sie. Sie war überwältigt.

»Für dich!« sagte Sepp lächelnd. »Umtausch ausgeschlossen. Hoffentlich gefällt er dir.«

»Gefallen ist gar kein Ausdruck! Aber er sieht ja noch ganz neu aus!«

»Er ist neu.«

»So etwas Teures kann ich mir doch nicht von dir schenken lassen!«

»Von deiner Mutter und mir. Wir haben ihn zusammen ausgesucht. Er ist als Firmenwagen eingetragen.«

Ein Schatten fiel über ihre Freude. »Also gehört er gar nicht mir!«

»Aber ja doch. Es ist nur wegen der Steuer. Du brauchst ein Auto. In der Zukunft wirst du wahrscheinlich auch öfter mal nach München müssen. Darüber hinaus steht er dir privat zur Verfügung. Abrechnen kannst du natürlich nur das Benzin, das du für die Firma verfährst.«

»Eine praktische Lösung«, sagte sie nicht ohne Bitterkeit.

»Du mußt das verstehen. Du bist doch Geschäftsfrau.«

»Bin ich das wirklich?«

»Was denn sonst?« Er übergab ihr die Schlüssel. »In der Mittagspause kannst du ihn ausprobieren. Ich komme natürlich mit.«

»Warum bist du nur so?« begehrte sie auf.

Er ließ seine Brille auf die Nasenspitze rutschen und sah sie über die Gläser hinweg an. »Wie denn?«

»Ich kann's nicht sagen! Aber du hast eine Art, einem jeden Spaß zu verderben.«

»Erklär mir das näher!« sagte er mit einem Blick auf die Armbanduhr.

Aber sie hatte schon keine Lust mehr, sich mit ihm auseinanderzusetzen. Sie wußte, sie konnte ihm nicht klarmachen, wieso ihr der schäbigste Gebrauchtwagen als ein wirkliches Geschenk lieber gewesen wäre, ein Auto, in das sie auch einmal eine Beule hätte praktizieren können, ohne Vorwürfe befürchten zu müssen. Er würde auch nicht verstehen, wie ernüchternd das alles für sie war und daß sie jetzt, sofort, hätte fahren mögen und sich nicht bis zur Mittagspause gedulden müssen. Sie kannte seine Argumente, auch ohne daß er sie aussprach. Aber wäre es denn nicht wirklich möglich gewesen, sie heute, an ihrem Geburtstag, mal ein halbes Stündchen schwänzen zu lassen?

»Was soll's«, sagte sie, »es ist doch sinnlos.«

Sepp, der Szenen haßte, ließ es dabei bewenden. Später einmal sollte er denken, daß er die Gelegenheit zu einer Aussprache verpaßt hatte.

Am späten Vormittag überbrachte dann ein Bote einen Strauß langstieliger, gelber Rosen aus einem Geschäft in Prien. Monika errötete vor Freude, noch ehe sie wußte, wer der Spender war. »Oh, Sepp!« rief sie.

Er runzelte die Stirn. »Du glaubst doch nicht etwa, die sind von mir?«

»Und warum nicht?«

»Du scheinst mich schlecht zu kennen. Ich würde nie etwas über Fleurop besorgen lassen. Die Anfahrt von Prien kostet doch schon ein Vermögen. Rausgeschmissenes Geld, wenn du mich fragst.«

Monika enthüllte die Rosen und steckte ihre Nase hinein. »Es sind achtzehn Stück!« sagte sie begeistert.

Aber er tat, als wäre er in seine Arbeit vertieft, und murmelte nur etwas Unverständliches.

»Ich muß sie rasch ins Wasser stellen!«

Monika lief aus dem Büro in ihr eigenes kleines Arbeitszimmer. Dort erst riß sie den Umschlag ab und öffnete ihn. ›Herzlichen Glückwunsch zur endlich erreichten Freiheit!‹ las sie. ›Wann sehen wir uns wieder? In Sehnsucht – Oliver.‹

Einen Augenblick stand sie verwirrt. Der Wunsch, diesen zärtlichen kleinen Glückwunsch zu bewahren, war stärker als der Druck, das Kärtchen sofort zu vernichten; hastig ließ sie es in einem Seitenfach ihrer Umhängetasche verschwinden. Dann holte sie ihr größtes Marmeladenglas, füllte es am Waschtisch der Toilette mit Wasser und stellte die Rosen hinein.

Sepp erwartete sie schon ungeduldig. »Können wir?«

»Aber ja doch.« Sie setzte sich an die Schmalseite des Schreibtisches, wo ihr Stenoblock noch aufgeschlagen lag, und nahm den Bleistift zur Hand.

Er diktierte das Übliche: ein paar Mahnungen, einige Bestellungen und eine Bewerbung mit Kostenvoranschlag für ein großes Bauvorhaben in München. Wie immer arbeitete er sehr konzentriert, und sie hoffte schon, daß er die Sache mit den Rosen vergessen hätte.

»Das wär's«, sagte er endlich.

Monika stand auf.

»Von wem sind sie?« fragte er unvermittelt.

Monika verstand ihn sofort. »Was?« fragte sie trotzdem. »Na, du weißt schon. Stell dich nicht dumm!«

»Du meinst die Rosen? Von Oliver Baron.«

»Wer ... ach ja, ich weiß, es ist der junge Mann von ›Arnold und Corf‹.« Mit einem spöttischen Lächeln fügte er hinzu: »Sieh mal einer an! Ein kluger Junge!«

»Was willst du damit sagen?«

»Daß er uns, scheint's, noch mehr verkaufen möchte.«

»Ja«, gab sie zu, »sicher.«

»Die Taktik ist nicht neu, aber immer wieder wirkungsvoll. Willst du was vom Chef, dann schenk seiner Sekretärin Rosen.« Sepp irrte sich so sehr, daß sein Spott Monika nicht verletzte.

»Vielleicht hast du recht«, sagte sie ganz ruhig, »ich finde es aber trotzdem nett. Wie er bloß herausgebracht hat, daß ich heute Geburtstag habe?« Sie bereute diese Frage sofort.

Aber er antwortete nur uninteressiert: »Da gibt es Mittel und Wege.«

Als Monika am späten Nachmittag nach Hause kam, öffnete Gabriele das Garagentor von innen, noch ehe sie ausgestiegen war.

Monika hob die Hand zum Gruß. »Danke für den Service!«

»Na toll!« sagte Gabriele neidvoll. »Du hast es geschafft, Kleine.«

»Bring dich in Sicherheit!« Monika hatte vorgehabt, das Auto rückwärts in die Garage zu setzen, zog es aber vor, unter den kritischen Augen ihrer Schwester auf das Kunststück zu verzichten, und fuhr einfach hinein.

Gabriele streichelte das Schutzblech. »Ich frage mich wirklich, mit was du den verdient hast.«

Monika nahm ihre Umhängetasche und die Blumen, deren Stengel sie in feuchtes Zeitungspapier gewickelt hatte, und stieg aus.

»Rosen auch noch!« schrie Gabriele.

Monika lächelte nur.

»Aber die sind nicht von Sepp!« behauptete die Schwester. »Wie kommst du darauf?«

»Sepp würde für so was nie Geld ausgeben, so lange wir jede Menge im Garten haben! Also... von wem sind sie?«

»Das geht dich einen Dreck an!« erwiderte Monika freundlich.

Sofort stürzte Gabriele ins Haus. »Mami, Mami!« schrie sie. »Stell dir vor, Monika hat Rosen geschenkt gekriegt... und sie will nicht sagen, von wem!«

Barbara Stuffer kam ihren Töchtern im Hausflur entgegen. »Aber mir wird sie es erzählen«, sagte sie lächelnd.

Monika drückte ihr einen Kuß auf die Wange. »Dank für das fabelhafte Auto!

»Zeig mal die Rosen! Die sind aber wirklich sehr schön! Du solltest die Stengel gleich noch einmal schräg abschneiden, bevor du sie in die Vase gibst.«

»Mach ich, Mami.«

»Und wer hat sie dir spendiert?«

»Kann man denn in diesem Haus nie ein Geheimnis haben?« protestierte Monika.

Barbara lachte. »Nein, wirklich nicht. Damit fangen wir gar nicht erst an.«

Monika gab auf. »Na, wenn ihr es absolut wissen wollt: sie sind von ›Arnold und Corf‹. Die können sie sicher von der Steuer absetzen.«

»›Arnold und Corf‹«? wiederholte Gabriele verständnislos.

»Das ist die Firma, von der wir den Computer haben. Die wollen uns noch einiges mehr verkaufen. Deshalb die Blumen.«

»Das nehme ich dir nicht ab!« sagte Gabriele prompt. »›Arnold und Corf‹, jetzt erinnere ich mich wieder! Von denen war doch dieser Typ, der dich in seiner Angeberkutsche nach Hause gefahren hat!«

»Weil du mich wieder mal hattest hängenlassen!« parierte Monika geistesgegenwärtig. »Gott, bin ich froh, daß ich endlich ein eigenes Auto habe!« Sie stürmte an Mutter und Schwester vorbei die Treppe hinauf und ins Bad.

Dort schloß sie sich ein, nahm Olivers Kärtchen aus der Tasche, las noch einmal die zärtlichen Zeilen, dann zerriß sie es in kleine Schnipsel und spülte es im Klo hinunter.

Dabei liefen ihr Tränen über die Wangen, aber sie wußte selber nicht, ob es Tränen der Trauer oder der Liebe waren. Erst als sie sich wieder gefaßt hatte, lief sie hinunter, um sich eine Vase zu holen.

Für den Abend hatte die Mutter ein festliches kleines Essen vorbereitet. Die Geburtstagsfeier mit den Freunden und Freundinnen sollte am Wochenende nachgeholt werden. Heute war nur Sepp eingeladen, und er wirkte im dunklen Anzug mit silbergrauer Krawatte sehr elegant.

Er hatte Monika eine goldene Brosche in Form einer Schleife mitgebracht. »Als Zeichen meiner Liebe!« sagte er.

»Oh, die ist aber reizend!« rief Monika und küßte ihn auf die Wange; sie hatte ihr langes blondes Haar noch am Nachmittag gewaschen, und es fiel ihr wie eine schimmernde Wolke über Schultern und Rücken.

Auch die Mutter und Gabriele bewunderten das kleine Schmuckstück. Monika freute sich wirklich über die Brosche und steckte sie sich gleich an. Aber sie hatte das ungute Gefühl, daß Sepp vorhaben könnte, ihren Geburtstag in eine Verlobung umzufunktionieren. Dazu trug bei, daß er sehr viel schweigsamer als sonst war und leicht gehemmt wirkte. Monika versuchte sich einzureden, daß es nur an dem ungewohnten feinen Anzug lag. Aber ihr Unbehagen blieb, und auch sie war ziemlich still, stiller, als es dem Anlaß entsprach.

»Was ist los mit dir?« fragte die Mutter, als sie beim Braten saßen. »Wieso kriegst du die Zähne nicht auseinander?«

»Siehst du nicht, wie ich kaue?« entgegnete Monika mit vollem Mund.

»Du weißt genau, was ich meine. So lange hast du dich auf diesen Tag gefreut, und jetzt könnte man fast meinen, du wärst enttäuscht. Was hattest du dir denn erwartet?«

»Laß sie in Frieden, Barbara!« mischte Sepp sich ein. »Man muß ja nicht immer plappern, wenn man vergnügt ist!«

»Aber sie ist nicht vergnügt, Sepp. Ich kenne sie doch. Willst du nicht sprechen, Monika?«

»Sie ist enttäuscht, daß Sepp ihr keine roten Rosen geschenkt hat!« stichelte Gabriele.

Monika ließ Messer und Gabel sinken. »Ich finde, es besteht kein Grund, Juhu zu schreien, wenn man erwachsen wird...«

»Auf einmal nicht?« warf Gabriele ein.

»...sondern gründlich nachzudenken!« beendete Monika ihren Satz.

»Über was?« fragte Gabriele.

»Über alles!« Monika fühlte alle Aufmerksamkeit auf sich gerichtet und entschloß sich spontan, zum Angriff überzugehen. »Es ist doch alles ganz so geblieben, wie es war. Ich kann doch heute hundertmal erwachsen geworden sein, aber in euren Augen bin ich es doch nicht. Ihr behandelt mich weiter wie ein Kind.«

Gabriele lachte. »Hast du erwartet, daß wir plötzlich ›Sie‹ zu dir sagen?«

»Du kannst deine Situation ändern!« sagte Sepp eindringlich. »Erinnere dich, daß ich dir einen Vorschlag gemacht habe.«

»Was für einen Vorschlag?« fragte die Mutter sofort, aber sie bekam keine Antwort.

»Ich möchte endlich selbständig werden!« verlangte Monika.

»Wenn du von nun an deine Sachen allein in Ordnung halten willst, ist nichts dagegen einzuwenden!« erwiderte die Mutter. »Aber kochen darf ich doch wohl auch in Zukunft noch für dich.«

»Du verstehst mich überhaupt nicht!« sagte Monika scharf. »Ich möchte Abstand von euch gewinnen, mich endlich freischwimmen... ach, ich weiß nicht, wie ich euch das erklären soll.«

»Wahrscheinlich weißt du selber nicht, was du willst. Jedenfalls sind das keine Tischgespräche.«

»Wer hat denn damit angefangen?« rief Monoka. »Ich doch nicht! Ich habe ganz still und friedlich dagesessen. Aber nicht einmal seine eignen Gedanken darf man hier bei euch haben!«

»Bitte, nicht dieser Ton!«

Monika schnappte Luft und sagte beherrscht: »Selbst wenn ich es dir mit Engelstönen flöten würde, du wärst dagegen. Aber, daß du es weißt: ich will fort von hier.«

»Fort?« Mutter und Schwester sagten es fast gleichzeitig und sahen Monika entgeistert an.

Sepp reagierte nicht so überrascht; er nippte an seinem Weinglas.

»Wohin um alles in der Welt?« fragte die Mutter.

»Irgendwohin. Ich weiß es nicht.«

»Wenn du wenigstens einen Plan hättest...«

»Den werde ich mir schon noch machen!«

»Aber wozu? Seit wann gefällt es dir nicht mehr hier? Du hast doch alles, was du brauchst! In der Firma bist du doch gar nicht zu ersetzen! Nun sag du doch auch mal etwas, Sepp!«

Er blickte in sein Glas, als könnte er darin der Wahrheit letzten Schluß ergründen. »Ich glaube, ich kann Monika ganz gut verstehen. Sie möchte sich den

Wind ein bißchen um die Nase wehen lassen.« Jetzt sah er sie an. »Ist es das?«

»Ja, Sepp!« rief sie erleichtert. »Du hast es erfaßt! Ich will ja nicht für immer fort, Mami! Ich weiß doch, wie schön es hier ist und daß es mir an nichts fehlt! Ich bin ja kein Idiot! Ich möchte wirklich nur mal etwas anderes kennenlernen, Erfahrungen sammeln...«

»Erfahrungen?« rief die Mutter dazwischen. »Ein anständiges Mädchen braucht keine Erfahrungen!«

»...auf eigenen Füßen stehen! Ich denke nicht an Männerbekanntschaften, Mutter! Ich will nur mal feststellen, wie es ist, wenn man allein lebt, von dem Geld, das man sich selber verdient... nur auf ein Jahr, Mami!«

»Und ich will wetten, daß sie nach einem Jahr reumütig wieder zurückkommt!« unterstützte Sepp sie.

»Ja, seid ihr denn alle beide wahnsinnig geworden? Sepp, du willst zulassen, daß sie in ihr Unglück rennt? Sie hat doch keine Ahnung, wie es in der Großstadt zugeht!«

»Es muß ja nicht unbedingt eine Großstadt sein, Mami! Vielleicht finde ich ja hier in der Umgebung eine Arbeit!«

»Dann sehe ich auch nicht ein, warum du fort willst!«

»Das war nur ein Vorschlag zur Güte, Mami! Natürlich würde ich lieber nach London gehen, vielleicht als Au-pair-Mädchen!«

»Hört, hört!« sagte Gabriele vergnügt. »Wer möchte das wohl nicht?«

Die Mutter sah sie streng an. »Du etwa auch?«

»Um anständig Englisch zu lernen. Ich finde das gar keine schlechte Idee.«

»Schlagt euch das aus dem Kopf, alle beide. Ich

werde niemals zulassen, daß ihr für fremde Leute die Drecksarbeit macht.«

»Auch das könnte vielleicht ganz lehrreich sein«, entgegnete Gabriele unbeirrt.

»Nein! Ich weiß doch, wie es zugeht. Als Ausländerinnen sind Au-pair-Mädchen Freiwild!«

»Wir könnten Monika vielleicht ja auch einen Studienaufenthalt im Ausland finanzieren«, schlug Sepp vor.

»Was sind das für Ideen! Du brauchst sie doch in der Firma!«

»Stimmt schon. Aber niemand ist unersetzlich, Barbara. Außerdem nehme ich nicht an, daß sie von heute auf morgen lossausen will. Erst müßte ja auch noch ein geeignetes Institut gefunden werden.«

»Nein!«

»Ich kann mich des Eindrucks nicht erwehren«, bemerkte Gabriele spöttisch, »daß der gute Sepp dich ganz gerne loshaben will, Monika! Findest du nicht?«

»Giftspritze!« konterte Monika.

»Ihr wißt alle, wie ernst meine Absichten sind«, erklärte Sepp bedächtigt, »aber ich finde doch, sie hat das Recht, sich den Wind...«

Barbara Stuffer unterbrach ihn. »Hör mir auf mit dem Wind! Wind haben wir hier auf dem Karberg wahrhaftig genug!«

Sepp versuchte es noch einmal. »Ich weiß noch ganz gut, als ich in ihrem Alter war...«

Wieder ließ Barbara ihn nicht aussprechen. »Aber du warst ein Mann! Wäre sie ein Junge, dann wäre es etwas anderes. Ich habe meine Töchter nicht zu anständigen Menschen aufgezogen, um sie dann Gefahren auszusetzen, die ... die...« Sie suchte nach dem treffenden Wort. »...völlig unkalkulierbar sind.«

»Du hast verdammt wenig Vertrauen in mich«, stellte Monika fest.

»Es gibt Situationen, in denen ich mir selber nicht vertrauen würde!«

»Oha!« warf Gabriele ein.

»Mit achtzehn ist man einfach noch nicht erwachsen, auch wenn das Gesetz es jetzt so bestimmt. Was haben Gesetze denn für eine Ahnung von Menschen? Du hälst dich für wer weiß wie reif und überlegen, Monika, aber du bist es doch noch lange nicht! Sieh doch bloß mal in den Spiegel! Wenn du ungeschminkt bist, könnte man dich glatt für fünfzehn halten.«

»Aber darum geht's mir ja gerade! Ich will erwachsen werden, und ich muß erwachsen werden!«

»Das kannst du auch hier bei uns zu Hause! Wenn es soweit ist, reden wir weiter.«

»Der Kalbsbraten«, sagte Sepp, »schmeckt wirklich ausgezeichnet, Barbara. Kann ich noch ein Stück haben?«

»Aber gerne!« Sie reichte ihm die Platte hinüber.

Doch wenn er gehofft hatte, durch seine Bemerkung die Stimmung beruhigt zu haben, sah er sich getäuscht.

»Wie unreif du noch bist«, fuhr Barbara fast im gleichen Atemzug fort, »beweist ja schon allein die Idee, uns mir nichts, dir nichts zu verlassen, kaum daß dein Vater ein halbes Jahr unter der Erde ist! Wenn ich nicht wüßte, wie jung und dumm du tatsächlich bist, würde ich es lieblos nennen.«

Dieser Hieb saß. In ihren Bemühungen, mit sich selber fertig zu werden, hatte Monika wirklich nicht daran gedacht, daß die Mutter erst seit kurzem Witwe war und sich ohne sie vielleicht noch verlassener fühlen könnte. »Verzeih mir, Mami!« bat sie betroffen, aber doch mit dem Gefühl, daß man unfair zu ihr war.

»Schon gut. Aber in Zukunft will ich von diesem Gerede nichts mehr hören. Einverstanden?«

Monika schwieg.

Barbara schien es als Zustimmung zu nehmen, denn sie schnitt ohne abzuwarten ein anderes Thema an und fragte Sepp, der im Gemeinderat saß: »Sag mal, wieviel hat eigentlich die neue Umwälzanlage für das öffentliche Schwimmbad gekostet? Man munkelt von Zigtausenden!«

»Ja, sie war nicht billig. Dafür hoffen wir aber, daß sie die nächsten Jahre dauern wird.«

Monika zwang sich, an dem Gespräch teilzunehmen, obwohl sie nicht die geringste Lust dazu verspürte. Aber sie wollte den anderen den Abend nicht verderben.

Später, als sie Sepp zu seinem Auto brachte, sagte sie: »Ich danke dir! Es war lieb von dir, daß du versucht hast, mir zu helfen.«

»Das war doch selbstverständlich.«

»Für mich nicht. Ich hatte es nicht erwartet.«

»Da sieht man mal wieder, wie schlecht du mich kennst.«

»Kann sein. Ich war wirklich überrascht.« Als er schwieg, fügte sie hinzu: »Warum eigentlich hast du es getan? Wärst du wirklich damit einverstanden, wenn ich für ein Jahr wegginge? Oder hast du von vornherein damit gerechnet, daß Mami es nicht zulassen würde?«

»Ich möchte verhindern, daß du dir eines Tages einbilden wirst, etwas versäumt zu haben.«

»Ja«, gestand sie, »davor habe ich Angst.«

»Laß erst mal das Trauerjahr vorbei sein, dann wagen wir einen neuen Vorstoß.« Er nahm sie in die Arme und küßte sie auf die Wangen.

»Es ist gut, daß es dich gibt«, sagte sie.

»Wenn du das nur einsiehst!«

In den nächsten Wochen mußte Monika feststellen, daß das Computerprogramm, das Oliver Baron ausgearbeitet hatte, nicht ganz den Bedürfnissen des Betriebes entsprach. Sie berichtete es eines Nachmittags Sepp Mayr.

»So, so!« sagte er. »Dann ist der junge Mann wohl doch nicht so tüchtig, wie er sich einbildet.«

Sie mußte den Impuls unterdrücken, Oliver hitzig in Schutz zu nehmen, und zwang sich, sehr beherrscht zu antworten: »Ich fürchte, es ist eher meine Schuld. Ich wußte anfangs nicht so genau, was für Rubriken wir brauchen würden.«

»Wo hapert's denn?«

»Ich kann jetzt zum Beispiel nur den Bruttolohn der einzelnen Mitarbeiter eingeben, würde den aber gern in den Nettolohn, die Sozialabgaben und so weiter aufgliedern.«

»Klingt ganz vernünftig.«

»Da sind noch einige andere Sachen...«

Er unterbrach. »Hör mal, es hat keinen großen Sinn, mir das zu erzählen. Du arbeitest ja mit dem Computer, nicht ich. Schreib es auf und schick es ›Arnold und Corf‹!«

»Meinst du, daß die noch nachträglich was dran machen können?«

»Ich will's hoffen. Ein neues Programm können wir uns im Augenblick nicht leisten.«

»Gut«, sagte Monika, »wird gemacht. Hoffentlich vergesse ich nicht wieder was.« Sie wollte sich in ihr Büro zurückziehen.

»Weißt du was?« rief er ihr nach. »Verbind mich mal mit der Firma!«

Sie wählte von ihrem eigenen Apparat aus die Nummer von »Arnold & Corf«, ließ sich aber nicht mit Oliver Baron verbinden, sondern sagte: »Hier Sekretariat der Firma ›Stuffer Fenster und Türen‹, Niedermoos. Wir haben von Ihnen einen Computer MCX bezogen. Unser Herr Mayr möchte einen der leitenden Herren in dieser Angelegenheit sprechen.« Noch während die Telefonistin sie verband, gab Monika das Gespräch an Sepp weiter. »Übernimmst du?« Sie ärgerte sich vor ihrer Scheu, mit Oliver zu sprechen. Es wäre eine gute Gelegenheit gewesen, sich endlich für seinen Geburtstagsgruß zu bedanken. Aber sie hatte das ganz starke Gefühl, ihm nicht gewachsen zu sein.

Zehn Minuten später steckte Sepp den Kopf in ihr Büro. »Alles in Ordnung«, sagte er vergnügt.

Sie sah von ihrer Schreibmaschine zu ihm auf. »Wie das?«

»Baron hat mir versprochen, die nötigen Änderungen durchzuführen. Er hat zwar heute den ganzen Tag zu tun, aber wenn du ihm das Programm nach München bringst, wird er sich sofort an die Arbeit machen. Falls es sein muß, die ganze Nacht durch.«

»Ich?«

»Ja, natürlich du! Er meint, daß bestimmt noch dies und das zu besprechen wäre und du die Software bestimmt so schnell wie möglich zurückhaben möchtest.«

»Ja, schon«, sagte sie matt.

»Ich finde das sehr entgegenkommend! Aber wahrscheinlich wird er die Gelegenheit benutzen wollen, mir noch dies und jenes anzudrehen. Ich begleite dich natürlich.«

Monika wußte nicht, ob sie sich darüber freuen oder ärgern sollte. »Ein Drucker wäre natürlich schon sehr praktisch«, sagte sie.

»Wenn die Geschäfte weiter so laufen, kriegst du ihn noch vor Ende des Jahres!« versprach er. »Jetzt schreib erst mal schön alles auf!«

»Sepp!« rief sie.

»Ja?«

»Wann fahren wir?«

»Gleich nach Arbeitsschluß.«
»Kann ich nicht vorher noch nach Hause?«
»Wozu? Du bist schön genug, und wenn es länger dauern sollte, essen wir eine Kleinigkeit in München. Ich sage Barbara gleich Bescheid!«
Monika war verwirrt und verärgert. Sie wußte, Sepp meinte es nicht böse, aber sie haßte die Selbstverständlichkeit, mit der er über sie bestimmte. Auf die Idee, sie nach ihren Wünschen zu fragen, kam er gar nicht. Natürlich hätte sie für München gern etwas anderes angezogen als das einfache blaue Baumwollkleid, in dem sie zur Arbeit gefahren war. Sie hätte sich lieber vorher kurz geduscht, weil sie sich verschwitzt fühlte, und am liebsten hätte sie sich auch noch die Haare gewaschen. Außerdem hatte sie zu Mittag wieder einmal nichts anderes gegessen als ein Knäckebrot und einen Apfel. Aber darauf nahm ja niemand Rücksicht. So hatte sie gerade noch Gelegenheit, ihren Zopf zu lösen, ihr Haar durchzubürsten, die Wimpern kräftig zu tuschen und die Lippen nachzuziehen.
»Donnerwetter!« sagte Sepp, als sie sich später bei seinem Auto im Hof trafen. »Du scheinst was vorzuhaben!« Halb bewundernd, halb amüsiert blickte er sie an.
»Ich dachte, du wolltest mit mir essen gehen«, entgegnete sie.
»Du erwartest doch wohl nicht, daß ich dich in ein Feinschmeckerrestaurant führe?«
»Von mir aus gehen wir zu ›MacDonald's‹! Aber auf keinen Fall möchte ich wie eine Landpomeranze wirken, und das willst du doch wohl auch nicht.«
»Ich finde dich immer einigermaßen präsentabel.«
Sie machte es sich auf dem Beifahrersitz bequem. »Soll ich das als Kompliment oder als Beleidigung auffassen?«

»Es war eine sachliche Feststellung.« Er setzte sich hinter das Steuer und ließ den Motor an. »Im übrigen muß ich dich leider enttäuschen.«

»Wir haben keine Zeit, essen zu gehen?«

»Vielleicht doch. Jedenfalls kann ich dich aber nicht zu ›Arnold und Corf‹ begleiten.«

»Halt!« rief sie spontan. »Dann laß mich aussteigen!«

Sie waren gerade dabei, aus dem Hof zu kurven, und Sepp machte keine Anstalten, Gas wegzunehmen oder auf die Bremse zu treten. »Was ist los?« fragte er unbeeindruckt. »Bist du verrückt geworden?«

»Ich will nicht allein dorthin!«

»Sei nicht albern! Sonst spielst du dich mit Vorliebe als Erwachsene auf, und wenn man mal ein bißchen Selbständigkeit von dir verlangt, flippst du aus.«

»Aber wir müssen doch nicht ausgerechnet heute nach München! Wenn du keine Zeit hast, ruf doch einfach an...«

»Du weißt, wie ungern ich Termine über den Haufen werfe, und in diesem Fall wäre es ja auch ganz unnötig. Ich muß sowieso nach München, also kann ich dich auch bringen und nachher wieder mit nach Hause nehmen.«

»Aber wir wollten doch zusammen...«

«Monika! Von der elektronischen Datenverarbeitung verstehe ich überhaupt nichts und will mich auch gar nicht erst damit befassen. Dafür bist du zuständig. Also brauchst du mich bei diesem Gespräch mit Baron gar nicht. Hast du dich eigentlich für die Rosen bedankt?«

»Nein.«

»Sehr wenig höflich von dir.«

»Ich fand sie übertrieben.«

»Nach den Aufträgen, die sie noch von uns erwarten, durften die paar Blumen doch schon drin sein!«

Sie waren jetzt schon auf der Autobahneinfahrt, und Monika wußte, daß sie Sepp jetzt auf keinen Fall mehr dazu überreden konnte, umzukehren. Dennoch konnte sie das Thema nicht einfach fallenlassen. »Aber erst hast du mir doch gesagt...« beklagte sie sich und war nahe daran, in Tränen auszubrechen. »...wenn ich das wenigstens von Anfang an gewußt hätte! Warum auf einmal...«

»Hinkel hat mich angerufen. Er will mich sprechen!«

Hubert Hinkel war der Chef eines bedeutenden Bauunternehmens, für den die Firma ›Stuffer Fenster und Türen‹ häufig arbeitete, fast hätte man sagen können, daß sie von ihm abhängig war.

Monika wußte das sehr gut, und trotzdem quengelte sie: »Für Hinkel macht es dir also überhaupt nichts aus, deine Termine umzustoßen, aber wenn es um mich geht...«

»Monika, jetzt nimm endlich Vernunft an! Es paßt doch alles großartig! Da ich sowieso nach München muß, kann ich geradesogut mit Hinkel sprechen.«

»Ja, wenn er pfeift, springst du!«

»Ich selber habe ihm vorgeschlagen, ihn gleich heute zu treffen!«

»Also, das wird ja immer schöner! Um mich kümmerst du dich überhaupt nicht!«

»Ich werd' es kurz machen bei Hinkel. Ich wette, ich bin eher fertig als du bei ›Arnold und Corf‹, und dann hol' ich dich ab, und wir gehen zusammen essen. Wohin soll ich dich ausführen? Hast du einen besonderen Wunsch?«

»Nein.«

»Komm, hör auf zu schmollen! Sag schon!«

»Kannst du wirklich nicht begreifen, daß es mir nicht ums Essen geht?«

»Aber um was dann?«

»Ich gebe es auf. Mit dir kann man ja nicht reden.«

Tatsächlich hatte sie keine Lust mehr, mit ihm zu sprechen, aber es kränkte sie, daß er mit diesem Ende ihrer Auseinandersetzung ganz zufrieden zu sein schien. Jedenfalls machte er keinen Versuch, sie aus ihrem Schweigen zu locken. Wie immer fuhr er sehr schnell, auf der Autobahn schon gar, und die schöne oberbayerische Landschaft mit ihren Wäldern und Seen flog an ihr vorüber. Schon zwanzig Minuten nach ihrer Abfahrt erreichten sie die Höhe des Irschenbergs, und noch einmal zwanzig Minuten später München. Auf dem Mittleren Ring ordneten sie sich in den Stadtverkehr ein.

»Hast du deine Aufzeichnungen mit?« fragte Sepp.

Monika schwieg.

»Warum antwortest du mir nicht?«

»Weil das eine zu depperte Frage ist.«

»Du hast noch nie im Leben was vergessen, wie?«

Monika hüllte sich wieder in Schweigen.

»Ich sollte wohl auch nicht fragen, ob du die Disketten auch eingesteckt hast?«

»Erst mal nur eine. Mit der anderen kann ich dann noch weiterarbeiten.«

»Siehst du, daran hätte ich gar nicht gedacht! Du verstehst wirklich mehr von diesen Dingen als ich.«

»Kunststück!« sagte Monika, hatte aber selber das Gefühl, zu vorlaut gewesen zu sein, und fügte rasch hinzu: »Da du dich gar nicht damit befaßt.«

Er registrierte ihren versöhnlichen Ton und legte ihr kurz die Hand aufs Knie. »Sei nicht böse, Monika! Ich werde mich bestimmt beeilen.«

›Meinetwegen nicht‹, hätte sie am liebsten gesagt, verbiß es sich aber und fragte stattdessen: »Und wenn ich vor dir fertig bin?«

»Sobald du alles besprochen hast, rufst du Hinkel an. In der Privatwohnung. Wenn ich nicht mehr da bin, bleibst du, wo du bist, und wartest auf mich. Falls ich noch dort sein sollte, machen wir was anderes aus.«

In Monikas Augen war das keine zufriedenstellende Lösung, aber sie beschwerte sich nicht, weil sie, wie sie fand, für heute schon genug revoltiert hatte. »Na gut«, sagte sie nur.

Sepp bog vom Mittleren Ring ab, und sie fuhren quer durch die Stadt, vorbei an »Feinkost Käfer«, das Monika kannte, weil sie schon einmal mit der Mutter und Gabriele dort Einkäufe gemacht und gegessen hatte. Vor ihnen strahlte der riesige Friedensengel auf seiner Säule in goldenem Glanz. Sie fuhren an ihm vorbei die breite geschwungene Straße hinunter und über die Brücke auf die linke Seite der Isar. Als sie in den Tunnel nach dem »Prinz-Carl-Palais« einfuhren, kannte Monika sich nicht mehr aus, und sie fragte Sepp auch nicht, wo sie waren, denn wie immer wirkte die Großstadt leicht verwirrend auf sie, und sie fürchtete, sich seine Auskünfte doch nicht merken zu können. Sie saß still neben ihm und hing ihren Gedanken nach. Es war merkwürdig, fand sie, daß Sepp sie ganz allein zu Oliver Baron schickte. Wenn er sie liebte, hätte er doch wenigstens eine Spur von Eifersucht zeigen müssen. Oliver war zumindest ein sehr gutaussehender junger Mann. Sepp selber hatte einmal, wie sie sich erinnerte, seine Manieren gelobt. Intelligent und gewandt war er auch. War es Sepp denn gar nicht aufgefallen, daß es Oliver verstand, sie zu beunruhigen? Glaubte er wirklich, daß die Rosen zu ihrem Geburtstag nur eine geschäftliche Aufmerksamkeit gewesen waren? Sie war dankbar gewesen, daß er keine Szene deswegen gemacht hatte. Aber daß er sich so gar keine Sorgen um sie machte, befremdete sie. Setzte er so unbegrenztes Vertrauen in sie? Oder wollte er sie auf die Probe stellen?

»Hier sind wir!« sagte er endlich. »Schillerstraße.

Da vorne ist der Hauptbahnhof. Da findest du im Notfall ein Taxi.«

»Notfall?« frage sie. »Was meinst du damit?«

Er lachte. »Ich wollte dich nicht erschrecken. Das sollte nur eine Orientierungshilfe sein. Du kennst dich in München doch nicht aus. In dieser Gegend hier schon gar nicht.«

»Rechnest du damit, daß du verunglückst? Oder hast du heute abend noch etwas Besonderes vor?«

»Sei nicht albern!«

»Warum sagst du dann so etwas?«

»Damit du dich sicherer fühlst. Ich finde, man fühlt sich sicherer, wenn man weiß, wo man ist.«

»Ich würde mich sicherer fühlen, wenn du mich begleitest.«

»Du weißt, daß das unmöglich ist. Fang nicht wieder an!«

»Ich finde, das Ganze ist eine Zumutung.«

»Allein in ein Geschäft zu gehen? Ich bitte dich. Wenn du nicht Barbaras Tochter, sondern einfach nur eine Sekretärin wärst, würde ich nicht daran denken, dich nachher abzuholen. Ich würde von dir erwarten, daß du zu Hinkel kommst, und ich würde dir kein Taxi für die Fahrt empfehlen, sondern die U-Bahn.«

»Was für ein Glück, daß ich Barbaras Tochter bin.«

»Ganz richtig. Du weißt gar nicht, wie verwöhnt du bist.« Er nahm Gas weg, schaltete in den ersten Gang herunter und hielt Ausschau nach einer Parklücke. »Nichts zu machen!« stellte er fest und hielt in der zweiten Reihe. »Hier ist es«, sagte er, »steig rasch aus! Du mußt durch den Hof.«

Wortlos schlüpfte sie aus dem Auto.

»Bis nachher!« rief er ihr noch zu.

Aber darauf reagierte sie nicht mehr. Als er wieder anfuhr, sah sie ihm auch nicht nach, sondern konzentrierte sich scheinbar nur darauf, sich schmal zu machen, um zwischen den parkenden Fahrzeugen durchzukommen, ohne ihr Kleid zu beschmutzen. Tatsächlich war sie wütend. Als wäre es ihre Schuld, daß sie noch nie dazu gekommen war, U-Bahn zu fahren! Sie »Barbaras Tochter« zu nennen, als wäre sie nichts als ein Anhängsel ihrer Mutter!

Im Erdgeschoß des großen Miethauses, vor dem Sepp sie hatte aussteigen lassen, waren ein Blumenladen und ein Konfektionsgeschäft. Aber eine Hinweistafel mit der Aufschrift »Arnold & Corf« zeigte in einen Hinterhof, in dem mehrere Fahrzeuge geparkt waren, darunter ein Lastwagen, der gerade mit Kisten beladen wurde. Als Monika sich vorbeischlängelte, unterbrachen die Männer kurz ihre Arbeit und starrten sie an. Einer stieß einen anerkennenden Pfiff aus. Sie tat so, als hätte sie es nicht bemerkt, aber es hob ihr Selbstbewußtsein.

Die Geschäftsräume der Firma lagen im dritten Stock des Hinterhauses. Es gab einen Aufzug, aber Monika zog es vor, die Treppen zu Fuß hinaufzuklettern. Das machte ihr nichts aus, weil sie von kleinauf auf die Berge gekraxelt war.

›Arnold & Corf‹ war kein offenes Geschäft; Monika mußte an der Etagentür läuten.

Der junge Mann, der ihr öffnete, blickte sie mit unverhohlenem Erstaunen an.

»Grüß Gott!« sagte Monika rasch. »Ich komme von ›Stuffer Fenster und Türen‹. Herr Baron erwartet mich.«

»So?« fragte der junge Mann, immer noch ein wenig verwirrt, fing sich dann aber. »Sie müssen schon entschuldigen!« Er trat beiseite, um sie einzulassen. »Damenbesuche sind wir hier eigentlich nicht gewohnt.«

»Das habe ich mir schon gedacht«, erwiderte sie, »würden Sie Herrn Baron, bitte, Bescheid sagen?«

»Ja, sofort!« Er führte sie durch ein Vorzimmer in einen sehr großen Raum, der vollgestellt mit Tischen war, auf denen Computer und andere elektronische Geräte in verschiedenen Ausführungen und Größen standen, und verschwand.

Monika sah sich um und stellte fest, daß sie nicht der einzige Kunde war. Im Hintergrund des Raumes führten drei Herren ein Gespräch, bei dem es um technische Daten ging. Die Atmosphäre war so sachlich, wie sie nur sein konnte. Monika war sehr erleichtert, gleichzeitig ärgerte sie sich aber über sich selber und tat Sepp in Gedanken Abbitte. Er mußte sie ja wirklich für eine dumme Pute gehalten haben, weil sie sich gesträubt hatte, allein hierher zu kommen. Sie wußte selber nicht, wovor sie sich gefürchtet hatte.

Aber als er dann auf sie zukam, mit seinem beschwingten, leicht federnden Gang, der zu signalisieren schien, daß das Leben für ihn ein Vergnügen war, traf es sie wie ein Schlag. Trotz der Hitze trug er einen korrekten Anzug, nur die Krawatte war leicht verrutscht, als hätte er sie sich gerade erst hastig umgebunden, und die braunen Locken wirkten zerzaust, als wäre er sich mit allen fünf Fingern durch das Haar gefahren. – Schon von weitem strahlte er sie an, und als er vor ihr stand, entdeckte sie wieder die grünen funkelnden Lichter in seinen braunen Augen und die winzigen Sommersprossen auf seinem Nasenrücken. Sie hatte nicht mehr gewußt, wie bezaubernd er wirken konnte.

»Monika!« rief er halblaut und sehr vergnügt. »Wie schön, daß du deinen Chef abgehängt hast!«

»Das habe ich nicht getan!« widersprach sie mit so viel Würde, wie sie aufbringen konnte.

Er ließ sich die Laune nicht verderben. »Jedenfalls sind wir ihn für heute quitt!«

»Auch das nicht. Er holt mich nachher ab.«

»Darüber brauchen wir uns also jetzt noch keine Sorgen zu machen«, erklärte er unbekümmert.

»Oliver! Wir müssen arbeiten!«

»Das werden wir auch! Aber wir können doch erst ein paar Worte...«

Sie kramte in ihrer Tasche. »Bei den beiden Programmen, die du für uns eingerichtet hast, fehlt noch einiges. Bitte, glaube nicht, daß ich dir einen Vorwurf daraus machen will! Ich selber habe anfangs nicht gewußt...«

»Ach, mach dir nichts draus! Das geht meist so!«

Sie reichte ihm ihre Liste.

Er war nur einen flüchtigen Blick darauf. »Hör mal«, sagte er, »hast du eigentlich meine Rosen nicht bekommen?«

»Doch. Sie waren wunderschön.«

»Aber?«

»Hast du gar nicht daran gedacht, daß meine Familie sich darüber aufregen könnte?«

Er grinste ohne eine Spur von Schuldbewußtsein. »Aber ich habe sie dir doch in die Firma geschickt.«

»Meinst du, das wäre mir angenehm vor meinem Chef gewesen?«

»Also war er es, der sich aufgeregt hat?«

»Keine Spur. Er dachte, es wäre ein Versuch, mit der Wurst nach der Speckseite zu werfen.«

Oliver lachte herzlich.

»Das ist durchaus kein Spaß«, sagte sie streng.

»Finde ich doch.«

»Es wäre schlimm gewesen, wenn er in deinen Rosen etwas anderes gesehen hätte als eine geschäftliche Aufmerksamkeit. Schlimm für mich und schlimm für dich.«

»Wieso denn?«

»Weil ich mit ihm versprochen bin.«

»Er will dich heiraten?« rief Oliver entgeistert.

»Ja.«

»Und darauf läßt du dich ein? Er ist doch viel zu alt für dich! Ein Tattergreis!«

»Vierunddreißig.«

»Das sag' ich ja! Wenn er früh genug angefangen hätte, könnte er dein Vater sein!«

»Das Alter spielt doch keine Rolle.«

»Natürlich tut es das! Erzähl mir jetzt bloß nicht, daß du ihn liebst.«

»Doch.«

»Das nehme ich dir nicht ab. Er ist ja ein netter Kerl, und du magst ihn gernhaben. Aber von Liebe kann zwischen euch keine Rede sein. Man manipuliert dich einfach. Deine Mutter will dich versorgt wissen, und dein Chef will die Firma.«

Monika war betroffen, denn er sprach etwas aus, was sie selber seit einiger Zeit mit dumpfem Unbehagen gespürt hatte; es klang sehr schwach, als sie widersprach: »Aber die Firma gehört nicht mir!«

»Du wirst sie erben! Dann zahlt Sepp Mayr deine Schwester aus, und er ist der Besitzer!«

Monika holte tief Atem. »Und was geht dich das an?«

Aus dem Hintergrund des Raumes kamen die drei Herren, noch in ihr Verkaufsgespräch vertieft; nur einer blickte im Vorbeigehen interessiert zu Monika und Oliver hin.

»Komm, laß uns irgendwohin gehen, wo wir in Ruhe miteinander reden können!« schlug er vor.

»Aber wir müssen doch arbeiten!«

»Nicht wir ... ich! Du hast mir das alles sehr schön aufgeschrieben. Ich bin durchaus imstande, das zu kapieren. Also los!«

»Kannst du denn so ohne weiteres weg?«

»Natürlich. Mein regulärer Arbeitstag ist ja schon zu Ende. Also hab dich nicht!«

»Oliver, das geht nicht! Sepp will mich hier abholen und...«

»Ruf ihn halt an! Ich kann dich ja auch nach Hause fahren...«

»Nein!«

»Dann ruf ich ihn eben selber an. Wo steckt er?«

»Bei Hubert Hinkel, dem Bauunternehmer. Sie sind in dessen Privatwohnung beisammen.« Sie nannte ihm die Telefonnummer.

»Dann warte hier! Ich bin gleich zurück.«

»Kann ich nicht lieber mitkommen?«

Er blickte ihr amüsiert in die Augen. »Hast du Angst, ich könnte etwas Dummes sagen?«

»Nein, das nicht«, behauptete sie ein wenig beschämt.

»Oder dich anschwindeln?«

»Was hast du dagegen, wenn ich zuhöre?«

»Gar nichts. Also komm.«

Sie folgte ihm durch den Vorraum und dann durch eine Tür rechter Hand, die in ein Büro mit vier Schreibtischen führte, die jetzt schon verlassen und aufgeräumt waren.

Oliver schwang sich auf eine leere Schreibtischplatte, nahm den Hörer des Telefons und wählte Hinkels Nummer.

»Am besten, du sagst, daß ich Hunger habe«, soufflierte sie.

Oliver hatte Sepp Mary rasch an der Leitung. »Wir sind gut vorangekommen«, behauptete er, »Monika hat mir ihre Wünsche genau erklärt, und ich denke, es läßt sich machen... ja, es ist schneller gegangen, als ich gedacht hatte... darf ich fragen, wie lange es bei Ihnen noch dauern wird?...Brauchen Sie Monika denn dort? Sie hat nämlich Hunger!...Ja, das wäre natürlich eine Möglichkeit, aber ich würde sie gern zum Essen ausführen... die Arbeit erledige ich heute nacht, Ehrensache... Sie können Sie später im Lokal treffen... wo sind Sie denn jetzt? Dann bleiben wir doch bei der Leopoldstraße... Sagen wir im ›Adria‹. Da bekommt man um diese Zeit bestimmt noch einen Tisch! ...Danke, Herr Mayr! Monika steht neben mir... möchten Sie sie sprechen? ...Bis später!« Er legte den Hörer auf. »Siehst du, es war ganz einfach! Das mit dem Hunger war eine gute Idee.«

»Mir knurrt der Magen tatsächlich.«

»Warum hast du das denn nicht gleich gesagt? Mit leerem Magen kann man nicht arbeiten.« Er schwang sich vom Schreibtisch, nahm sie, ehe sie sich's versah, in die Arme und küßte sie ganz leicht und zärtlich auf den Mund.

Für eine Sekunde verließ sie die Kraft, sich zu wehren; sie mußte sich zwingen, ihn zurückzustoßen. »Nicht hier!«

Lächelnd blickte er ihr in die Augen. »Aber überall anders, ja? Wir machen Fortschritte, meine Kleine.«

»Mußt du dich immer über mich lustig machen?«

»Aber das tue ich doch überhaupt nicht! Ich bin nur froh... so froh, mit dir zusammen zu sein.«

Es wurde ihr bänglich zumute mit ihm allein in dem verlassenen Raum, denn sie spürte, daß sie seinem Werben nur wenig Widerstand entgegenzusetzen vermochte. »Laß uns gehen!« drängte sie.

»Ich muß nur noch meinem Chef Bescheid sagen.«

»Ist er denn noch da?«

»Natürlich, du Schäfchen! Was, glaubst du, wäre sonst der Grund meiner Zurückhaltung?«

Sie fühlte sich durchschaut und errötete heiß.

»Du bist so süß!« Er streichelte sanft ihre Wange. »Wann wirst du endlich aufhören, Angst vor mir zu haben? Begreifst du denn nicht, daß ich dich liebe?«

Der nüchterne Büroraum schien plötzlich ins Schwanken zu geraten. Monika hatte das Gefühl, in einem Karussell zu sitzen, dessen Fahrt sie mit ungeheurer Freude erfüllte, bis es sich so rasch zu drehen begann, daß es sie aus der Bahn schleuderte.

Sie fand sich in Olivers Armen wieder.

»Was ist los mit dir?« fragte er besorgt. »Du bist ganz blaß geworden!«

Sie mochte nicht zugeben, daß ihr vor Glück schwindelig geworden war – konnte man denn überhaupt vor Glück einer Ohnmacht nahe kommen? – »Ich habe seit dem Frühstück fast nichts mehr gegessen«, gestand sie.

»Was für eine Dummheit!« sagte er, zog einen Stuhl unter einem Schreibtisch vor und schob ihn ihr unter die Knie.

»Besser?«

Sie nickte stumm.

»Ich bin gleich zurück.«

Monika war dankbar, für einige Minuten allein zu sein. Das gab ihr Gelegenheit, sich wieder zu fassen. ›Ich liebe dich‹, dachte sie, ›das ist leicht dahingesprochen. Oliver ist ein Typ, dem das spielend über die Lippen kommt. Ich muß mich zusammenreißen, sonst glaubt er noch, ich bin verrückt nach ihm.‹

Dann, wie in einer Schrecksekunde, erkannte sie die Wahrheit: ja, sie war verrückt nach ihm!

Olivers rotes Kabriolett stand im Parkverbot.

Er vergewisserte sich, daß kein Strafzettel hinter den Scheibenwischern steckte, und rief: »Glück gehabt!« Er schloß auf und ließ sie zuerst einsteigen. »Soll ich das Verdeck aufklappen?«

»Wie du willst«, sagte Monika ergeben.

»Lohnt sich nicht für die kurze Fahrt.« Er setzte sich hinter das Steuer, ließ den Motor an und wartete auf eine Gelegenheit, in den Vekehr einscheren zu können. Dabei legte er den rechten Arm um ihre Schultern und ließ ihn auch dort, als er fahren konnte.

Sie dachte daran, ihn zu ermahnen, beide Hände ans Steuer zu legen, aber sie fühlte sich zu beglückt von seiner Berührung, um es auszusprechen. »Ich weiß gar nichts von dir«, stellte sie fest.

»Was willst du wissen?«

»Parkst du immer im Halteverbot?«

Er lachte und zog sie noch enger an sich. »Nur, wenn im Hof nichts frei ist.«

»Aber das kannst du doch nicht machen!« protestierte sie schwach.

»Was denn sonst? Verlangst du von mir, daß ich eine Viertelstunde zu Fuß gehe? Mal erwischen sie mich und mal nicht. Meistens nicht.«

»Und wenn sie dich erwischen?«

»Bezahl ich's eben.«

»Aber wird das nicht schrecklich teuer?«

»Ich kann's mir leisten.«

Sie schwieg verwirrt, denn seine Auffassung war so ganz anders als die, die man sie gelehrt hatte.

»Sonst noch was?« fragte er nach einer Weile.

Es schien ihr, daß seine Stimme verärgert klang. »Bitte, sei nicht böse!« bat sie. »Ich wollte dich nicht kritisieren.«

»Das möchte ich mir auch verbeten haben. Ich hasse es, wenn man an mir rumkritisiert. Meine Mutter tut's zur Genüge.«

›Deine Mutter?‹ hätte sie beinahe töricht gefragt, verkniff es sich aber gerade noch rechtzeitig, weil ihr aufging, daß ein junger Mann in seinem Alter doch ganz natürlicherweise eine Mutter haben mußte.

»Ich lebe bei meiner Mutter«, erklärte er, »es ist bequemer so für mich. Ich habe mir oft überlegt, mir eine eigene Bude zu suchen. Die große Freiheit, weißt du. Aber warum sollte ich? Sie kocht und bügelt und wäscht für mich, räumt hinter mir her. Überhaupt, sie ist ein Schatz. Du wirst sie bald kennenlernen.«

Von ganz weit her tauchte die Erinnerung in ihr auf, daß diese Haltung doch in krassem Gegensatz zu den Ratschlägen stand, die er ihr gegeben hatte.

Er schien es zu spüren und fügte fast trotzig hinzu: »Außerdem läßt sie mir jede Freiheit. Sie ist nicht wie deine Leute. Ich kann kommen und gehen, wie und wann ich will. Auch Besuche empfangen.«

»Und dein Vater?«

»Lebt schon lange nicht mehr. Ist gestorben, als ich zwölf war. Herzinfarkt.« Nach einer kurzen Pause fügte er hinzu: »Übrigens wollte ich dich immer schon mal fragen: Wie ist das mit deinem Vater passiert?«

»Er hatte sich schwer erkältet. Jedenfalls sagte er das. Wahrscheinlich hatte er eine Grippe, aber er wollte sich kein Fieber messen. Er hatte damals besonders viel zu tun. Ein Winterbau sollte durchgezogen werden. Immer wieder fuhr er zur Baustelle. Wahrscheinlich stand er dort stundenlang im Zug. Dann brach er eines Tages einfach zusammen, hatte hohes Fieber, redete verwirrtes Zeug und so. Als der Arzt kam, war er schon tot.«

»Mein armes Mädchen!« Er verstärkte den Druck seiner Hand auf ihrem Arm.

»Das schlimmste daran war, daß es nicht hätte zu passieren brauchen. Wenn er ein bißchen weniger pflichtbewußt gewesen wäre, wenn er nur auf meine Mutter gehört hätte! Natürlich hat sie sich hinterher wahnsinnige Vorwürfe gemacht, daß sie nicht energischer gewesen ist. Aber natürlich ist das Quatsch. Papi war einfach so. Er ließ sich nichts sagen.«

»Und das imponiert dir?«

»Er hat mir imponiert, ja, mir und auch Gabriele, wenn er auch immer furchtbar streng war. Aber das zum Schluß... einfach weiterarbeiten und das Letzte von sich fordern, bis man umkippt, das habe ich doch für sehr unvernünftig gehalten. Das habe ich übrigens noch nie jemand anderem zugegeben. Es war der reinste Wahnsinn!«

»Mir könnte das nicht passieren.«

»Wenn er wenigstens zum Arzt gegangen wäre und sich etwas hätte verschreiben lassen. Penicillin vielleicht.« Monika spürte, daß ihre Augen feucht geworden waren und ihre Stimme ihr nicht mehr gehorchen wollte. »Aber reden wir nicht mehr darüber. Es ist nicht mehr zu ändern.« Sie zwang sich zur Munterkeit. »Sind wir bald da?«

»Ja, mein Herz. Sieh mal zum Fenster raus!«

Monika erblickte ein großes Gebäude mit einem weiten Hof, in dem ein Springbrunnen plätscherte. »Die Universität, ja? Ein bißchen kenne ich mich schon aus! Und da vorne ist das Siegestor.«

»Gleich sind wir auf der Leopoldstraße. Wenn ich einen Platz finde, wo ich meinen Wagen lassen kann, dauert's nur noch fünf Minuten. Weißt du was? Dir zuliebe stelle ich ihn im Parkhaus unter, damit du dir keine Sorgen wegen eines Strafmandats machen brauchst. Es würde dir womöglich noch den Appetit verschlagen.«

Er fuhr sein Kabriolett in die Hertie-Tiefgarage kurz vor der »Münchener Freiheit«. Kaum daß er den Motor abgestellt hatte, legte er auch den linken Arm um sie, zog sie an sich und küßte sie mit zärtlicher Leidenschaft. Noch nie war Monika so geküßt worden, und ein ganz ungeahntes Gefühl brach in ihr auf.

»Verzeih mir!« bat er, als er sie freigab.

»Weshalb?«

»Dies ist der unromantischste Ort der Welt, und ich vergaß, daß du Hunger hast.«

»Ich auch!« gestand sie. »Stell dir vor: ich hatte es auch vergessen!«

»Gutes Zeichen!« Er stieg aus und half ihr aus dem Auto. Hand in Hand liefen sie die Treppen hinauf. Als sie auf die Straße traten, waren sie sekundenlang vom Licht geblendet. Es war später Nachmittag, aber immer noch sehr hell. Die Geschäfte waren geschlossen, aber auf der Leopoldstraße drängten die Menschen in beide Richtungen.

»Was für ein Betrieb!« rief Monika beeindruckt.

»Großstadt!« erklärte er und zog sie weiter. »Hier kannst du dich nie einsam fühlen. Wenn mir mal die Decke auf den Kopf fällt, gehe ich einfach in ein Café, und in fünf Minuten finde ich jemanden, mit dem ich mich unterhalten kann.«

»Ja, du!« Es fiel ihr etwas ein, was sie ihn schon lange hatte fragen wollen. »Hast du eigentlich keine Freundin?«

Er blieb stehen. »Wie kommst du darauf?«

»Liegt doch auf der Hand. Ich kann mir schwer vorstellen, daß ein Typ wie du solo sein sollte.«

»Du traust mir zu, daß ich mit dir anbandele, obwohl ich eine andere habe?«

»Bis heute habe ich dich ja nicht gerade ermutigt. Sag mir jetzt bloß nicht, daß du auf mich gewartet hast!«

»Du wirst lachen... doch!«

»Das glaube ich dir nicht.«

Sie gingen weiter.

»Natürlich«, gab er zu, »hat es dieses und jenes Mädchen in meinem Leben gegeben, aber wirklich ernst war es nie, außer mit einer.«

»Wie hieß sie?«

»Yvonne. Aber Mutter war dagegen, und nachträglich glaube ich, daß sie recht gehabt hat.«

Monika machte große Augen. »Du hast sie also aufgegeben, nur weil deine Mutter nicht einverstanden war?«

»Ich habe sie ja nicht wirklich geliebt... nicht wie dich! Yvonne gefiel mir nur sehr. Sie war hübsch, und sie war witzig und gescheit, aber es stimmt schon, was Mutter über sie sagte: sie war schlampig.«

»Wie meinst du das?«

»Sie war halt sehr unordentlich, hatte manchmal Schmutz unter ihren rot lackierten Nägeln, und sie war auch ziemlich leichtfertig. Jedenfalls redete sie leichtfertig daher. Das hatte ich schon mitbekommen, als ich noch sehr verliebt in sie war. Später, als sie sich dann gegen Mutter stellte...«

»Wie denn?«

»Sie hat von mir verlangt, mich zu entscheiden... natürlich hatte es vorher jede Menge Stänkereien gegeben, so daß ich es schon fast satt hatte.«

»Wird deine Mutter denn mich leiden können?« fragte sie.

Er machte einen raschen Schritt vor, vertrat ihr den Weg, nahm sie bei beiden Händen und blickte ihr in die Augen.

»Du willst also? Mit Mayr Schluß machen? Mich heiraten?«

Am liebsten hätte sie »Ja« gerufen, aber noch fehlte ihr der Mut. »Das ist alles nicht so einfach«, sagte sie und merkte selber, wie lahm das klang.

»Ach was, mein Herz! Wir schaffen es, wenn wir nur zusammenhalten!«

Sie bildeten ein Hindernis im Strom der Passanten, aber er kümmerte sich nicht darum, zog sie an sich und küßte sie.

»Sag, daß du willst!« drängte er.

Verwirrt suchte sie nach der richtigen Antwort. »Auf jeden Fall will ich dich nicht verlieren«, gestand sie endlich.

»Bravo!« Er küßte sie wieder, ohne sich von den Menschen ringsum stören zu lassen. »Zur Belohnung sollst du auch endlich was zu essen kriegen!«

Wenige Meter weiter war ein kleines Stehimbißlokal. Aus seiner Durchreiche drang eine Wolke von Gerüchen auf die Straße. Dahinter klatschte ein rundlicher Riese in nicht ganz sauberem weißen Kittel nach Bestellung viereckige Pizzastücke, Wiener Würste mit Senf und Rostbratwürste mit Kraut auf schmale Pappteller.

»Was möchtest du?« fragte Oliver.

»Das ist doch nicht das ›Adria‹?«

»Natürlich nicht. Das liegt auf der anderen Straßenseite und noch ein ganzes Stück weiter. Also sag schon!«

»Aber wir müssen doch...«

»Natürlich treffen wir uns mit Mayr. Das ist jetzt nur eine kleine Zwischenmahlzeit, damit du mir nicht noch zusammenbrichst.« Als sie immer noch zögerte, bestellte er, ohne sie länger zu fragen: »Zweimal Wiener mit Semmeln!«, nahm die Pappteller entgegen, drückte einen davon Monika in die Hand und zahlte.

Monika führte ihre Wurst in den dicken Klecks von hellem Senf und biß hinein. Sie war sehr heiß und schmeckte köstlich. Es kam ihr vor, als hätte sie noch nie etwas Besseres gegessen. Aber das konnte doch nicht der Grund sein, warum sie sich wie verzaubert fühlte. Mitten in dem Geschiebe der Passanten, dem Gestank der vorbeisausenden Autos, die Wurst in der einen, den Pappteller mit dem Senf und der Semmel in der anderen Hand balancierend, fühlte sie sich wie in eine Märchenwelt entrückt. Dabei notierte ihr Verstand, daß die Situation mehr als banal war. Nur hatte er die Herrschaft über sie verloren. Sie blickte in Olivers lachende Augen, in denen die grünen Fünkchen tanzten, und es war ihr, als schwebte sie auf Wolken. Selbst die Semmel hatte einen ganz besonderen Geschmack. Als sie aufgegessen hatten, leckte Oliver sich die Finger ab und zog ein sauberes, großes

Taschentuch aus seinem Jackett und reichte es ihr. Sie wischte sich die Hände und Mund ab und gab es ihm zurück. Auch er benutzte das Tuch, um die Reste von Fett und Senf zu beseitigen.

»Gib es mir!« bat sie. »Ich werde es für dich waschen und bügeln.«

»Das brauchst du nicht.«

»Erstens gehört's sich so, und zweitens möchte ich keinen schlechten Eindruck auf deine Mutter machen, bevor sie mich noch kennt.«

Ernsthaft betrachtete er die Spuren von Lippenstift. »Du hast recht.«

Sie nahm das Tuch und steckte es in ihre Umhängetasche.

»Was für ein schöner Tag!« sagte sie und wußte, daß es keine Worte gab, um auszudrücken, wie glücklich sie war.

Aber er verstand sie. »Es ist erst der Anfang!« erwiderte er.

»Wir zwei beide... wir werden ein wundervolles Leben haben!«

Obwohl Monika jetzt nicht mehr hungrig war und sie keine Angst haben mußten, etwas zu versäumen, eilten sie fast im Laufschritt weiter; sie fühlten sich zu beschwingt, um langsam zu gehen. Ohne nach links und rechts zu sehen, überquerten sie die breite Fahrbahn, achteten nicht darauf, daß Bremsen quietschten und Autofahrer schimpften. Alle Gesetze schienen für sie aufgehoben.

Die Straßentische des Restaurants »Adria« waren voll besetzt von Menschen, die den lauen Sommerabend im Freien genießen wollten. Aber als Monika und Oliver ankamen, wurde gerade einer frei, und es war ihnen ganz selbstverständlich. Das Glück mußte ihnen ja zufliegen, in kleinen wie in großen Dingen.

Er bestellte einen halben Liter herben Chiantiwein.

»Ist das nicht zu viel?« fragte Monika, als der Ober gegangen war. »Du mußt noch Auto fahren.«

»Falls ich beschwipst sein sollte«, versprach er, »nehme ich mir ein Taxi. Sei doch nicht immer so furchtbar vernünftig.«

»Wenn ich das wäre, säße ich nicht hier mit dir.«

»Sondern in einer verräucherten Stube bei ein paar Männern, die dich nicht beachten würden und von Geschäften sprächen.«

»Davor hast du mich bewahrt!« gab sie strahlend zu. »Entschuldige, daß ich das mit dem Wein gesagt habe. Ich habe es gar nicht so gemeint, ich weiß schon, daß du immer das Richtige tust. Es ist nur so eine dumme Angewohnheit von mir. Wir müssen ihn ja auch gar nicht austrinken.«

Aber als der Wein dann kam, leerten beide ihr Glas in einem Zug, denn die scharf gewürzte Wurst hatte sie durstig gemacht. Sie studierten die Speisekarte und einigten sich, da sie kaum noch Hunger hatten, auf gegrillte Scampi am Spieß. Während sie auf das Essen warteten, sagte Oliver: »Deine Familie denkt sehr konventionell, nicht wahr?«

Sie lächelte ihn an. »Ich danke dir, daß du nicht provinziell gesagt hast.«

»Wir müssen uns darauf einstellen. Ich werde einen Antrittsbesuch bei euch machen, am Sonntagmorgen, ganz wie es sich gehört. Wenn wir die Formen wahren, muß deine Mutter es auch.«

»Aber sie sieht in mir Sepp Mayrs künftige Frau!«

»Dann mußt du zuerst die Verlobung lösen oder... richtig verlobt bist du ja noch nicht?«

»Nein.«

»Ihm sagen, wie es mit uns beiden steht.«

»Es fällt mir schwer, ihm weh zu tun. Er hat das nicht verdient.«

»Er wird schon nicht darunter zusammenbrechen.«

»Nein, das natürlich nicht.«

»Aber ich würde es, wenn du nicht zu mir hältst. Im Ernst: Ich würde es nicht überleben.«

»So etwas darfst du nicht sagen... nicht einmal denken!« sagte sie erschrocken.

»Du mußt wissen, wie es um mich steht.« Sein hübsches Gesicht hatte sich verdüstert.

»Du kannst dich auf mich verlassen«, versprach sie rasch, »ich steh' es durch!«

»Deine Leute werden dich bearbeiten.«

»Das ganz bestimmt«, gab sie zu, »weißt du, sie haben ja auch Argumente. Bevor ich dich kannte, habe ich ja nie daran gedacht, den Karberg zu verlassen. Sie werden mir einreden, daß ich in der Großstadt unglücklich werde, und ich bin selbst nicht ganz sicher, ob ich... ob ich immer hier leben möchte.«

»Aber du brauchst ja gar nicht fort«, erwiderte er, »warum auch? Ich bin nicht auf München fixiert und auch nicht auf ›Arnold und Corf‹. Bestimmt könnte ich auch in Rosenheim eine Stellung finden.«

»Daran habe ich überhaupt nicht gedacht!«

Er legte seine schmale, feingliedrige Hand auf die ihre, die so viel kräftiger war.

»Mir scheint, daß ich es bin, der für uns zwei denken muß! Ich habe nichts dagegen, auf den Karberg zu ziehen. Bestimmt lebt man dort billiger.«

»Das Einkaufen in Höhenmoos ist teuer. Sepp sagt immer...« Sie stockte.

»Warum sprichst du nicht weiter?«

»Weil es mir blöd vorkommt, ausgerechnet Sepp zu zitieren.«

»Mir macht das nichts aus.«

»Na ja, er meint, die Geschäfte dort wären wahre Apotheken.«

»Dafür sind die Mieten billiger, da bin ich ganz sicher. Nein, mir macht's nichts aus, dort zu wohnen, so lange ich motorisiert bin. Wir können ja jederzeit nach München fahren oder nach Salzburg oder Innsbruck.«

»Und ich kann weiter in der Firma arbeiten?«

»Auch das. Mit dem Kinderkriegen warten wir noch ein bißchen, ja?«

Sie waren ganz ins Pläneschmieden vertieft, als der Ober die Scampi brachte. Der Wein war ausgetrunken, und Oliver bestellte noch eine Karaffe. Monika erhob keinen Einwand dagegen. Auch ihr war nach Feiern zumute.

Als Sepp Mayr kam, löffelten sie Eis. Sie waren so in ihr Gespräch vertieft, daß sie ihn erst bemerkten, als er neben ihrem Tisch stand. »Tut mir leid, daß es so spät geworden ist«, sagte er. Überrascht sahen sie hoch.

»Macht doch nichts«, erwiderte Oliver, »wir haben uns prächtig unterhalten.«

»Ich hatte ganz den Eindruck. Es war nett von Ihnen, sich um Fräulein Stuffer zu kümmern. Aber jetzt wollen wir Sie nicht länger von der Arbeit abhalten.«

Unglücklich stellte Oliver fest, daß er sein Eis aufgegessen hatte. »Ich habe noch nicht gezahlt.«

»Das übernehme ich.«

»Kommt nicht in Frage.«

»Doch, Herr Baron, ich bestehe darauf! Das ist doch selbstverständlich. Ich will Sie nicht länger aufhalten.«

Widerwillig erhob sich Oliver. »Auf Wiedersehn, Monika!«

Sie lächelte ihn zärtlich an. »Bis bald, Oliver!«

»Auf Wiedersehn, Herr Mayr.«

Auf der Heimfahrt schloß Monika die Augen; sie wollte die Stunden mit Oliver noch einmal durchträumen.

»Ihr scheint euch ja recht nahe gekommen zu sein«, sagte Sepp Mayr unvermittelt.

Monika fuhr hoch. »Wie meinst du das?«

»Du scheinst dich mit diesem Baron gut zu verstehen.«

»Ja«, gab sie zu und entschloß sich, obwohl sie im Augenblick keine rechte Lust dazu hatte, den Stier bei den Hörnern zu packen, »ich liebe ihn.«

Er lachte. »Dummheit. Du kennst ihn ja kaum.«

»Jedenfalls habe ich mich in ihn verliebt.«

»So was soll vorkommen.«

»Es macht dir nichts aus?« fragte sie erstaunt.

»Besser vor der Ehe als später.«

»Er will mich heiraten.«

»Ich nehme an, er kann es sich finanziell erlauben.«

»Ja, sicher. Er verdient dreitausend im Monat.«

»Brutto oder netto?«

»Danach habe ich ihn nicht gefragt.«

»An deiner Stelle würde ich ihm eine Menge Fragen stellen, bevor ich ihm das Jawort gäbe.«

»Er hat mir viel von sich erzählt.«

»Erzählen kann er dir alles. Aber weißt du denn, wieviel davon stimmt? Mich kennst du seit Kindesbeinen.«

»Aber ich war nie verliebt in dich. Ich meine, ich hatte dich immer sehr gern. Das tue ich jetzt noch. Aber Liebe...«

»Eine Ehe hat sehr viel mehr mit Freundschaft und mit gegenseitiger Achtung zu tun als mit Liebe.« Nach einer Pause fügte er hinzu: »Wenn sie dauern soll.«

»Ich bin nicht so vernünftig wie du.«

»Ich weiß, und ich nehme es dir nicht übel. Du bist eben noch hundejung.«

»Du bist mir nicht böse?«

»Wie könnte ich denn? Du hast dich doch nicht absichtlich verliebt oder um mich zu ärgern.«

»Du verstehst mich also?«

»Ich hatte so etwas kommen sehen. In den ganzen letzten Monaten hat es ja in dir rumort. Ich meine nur, mit dem Heiraten solltest du es langsam angehen lassen. Verliebt sein heißt nicht, daß man wirklich zueinander paßt.«

»Vielleicht hast du recht. So Hals über Kopf möchte ich das auch gar nicht. Obwohl ich sicher bin, daß wir füreinander geschaffen sind.«

Er lachte auf. »Kindskopf!«

»Du darfst mich nicht auslachen. Ich versuche nur, dir ganz ehrlich klarzumachen, wie es um mich steht.«

»Das brauchst du gar nicht. Ich hab' dir angesehen, daß du dich wie im siebten Himmel fühlst.«

»Hoffentlich merkt's Mami nicht sofort.«

»Wie willst du es ihr beibringen?«

»Oliver kommt nächsten Sonntag zu Besuch. Er will ihr seine Aufwartung machen... so sagt man doch, oder?«

»Ich habe keine Ahnung. Aber er hat sich da etwas sehr Schwieriges vorgenommen.«

»Er will um mich kämpfen, verstehst du?«

»Das ehrt ihn.«

»Ich sehe keine anderen Weg. Du weißt, Heimlichkeiten mag ich nicht. Ganz davon abgesehen, daß man Mami nur schwer hinters Licht führen kann.«

»Du wirst eine Menge Ärger kriegen.«

»Könntest du nicht ein gutes Wort für uns einlegen?«

»Ausgerechnet!«

»Du bist der einzige, der Einfluß auf sie hat. Du weißt doch, daß ich nie von zu Hause weg und gleich heiraten wollte. Das kommt mir auch jetzt noch irgendwie dumm vor. Ich möchte Oliver einfach wiedersehen, ihn so oft wie möglich treffen. Du hast gesagt, daß ich ihn nicht wirklich kenne. Aber solange ich ihn nicht kenne, kann ich mich auch nicht entscheiden.«

»Soll das heißen, daß du mir trotz allem noch Hoffnung machst?«

Sie dachte nach. »Nein«, sagte sie ehrlich, »das wäre unfair. Wenn es mit Oliver nicht klappt, werde ich von zu Hause weggehen. Irgendwo anders etwas ganz anderes versuchen. Du wirst doch selber nicht wollen, daß ich dich als Notstopper betrachte.«

»Ich fände es nicht das schlechteste. Wenn es mit Oliver schiefgeht, kannst du jederzeit zu mir zurück.«

»Nein. Das ist lieb von dir, aber das will ich nicht.«

»So denkst du jetzt. Aber später einmal wirst du vielleicht froh sein, wenn du jemanden hast, auf den du dich verlassen kannst.«

Die Auseinandersetzung mit der Mutter, das wußte Monika, würde nicht so ruhig verlaufen. Deshalb schob sie die Aussprache so lange wie möglich hinaus.

Erst am Sonntagmorgen, beim Frühstück, erklärte sie: »Du wirst heute Besuch bekommen, Mami!«

»Besuch? Aber ich erwarte niemanden.«

»Das kannst du auch nicht. Es ist ein junger Mann, den ich kennengelernt habe. Ich habe dir schon von ihm erzählt. Oliver Baron von ›Arnold und Corf‹.«

»Der dir die Rosen zum Geburtstag geschenkt hatte?« rief Gabriele dazwischen.

»Genau der.«

»Aber was will er von mir?« fragte Barbara. »Hast du ihm nicht gesagt, daß alles Geschäftliche von Sepp erledigt wird?«

»Das weiß er natürlich. Er kommt privat.«

»Ich weiß nicht, was ich mit diesem Menschen privat zu schaffen haben sollte.«

»Nun sei doch nicht so, Mami! Wir haben uns befreundet. Es ist doch klar, daß er sich dir vorstellen möchte. Damit du dir keine Sorgen zu machen brauchst, wenn ich mich hie und da mit ihm treffe.«

»Das dulde ich unter keinen Umständen!«

»Ach, Mami, nun sei doch nicht so! Sieh ihn dir doch erst mal an! Er ist sehr nett und sehr anständig!«

»Du bist Sepp versprochen.«

»Sag lieber: du hast mich Sepp versprochen. Das trifft es eher. Außerdem weiß Sepp Bescheid.«

»Das glaube ich dir nicht.«

»Lieber nimmst du an, daß ich dich anlüge, wie? So blöd müßte ich sein. Du brauchst doch bloß zum Hörer greifen und ihn anrufen. Dann weißt du Bescheid.«

»Ich kann mir nicht vorstellen, daß er zulassen würde...«

»Doch, das tut er. Er war sehr verständnisvoll... wunderbar verständnisvoll...«

»Und so einen Mann willst du vor den Kopf stoßen?« rief Barbara.

Fast gleichzeitig tönte Gabriele: »Ich an seiner Stelle hätte dich übers Knie gelegt!«

»Er versteht, daß ich mich in Oliver verliebt habe...«

»Hört, hört!« rief Gabriele.

Barbara sah sie nur entgeistert an.

»...und er weiß auch, daß man eine solche Neigung nicht mit Gewalt unterbinden kann. Es muß ja nichts Ernsthaftes draus werden. Ich möchte ihn einfach nur näher kennenlernen.«

»Für so etwas solltest du dir zu schade sein«, behauptete Barbara.

»Er will mich natürlich heiraten«, erklärte Monika.

»Natürlich«, wiederholte Gabriele und lachte.

»Das ist doch natürlich, wenn man jemanden liebt... oder etwa nicht?«

»Selbst ein Mädchen vom Land sollte nicht so weltfremd sein«, sagte Gabriele.

»Wenn er keine ehrbaren Absichten hätte, würde er doch nicht Mami kennenlernen wollen und dich übrigens auch. Dann würde er darauf aus sein, mich heimlich zu treffen. Aber gerade das will er eben nicht.«

»Gott, wie edel!« spottete Gabriele.

»Eine Heirat kommt gar nicht in Frage!« entschied Barbara.

»So weit ist es ja auch überhaupt nicht. Sepp meint, wenn ich ihn erst näher kennen würde, würde ich ihm bestimmt den Laufpaß geben.«

»Warum tust du es dann nicht jetzt gleich?«

»Weil er mich noch brennend interessiert!«

»Gib doch lieber zu, daß du dich in ihn verknallt hast!« meinte Gabriele.

»Ja, ich habe mich in ihn verliebt! Ist das meine Schuld? Wenn Sepp nicht immer so verdammt väterlich oder onkelhaft zu mir gewesen wäre, wäre es vielleicht nicht passiert!«

»Er war immer viel zu anständig zu dir«, behauptete Barbara. »Das war vielleicht ein Fehler. Auch daß er diese Beziehung jetzt einfach duldet, anstatt ein Machtwort zu sprechen, geht mir nicht in den Kopf. Ich jedenfalls bin absolut dagegen. Dieser junge Mann kommt mir nicht ins Haus.«

»Warum willst du ihn dir nicht wenigstens ansehen? Ein paar Worte mit ihm reden? Dadurch brichst du dir doch keine Verzierung ab.«

»Ich habe nicht vor, ihn zu ermutigen.«

»Aber du kannst ihn doch nicht einfach vor der Tür stehen lassen!«

»Und ob ich das kann.«

»Das wäre aber doch reichlich unhöflich«, schaltete Gabriele sich ein, »unter zivilisierten Menschen absolut nicht üblich.«

»Das sagst ausgerechnet du?« rief Barbara.

»Ja, ich. Tut mir leid, wenn du jetzt den Eindruck hast, daß ich dir in den Rücken falle. Aber es gibt ein paar gesellschaftliche Regeln, die man schon beachten sollte.«

»Hast du das in der Tanzstunde gelernt?«

»Ich habe einige Bücher gelesen.«

»Romane!« schnaubte Barbara verächtlich.

»Außerdem sind meine Rosenheimer Freundinnen aus sehr guter Familie.«

»Du etwa nicht?«

»Eben drum. Wenn du ihm die Tür vor der Nase zuschlägst, wird er dich für bescheuert halten.«

»Jetzt erlaube aber mal! So spricht man nicht mit seiner Mutter!«

»Aber Gaby hat ja recht!« flehte Monika. »Er wird denken, daß wir uns nicht zu benehmen wissen, daß wir keine Konversation machen können, daß wir uns in Gegenwart eines Fremden geniert fühlen.«

»Ich mache einen Vorschlag zur Güte«, sagte Gabriele, »ich werde mir den Burschen mal ansehen. Du kannst oben bleiben, Mami, oder auf der Terrasse oder dich in die Küche zurückziehen.«

»Ich soll mich in meinem eigenen Haus verstecken?«

»Wenn's dir zu dumm wird, trittst du einfach in Erscheinung. Aber du wirst staunen, wie schnell ich den abgewimmelt haben werde.«

Barbara seufzte schwer und wischte sich die blonde Strähne aus der Stirn. »Ich muß mich wohl geschlagen geben. Wann will er denn kommen?«

»Gegen elf, denke ich«, erklärte Monika, »nach dem Kirchgang.«

»Aber auf keinen Fall kann er zum Mittagessen...«

»Daran habe ich auch gar nicht gedacht!« fiel Monika ihr ins Wort. »Er will nur kurz ›Grüß Gott‹ sagen, sonst gar nichts.«

Ziemlich pünktlich gegen elf Uhr klingelte es an der Haustür.

»Das ist er!« rief Monika, die wie auf Kohlen gesessen hatte, und sprang auf. »Bitte, bleib doch, Mami!«

Aber Barbara hatte sich schon erhoben. »Nein«, sagte sie, »ich habe in der Küche zu tun.«

Damit mußte Monika sich zufriedengeben, denn für weiteres Streiten fehlte die Zeit. Sie rannte zur Haustür und öffnete.

Oliver stand vor ihr in einem hellen Leinenanzug mit braunem Seidenhemd und einer mattgelben Krawatte. Lächelnd blickte er ihr in die Augen. So gut sah er aus und so schnell klopfte ihr Herz, daß sie kein Wort der Begrüßung herausbrachte.

»Hei, Monika!«

»Grüß dich!« sagte sie befangen.

Er beugte sich vor und gab ihr einen raschen Kuß auf den Mund. »Kann dir die Hand nicht geben...«

Jetzt erst wurde ihr bewußt, daß er drei Blumensträuße, noch in Papier gewickelt, in den Händen hielt. Sie stand immer noch mitten in der Tür.

Er genoß ihre Verwirrung. »Schön siehst du aus!« stellte er fest, und in seinem Blick lag echte Bewunderung.

Nicht für Oliver, sondern der Mutter zuliebe hatte sie auf jegliches Make-up verzichtet und ein Dirndl angezogen, hellblau mit einer dunkelblauen Schürze und weißer Bluse; das Haar trug sie offen, nur hinten im Nacken mit einer Schleife geschmückt. »Gefall ich dir im Dirndl?«

»Bei dir wirkt's ganz natürlich.«

»Ich bin es von kleinauf gewöhnt. Wir tragen so etwas sonntags und zu den Festen und überhaupt.« Allmählich wich ihre Befangenheit. »Komm doch herein!« Sie gab die Haustür frei. »Darf ich dir die Blumen abnehmen?«

»Nein, das mache ich schon selber.« Er bemühte sich, einen der Sträuße zu enthüllen, aber er wurde durch die beiden anderen so behindert, daß er sich dann doch von Monika helfen ließ.

»Der ist für dich!« Er reichte ihr einen Strauß Moosröschen.

»Danke, Oliver!«

Er enthüllte sieben langstielige Teerosen. »Die für deine Mutter! Und für deine Schwester habe ich auch Moosröschen mitgebracht.«

»Du bist fabelhaft!« Sie führte ihn durch die holzverkleidete Diele ins sonnendurchflutete Wohnzimmer.

»Das ist Oliver Baron... meine Schwester Gabriele! Ihr kennt euch ja schon.«

Gabriele warf einen spöttischen Blick von Oliver zu den Teerosen. »Ah, unser Rosenkavalier!«

»Die sind für Mami!« erklärte Monika. »Ich stelle sie rasch ins Wasser.«

Er wandte sich mit einer leichten Verbeugung an Gabriele. »Hoffentlich bist du nicht enttäuscht, daß ich dir nur Moosröschen mitgebracht habe! Ich darf doch du sagen, ja?«

»Bist du nicht ein bißchen zu alt dazu? Dich mit jedermann zu duzen?«

»Nicht mit jedermann, sondern mit Monikas zauberhafter Schwester!«

»Du irrst dich, wenn du glaubst, daß ich auf Komplimente fliege.«

»Als wenn du nicht wüßtest, daß du zauberhaft aussiehst!« Auch Gabriele hatte eines ihrer Dirndl angezogen, aber ihres war rot, mit weißer Bluse und weißer Spitzenschürze, und sie wußte, daß sie mit ihrer zierlich schlanken Figur, der gebräunten Haut und den braunen Augen sehr gut darin aussah. »Dann ist es doch unnötig, darüber zu sprechen«, entgegnete sie schnippisch.

Monika ließ die beiden nur ungern allein, aber sie hielt es für wichtiger, die Mutter aus der Küche zu locken. »Soll ich für deine Blumen auch eine Vase besorgen?« erbot sie sich und hoffte, daß nun die Schwester ihrerseits aufstehen und ihre Blumen versorgen würde.

Aber darauf ließ Gabriele sich nicht ein. »Ja«, sagte sie, »du kannst mir eine holen!« Dann fügte sie hinzu: »Mit Wasser.«

»Hältst du mich für deppert?« gab Monika zurück und lief über die Diele in die Küche. »Sieh mal, Mami!« rief sie und hielt Barbara die Teerosen vor die Nase. »Sind sie nicht wundervoll?«

»Er will sich eintegerln!« entgegnete Barbara kühl. »Aber mit so was erreicht er bei mir gar nichts.« Sie saß an dem runden Holztisch, eine Sonntagszeitung aufgeschlagen vor sich.

»Findest du es nicht ein bißchen albern, daß du ausgerechnet hier deine Zeitung liest?« fragte Monika.

»Ich könnte auch in meine Kammer hinaufgehen, aber ihr werdet euch ja doch nicht um das Essen kümmern.« Das, was Barbara als »meine Kammer« bezeichnete, war ein sehr elegant eingerichteter, kleiner Raum mit einer Nähmaschine, einer bequemen Couch und einer Stereoanlage ausgestattet, in den sie sich schon zu Lebzeiten ihres Mannes zurückzuziehen pflegte, wenn sie allein sein wollte.

»Das werden wir schon noch, Mami!« versprach Monika. »In spätestens einer Viertelstunde ist er fort. Willst du ihm nicht wenigstens die Hand geben?«

Barbara gab keine Antwort und tat, als wäre sie in die Lektüre der Zeitung vertieft. Monika hatte drei Vasen herausgesucht, zwei kleine aus weißem Porzellan und eine hohe aus Kristall. Sie füllte Wasser ein, steckte die Teerosen in das Glas und stellte es ostentativ vor ihre Mutter auf den Tisch. Dann tat sie ihre Moosröschen in eine der kleinen Vasen und trug beide ins Wohnzimmer zurück.

»Mutter dankt sehr für die Rosen!« verkündete sie. »Leider ist sie furchtbar beschäftigt, Oliver. Sie weiß noch nicht, ob sie dir ›Grüß Gott‹ sagen kann.«

Oliver, der sich neben Gabriele auf das Sofa gesetzt hatte, stand auf. »Vielleicht sollte ich zu ihr gehen?«

»Lieber nicht«, wiegelte Monika ab.

»Du hast kein Gefühl dafür, ob du erwünscht bist oder nicht, Oliver, wie?« stichelte Gabriele.

»Ich kann mir nicht vorstellen, was eure Mutter gegen mich haben könnte!«

»Dann mangelt es dir an Fantasie.« Gabriele versorgte ihren Blumenstrauß.

»Tut mir leid«, sagte Oliver, nun doch pikiert, »ich wollte nicht stören.« Er machte Anstalten zu gehen.

Monika lief zu ihm hin. »Bitte, sei nicht böse!«

»Und glaub nur nicht, daß wir mit dem Verhalten unserer Mutter einverstanden sind!« fügte Gabriele hinzu.

Oliver entdeckte das Klavier. »Ihr seid musikalisch?« rief er. »Spielst du, Monika?«

»Nein, Gabriele.«

»Spielst du mir vor?«

»Wozu?«

»Ich möchte gern was hören. Ich spiele selber, wißt ihr.«

»Dann zeig uns mal, was du kannst!« meinte Gabriele.

Sofort setzte er sich auf den Hocker und schlug den Deckel auf. »Was darf's denn sein?«

»Bloß nicht ›An Adeline‹. Das habe ich selber bis zur Vergasung geübt.«

Er lachte. »Wie wäre es mit Chopin?« Er schlug

ein paar Töne an. »Au weia, das müßte gestimmt werden.«

»Weiß ich. Aber es ist ziemlich schwierig, einen Experten aus Rosenheim hier herauf zu locken.«

»Ansonsten ist der Klang nicht schlecht. Ein ›Sauter‹, aha!«

»Nun spiel schon!« drängte Gabriele.

Er schloß für Sekunden die Augen, als müßte er sich sammeln, dann begann er. Er spielte einen kleinen Walzer in a-Moll, und er brachte ihn sehr zart und sehr anrührend.

Monika stiegen die Tränen in die Augen.

»Du, das war toll!« rief Gabriele, als er geendet hatte. »So weit bin ich lange noch nicht!« Überraschend ehrlich fügte sie hinzu: »Wahrscheinlich werde ich auch nie so weit kommen.«

»Ich war eine Art Wunderkind«, erklärte er, »aber für eine Karriere hat es dann doch nicht gereicht.«

»Warum nicht?«

»Man braucht Geld dazu, einen langen Atem, Förderer, was weiß ich.« Er zuckte die Achseln. »Mein Vater war Hornist, und als er starb...« Seine Stimme brach. »Meine Mutter wollte, daß ich etwas Vernünftiges lerne.«

»Wie schade!« sagte Monika.

Er zog eine Grimasse. »Ach, es hat auch was Gutes!« behauptete er. »So brauche ich nicht mehr täglich stundenlang zu üben und kann spielen, wann es mir Spaß macht. Außerdem... als Pianist hätte ich Monika wohl kaum kennengelernt.«

»Kannst du auch was Modernes?« erkundigte sich Gabriele. »Was du willst.«

»Singing in the rain.«

»Warum nicht?« Er spielte die alte Melodie flott und jazzig, pfiff erst dazu und begann dann zu singen.

Die beiden Mädchen stimmten mit ein. Beide hatten helle und schöne Stimmen. Obwohl Monika Noten nur in der Schule gelernt hatte, war sie doch nicht weniger musikalisch als ihre Schwester. Zwar konnten sie alle drei den Text nicht vollständig und mußten sich immer wieder mit einem »La La La« behelfen, aber das minderte den Spaß nicht.

»Sehr schön!« lobte Oliver, als sie geendet hatten. »Was jetzt?«

»›Das alte Haus von Rocky-Docky‹?« schlug Monika vor. Er ließ sich nicht zweimal bitten, und wieder sangen sie um die Wette. Sie waren so in ihr Musizieren vertieft, daß sie Barbaras Eintreten gar nicht bemerkten.

Erst als sie sagte: »Was ist das für ein Lärm?« fuhren sie auseinander.

Oliver sprang auf und verbeugte sich. »Entschuldigen Sie, bitte, gnädige Frau...«

»Ich bin keine gnädige Frau, und ich finde Ihr Verhalten sehr ungewöhnlich«, erklärte Barbara. Sie wirkte sehr schön und sehr würdevoll in ihrem schwarzen Dirndl mit der violetten Seidenschürze, dazu trug sie ihren Trachtenschmuck, Türkise in Silber gefaßt.

»Aber, Mami, bitte!« rief Monika. »Wir haben doch nur musiziert!«

»Er kann gar nichts dafür!« beteuerte Gabriele. »Ich habe ihn aufgefordert, Klavier zu spielen.«

»Ich finde es nicht richtig, sich in einem fremden Haus ans Klavier zu setzen. Außerdem habt ihr so laut geschrien, daß ich es bis in die Küche gehört habe.«

»Gesungen, nicht geschrien«, stellte Gabriele richtig.

»Ihre Töchter haben beide sehr schöne Stimmen!«

»Ich glaube kaum, daß Sie das beurteilen können«, entgegnete Barbara kalt.

»Doch, Mami, das kann er«, versuchte Monika ihn zu verteidigen, »er war...«

»Ich will jetzt nichts mehr hören!« unterbrach Barbara sie. »Man macht am heiligen Sonntag nicht solch einen Lärm.« Mit Überwindung fügte sie hinzu: »Trotzdem habe ich mich gefreut, Sie kennenzulernen, Herr Baron! Die Rosen, die Sie mir gebracht haben, sind sehr schön!«

»Ich danke Ihnen, gnädige...« begann Oliver, verbesserte sich dann aber gleich: »Frau Stuffer! Ich darf mich jetzt wohl verabschieden.«

»Gute Heimfahrt!«

»Oh, ich fahre noch nicht gleich nach München zurück. Ich bin mit meiner Mutter hier. Wir wollen heute nachmittag auf dem Karberg spazierengehen. Darf ich Monika wohl abholen? So gegen zwei? Oder ist das zu früh?«

»Ich bin sicher, daß Monika heute nachmittag etwas anderes vorhat.«

»O nein, Mami!«

»Wolltest du nicht Tennis spielen?« fragte Barbara, und es klang drohend.

Monika hielt ihrem Blick stand. »Heute nicht.«

»Dann tu, was du nicht lassen kannst.«

»Das werd' ich, Mutter!«

Oliver wandte sich Gabriele zu. »Auf Wiedersehen, Gaby!« Monika brachte Oliver zur Haustür.

»Du hast dich ja sehr rasch einwickeln lassen«, hörten sie Barbara noch zu Gabriele sagen.

»Ich hatte dich gewarnt!« flüsterte Monika ihm zu. »Ich wußte, daß es schwierig werden würde.«

»Halb so wild. Das kriegen wir schon hin. Der Anfang wäre jedenfalls gemacht.«

Als Oliver Baron in seinem roten Sportkabriolett vorfuhr, heute mit offenem Verdeck, kam Monika sofort aus dem Haus und stieg zu ihm ein. Er beugte sich vor und gab ihr einen raschen Kuß.

»Oliver, doch nicht hier!«

Er lachte. »Hast du Angst, deine Mutter lauert hinter der Gardine?«

»So was täte sie nie!«

»Na also.« Er wendete, fuhr die Sackgasse zurück, aber nicht in Richtung Dorf, sondern um die Kurve und noch höher den Berg hinauf. »Meine Mutter wartet im ›Café Schönblick‹.«

»Sie ist wirklich mit?«

»Was hattest du denn gedacht? Daß es eine Finte wäre?«

»So etwas Ähnliches.« Sie holte aus ihrer kleinen weißen Ledertasche einen Spiegel und prüfte ihr Aussehen.

»Du bist schön genug«, sagte er, »ich bin sicher, du wirst meiner Mutter gefallen.«

Sie ließ den Spiegel sinken und sah ihn an. »Warum müssen sie sich in alles einmischen? Warum lassen sie uns nicht einfach machen, was wir wollen? Schließlich sind wir doch beide erwachsen.«

»Take it easy! Wollen können sie uns ja nichts, und trennen schon gar nicht. Es wäre bloß angenehmer, wenn deine Mutter mich akzeptieren würde.«

»Das wird sie nie, selbst wenn du der Erbprinz von Thurn und Taxis wärst! Sie hat sich nun mal Sepp Mayr für mich in den Kopf gesetzt, und dabei bleibt sie.«

»Na, dann seien wir froh, daß meine Mutter noch keine Braut für mich in petto hat!«

»Das heißt aber noch nicht, daß sie mich mögen wird!«

Er legte ihr die Hand aufs Knie und drückte es beruhigend. »Sie wird, mein Herz! Kein Grund, nervös zu werden.«

Oliver parkte sein Auto neben der Aussichtsterrasse, nahm Monika bei der Hand und lief mit ihr die Stufen hoch. Die Terrasse des Cafés war an diesem schönen Sommernachmittag voll besetzt. Der Blick, den man von hier aus über das Inntal bis zum Wendelstein hatte, war berühmt. Es gab Leute, die aus München kamen, nur um hier Kaffee zu trinken. Für die Sommerfrischler war es ein beliebter Treffpunkt. Einheimische allerdings ließen sich selten blicken, weil sie lieber ihren eigenen Kuchen in ihrem eigenen Garten aßen. Die kleinen Tische standen dicht an dicht, so daß die Serviererinnen Mühe hatten, mit ihren hoch erhobenen Tabletts durchzukommen. Kinder, die ihnen zwischen die Beine liefen, machten es ihnen noch schwerer.

Im Schatten eines kleinen Sonnenschirmes saß eine Dame in einem langärmeligen, hellen Seidenkleid. Monika hätte sie niemals für Olivers Mutter gehalten, wenn sie nicht als einzige allein gesessen und ihnen so erwartungsvoll entgegengeblickt hätte. Maria Baron war groß, schlank und elegant. Monika hatte das Gefühl, daß sie einmal sehr schön gewesen sein mußte. Ihr Gesicht unter dem weißen Haar war braun gebrannt, aber es war zerfurcht. Monika schien sie uralt.

Oliver hatte sich bis zu ihrem Tisch durchgedrängt. »Mutti, das ist Monika!« verkündete er und zog sie neben sich.

»Nicht so laut, Oliver!« mahnte Maria Baron und reichte Monika eine stark geäderte Hand, an der ein Ring mit einem großen Smaragd funkelte. »Mein liebes Kind, ich freue mich! Setzen Sie sich neben mich! Oliver, bitte, bestell Kaffee und Kuchen für euch beide!«

»Wird gemacht, Mutti! Sobald eine der Damen so gnädig ist, mir ihren Blick zu schenken...«

Wenn Oliver auch versichert hatte, daß kein Grund zur Nervosität bestünde, so benahm er selber sich jetzt doch sehr hektisch. Die ersten Minuten des Beisammenseins vergingen damit, daß er ununterbrochen redete und aus seinem Bemühen, die Aufmerksamkeit einer Serviererin auf sich zu ziehen, eine komische Nummer machte.

»Hör auf, dummes Zeug zu reden!« sagte seine Mutter endlich. »Geh hinein und gib deine Bestellung am Buffet auf. Dann hast du auch die Auswahl.«

Er sprang auf, und Monika wollte seinem Beispiel folgen. »Sie bleiben hier!« entschied Maria Baron. »Wir müssen miteinander reden.«

»Mach es nicht zu arg, Mutti!« Er eilte davon.

Sehnsuchtsvoll blickte Monika ihm nach.

»Er ist ein guter Junge«, erklärte Maria Baron, »aber manchmal benimmt er sich sehr dumm.«

Monika wollte ihn verteidigen. »Nein, das finde ich nicht! Im Gegenteil, er ist so gewandt und...« Sie fand nicht das richtige Wort.

»Wie lange kennen Sie ihn?«

»Seit ein paar Monaten.«

»Aber Sie sind nicht sehr häufig mit ihm zusammen gewesen?«

»Ja, das stimmt«, mußte Monika zugeben.

»Und warum nicht?«

»Er war doch ein Fremder.«

»Sie hatten nicht den Wunsch, ihn näher kennenzulernen?«

»Ich wollte mich nicht in ihn verlieben. Er paßte irgendwie nicht in mein Leben. Ich hatte auch das Gefühl, daß er es nicht ernst meinte.« Das alles brachte Monika ziemlich stockend vor, weil Maria Baron sie durch ihr ruhiges Zuhören dazu zwang, weiter zu reden.

»Inzwischen haben Sie alle Ihre Einwände gegen eine Verbindung überwunden?«

»Nein... das heißt, ich weiß es nicht. Ich bin immer so glücklich, wenn ich mit ihm zusammen bin, aber nachher... dann kommen mir manchmal noch Bedenken. Hals über Kopf heiraten möchte ich ihn jedenfalls nicht. Ich möchte mehr über ihn wissen. Bitte, erzählen Sie mir über ihn!«

Maria Baron zog die Mundwinkel hoch, eine kleine Grimasse, die wohl ein Lächeln darstellen sollte. »Sie werden ihn schon noch kennenlernen. Bedenken Sie, daß ich gar nichts über Sie weiß.«

»Hat Oliver Ihnen denn nichts erzählt?«

»Männer sind schlechte Beobachter, vor allem, wenn sie verliebt sind.« Sie musterte Monika sehr kritisch, wenn auch nicht ohne Freundlichkeit. »Sie sind eine schöne junge Person, Sie sind anständig, Sie halten auf sich, keine von diesen Schlampen, die er bisher angeschleppt hat. Das habe ich auf den ersten Blick gesehen. Aber wie steht's mit Ihrer Schulausbildung? Haben Sie hauswirtschaftliche Kenntnisse?«

In Monika rebellierte es; sie hatte keine Lust, einem solchen Verhör standzuhalten. »Ich habe nicht einmal Oliver solche Fragen gestellt!« protestierte sie. »Kann er denn zur Not einen Knopf annähen? Sich eine Mahlzeit kochen? Sein Badezimmer sauberhalten?«

Zu ihrer Überraschung lachte Maria Baron auf, es klang nicht sehr heiter, aber immerhin war es ein Lachen. »Da haben Sie's mir aber schön gegeben!«

»Das alles müßte ich doch wissen, falls ich mich entschließen sollte, ihn zu heiraten. Daß ein normales Mädchen hauswirtschaftliche Kenntnisse besitzt, kann man voraussetzen. Ich jedenfalls habe sie. In der Schule bin ich bis zur mittleren Reife gekommen. Und Oliver?«

»Ja, die hat er.«

»Meine Schwester macht das Abitur!«

»Er hatte andere Interessen.«

»Die Musik?«

»Ja, die auch.« Maria Baron schien noch etwas hinzufügen zu wollen, verstummte aber.

Oliver Baron balancierte zwei Teller mit großen Tortenstücken an den Tisch. »Kaffee kommt gleich, wenn man's glauben darf!« Er stellte die Teller ab und setzte sich. »Na, ihr beiden, habt ihr euch nett unterhalten?«

»Monika ist nicht auf den Mund gefallen«, sagte Maria Baron und rührte in ihrer Tasse, in der der Kaffee kalt geworden war.

»Hat sie dich geärgert?« Er sah erschrocken von einer zur anderen.

»Ich wollte bloß wissen, ob du dir einen Knopf annähen kannst.«

»Ich nehme es an. Was soll schon dabeisein?«

»Aber versucht hast du es noch nicht?«

»Ich habe immer jemanden gefunden, der es für mich getan hat.«

»Das hatte ich mir gedacht.«

Er hob die Augenbrauen. »Warum sagst du das so? Willst du mich etwa zum Hausmann machen?«

»Das nicht. Aber da deine Mutter sich nach meinen Fähigkeiten erkundigt, kann ich doch wohl auch nach deinen fragen.«

»Eine Retourkutsche also?«

»Ich mag mich nicht verhören lassen.« Monika funkelte Frau Baron an. »Ich sehe nicht ein, wozu das gut sein soll.«

»Ist es nicht nur natürlich, daß ich etwas mehr über Sie wissen möchte, mein liebes Kind?«

»Das verstehe ich schon. Aber so eine Ausfragerei bringt's doch nicht. Es würde mir nicht schwerfallen, all die Antworten zu finden, die Sie hören wollen. Aber wozu? Um uns wirklich kennenzulernen, braucht es Zeit.«

»Sie sind ein erstaunliches Mädchen!« sagte Frau Baron, und ihrem Ton war nicht zu entnehmen, ob sie beeindruckt oder gekränkt war.

Monika war erleichtert, als die Serviererin mit dem Kaffee kam und das Gespräch unterbrach. Sie nahm einen Schluck und ließ einen Bissen der Torte folgen. »Schwarzwälder Kirsch«, sagte sie, »fein. Du hast meinen Geschmack getroffen, Oliver!« Sie lächelte ihn über ihre Gabel hinweg an. Aber er gab ihr Lächeln nicht zurück.

Als sie später allein waren – Maria Baron war ins Haus gegangen, um sich frisch zu machen –, sagte er: »Du warst vorhin reichlich arrogant!«

Sie hatte seinen Angriff erwartet und reagierte gelassen. »Findest du?« fragte sie kühl.

»Meine Mutter ist so einen Ton nicht gewöhnt.«

»Und ich bin es nicht gewöhnt, ins Kreuzverhör genommen zu werden.«

»Jetzt übertreibst du aber!«

»Das kannst du gar nicht beurteilen, du warst ja nicht dabei. Ich kam mir zumindest so vor, als müßte ich mich um einen Posten bewerben.«

Jetzt heiterte sich seine Miene wieder auf. »Stimmt ja auch... als meine Ehefrau.«

»So weit sind wir noch lange nicht.«

Maria Baron kam zurück, Oliver zahlte, und auf dem Spaziergang – Oliver zwischen den beiden Frauen – wurden nur noch unverfängliche Themen berührt. Man bewunderte die Landschaft, redete über Musik, über Mode und die allgemeine Wirtschaftslage. Oliver hatte Jacke und Schlips abgenommen und im Kofferraum des Autos verstaut. Zum ersten Mal erlebte Monika ihn im offenen Hemd und hochgekrempelten Ärmeln, und sie mußte gegen den Wunsch ankämpfen, seine glatte braune Haut zärtlich zu berühren. Es kostete sie Anstrengung, sich an dem Gespräch zu beteiligen.

Nach einer Weile kamen sie an eine Bank, die gerade von einem jungen Paar freigegeben wurde.

»Setzen wir uns!« schlug Maria Baron vor, fügte aber im gleichen Atemzug hinzu: »Oder nein... laßt mich ein bißchen hier ausruhen! Ihr wollt sicher noch weiter laufen, nicht wahr?« Sie nahm Platz.

»Aber wir können Sie hier doch nicht einfach zurücklassen!« sagte Monika.

»Warum denn nicht? Auf dem Rückweg holt ihr mich dann wieder ab.«

Oliver blieb zögernd stehen. »Nein, Mutti, das möchte ich nicht.«

»Wenn ich es aber ausdrücklich so wünsche? Ich werde hier sehr gern ganz ruhig sitzen und den schönen Tag genießen.«

»Na gut. Einverstanden. In zehn Minuten sind wir wieder zurück.«

»Laßt euch nur Zeit!«

Hand in Hand wanderten sie weiter, drehten sich aber nach einigen Metern noch einmal um und winkten Maria Baron zu.

»Sie ist sehr rücksichtsvoll«, erklärte Monika.

»Ja, das ist sie.«

»Wir hätten sie doch nicht allein lassen sollen. Sie muß sich wie...« Monika suchte das richtige Wort. »...wie ausgeschlossen vorkommen.«

»Ihr macht es nichts aus, allein zu sein.«

»Allein sein ist aber was anderes, als allein gelassen zu werden.«

»Mein weises kleines Mädchen!« Er legte ihr den Arm um die Taille und zog sie an sich. »Dann beeilen wir uns eben.«

»Womit?«

»Das weißt du doch! Behaupte bloß, daß du keine Lust hast, ein bißchen zu schmusen!«

Die asphaltierte Straße hatte schon beim ›Café Schönblick‹ aufgehört. Autos kamen auf den Berg nicht mehr herauf. Aber selbst hier oben wimmelte es noch von Ausflüglern. »Klettern wir zu dem Wäldchen hinunter!« schlug er vor.

»Aber da gibt es keine Bank«, wandte sie ein.

»Du scheinst dich ja fabelhaft auszukennen.«

»Natürlich. Wir haben schon als Schulkinder darin gespielt. Das Wäldchen, wie du es nennst, ist ein ausgewachsener Buchenwald. An manchen Wochenenden werden Bierfeste und Weinfeste dort abgehalten. Dazu werden Bänke und Tische aufgebaut.« Sie blickte kritisch auf ihre leichten weißen Sandalen und zog sie nach kurzem Überlegen aus. »Ich will sie mir nicht ruinieren.«

»Du wirst dir die Füße verletzen.«

»Ach was. Ich bin barfuß laufen gewöhnt!« Tatsächlich gelangte sie schneller und geschickter als er den Abhang hinunter und reichte ihm, unten angekommen, die Hand, um ihn zu stützen.

»Ich bin aus der Puste«, gestand er.

»Warte nur, bis du bei uns lebst, dann werde ich dich trainieren.«

»Aber das ist ja toll hier!« sagte er beeindruckt und sah sich um.

Aus den lichtüberfluteten Wiesen und Weiden waren sie unvermittelt in den grünen Schatten der dicht beieinander stehenden Buchen gelangt. Die glatten Stämme gaben in der Mitte einen runden Platz frei, der aber auch noch vom Laub überdacht war.

»Es ist wie in einem Dom, nicht wahr?« meinte sie.

Er intonierte aus der »Zauberflöte«: »In diesen heilgen Hallen...«

»...kennt man die Lüge nicht...« fiel sie mit ein.

Er brach ab. »Wieso ›Lüge‹ Ich dachte, es heißt Rache?«

»So genau weiß ich's nicht. Mir fiel nur gerade Lüge ein.«

»Auf jeden Fall ist es herrlich hier...« Er nahm sie in die Arme und küßte sie zärtlich. »...mit dir!«

Auch sie fühlte sich wie verzaubert; alles in ihr drängte zu ihm hin.

»Mit dir«, raunte er zwischen den Küssen, »würde ich auch im elendsten Loch glücklich sein.«

Sie trennten sich erst, als Kinderstimmen laut wurden.

»Schade«, sagte er, »daß wir nicht allein auf der Welt sind!«

»Wie sehe ich aus?«

»Ein bißchen zerzaust, das ist alles.«

Monika löste die blaue Schleife im Nacken, kämmte ihr langes Haar sorgfältig durch und band es dann wieder zusammen.

Oliver hatte ihr bewundernd zugesehen. »Du brauchtest dich eigentlich nie anzumalen«, behauptete er.

»Schön wär's! Aber im Winter sehe ich käsig aus.«

Beide wollten sich noch einmal umarmen, aber da waren die Kinder da, eine kleine Gruppe, die die Stimmung im Buchenwald mit Gejohle zerstörte und das Paar neugierig und kichernd anstarrte.

»Wir brauchen nicht zur Straße zurück«, erklärte Monika, »dort, wo die Kinder herkamen, geht ein Weg. Es ist eine Abkürzung.« Sie nahm ihn bei der Hand und zog ihn mit sich.

Oliver war es, als würde sie sich mit dieser Geste zu ihm bekennen. »Morgen weiß der ganze Karberg über uns Bescheid!«

»Wieso? Ach, du meinst, die Kinder würden über uns reden? Aber die sind nicht von hier.«

»Bist du da sicher?«

»Aber ja. Es gibt kein Kind hier aus der Gegend, das ich nicht mindestens vom Ansehen her kenne.«

Er sagte nichts, aber als sie ihn anblickte, sah sie,

wie enttäuscht er war. »Mach dir nichts draus! Ich habe nicht vor, dich zu verstecken. Ich werde dich mit allen meinen Freundinnen und Freunden bekannt machen.«

»Sind das so viele?«

»Mein Jahrgang halt und die etwas Älteren. Wir kennen uns alle von Kindesbeinen an.«

Bei der ländlichen Jugend hatte Oliver keinen Erfolg.

Monika nahm ihn zu den Tennisplätzen mit. Er sah blendend aus im weißen Dreß, und er spielte leidlich, aber nicht gut. Die jungen Karberger, die sich dem Sport verschrieben hatten, waren durchtrainiert. Bei gutem Wetter pflegten sie jede Stunde auszunutzen, in der die Plätze nicht von Fremden belegt waren. Sie waren kräftiger und derber als Oliver. Es machte keinen Spaß, gegen ihn zu spielen, selbst Monika war ihm weit überlegen.

Sie war nicht enttäuscht, denn dieses erste Zusammentreffen mit ihren alten Freunden zeigte deutlich, wie anders Oliver war. Gerade das gefiel ihr.

Ein andermal trafen sie sich auf einem abendlichen Bierfest, das mitten auf dem Dorfplatz von Höhenmoos, zwischen Kirche und Gasthaus, gefeiert wurde. Es wurde vom Trachtenverein veranstaltet. Oliver hatte sich für diesen Anlaß eigens einen grauen Lodenanzug anfertigen lassen. Er stand ihm auch, aber er wirkte darin wie verkleidet. Den Mädchen gefiel Oliver schon, aber sie trauten sich nicht, es zu zeigen. Die Burschen hielten sich erst argwöhnisch zurück. Später wurden ihre Stimmen lauter, ihre Späße derber, als es gewöhnlich der Fall war. Monika erkannte, daß sie ihn herausfordern wollten.

Schon gegen zehn, als die Blasmusik gerade einmal Pause machte, flüsterte sie ihm zu: »Bring mich, bitte, nach Hause!«

»Mich auch!« bat Gabriele, die die Schwester verstanden hatte.

Er konnte seine Erleichterung nicht verbergen. Dennoch vergewisserte er sich: »Ihr wollt wirklich schon gehen?«

»Ja, und so unauffällig wie möglich!« raunte Monika ihm zu. »Steh jetzt auf und verzieh dich. Wir treffen dich bei deinem Auto.«

Monika und Gabriele warteten, bis er verschwunden war, dann taten sie so, als wollten sie zum Toilettenwagen gehen, bogen dann aber zum Parkplatz ab.

»Eigentlich«, sagte Gabriele, als sie auf Oliver stießen, »hätten wir das Fest gar nicht besuchen dürfen. Du weißt ja, Vaters Trauerjahr ist noch nicht um.«

Monika war der Schwester dankbar für diese Erklärung. »So merkt's Mami nicht«, fügte sie hinzu.

»Deshalb brauchten wir uns doch nicht heimlich davonzuschleichen!«

»Es sieht dumm aus, wenn man so früh aufbricht!« behauptete Gabriele.

Oliver ließ sich nicht überzeugen. »Aber ich verstehe nicht...«

»Jetzt laßt uns erst mal einsteigen!« drängte Gabriele. »Unterwegs klären wir dich dann auf!«

Die Mädchen atmeten auf, als die Lichter des Dorfes hinter ihnen verschwanden.

»Am besten«, sagte Gabriele, »benutzt du für die Rückfahrt nicht die Hauptstraße, sondern die, die kurz vor unserem Haus abbiegt. Die ist zwar sehr schmal und steil, eine Landwirtschaftsstraße eben. Aber sie ist sicherer.«

»Ihr tut, als wäre ich in Gefahr!«

»Ja, das bist du auch!« sagte Monika. »Die Burschen sind in ziemlich wüster Stimmung. Hast du das denn nicht gemerkt?«

»Ich weiß ja nicht, wie sie sonst sind.«

»Wenn sie so sind«, erklärte Gabriele, »gibt es hinterher meist eine Rauferei.«

»Das kann doch nicht wahr sein!«

»Aber das ist so. Früher soll es noch viel schlimmer gewesen sein. So was macht ihnen Spaß, und wenn sie genügend getrunken haben, spüren sie die Schläge gar nicht.«

»Wir sind schon öfter mal bei so einer Prügelei dabeigewesen«, berichtete Monika, »und es war nicht so gefährlich, denn jeder weiß ja sowieso vom anderen, wie stark er ist.«

»Aber heute hatten sie es auf dich abgesehen.«

»Glaubt ihr, ich würde mich provozieren lassen?«

»Das hätten die schon geschafft.«

»Das bildet ihr euch alles nur ein«, sagte Oliver, aber es klang jetzt doch schon unsicher, »ich habe doch niemandem etwas getan.«

»Sie denken«, erklärte Gabriele, »du willst ihnen ein Mädchen wegnehmen: Monika. Und das willst du ja auch.«

»Aber ich dachte, sie gehörte zu Sepp Mayr.«

»Der ist einer von ihnen.«

»Ich hätte niemals geglaubt, daß es so etwas noch geben könnte!« sagte Oliver betroffen.

»Dann sei froh, daß du was dazugelernt hast«, entgegnete Gabriele schnippisch.

»Aber wir leben schließlich im zwanzigsten Jahrhundert! Der Karberg ist ein Erhohlungsgebiet! Es wimmelt hier doch nur so von Fremden!«

»Aber die sind und bleiben eben Fremde. Die Einheimischen sind ein anderer Schlag. Gib es auf, Oliver. Du wirst es doch nie verstehen. Sei uns dankbar, daß wir dich gerettet haben.«

Als er das Auto vor dem Elternhaus der Mädchen bremste, sprang Gabriele gleich hinaus, damit das Liebespaar noch miteinander allein sein konnte.

Aber Monika war zu nervös. »Ich muß auch rein«, sagte sie und gab ihm einen flüchtigen Kuß, »Mami schimpft sonst! Sei nur vorsichtig, ja?«

Tatsächlich wäre es auf diese eine Schelte nicht angekommen, denn die Stimmung in der Familie Stuffer war schlecht. Seit Monika der Mutter Oliver vorgestellt hatte, waren die heiteren Stunden selten geworden. Barbara wollte die Beziehung mit Gewalt unterbinden, ohne zu merken, daß sie Monika dadurch geradewegs auf Oliver zutrieb. Seinen Namen auch nur zu erwähnen beschwor ein Donnerwetter herauf.

Nur mit Gabriele konnte Monika, der das Herz voll war, über Oliver reden. Die Schwester fand ihn immerhin ›ganz nett‹ und ›ganz witzig‹.

Oliver war durch die Ablehnung der Dorfjugend verletzt. Er, der überzeugt war, durch seinen Charme die Menschen für sich gewinnen zu können, kränkte sich über diese Niederlage. Da er sich selber keine Schuld gab, mußte es seiner Meinung nach an den anderen liegen.

»Deine Freunde«, fragte er, als sie sich das nächste Mal trafen, »was sind das eigentlich für Leute?«

Er hatte sie von der Firma abgeholt, und sie fuhren zum Chiemsee. Der Mutter hatte sie erzählt, Kathi und Anni begleiteten sie zum Schwimmen. Mit der Wahrheit nahm sie es nicht mehr genau.

»Du hast sie ja kennengelernt«, erwiderte sie, den Kopf an seine Schulter gelehnt.

»Außer, daß sie mich verprügeln wollten, weiß ich nichts von ihnen.«

Monika dachte nach. Ihre Jugendfreunde waren für sie immer ein selbstverständlicher Bestandteil ihres Lebens gewesen. Sie hatte nie versucht, sie zu klassifizieren. Ein Bursche war vielleicht etwas fröhlicher, ein anderer ernster, ein Mädchen etwas klatschsüchtig, ein anderes verschwiegen. »Was kann ich dir schon sagen?« fragte sie endlich. »Es sind ganz normale junge Leute.«

»Was, zum Beispiel, tun sie beruflich?«

»Sepp ist gelernter Maler, versucht aber jetzt die mittlere Reife nachzumachen, Peter arbeitet auf dem väterlichen Hof, Schorschi ist Hilfsarbeiter, Paul Elektriker, Hans macht eine Lehre bei der Raiffeisenbank... keiner ist was Besonderes, aber keiner ist ein Versager.«

»Nicht mal der Hilfsarbeiter?«

»Schorschi ist ein Supersportler und einfach zu faul zum Lernen. Ich bin sicher... wir alle sind sicher, daß er sich eines Tages doch noch auf den Hosenboden setzen wird.«

»Ich verstehe nicht, was euch miteinander verbindet.«

»Viele von uns sind schon zusammen im Kindergarten gewesen, alle haben wir ein paar Jahre zusammen die Hauptschule besucht, und dann... wir sind eben alle von hier.«

»Diese Menschen«, erklärte er, »sind nicht der passende Umgang für dich.«

Sie löste den Kopf von seiner Schulter und richtete sich auf. »Findest du? Ich bin doch auch nichts Besseres als die anderen.«

Sein Mund war schmal geworden. »Immerhin war dein Vater Fabrikant.«

»Na und? Er war gelernter Schreinermeister und hat sich dann auf die Fabrikation geworfen. Sein Vater war noch Bauer, Sepp Mayrs Vater übrigens auch. Wir alle stammen von irgendwelchen Höfen oder haben zumindest noch Verwandtschaft in der Landwirtschaft. So ist das nun mal hier: einer übernimmt den Hof, die anderen lernen was oder auch nicht. Die Mädchen heiraten oder werden alte Tanten. Das gibt aber doch niemandem das Recht, auf die anderen herabzusehen.«

»Warum ereiferst du dich so?« fragte er, immer noch mit schmalen Lippen.

»Weil du ein Snob bist!«

»Ich meine einfach, daß man doch gewisse Ansprüche an sich und seine Mitmenschen stellen sollte.«

»Du bist mit ihnen nicht zurechtgekommen, deshalb willst du sie mir madig machen!« sagte sie klarsichtig. »Aber es sind alles sehr anständige Burschen.«

»Vergessen wir mal für einen Augenblick deine ungehobelten Verehrer! Willst du wirklich behaupten, daß du dich im Kreis deiner sogenannten Freundinnen, dieser kichernden Dorfgänse, wohl fühlst?«

»Das sind sie nicht! Sie waren in deiner Gegenwart ein bißchen befangen und auch, weil sie fürchteten, daß es Rabbatz geben würde!«

»Jedenfalls, wenn du erst meine Frau bist, werde ich dich mit anderen Menschen zusammenbringen.«–

Natürlich dauerte es nicht lange, dann versöhnten sie sich wieder.

Am Ufer des Chiemsees fanden sie, hinter Büschen versteckt, eine kleine Sandkuhle, in der sie es sich gemütlich machen konnten. Sie hatten ihr Badezeug mitgenommen und zogen sich um. An diesem Nachmittag sah Monika ihn zum ersten Mal nackt, und sie fand ihn, schmalhüftig, mit flachem Bauch und gut modellierten Schultern, so schön wie einen jungen Gott. Dann lagen sie im Sand und freuten sich aneinander. Aber der Strand war doch zu belebt, als daß es zu wirklichen Intimitäten hätte kommen können. Als sie spürte, daß er sehr erregt war, sprang sie auf und lief ins Wasser. Er kam ihr nach. Sie schwammen, planschten, tauchten sich gegenseitig unter und genossen das gemeinsame Badevergnügen in vollen Zügen.

So heftig Monika ihre Jugendfreunde Oliver gegenüber in Schutz genommen, und so ernst es ihr damit gewesen war, mußte sie doch sehr bald erfahren, daß sie sie mit anderen Augen ansah als früher. Das hatten nicht seine herabsetzenden Worte bewirkt, sondern die Tatsache, daß sie sie ständig mit ihm verglich. Mehr und mehr gewann sie die Überzeugung, daß sie ihm nicht das Wasser reichen könnten.

Gabriele, die sich der Landjugend gegenüber immer schon ein bißchen erhaben gefühlt hatte, bestärkte sie noch in dieser Einstellung.

Dazu kam, daß ihre alten Kumpel ihr die Freundschaft mit Oliver übelnahmen und nicht bereit waren, Verständnis oder wenigstens Nachsicht zu zeigen. Monika haßte es, ständig gefragt zu werden: »Na, wie geht's deinem Herrn Baron?«, wobei der Name auf der ersten Silbe betont wurde. Anfangs hatte Monika noch gelacht und es für eine harmlose Neckerei gehalten. Aber nachdem sie zum hundertsten Mal erklärt hatte, daß man Olivers Nachnamen auf der zweiten Silbe richtig betonen mußte, wurde es ihr zu viel. Sie glaubte, eine gewisse Boshaftigkeit in diesem Spott zu erkennen. Den Jungen konnte sie es gerade noch nachsehen, denn sie lebten in ständiger Rivalität untereinander und schon gar einem Fremden gegenüber, der in ihr Revier eingebrochen war. Sie lehnten ihn aus Eifersucht ab, obwohl keiner von ihnen je eine Chance bei ihr gehabt hatte. Aber daß die alten Freundinnen sich ganz ähnlich verhielten, stieß Monika vor den Kopf. Sie hätten doch nachfühlen müssen, wie schwierig ihre Situation war. Aber sie fanden kein verständnisvolles Wort und keine freundschaftliche Geste. Statt dessen faselten sie auch ständig von dem ›Herrn Baron‹.

Monika bekam es satt und fing an, allen aus dem Weg zu gehen. Sogar das Tennisspielen gab sie auf.

Nur Sepp war ihr gegenüber ganz wie immer, vielleicht noch ein wenig onkelhafter als früher. Er kaufte ihr sogar das Zusatzgerät, das die Standardbriefe selbständig tippen konnte, und den Drucker für den Computer bei ›Arnold & Corf‹. Die Software war inzwischen den Notwendigkeiten des Betriebs angepaßt, und Monika nutzte die neuen Möglichkeiten mit großem Vergnügen aus. Es gab nur zwei Dinge, die sie in dieser Zeit gern tat: mit Oliver zusammen sein oder in der Firma arbeiten. Alles andere, was sie vorher geliebt hatte, verlor seinen Sinn für sie.

Zu Hause herrschte eine ständige Spannung, die sich immer wieder in Gewittern entlud. Nie konnte sie fort, ohne daß es vorher oder nachher einen Riesenkrach gegeben hätte. Anfangs hatte sie noch versucht, sich zu verteidigen; sie hatte sich fast so sehr aufgeregt wie die Mutter. Jetzt nahm sie es gleichmütig, ja fast gleichgültig hin wie eine Plage, die sie ertragen mußte. Sie konnte es nur entweder der Mutter recht machen oder mit Oliver zusammen sein. Den Mittelweg, nach dem sie so verzweifelt gesucht hatte, gab es nicht. Trotz allem hatte sie nicht das Herz auszuziehen, denn sie wußte, daß ihr die Mutter nicht verziehen hätte. Zum endgültigen Bruch wollte sie es nicht kommen lassen.

Monikas Verhältnis zu Olivers Mutter gestaltete sich allmählich immer besser. Wenn Maria Baron sie auch nicht gerade liebevoll behandelte, so wußte sie doch ihre guten Eigenschaften zu schätzen, und sie zeigte es auch.

Monika hatte es inzwischen gelernt, allein nach München zu fahren, und sie tat es, sooft sich eine Gelegenheit bot. Die Barons wohnten im Stadtteil Bogenhausen in einer schönen, alten Wohnung mit hohen, stuckverzierten Decken und Parkettböden, die eigentlich zu geräumig für zwei Personen war. Aber Frau Baron hatte sie nie aufgeben mögen. Es gab das ehemalige eheliche Schlafzimmer, das Maria seit dem Tod ihres Mannes allein benutzte, ein Wohnzimmer, ein kleines Eßzimmer und sogar ein sogenanntes Musikzimmer, in dessen Mittelpunkt ein schwarzer Flügel Marke Bösendorfer stand. In Olivers früherem Jugendzimmer gab es jetzt nur noch sein Bett und zwei hohe Kleiderschränke, die sich an den Wänden entlangzogen. Er besaß, wie Monika fand, unglaublich viel Garderobe, Hosen und Jacken, komplette Anzüge und Stöße von Hemden und Kaschmirpullovern. Tagsüber hauste er im Zimmer seines verstorbenen Vaters, einem großen Raum, den er sich nach seinem Geschmack umgestaltet hatte. Die schwere braune Ledergarnitur, drei Sessel und ein Sofa, hatte er behalten, sich aber von den Ölbildern und dem Perserteppich getrennt. Jetzt war der Boden mit einem leichten weißen Teppich bedeckt, und an den Wänden hingen Poster, vornehmlich Ankündigungen von Konzerten und Opern. Selbstverständlich besaß er auch eine wertvolle Stereoanlage. In dem alten Bücherschrank, den er abgebeizt hatte, stand nur Fachliteratur, Bücher über Datenverarbeitung und über Musik und Musiker.

Es dauerte nicht lange, bis Monika sich hier heimisch fühlte. Was sie störte, war nur die Dunkelheit der Räume. Zwar waren sie nicht wirklich finster, denn die Fenster waren hoch. Aber überall dämpften Gardinen das Licht. Anders als in Höhenmoos mußte man sich hier gegen die Menschen von gegenüber abschirmen. Auch auf der Straße schien die Sonne selten so hell wie auf dem Karberg; an vielen Tagen mußte sie sich erst durch eine Glocke von Smog arbeiten. Die hohen Mietshäuser links und rechts der Straßen, der dichte und laute Verkehr von Autos und Bussen bedrückten Monika noch, aber allmählich wurde ihr alles immer vertrauter.

Maria Baron behandelte sie fast wie ein Mitglied der Familie. Sie begrüßte sie freundlich, hatte ihr auch immer etwas anzubieten, Kaffee, Tee oder ein kleines Abendbrot. Anfangs hatte Monika ihr beim Abräumen und Abwaschen geholfen. Aber nachdem Frau Baron merkte, daß Monika alles flinker von der Hand ging als ihr selber, ließ sie sie bald alleine machen. Manchmal hatte sie auch noch andere Aufträge für Monika. Sie bat sie, die frischgewaschenen Gardinen aufzuhängen oder die Fenster zu putzen. Monika tat das alles gerne, weil sie das Gefühl hatte, daß Frau Baron ihre Hilfe wirklich brauchte und ihr dankbar war.

Wenn Oliver auf dem Flügel spielte, was er gerne und oft tat, lauschte Monika ihm voll Bewunderung. Seine Mutter ließ sie beide dann bald allein. Sie hatte auch nichts dagegen, wenn sich die jungen Leute in sein Zimmer zurückzogen. Sie plauderten dann, hörten Musik und schmusten miteinander. Aber obwohl sie wußten, daß die alte Dame niemals versuchen würde, sie zu kontrollieren oder gar zu überraschen, wirkte ihre Anwesenheit doch hemmend. Sie übten Zurückhaltung. Monika fiel das leicht. Sie genoß Olivers Zärtlichkeit, und sie rechnete es ihm hoch an, daß er sie nie bedrängte.

Es blieben ihnen immer nur kurze Stunden, denn spätestens um zehn mußte Monika die Heimfahrt antreten, da sie früh auf mußte und nicht verschlafen bei der Arbeit sein wollte.

Danach galt es dann möglichst ungesehen ins Haus zu kommen und einen Zusammenstoß mit Barbara zu vermeiden.

Monika erfand alle möglichen Ausreden für ihr häufiges Fortfahren, Verabredungen mit Freundinnen, Theater- und Konzertbesuche in Rosenheim oder eine Einladung nach da und dort. Es fiel ihr nicht leicht, und es war ihrer Natur ganz zuwider, aber sie sah keine andere Möglichkeit. Sie schwindelte schlecht und hatte dabei stets das Gefühl, daß Barbara sie durchschaute. Wenn die Mutter Zweifel zeigte, so versteifte Monika sich noch auf ihre Version. In ihren Augen war das alles entwürdigend.

Wenn Gabriele nicht zu ihr gehalten hätte, wäre alles noch schlimmer gewesen. Die Schwester hätte oft die Beweise dafür erbringen können, daß Monika sich nicht an die Wahrheit hielt. Aber seit Gabriele Oliver kennengelernt hatte, hatte sich ihre Einstellung geändert. Sie hatte es völlig aufgegeben, Monika anzuschwärzen. Monika war ihr dankbar dafür, wenn ihr auch diese völlig veränderte Haltung ein wenig unheimlich war.

Einmal sprach sie die Schwester darauf an.

»Du traust mir wohl nicht recht über den Weg?« fragte Gabriele amüsiert.

»Früher hast du mich doch dauernd verpetzt.«

»Das waren Kindereien! Um was ging's denn da?«

»Stimmt schon«, gab Monika zu, »trotzdem sehe ich keinen Grund...«

»Denk doch mal nach! Kannst du dir nicht vorstellen, daß ich auch mal deine Hilfe brauchen könnte?«

Monikas Miene klärte sich auf. »Gibt es jemanden?«

»Noch nicht. Aber ich bin ziemlich sicher, daß Mami in meinem Fall das gleiche Theater aufführen wird, wenn es nicht gerade ein Einheimischer ist. Aber auf die steh' ich nun wirklich nicht.«

Daß Gabriele, wenn auch nur passiv, zu ihrer Schwester hielt, verärgerte Barbara. Sie fühlte sich von beiden Töchtern im Stich gelassen, gab aber nur Monika die Schuld. Bei jeder Auseinandersetzung bekam Monika auch ihren ›schlechten Einfluß‹ vorgehalten, eine Beschuldigung, gegen die es keine Argumente gab.

An einem Samstagnachmittag Mitte Oktober fuhr Monika wieder einmal nach München. Der Himmel war südlich blau mit einigen schwachen Wolkenbögen, die verrieten, daß der Föhnwind herrschte. Neben der Autobahn glühten die Bäume im Schmuck ihrer roten, braunen und gelben Blätter. Der Verkehr war hektisch.

Monikas Herz jubelte Oliver entgegen. Es war wie immer schwierig gewesen, von zu Hause fortzukommen. Aber es war ihr gelungen. Das erfüllte sie mit Triumph. Sie hatte kein schlechtes Gewissen mehr, daß sie die Mutter beschwindelt hatte. Ihre Lügen erschienen ihr jetzt als erlaubte Waffen in ihrem Kampf um ihre Freiheit und ihre Liebe.

Als sie bei Ramersdorf auf den Mittleren Ring einfuhr, wäre sie fast von einem Motorradfahrer gerammt worden, weil sie die Vorfahrt nicht beachtet hatte. Sie erschrak, und der junge Mann hob sein Visier und schimpfte. Mit einem Lächeln und einer Handbewegung entschuldigte sie sich, fuhr von da an sehr vorsichtig.

Oliver empfing sie an der geöffneten Wohnungstür, zog sie hinein und küßte sie. »Was ist los mit dir?« fragte er. »Du zitterst ja.«

»Fast hätte ich einen Zusammenstoß gehabt. Mit einem Motorradfahrer.«

»Diese Rowdys!«

»Es war meine Schuld«, gestand sie.

»Dieser verdammte Föhn!«

»Ohne ihn«, sagte sie, »hätten wir jetzt bestimmt Regen.«

Er half ihr aus ihrer Jacke, wollte sie schon aufhängen, hielt dann aber in der Bewegung inne und schlug vor: »Wir könnten in einen Biergarten gehen!«

»Oh ja! Aber erst möchte ich deine Mutter begrüßen.«

»Sie ist nicht da.«

»Dann laß uns losziehen, so lange es noch warm ist.«

Sie einigten sich darauf, ihre Autos stehenzulassen, und fuhren erst mit dem Bus, dann mit der U-Bahn zur Leopoldstraße und liefen von dort zu Fuß zum Englischen Garten. Nahe dem Chinesischen Turm waren Tische und Klappstühle aufgestellt. Eine Menge vergnügter Menschen saß dort vor ihren Maßkrügen. Manche hatten ihre Kinder mitgebracht, die natürlich nicht stillsitzen konnten, sondern herumsprangen. Ein Baby schrie im Kinderwagen, und die sehr jungen Eltern stritten sich, ob man es mit einem Schluck Bier beruhigen dürfte.

Monika und Oliver fanden einen Tisch in der Sonne, und sie setzte sich.

»Halt mir den Platz frei!« sagte er. »Ich hole uns eine Maß.«

Monika bewunderte den bunten Chinesischen Turm, der wie eine Pagode gebaut war, und sah sich neugierig um. Ganz wohl war es ihr nicht, allein unter diesen vielen Leuten.

Ein junger Mann in Jeans und Rollkragenpulli schlenderte auf sie zu. »Na, Mädel, wie wär's mit uns beiden?«

Ohne zu antworten, versuchte sie, kühl durch ihn hindurch zu blicken.

Er ließ sich nicht abschrecken und wollte sich neben sie setzen.

»Bitte, der Platz ist besetzt!«

»Sehe ich nicht.«

»Mein Freund holt nur das Bier.«

»Sind ja noch genügend Stühle frei«, sagte er und legte ihr den Arm um die Schultern.

Mit einer heftigen Bewegung machte sie sich frei, stand auf und sah sich nach Oliver um. Sie konnte ihn nicht entdecken. Aber ein großer, sehr kräftiger Mann, in jeder Hand einen Bierkrug, kam vom Ausschank her in ihre Richtung.

»Da ist er!« erklärte sie.

Der Bursche auf Olivers Stuhl musterte den Riesen, machte »oh« und verzog sich.

Erleichtert sank Monika auf ihren Stuhl.

Ein älteres Ehepaar, sehr sorgfältig angezogen, kam an ihren Tisch.

»Ist hier noch frei, Fräulein?« fragte der Herr.

»Zwei Stühle sind besetzt.«

»Dann mach mal, Anna!« Er stellte einen großen Korb ab und ging zum Ausschank.

Mit Erstaunen sah Monika, daß die alte Dame eine rotweiß karierte Decke auf dem oberen Teil des Tisches ausbreitete, Teller und Besteck hinlegte, Semmeln und Brezen, verschiedene Würste, Käse und einen Radi.

Die alte Dame bemerkte Monikas Blick. »Man muß es sich doch gemütlich machen«, erklärte sie.

»Ich habe ja gar nichts gesagt.«

»Aber gedacht haben Sie sich was. Ihr jungen Leute habt's immer eilig. Ihr denkt alleweil, es könnte euch was entgehen. Wenn man in die Jahre kommt, dann genießt man jeden Augenblick.«

Oliver brachte den Maßkrug und gab ihn Monika. »Trink! Ich habe schon einen Schluck genommen.«

Das Bier war kühl und stark.

Monika spürte ein Prickeln in Händen und Füßen. »Wunderbar!« Sie wischte sich mit dem Handrücken den Schaum vom Mund. »Überhaupt, was für ein herrlicher Tag! Sag nie mehr was gegen den Föhn!«

Sie tranken abwechselnd, plauderten und lachten. Das Ehepaar an ihrem Tisch hatte bedachtsam zu schmausen begonnen. Die beiden kümmerten sich nicht um sie.

»Monika«, sagte er leise, »ich habe einen großen Wunsch, ich möchte nicht, daß du heute abend schon wieder zurückfährst.«

»Aber das muß ich doch!«

»Mußt du nicht!«

»Du kennst Mami!«

»Gerade weil ich sie kenne! Die macht dir doch auf jeden Fall einen Krach. Sieh mal, Monika, meine Mutter ist heute nacht nicht da. Sie ist zu einer Freundin nach Berchtesgaden gefahren und kommt frühestens morgen abend zurück. Wir könnten ins Kino gehen und nachher tanzen. Wir haben noch nie zusammen getanzt!«

»Ja, das ist wahr.«

»Tu mir die Liebe!« Flehend blickte er ihr in die Augen.

»Ich tanze furchtbar gern, aber...«

»Bitte, Monika! Es ist schrecklich, daß wir uns immer nur so kurz sehen und eigentlich nie allein sind.«

»Meinst du, mir wär das angenehm?«

»Wenn du mich liebst...«

»Du weißt, daß ich dich liebe.«

»Nein.«

Sie legte ihre kräftige Hand auf seine schmale. »Bitte, Oliver, laß uns doch nicht streiten! Bis zum Abend bleibt uns ja noch so viel Zeit! Ich war auf deinen Vorschlag nicht gefaßt, verstehst du denn nicht?«

Er erwiderte ihr Lächeln, rasch versöhnt. »Überleg dir's!« Er blickte in den Bierkrug. »Nichts mehr drin! Ich hol uns noch eine Maß, ja?«

»Lieber nicht. Ich fall' sonst um.«

»Warte! Ich hol' dir was zu essen.«

»Nein, bitte, laß uns jetzt gehen!« Nach einer kleinen Pause fügte sie hinzu: »Zu dir!«

Er sprang auf und zog sie hoch. »Mein Liebling!« Er küßte sie. »Einen schönen Tag noch!« sagte er zu den alten Leuten. Monika lächelte ihnen zu.

Als Gegengruß erhielten sie nur ein bedenkliches Kopfschütteln.

»Meinst du, die haben was gemerkt?« fragte Monika, als sie außer Hörweite waren.

»Ich habe so leise wie möglich geredet!«

»Ich fürchte, wir waren sehr pantomimisch!«

Sie schüttelten sich vor Lachen.

Im Vorbeigehen kauften sie sich an einem Stand zwei Schnittlauchbrote und aßen sie aus der Hand, während sie weitereilten. Sie hatten nicht mehr die Geduld, die städtischen Fahrzeuge zu benutzen, sondern hielten unterwegs ein Taxi an. Auf dem Rücksitz saßen sie eng aneinander gekuschelt, und es war ihnen gleichgültig, was der Chauffeur von ihnen denken mochte. Als sie am Ziel angekommen waren und Oliver zahlte, lächelte der Mann verständnisvoll. Sie sausten die Treppen hinauf und fielen sich, kaum daß sich die Wohnungstür hinter ihnen geschlossen hatte, in die Arme. Monika war es, als hätte sie endlos auf diesen Augenblick warten müssen.

Später, als es vorbei war, hielten sie sich immer noch fest umklammert. Sie lagen nackt auf seinem Bett, und Monika konnte nicht aufhören, seine glatte Haut, unter der die Muskeln spielten, mit kleinen sanften Küssen zu bedecken. Er sagte ihr all die wunderbaren Worte, die sie nur aus Romanen kannte.

Dann faßte er sie bei den Schultern und zwang sie, ihm in die Augen zu sehen. »Hat es dir weh getan?«

»Ein bißchen.«

»Das wollte ich nicht.«

»Vergiß es! Niemand hätte rücksichtsvoller sein können als du.«

»Du bist die erste Jungfrau in meinem Leben.«

»Nun bin ich es ja auch nicht mehr.«
»Tut es dir leid?«
»Im Gegenteil, ich bin so glücklich.«
»Das nächste Mal wird es schöner für dich werden.«
»Es war schön. Es hat mir nichts ausgemacht, für dich zu leiden.«
»So schlimm?«
»Nein, gar nicht.« Sie sah an ihren Beinen hinab. »Sieh mal! Tatsächlich!«
»Blut«, konstatierte er, leicht geschockt.
»Ich hätte nicht gedacht, daß es wirklich bluten würde.« Sie wollte sich von ihm lösen.
Er hielt sie fest. »Was hast du vor?«
»Ich will es auswaschen.«
»Ach was. Ich werfe das nachher einfach in die Wäsche.«
»Aber deine Mutter...«
»...soll es ruhig sehen. Es ist ganz gut, wenn sie Bescheid weiß.«
Sie knabberte zärtlich an seiner Schulter. »Hätte es dir was ausgemacht, wenn ich nicht... nicht unschuldig... ach, das klingt so albern... gewesen wäre?«
»Nein, natürlich nicht. Aber so war es... was Einmaliges!«
»Für mich erst!«
»Dann bleibst du heute nacht?«
»Ja. Aber ich muß zu Hause anrufen.« Sie sprang aus dem Bett. Es hatte sie bei aller Verliebtheit Überwindung gekostet, sich vor ihm auszuziehen. Jetzt aber störte es sie nicht mehr, daß seine Blicke ihr folgten. Sie war sich ihrer langen Beine, ihrer schmalen Taille und ihres festen, hoch angesetzten Busens angenehm bewußt. Ein ganz klein wenig verrucht kam sie sich vor, aber auch das war ein prickelndes Gefühl, nachdem sie so lange brav gewesen war.
Nackt, wie sie war, ging sie zum Telefon, das im

Wohnzimmer stand, und wählte die Nummer von Höhenmoos. Gabriele meldete sich.

»Ich bin es nur«, sagte Monika, »hör mal, Gaby, ich rufe nur an, weil ich heute abend nicht nach Hause komme.«

»Das wird Mami gar nicht passen.«

»Ich kann es nicht ändern.«

»Und was soll ich ihr sagen?«

»Daß ich bei Kathi übernachte.«

Gabriele lachte. »So nennt man das also!«

»Ist doch ganz egal. Jedenfalls... morgen mittag bin ich wieder zu Hause.«

»Wie beruhigend!«

»Bring's Mami schonend bei, ja?«

»Viel Spaß. Und schöne Grüße!«

»An wen?«

»Na, das weißt du doch!«

Monika legte auf, lief zu Oliver zurück und setzte sich auf das schmale Bett. »Ist erledigt«, meldete sie, »Gaby läßt grüßen.«

Er streckte die Arme nach ihr aus.

»Komm wieder zu mir!«

»Erst möchte ich mich waschen.«

»Wie wär's, wenn wir beide zusammen unter die Brause gingen?«

»Oh ja!« Sie zog ihn aus dem Bett.

Aber anstatt das Bad aufzusuchen, standen beide eng aneinander geschmiegt. Sie konnten nicht genug voneinander haben.

»Ich liebe dich so!« flüsterte sie.

»Mein schöner, wunderbarer, einmaliger Liebling!« Er streichelte sie zärtlich. »Wollen wir wirklich noch zum Tanzen?«

»O ja!«

Aber die Dunkelheit war schon hereingebrochen, als sie das Haus verließen.

Am nächsten Tag herrschte immer noch Föhn, und die Alpenkette zeichnete sich mit beeindruckender Klarheit vom blauen Himmel ab. Monika genoß den Anblick, und er schien ihr mit der eigenen Stimmung zu harmonieren. So nahe gerückt, wie die Berge wirkten, war ihr auch das eigene Glück.

Es war ein wundervoller Abend gewesen. Noch nie hatte ein Mann so mit ihr getanzt wie Oliver. Er hatte den gleichen Rhythmus wie sie im Blut. Dieser Tanz zu den Klängen einer kleinen Schwabinger Band war etwas ganz anderes gewesen als das Hopsen und Drehen zur Blasmusik, wie sie es bisher gewohnt gewesen war. Viel getrunken hatten sie nicht. Sie waren beschwipst gewesen vor Glück. In der Nacht hatten sie sich noch einmal geliebt. Es hatte wieder ein wenig weh getan, aber das hatte ihr nichts ausgemacht. Ihn zu spüren war alles, was sie ersehnte.

Natürlich hatte er sie am Morgen nicht gehen lassen wollen, und sie war sich selber ein wenig albern vorgekommen, weil sie darauf bestand. Aber ihr Pflichtgefühl siegte. Sie hatte versprochen, zum Mittagessen nach Hause zu kommen, also mußte sie es tun. Auf keinen Fall wollte sie die Mutter mit ihrem Fortbleiben beunruhigen.

Als sie Höhenmoos erreichte, war die Kirche schon aus. Männer in grünen Trachtenanzügen drängten ins Wirtshaus. Gruppen von Mädchen und Frauen standen noch beieinander und tratschten.

Monika überlegte kurz, ob sie versuchen sollte, Mutter und Schwester auf ihrem Heimweg aufzugabeln. Dann aber sagte sie sich, daß sie bestimmt mit dem Auto dagewesen und schon zurück waren. Die Zeiten, da man zu Fuß zur Kirche ging, waren auch in Höhenmoos vorbei.

Tatsächlich stand Barbaras Auto in der Garage, und das Tor war offen. Monika hupte vergnügt, bevor sie einfuhr. Sie stellte den Motor ab, stieg aus und ging ins Haus.

Im Flur trat ihr die Mutter entgegen. »Wo warst du?« fragte sie scharf.

»Aber du weißt doch! Ich habe angerufen.«

»Du warst nicht bei Kathi. Ich habe mich erkundigt.«

»Das hättest du nicht tun sollen!«

»Hätte ich nicht? Habe ich etwa kein Recht zu erfahren, wo du dich rumtreibst?«

»Ich habe mich nicht rumgetrieben.«

»Du hast dir die Nacht um die Ohren geschlagen...«

Monika fiel ihr ins Wort. »Aber das hab' ich nicht!«

»Guck doch bloß mal in den Spiegel, wie du aussiehst! Total verhurt!«

»Mutter!«

»Und dann wagst du es noch, nach der Kirche durchs Dorf zu fahren, damit nur ja alle wissen, daß du in der Nacht nicht zu Hause warst!«

»Aber, Mami, kein Mensch hat sich was dabei gedacht... oder hätte sich was dabei gedacht, wenn du mir nicht nachspioniert hättest!«

»Diese Schande! Ein Glück, daß Vater das nicht mehr erleben mußte!«

»Er hätte bestimmt nicht versucht, mich gegen meinen Willen in eine Ehe zu drängen! Er hätte...« Weiter kam sie nicht.

Barbara holte aus und schlug ihr mit aller Kraft ins Gesicht.

Im ersten Augenblick war Monika zu verblüfft, um zu reagieren. Sie war es nicht gewohnt, so behandelt zu werden. Nicht einmal als Kind hatte sie Prügel gekommen. Sie starrte ihre Mutter nur ganz benommen an und legte die Hand auf die schmerzende Wange.

»Sag mir nicht, was dein Vater getan hätte!« schrie Barbara. »Er würde sich im Grab umdrehen, wenn er es wüßte! Niemals hätte er zugelassen...«

Gabriele kam die Treppe herunter. »Mami«, versuchte sie zu begütigen, »nun reg dich doch nicht auf!«

Barbara fuhr zu ihr herum. »Sei du nur still, du bist ja auch nicht besser! Du hast gewußt, daß sie nicht bei Kathi war! Sonst hättest du nicht versucht, mich davon abzuhalten...«

»Aber, Mami, das war ja auch wirklich nicht klug! Jetzt ist es bestimmt schon rum, daß Monika nicht zu Hause war! Und daß du keine Ahnung hattest, wo sie gesteckt hat!«

»Glaubt ihr, ihr könnt mich für dumm verkaufen? In München war sie, bei diesem Taugenichts, diesem... diesem entsetzlichen Menschen!« Sie war so außer sich geraten, daß sie um Atem ringen mußte.

Monika hatte sich wieder gefaßt. »Wenn du es weißt, warum hast du mich dann gefragt?«

»Weil ich es satt habe, von hinten bis vorn belogen zu werden! Ich wollte endlich die Wahrheit von dir hören!«

»Oliver und ich, wir lieben uns. Das ist die Wahrheit.«

»Du schlägst die Hand eines guten Mannes aus und wirfst dich einem windigen Burschen an den Hals?«

»Du wirst zugeben müssen, daß Oliver alles versucht hat, sich gut mit dir zu stellen.«

»Weil er hinter deinem Geld her ist!«

»Ich habe doch gar keins!« sagte Monika ganz erstaunt.

»Aber eines Tages wirst du erben... die Fabrik... das Haus...«

»Wenn du tot bist, Mutter! Das kann doch noch fünfzig Jahre dauern! Bildest du dir wirklich ein, jemand würde darauf spekulieren?«

»Bis dahin«, unterstützte Gabriele sie, »kann die Fabrik längst pleite sein. Oder es hat einen Atomkrieg gegeben, und keiner von uns existiert mehr!«

»So denkt ihr, aber nicht dieser Bursche! Er ist ein Mitgiftjäger, da bin ich mir ganz sicher!«

»Und woraus schließt du das?« fragte Monika, in der eine gefährliche Ruhe aufstieg.

»Mein Instinkt... meine Erfahrung...«

»Die haben dich aber bei Sepp ganz im Stich gelassen! Hast du dich jemals gefragt, ob Sepp mich würde haben wollen, wenn die Firma nicht wäre? Warum sollte er denn?«

Wieder hob Barbara die Hand.

»Schlag mich nicht noch mal! Sonst verlasse ich das Haus!«

»Damit kannst du mir nicht drohen!« sagte Barbara, ließ aber doch die Hand sinken. »Von mir aus geh zum Teufel!«

»Dann ist ja alles klar!« Monika lief, an Mutter und Schwester vorbei, auf die Treppe zu.

»Wo willst du hin?« rief Barbara ihr nach.

»Meine Sachen packen.«

»Aber, Monika, wegen eines Streits! Du wirst doch zugeben, daß ich im Recht bin...«

»Weißt du, Mutter«, sagte Monika sehr beherrscht, »nicht nur du hast die ewige Lügerei satt, ich noch viel mehr. Ich möchte endlich tun und lassen können, was ich will und was ich für richtig halte.«

»Dich mit diesem Windhund herumtreiben?«

»Wenn du es so nennen willst... ja.«

»Dann geh! Verschwinde! Mach, daß du fort kommst!«

»Das hast du schon einmal gesagt, und genau das werde ich tun.« Monika stieg die Treppe hinauf.

In ihrem Zimmer überfiel sie der starke Wunsch, sich auf ihr Bett zu werfen und zu weinen, wie sie es früher nach Auseinandersetzungen oder wenn sie unglücklich war getan hatte. Aber sie wußte, daß sie dann schwach werden würde, und das wollte sie nicht. Gabriele würde kommen und sie trösten. Sie würde sich zwingen, die Mutter um Entschuldigung zu bitten, und alles würde wieder von vorn anfangen. Da kam Gabriele auch schon herein.

Monika blickte sie aus tränenlosen Augen an.
»Holst du mir ein paar Koffer vom Dachboden?«
»Du willst also wirklich...?«
»Ja, es ist besser so.«
Gabriele begriff, daß Monika fest entschlossen war.
»Wie viele brauchst du denn?«
»Sagen wir zwei. Alles kann ich jetzt doch nicht mitnehmen.«

Gabriele ging, und Monika öffnete den Schrank und warf Kleider, Röcke, Blusen und Pullover auf das Bett. Als Gabriele zurück kam, hatte sie auch schon die Kommode ausgeräumt.
»Soll ich dir helfen?« fragte die Schwester.
»Lieb von dir, aber nicht nötig. Ich schaff' das schon alleine. Wenn du mir nur den restlichen Krempel zusammenpacken würdest, so bald ich weiß, wo ich bleibe.«
»Du ziehst nicht zu Oliver?«
»Wo denkst du hin? Ich kann mich da doch nicht einfach einquartieren.«
»Was hast du dann vor?«
»Ich weiß noch nicht. Ich muß es mir erst in Ruhe überlegen. Hauptsache, ich bin weg von hier.« Während sie sprach, war sie ununterbrochen dabei, den Koffer zu packen.
»Willst du nicht wenigstens noch zum Mittagessen bleiben?«
»Nach der Szene?«
»Barbara tut es längst schon leid.«

»Aber mir nicht. Ich habe die Nase voll. Lieber ein Ende mit Schrecken als ein Schrecken ohne Ende.«
»Ich versteh' dich nicht.«
»Doch, Gabriele, das tust du, und zwar sehr gut.« Monika knallte den vollen Koffer zu und öffnete den nächsten.
»Ich hätte nie gedacht, daß du das fertigbringen würdest.«
»Ich auch nicht. Aber mir bleibt keine Wahl.« Sie zog die Tagesdecke von ihrer Bettcouch und wickelte eine Obstschale hinein, die sie selber einmal getöpfert hatte.
»Willst du das auch mitnehmen?«
»Irgendwie muß ich es mir doch gemütlich machen.«
»Und deine Poster?«
»Kannst du haben, wenn du willst. Ich beschaffe mir neue.« Die Koffer waren gepackt, und sie sah sich abschiednehmend in ihren alten vier Wänden um.
Als erriete sie ihre Gedanken, sagte Gabriele: »Du wirst es nie wieder so schön haben wie hier!«
»Kann sein. Aber das macht ja nichts.« Sie beugte sich zu Gabriele und küßte sie auf die Wangen. »Wir bleiben in Verbindung, ja?«
»Mach's gut, altes Haus! Und bestell Oliver: meinen Segen habt ihr!«
Rasch stieß Monika die Tür auf, weil ihr nun doch die Tränen kamen, aber sie schluckte sie tapfer. Die Umhängetasche über der Schulter, den Regenmantel über dem Arm, in jeder Hand einen Koffer stieg sie die Treppe hinunter. Die Tür zur Küche stand offen, und sie hörte darin die Mutter rumoren. Aber sie verabschiedete sich nicht.

Monika hätte den Landwirtschaftsweg nach Niedermoos und zur Autobahn nehmen können. Sie spielte auch einen Augenblick mit dem Gedanken, aber dann verwarf sie ihn. Sie wollte sich nicht wie eine Verbrecherin oder eine Verfemte aus der Heimat schleichen. Also nahm sie die Hauptstraße und fuhr durch das Dorf.

Der Platz vor der Kirche war immer noch sonntäglich belebt. Monika grüßte hierhin und dahin und begegnete neugierigen Blicken. Noch wußte niemand, daß sie sich für immer davon machte, aber in einigen Tagen würde es rund sein. »Mein Gott, wo es mit dieser Jugend noch hin soll«, würden die Leute wohl sagen. Aber ihr konnte es herzlich gleichgültig sein – zum ersten Mal in ihrem Leben –, was man über sie dachte.

Erst als sie schon auf der Autobahn war, begann sie zu überlegen, wo sie denn hin wollte. Als sie ihre Koffer packte, war es ihr noch selbstverständlich gewesen, nach München zu ziehen. Aber inzwischen war ihr klargeworden, daß die Großstadt ein teures Pflaster war. Sie hatte oft genug in der Zeitung gelesen, daß es für junge Leute, ob Studenten oder Polizisten, schwer, ja fast unmöglich war, ein preiswertes Zimmer zu bekommen. Wie sollte sie dann, die sich in München nicht auskannte, eins ausfindig machen. Sicher, Oliver würde ihr helfen. Aber es widerstrebte ihr, ihn mit ihren Problemen zu belasten.

Außerdem wollte sie ihre Stelle in der Firma behalten, und es würde doch ziemlich umständlich sein, jeden Tag zweimal die etwa 70 Kilometer zu fahren. Also war es besser, in der Nähe von Niedermoos zu bleiben, nur weit genug entfernt, daß man sie dort nicht mehr kannte. Sie wollte der Mutter nicht noch unnötig ›Schande‹ machen,

Also verließ sie am Irschenberg die Autobahn und erreichte nach wenigen Minuten das Dorf Steinbichel. Wie sie erwartet hatte, gab es hier nicht nur einen

Gasthof, sondern an einigen Häusern und Höfen hingen Schilder mit dem Hinweis »Zimmer zu vermieten«. Sie fuhr einmal langsam durch das Dorf und dann wieder zurück und hielt vor einem Gehöft, das ihr besonders sauber und gepflegt schien. Auch lag es ein wenig außerhalb des Ortes und nahe der Autobahn.

Die Haustür war nicht abgeschlossen. Sie klopfte an und trat ein, ging durch den steinernen Flur den Stimmen nach. Die Familie saß in der Stube, Vater, Mutter, Kinder und eine Großmutter, alle im Sonntagsstaat, am gedeckten Tisch. Die Gabel in der Hand, blickten sie zu Monika.

»Entschuldigen sie, bitte, ich... ich habe gar nicht daran gedacht, daß jetzt Mittagszeit ist!« stotterte sie. »Ich fahre zum Gasthof und komme nachher wieder!«

»Was wollen Sie denn, Fräulein?« fragte die Bäuerin.

»Ich suche ein Zimmer.«

»Für heute nacht? Da lohnt sich die Mühe nicht.«

»Nein. Für länger.«

Nachdem Monika ihren Wunsch geäußert hatte, aßen die anderen weiter, als wäre sie für sie nicht mehr interessant. Nur die Bäuerin musterte sie aufmerksam. »Zehn Mark pro Nacht mit Frühstück.«

»Das ist ziemlich teuer. Ich suche etwas für ein paar Monate. Den Winter über.«

»San S' aus München?«

»Nein. Ich bin keine Sommerfrischlerin. Ich arbeite in Niedermoos.«

»Und warum suchen S' nicht da ein Zimmer?«

»Mein Freund wohnt in München, und da dachte ich...«

»...daß er Sie hier besuchen kann?« Der Ton war alles andere als ermunternd.

»Nein, nein, natürlich nicht! Aber ich fahre gelegentlich in die Stadt, und von hier aus ist es näher.«

»Zenzi, zeig dem Fräulein ein Zimmer. Das kloane.« Die Bäuerin wandte sich wieder ihrem Essen zu. Ein junges Mädchen, etwa zwölf Jahre, war aufgesprungen.

»Aber das muß wirklich nicht jetzt sein«, wehrte Monika ab.

»Bringen wir's hinter uns«, erklärte die Bäuerin energisch. Monika folgte Zenzi, die vor ihr her die Treppen zum zweiten Stock hinaufsprang und ihr dann eine Tür öffnete. Das Zimmer war winzig, aber es hatte ein Waschbecken und einen Heizkörper, und als Monika zum Fenster trat, sah sie die Alpen.

»Fast wie zu Hause«, sagte sie.

»Gefallt's Ihnen?«

»Ja. Aber so viel kann ich nicht zahlen. Das wären ja dreihundert Mark im Monat.«

»Die Mutter wird's schon günstiger hergeben.«

»Meinst du?«

»Ja, gewiß«, versicherte Zenzi altklug, »während der schlechten Jahreszeit haben wir ja sonst keine Gäste, höchstens übers Wochenende, und das haßt sie, weil sie da immer die Wäsche machen muß.«

Zenzi zeigte Monika auch das Bad, das einige Türen entfernt auf dem gleichen Stock lag. So bequem wie zu Hause würde sie es nicht mehr haben, das wußte Monika, aber es lag ihr viel daran, hier unterzukommen.

Als sie wieder in die Stube kamen, hatte die Familie die Mahzeit beendet. Zenzis Teller hatte die Bäuerin warm gestellt und setzte ihn ihr jetzt vor.

»Das Zimmer ist hübsch«, sagte Monika, »aber ich kann nicht so viel ausgeben. Ich würde es auch selber putzen und in Ordnung halten, und frische Bettwäsche brauche ich höchstens alle vierzehn Tage.«

»Setzen S' Eahna daher!« sagte die Bäuerin und wies auf einen Holzstuhl, auf dem einer der Jungen

gesessen hatte, der jetzt schon aufgestanden war.
»Wie heißen S', haben S' gesagt?«
»Monika Stuffer.«
»Und ich bin die Huber-Bäuerin. Jetzt wollen wir mal in Ruhe mitnand reden. Wie alt san S'?«
»Achtzehn.«
»Grad achtzehn, ja? Und da hat's Eahna daheim nicht mehr paßt?«
»Ich sollte einen heiraten, den ich nicht wollte...«
»...und den du wolle hast, den sollst nicht?«
Monika nickte.
»Tsss, tsss!« machte die Bäuerin. »Da red man so viel von die neuen Zeiten, und doch san's immer wieder die alten Geschichten.«
Jetzt sagte der Bauer, der sich inzwischen eine Pfeife angesteckt hatte: »Nun sei nicht so, Mutter!«
»Ja, dir könnt's schon passen, ein sauberes Madl im Haus zu haben!« sagte die Bäuerin.
»Oh, ich werde nicht... ich werde bestimmt nicht...« versicherte Monika etwas erschrocken.
»War ja nur Spaß!« beruhigte die Bäuerin sie. »Moanst, ich glaub' im Ernst, daß du junges Ding mit meinem alten Grantler anbandeln könnst?«
»Bestimmt nicht«, versicherte Monika rasch und warf einen scheuen Blick auf den Bauern, einen durchaus stattlichen Mann.
»Als was arbeitst denn?« wollte die Bäuerin wissen.
»Im Büro.«
»Dann mußt doch viel Geld verdienen?«
»Aber sie spart gewiß auf die Aussteuer«, warf Zenzi mit vollem Mund ein.
»Hunderfuffzig im Monat san genua!« bestimmte der Bauer. »Ich denke, das ist ein schönes Zubrot für dich. Was hast denn schon für Unkosten? Und Arbeit macht dir das Mädel bestimmt nicht.«
»Möcht ich mir auch verbeten haben! Immer schön

das Bad saubermachen, wannst es benutzt hast! In die Küch' derfst auch, wannst ka Umständ machst.«

»Danke«, sagte Monika erleichtert, »das ist aber sehr lieb von Ihnen.«

»Also abgemacht!«

Sie besiegelten die Übereinkunft mit einem Handschlag. Monika war froh, wieder ein Dach über dem Kopf zu haben.

Am nächsten Tag erschien Monika pünktlich wie immer in der Firma.

Sepp Mayr saß schon hinter seinem Schreibtisch und sah sie mit seinem Blick über die Brille hin an.

»Grüß dich, Sepp«, sagte sie so ungezwungen wie möglich.

»Das gnädige Fräulein... sieh mal einer an.«

»Ist was?«

»Ich dachte, du hättest mir was zu erzählen.«

»Wie ich Mami kenne, weißt du längst Bescheid.«

»Ich würde es aber gerne mal aus deiner Sicht hören.«

»Wozu? Es ist nun mal passiert. Du würdest mir sicher so und so nicht recht geben...«

»Kommt ganz drauf an!«

»...und selbst wenn! Es würde mir doch nichts mehr nützen.«

»Barbara kann sehr hart sein. Aber es tut ihr jetzt schon leid. So weit wollte sie es nicht treiben. Ich könnte sie vielleicht dazu bringen, daß sie sich bei dir entschuldigt.«

»Das möchte ich gar nicht. Es ging nicht mehr so weiter, Sepp. Du kennst doch uns beide. Wir können das nicht aushalten, nicht das Lügen und das Belogen werden.«

»Und was sagt er nun dazu?«

»Er weiß es noch gar nicht.«

»Barbara war ganz sicher, daß du gleich zu ihm gefahren wärst.«
»Irrtum. Ich wollte die ganze Sache erst mal überschlafen.«
»Sehr vernünftig von dir. Und wo bist du untergekommen?« Monika erzählte es ihm.
»Das wird Barbara hoffentlich beruhigen. Sag mal, haben diese Leute nicht nach deiner Familie gefragt?«
»Die Bäuerin ist ziemlich neugierig. Aber es gibt doch so viele Stuffers hier bei uns! Ich werd's ihr nicht auf die Nase binden.«
»Na, dann mach dich mal an deine Arbeit!«

Am Nachmittag fuhr Monika nach Rosenheim und suchte einen Gynäkologen auf. Das Wartezimmer war sehr voll, und sie mußte über zwei Stunden warten. Aber da sie keinen Termin ausgemacht hatte, war sie froh, daß sie überhaupt noch an die Reihe kam.

Der Arzt war brummig und überarbeitet, versuchte aber, wenn auch ohne viel Erfolg, freundlich zu sein.

Sie mußte sich auf den Untersuchungsstuhl legen und die Beine spreizen. Das war für sie, die noch nie zuvor bei einem Frauenarzt gewesen war, ziemlich peinlich. Es war ein unangenehmes Gefühl, fremde Hände in ihrem Unterleib tasten zu fühlen. Aber weh tat es nicht, und sie ließ es mit zusammengebissenen Zähnen über sich ergehen. »Alles in Ordnung«, sagte er endlich, »Sie können sich wieder anziehen.«

»Danke!« Sie beeilte sich, vom Stuhl und wieder in ihr Höschen zu kommen.

Dann fragte er sie nach ihrer Regel, und sie war froh, daß sie genaue Auskunft erteilen konnte. »Ich stehe wieder mal kurz davor, in zwei bis drei Tagen...«

»Diesen Eindruck hatte ich auch. Der Uterus ist ein wenig geschwollen. Jetzt warten Sie also erst mal ab bis zu Ihrer nächsten Menstruation...«

»Vorher kann ich gar nichts tun?«

Er warf ihr einen abschätzenden Blick zu, unter dem sie errötete.

»Es ist ja nicht so wichtig«, stotterte sie, »ich kann ja auch... ich meine nur, ich hatte gedacht...«

»In den Tagen kurz vor der Menstruation ist eine Empfängnis ohnehin so gut wie ausgeschlossen.«

Sie nickte. »Ich weiß.«

»Am fünften Tag der Menstruation nehmen Sie dann die erste Pille. In einer Schachtel sind zwanzig Stück. Wenn Sie die aufgebraucht haben, machen Sie eine Pause. Nach etwa drei Tagen setzt Ihre Regel dann wieder ein, so daß Sie dann wieder in einen Rhythmus von achtundzwanzig Tagen kommen. Haben Sie verstanden?«

»Ja. Und am fünften Tag meiner Regel fange ich dann wieder mit der Pille an.«

»So ist es. Ich verschreibe sie Ihnen jetzt mal für drei Monate. Danach möchte ich Sie wieder bei mir sehen. Wenn ein bißchen Schwindel, Übelkeit oder Kopfweh auftauchen, hat das nichts zu sagen. Der Körper muß sich erst umstellen. Wenn Sie aber ernsthafte Beschwerden haben sollten, kommen Sie, bitte, sofort zu mir. Dann versuchen wir es mit einem anderen Präparat.«

Er brummelte etwas vor sich hin, während er das Rezept ausschrieb. Monika verstand, daß es für einen Geburtshelfer nicht befriedigend sein konnte, Pillen zur Empfängnisverhütung verschreiben zu müssen. Sie stellte sich das ziemlich frustrierend vor.

Als sie ihr Rezept endlich in die Tasche stecken konnte, sagte sie: »Danke, Herr Doktor!« Und impulsiv fügte sie hinzu: »Wenn ich mal schwanger werden sollte...«

»Das werden Sie nicht, wenn Sie nur Ihre Pillen regelmäßig nehmen!«

»Aber das habe ich doch nicht für alle Zukunft vor! Gerade das wollte ich Ihnen ja sagen.«

Er blickte sie so aufmerksam an, als sähe er jetzt erst einen Menschen in ihr. »Wozu?«

»Zum Trost.«

Jetzt wurde sein Lächeln wärmer. »Sie sind sehr nett.«

Vom Arzt ging Monika zur Apotheke und danach ins »Duschl-Bräu« zum Abendessen. Später rief sie aus einer Telefonzelle Oliver Baron an. Zuerst war seine Mutter am Apparat, etwas barsch wie meist. Monika hörte, wie sie nach Oliver rief. Seine Stimme war ganz atemlos, als er sich meldete. »Monika! Na endlich! Ich wollte schon bei dir zu Hause anrufen...«

»Nein, bitte tu das nicht!«

»Hat es Ärger gegeben?«

»Ja.«

»Los, erzähl schon!«

Aber sie tat es nicht; sie hatte plötzlich das Gefühl, daß sie sein Gesicht sehen müßte, wenn sie ihm eröffnete, daß sie von daheim fort war. »Nicht so wichtig«, sagte sie ausweichend.

»Du, ich hab' Sehnsucht nach dir!«

»Ich auch!«

»Wir haben im Moment ziemlich viel zu tun bei ›Arnold und Crof‹. Überstunden blöderweise, und wenn ich erst so spät nach Hause komme...«

»...lohnt es sich nicht mehr!« ergänzte sie. »Hör mal, du brauchst dich nicht zu entschuldigen, weil du keine Zeit hast!«

»Ich könnte natürlich vorgeben, daß ich mich schlecht fühle...«

»Nein, nur nicht! Also wann?«

»Donnerstag! Da mache ich unbedingt zeitig Schluß, und wenn ich denen den ganzen Krempel vor die Füße werfen muß!«

»Red nicht so daher! Du mußt nichts überstürzen. Ich werde einfach auf dich warten und deiner Mutter Gesellschaft leisten.«

Es hatte ihr doch einen kleinen Stich gegeben, daß er plötzlich keine Zeit für sie zu haben schien. Aber sie sagte sich, dies Gefühl wäre albern. Sie hatten sich bisher nie öfter als zweimal in der Woche sehen können, weil sie so schwer von zu Hause fortgekommen war. Dadurch hatte sie den Eindruck gewonnen, daß er immer für sie da wäre. Anscheinend hatte sie sich darin getäuscht. Das war alles.

Vielleicht, tröstete sie sich, war es ja sogar ganz gut, daß sie sich nicht so bald wiedersehen konnten. Als sie sich das erste Mal geliebt hatten, hatte sie nur vage gedacht, daß sie schon ziemlich kurz vor ihren Tagen stehen mußte – falls sie denn überhaupt etwas gedacht hatte. Noch einmal aber wollte sie nicht mit ihm ins Bett gehen, ohne ganz sicher zu sein, daß nichts passieren konnte.

Bei der nächsten Begegnung empfing Oliver sie strahlend wie immer; er nahm sie in die Arme und küßte sie zärtlich.

»Ich hab's fast nicht mehr ausgehalten!« flüsterte er.

Monikas Herz machte einen gewaltigen Sprung. Trotzdem sagte sie: »Nun übertreib nicht!«

»Ich und übertreiben? Wie oft soll ich noch sagen, daß ich dich liebe!«

Maria Baron rief aus dem Eßzimmer: »Oliver! Monika! Kommt zum Tee!«

Jetzt erst half er ihr aus der Jacke, und sie lief zu seiner Mutter, um sie zu begrüßen.

»Schön, daß du dich mal wieder blicken läßt«, sagte Frau Baron.

»Ich wäre eher gekommen, wenn Oliver nicht diese Überstunden gehabt hätte.«

»Daß ich dich nicht mehr anrufen darf«, sagte Oliver rasch, »finde ich nun aber wirklich unmöglich! Ich hab's ja noch verstanden, daß es in der Firma stört, aber...«

»Reg dich ab!« schnitt Monika ihm das Wort ab. »Du kannst mich wieder anrufen. Nur unter einer anderen Nummer.«

Mutter und Sohn blickten sie verständnislos an.

»Ich bin fort von daheim«, erklärte sie, ohne die Augen von Oliver zu lassen.

»Wie?« fragte er verblüfft. Dann klärte sich seine Miene: »Monika, das ist ja fantastisch! Endlich hast du es geschafft!« Er nahm sie in die Arme und wirbelte sie durch das kleine Zimmer.

»Bitte, Oliver, hör auf damit!« befahl Maria Baron. »Sei nicht so wild, du wirst dir noch weh tun oder etwas umstoßen. Setzt euch jetzt endlich, und laßt uns erst einmal Tee trinken. Den Apfelkuchen habe ich nach einem ganz alten Rezept gebacken. Hoffentlich schmeckt er Monika.«

»Da bin ich sicher!« sagte Monika vergnügt; Olivers Begeisterung hatte ihr einen Stein vom Herzen gewälzt.

Er gab sie frei und setzte sich. Sie nahm die Teekanne und schenkte ein, weil sie wußte, daß Olivers Mutter ihr das gerne überließ. Manchmal zitterten der alten Dame die Hände. Monika reichte auch die Platte mit den Kuchenstücken herum.

»Du wohnst jetzt also in München?« fragte Oliver.

»Nun laß sie doch erst einmal essen!« mahnte seine Mutter. Monika hatte ein Stück Kuchen abgebissen und wartete mit der Antwort, bis sie den Mund frei hatte. »Nein, ich habe mich in Steinbichel niedergelassen.«

»Wo ist denn das?«

»Auf dem Irschenberg. Wißt ihr, ich muß ja nach

wie vor fünfmal in der Woche nach Niedermoos zur Arbeit, und da habe ich mir ausgerechnet, daß es am gescheitesten ist, mich sozusagen auf halbem Weg niederzulassen.«

»Aber in München ist viel mehr los!«

»Das ist eine Binsenweisheit, Oliver«, sagte Maria Baron, »wie die, daß man in München nur schwer ein Zimmer bekommt. Wo wohnst du denn jetzt, Monika?«

»Auf einem Hof. Bei sehr netten Leuten.«

Oliver konnte sich das anscheinend nicht vorstellen. »Und was treibst du da Abend für Abend?«

»Ich geh spazieren. Ich sitze in meinem Zimmer und lese. Ich schalte mein Transistorradio ein. Ich habe begonnen, mir einen Pullover zu stricken. Wenn ich Lust habe, kann ich 'runter zum Fernsehen gehen.«

»Das klingt aber ziemlich trist und trübe.«

»Ich finde, es ist das normale Leben. Wenigstens motzt mich jetzt niemand mehr an.«

»Aber in München...« begann Oliver wieder.

»Ich habe ja nicht vor, ewig in Steinbichel zu bleiben: Es ist natürlich nur eine Übergangslösung. ich hätte gar nichts dagegen, wenn du dich wegen eines Zimmers umhören würdest.«

»Warum ziehst du nicht zu uns?«

»Unmöglich!«

»So unmöglich«, sagte Maria Baron, »finde ich diesen Vorschlag gar nicht.«

»Nein?« fragte Monika sehr erstaunt.

»Ich wüßte nicht, was dagegen einzuwenden wäre.«

»Aber hier ist doch gar kein Platz für mich!«

»Platz genug. Man müßte nur einiges umräumen.«

»Das kann doch nicht Ihr Ernst sein!«

»Ja, warum denn nicht?«

»Wenn das meine Leute daheim erführen!«

»Kannst du dich nicht endlich von deinen primitiven Vorstellungen lösen?« fragte Oliver.

»Es gibt einfach Dinge... Handlungsweisen, meine ich... die sich nicht gehören!«

»In welchem Jahrhundert lebst du?«

»Besser wäre es natürlich«, sagte Maria und stocherte mit der Kuchengabel auf ihrem Teller, »ihr würdet heiraten.«

»Ja«, sagte Oliver, »Monika, warum heiratest du mich nicht?

»Das geht mir alles viel zu schnell! Ich bin ja gerade erst fort von daheim! Ich muß doch erst einmal lernen, allein mit dem Leben zurechtzukommen!«

»Wir brauchen dich, Monika!« sagte Maria Baron.

»Nein, nein, nein! Hört auf damit!«

Zu Monikas Erleichterung wurde das Thema fallengelassen. Aber nachher, als sie in der Küche stand und die hauchdünnen Tassen abspülte, kam Maria Baron herein.

»Du machst das sehr geschickt«, lobte sie.

»Ich würde heulen, wenn ich eine zerbräche.«

»Alles geht einmal zugrunde.«

»Ich weiß schon, daß dies Geschirr nicht ewig halten wird. Aber ich will nicht schuld sein, wenn es entzwei geht.«

Sie nahm die Teekanne und spülte sie mit heißem Wasser aus.

Maria Baron ließ sich auf einen der Stühle sinken. »Monika, du darfst nicht glauben, daß ich dich nicht verstehe. Du bist so wunderbar jung. Das Leben liegt wie eine Ewigkeit vor dir. Du glaubst, du kannst dir Zeit für deine Entscheidungen lassen.«

»Ist es denn nicht so?«

»Für dich, ja. Aber denk auch mal an mich! Ich bin eine alte Frau. Ich möchte noch erleben, daß die Dinge ihre Ordnung haben.«

»Aber das wirst du ja auch!« Es war das erste Mal, daß Monika Olivers Mutter duzte, aber nie zuvor hatte sie sich ihr auch so nah gefühlt.

»Ich möchte es bald erleben«, sagte Maria Baron mit Nachdruck. »Du bist ein so gutes, anständiges und liebes Mädchen. Ich bin froh, daß Oliver dich gefunden hat. Ich verstehe vollkommen, daß er dich fest an sich binden möchte. Trotzdem... er kann es vielleicht ertragen, noch abzuwarten und dich an der langen Leine laufen zu lassen. Aber mich reibt es auf.«

»So viel liegt dir daran?« fragte Monika überrascht.

»Manchmal liege ich nachts wach vor Sorge, daß es mit euch beiden doch nichts werden könnte.«

»Das sollst du aber nicht! Oliver ist so nett, so charmant und er sieht so gut aus. Ich wette, er könnte an jedem Finger zehn Mädchen haben.«

»Zehn Flittchen, ja. Aber keine wie dich.«

Monika hatte begonnen abzutrocknen. »Schade, daß meine Mutter dich nicht hören kann. Sie war gar nicht mit mir einverstanden.«

»Besonders in der letzten Zeit... seit du Oliver kennengelernt hast.«

Monika dachte nach. »Ja«, gab sie zu, »vorher war alles anders. Wenn sie auch immer größere Stücke auf meine Schwester gehalten hat. Gabriele geht aufs Gymnasium.«

»Du bist vernünftig und anstellig und tüchtig, das ist viel wichtiger.«

»Ich hatte keine Ahnung...« sagte Monika und stockte.

»Von was?«

»Daß du mich so schätzt! Ich darf doch ›du‹ sagen?«

»Natürlich. Ich freue mich darüber. Es tut mir leid, daß ich dir wohl oft etwas unfreundlich vorgekommen bin. Aber das ist nun mal so meine Art.«

»Ich werd's mir merken«, sagte Monika lächelnd

und stellte das gute Porzellan auf dem Tablett zusammen, um es ins Wohnzimmer zu bringen.

»Da ist noch etwas«, sagte Maria Baron.

»Ja?«

»Du hast sicher schon bemerkt, daß ich deine Hilfe brauche. Manche Arbeiten werden mir einfach zu schwer. Vielleicht hätte ich Oliver anleiten sollen, mir im Haushalt zu helfen. Aber du weißt, er ist ohne Vater aufgewachsen. Ich hatte Angst, ein Muttersöhnchen aus ihm zu machen.«

»Das ist er auch nicht geworden.«

»Natürlich könnte ich mir eine Zugehfrau suchen. Aber ich habe nie einen fremden Menschen um mich gehabt, und ich fürchte, ich kann mich jetzt nicht mehr daran gewöhnen.«

»Das versteh' ich ja.«

»Bitte, glaube nicht, daß ich dich ausnutzen will...«

Monika, die schon ungeduldig war, wieder zu Oliver zu kommen, fiel ihr ins Wort. »Aber natürlich nicht! Jetzt, da ich von daheim weg bin, kannst du jederzeit mit mir rechnen... ich meine natürlich, nach der Arbeitszeit. Auch, wenn ich mich nicht so bald entschließen kann zu heiraten.«

Maria Baron faßte Monika bei der Hand; es war ein erstaunlich fester Griff für eine Frau, die sich selber als schwach bezeichnete. »Bitte, mein liebes Kind, bitte! Schieb es nicht zu lang hinaus! Bitte.«

Monika erzählte Oliver nichts von diesem Gespräch, das ihr etwas sonderbar vorkam. Sie verstand nicht, wie seiner Mutter so viel an einer Heirat gelegen sein konnte. Bisher hatte sie eher das Gefühl gehabt, daß Maria Baron sie um Olivers willen duldete, und hatte sie eher als eine jener Frauen eingeschätzt, denen für ihren Sohn kein Mädchen gut genug sein kann.

An diesem Abend gingen Monika und Oliver zuerst

ins Kino und dann tanzen. Sie schmusten noch ein wenig in seinem Auto, aber in die Wohnung wollte sie ihn nicht begleiten. Er war klug genug, nicht darauf zu drängen.

»Du, ich habe eine fabelhafte Idee!« sagte er statt dessen. »Wir könnten übers Wochenende miteinander verreisen. Einfach ins Blaue! Irgendwohin. Endlich werden wir zwei Nächte für uns allein haben.«

»Ich weiß nicht«, sagte sie zögernd.

»Du hast keine Lust?« fragte er enttäuscht, fast schockiert.

»Lust schon, aber... es ist nur so... ich werde unwohl.«

»Krank?«

»Ach, du weißt doch... was man als Frau so alle vier Wochen hat!«

»Deshalb? Aber das macht doch nichts, mir nicht jedenfalls. Oder leidest du echt?«

»Nein. Es ist bloß... unangenehm.«

Er nahm ihr Gesicht in beide Hände und küßte sie. »Wird ganz gut sein, wenn ich mich daran gewöhne. Ich bin ja kein Muselmann, der ›unrein, unrein‹ schreit. Also abgemacht, ich hole dich morgen nachmittag ab.«

»Treffen wir uns bei der Raststätte Irschenberg.«

»Fünf Uhr?«

»Du, ich freu' mich!« Aber bis zum nächsten Tag war Monikas Menstruation immer noch nicht eingetreten, und allmählich begann sie, sich zu beunruhigen. Sie sagte es Oliver, als sie neben ihm im Auto saß. Sie fuhren Richtung Salzburg. Er verstand sie nicht sogleich. »Dann haben wir ja noch einmal Glück gehabt«, sagte er leichthin, »Montag wäre immer noch früh genug.«

»Ich bin schon drei Tage über der Zeit.«

»Weißt du das so genau?«

»Ja, sicher. Man führt doch einen Kalender.«

»Das habe ich nicht gewußt. Drei Tage... machen die denn etwas aus?«

»Nicht unbedingt. So was kann schon mal vorkommen. Aber ich habe mir erst nachher... nachdem wir... die Pille verschreiben lassen.«

Er blickte sie entgeistert an. »Du meinst, es wäre möglich, daß wir ein Baby bekommen?«

»Bitte, sieh geradeaus!«

»Du hältst das wirklich für möglich?«

»Ja«, sagte sie beklommen.

»Monika, mein Herz, das wäre doch wunderbar!«

»Es würde alle meine Pläne über den Haufen werfen.«

»So ein Unsinn! Weißt du, was ich darin sehe? Ein Zeichen des Himmels! Jetzt wird geheiratet!« Er jubelte es geradezu heraus, legte den freien Arm um ihre Schultern und zog sie fest an sich.

›Ein Zeichen des Himmels!‹ dachte sie. ›Ja, vielleicht war es wirklich ein Zeichen des Himmels, wenn sie schwanger wäre!‹ Laut sagte sie: »Aber es ist doch noch gar nicht sicher!«

»Willst du warten, bis du einen dicken Bauch hast? Damit deine lieben Karberger uns auslachen?«

»Nein, aber ich werde noch einmal zum Arzt gehen.«

»Wozu? Entweder kriegst du ein Kind oder keins. Oder hast du etwa vor, es wegmachen zu lassen?«

Sie schauderte; auch der Gedanke, wieder auf dem Untersuchungsstuhl die Beine spreizen zu müssen, war alles andere als angenehm. »Das brächte ich nicht über mich.«

»Na also! Jetzt will ich dir mal was sagen: wir warten ab bis Montag. Wenn du dann immer noch nicht deine Tage hast, wird geheiratet. Kriegst du ein Kind, ist es wunderbar, kriegst du keins, haben wir wenigstens endlich eine Entscheidung getroffen. Sag doch selber: warum sollst du auf dem blöden Bauernhof leben und ich bei meiner Mutter, wenn uns in Wirklichkeit nichts hindert zusammenzusein?«

»Wir kennen uns erst so kurz«, sagte sie, fühlte aber selber, daß es nur noch ein Rückzugsgefecht war. Sie war so sicher, daß sie ihn liebte. Er wünschte die Ehe, und seine Mutter war ihr so herzlich entgegengekommen. Sie kam sich selber albern vor, weil sie sich noch immer sträubte.

Er ging auch gar nicht mehr darauf ein. »Ich gehe gleich Montag früh zum Standesamt«, entschied er, ›Arnold und Corf‹ können auch mal auf mich warten. Hast du deine Papiere?«

»Man braucht doch sicher nur die Geburtsurkunde.«

»Keine Ahnung. Hast du dich schon polizeilich umgemeldet?«

»Nein.«

»Dann gehst du am besten zur Gemeinde Höhenmoos, fragst, was du brauchst, und läßt dir die nötigen Papiere ausstellen.«

Seine Begeisterung steckte sie an. Es würde herrlich sein, endlich wieder zu wissen, wohin sie gehörte. Noch nie war sie so glücklich gewesen wie an seiner Seite.

»Wir machen eine kleine Hochzeit«, sagte er, »nur du und ich, meine Mutter, deine Mutter, ein paar Freunde, Gabriele und vielleicht Sepp Mayr? Nein, das wäre doch geschmacklos.«

»Ganz wie du willst«, sagte sie, denn es war ihr wirklich gleichgültig. Doch dann fiel ihr ein: »Aber das kostet doch auch Geld! Ich meine, wir müssen ihnen ein Essen geben oder irgendwas. Hast du Ersparnisse?«

Er lachte. »Nein! Wozu? Ich gebe immer alles aus,

was ich habe. Dazu ist Geld doch da. Man ist nur einmal jung.«

»Da hast du sicher recht. Aber für die Hochzeit... eigentlich müßte meine Mutter sie ja ausrichten, aber ich denke, unter diesen Umständen...«

»Zerbrich dir nicht den Kopf! Einen Kredit von der Bank kriegt man immer.«

»Bitte, Oliver«, sagte sie rasch, »nein, das möchte ich nicht. Bloß keine Schulden. Ein bißchen was habe ich ja selbst auf dem Konto.«

Er verstärkte den Druck seiner Hand. »Hab' ich es mir doch gedacht! Meine kleine Kapitalistin!«

»Aber es ist wirklich nur ein bißchen. Etwas über dreitausend Mark.«

»Das genügt doch.«

»Wir werden Anschaffungen machen müssen, und wenn das Kind kommt...«

»Du lieber Himmel! Warum bist du bloß so ängstlich? Wir sind jung, wir sind gesund, wir verdienen beide...«

»Aber wenn das Kind erst da ist...«

»...stehst du erst einmal unter Mutterschutz! Wart's doch einfach ab. Es wird sich schon alles regeln.«

Sie glaubte ihm nur zu gern.

Das Wetter war umgeschlagen. Der Himmel war nicht mehr föhnig blau, sondern grau, und es sah nach Regen aus. Ursprünglich hatten sie vorgehabt, weit ins Salzkammergut, vielleicht sogar bis in die Steiermark hinein zu fahren. Aber sie entschlossen sich dann doch, in Salzburg zu übernachten. Sie fanden ein hübsches Hotelzimmer in der Innenstadt. Oliver besorgte beim Portier Karten für ein Kammerkonzert des Mozarteums. Beide hatten Freude an der guten Musik. Ursprünglich hatten sie beide nachher noch tanzen gehen wollen. Aber als sie dann, Arm in Arm, durch die nächtlichen Straßen bummelten, gestanden sie sich, daß sie beide den gleichen Wunsch hatten: miteinander zu Bett zu gehen.

Sie liebten sich zärtlich, und als der Regen auf das Dach und gegen die Fensterscheiben zu trommeln begann, hatten sie das Gefühl, auf einer Arche Noah zu sein, die beiden einzigen Menschen auf der Welt, warm und geborgen.

»Mein armes Mädchen«, sagte er unvermittelt, als sie schon nahe daran war, einzuschlafen, »was habe ich bloß aus deinem Leben gemacht?«

Sie berührte seine glatte, straffe Haut mit kleinen Küssen. »Glücklich«, murmelte sie.

»Gib doch zu, daß du dir dein Leben anders vorgestellt hast!«

»Ist doch egal.«

»Eine große Hochzeit in der Kirche ... du im Staatsdirndl ... der ganze Karberg auf den Beinen ...«

Er hatte recht, aber sie mochte es nicht zugeben. »Laß uns schlafen, ja?« bat sie.

Doch er löste sich von ihr und richtete sich auf. »Daß ich daran nicht gedacht habe! Natürlich müssen wir auch kirchlich heiraten.«

»Später.«

»Nein, sofort. Es muß alles seine Ordnung haben. Damit du mich nie mehr verlassen kannst.«

»Als wenn ich das vorhätte!«

»In Bogenhausen gibt es eine sehr hübsche Kirche, du wirst schon sehen.«

»Ich wußte gar nicht, daß du katholisch bist.«

»Bin ich auch nicht. Deshalb können wir trotzdem kirchlich heiraten. Ich muß bloß unterschreiben, daß die Kinder katholisch erzogen werden, nicht wahr?«

»Keine Ahnung.«

»Wir werden gleich hier in Salzburg einen Pfarrer fragen.« Mit einem Seufzer der Erleichterung lehnte er sich zurück und ließ sich in die Kissen fallen; wenige Minuten später war er eingeschlafen.

Aber sie war jetzt hellwach. Sie empfand nicht einmal mehr das Bedürfnis nach Schlaf. Ihr Herz klopfte wild vor Glück. Sie lauschte dem Regen und den Atemzügen ihres Geliebten. Wie wunderbar er war, wie gut und wie bemüht, alles schön für sie zu machen!

Nie hatte sie gedacht, daß das Leben so herrlich sein könnte.

Monika erwachte davon, daß Oliver sie sanft an der Schulter rüttelte. Sie blinzelte, sah, daß es schon Tag war, und erinnerte sich wieder, wo sie war.

»Wach auf, mein Herz!« sagte er. »Es ist gleich zehn! Ich habe uns das Frühstück bestellt.« Er war gewaschen und rasiert, aber noch oder wieder im Schlafanzug.

»Aufs Zimmer?« fragte sie ein wenig erschrocken, denn es war ihr peinlich, von einem fremden Kellner mit einem Mann im Bett gefunden zu werden.

»Warum denn nicht?« entgegnete er lächelnd. »Schließlich sind wir doch auf unserer Vorhochzeitsreise.«

Sie erwiderte seinen Kuß, aber als angeklopft wurde, sprang sie rasch aus dem Bett. »Ich will mich frisch machen!« entschuldigte sie sich und verschwand im Bad.

Sie hörte sein Lachen hinter ihr her und dann die Stimme eines freundlich grüßenden Stubenmädchens.

»Haben Sie auch alles gebracht? Eier, Schinken, Mokka... sehr schön. Ich möchte meine junge Frau nämlich ein wenig verwöhnen. Wir sind noch in den Flitterwochen.«

»Oh, dann gratuliere ich aber!« erwiderte das Mädchen und fügte, etwas unzusammenhängend, hinzu: »Die Semmeln sind ganz frisch!«

»Da haben wir aber Glück gehabt!«

Nach einer flüchtigen Toilette ging Monika wieder in das Zimmer zurück; mit einem Satz hüpfte sie ins Bett. »Du alter Schwindler!«

Er stand bei der Tür. »Flittern wir etwa nicht?«

»Was machst du denn da?«

»Ich hänge das Schild raus: ›Bitte, nicht stören!‹« Er nahm das Tablett und trug es zum Bett. »Sitzt du richtig?«

Monika hatte sich ein Kopfkissen in den Rücken gestopft.

»Ja.«

»Dann halt mal!« Er übergab ihr das Tablett und kletterte auf der anderen Seite ins Bett. »Eigentlich wäre ein Champagnerfrühstück ja angebrachter gewesen, aber ich dachte, Kaffee am Morgen wäre dir lieber.«

Sie frühstückten ausgiebig. Danach trug er das Tablett vor die Tür und kam wieder zu ihr. Sie liebten sich wieder, lagen danach eng umschlungen und standen erst gegen Mittag auf. –

Das Wochenende in Salzburg wurde für Monika unvergeßlich. Jetzt im Herbst war die schöne alte Stadt nicht mehr überfüllt. Es war eine Freude, durch die Straßen zu bummeln. Sie fuhren auf die Feste Hohensalzburg hinauf und genossen den Ausblick auf die vom Regen gewaschenen roten Dächer der Stiftskirche St. Peter. Obwohl es immer noch nieselte, liefen sie lange spazieren, bis zum ›Café Winkler‹. Sie stellten fest, daß am Abend dort Tanz sein würde, und beschlossen hinaufzufahren. Vorher aber besuchten sie noch eine Komödie von Shakespeare im Landestheater.

Oliver war unermüdlich, unterhaltend und anregend, und er steckte Monika mit seiner Begeisterung und Lebensfreude an. Die Stunden und Tage waren erfüllt von Erlebnissen, die an sich kaum von Bedeutung waren, den beiden aber hochinteressant erschienen. Ihre Verliebtheit verschaffte ihnen eine verzauberte Welt. Sogar die ›Wienerli‹, die sie an einer Bude kauften, schienen ihnen die leckersten Würstchen, die sie je gegessen hatten.

Falls Monika noch Zweifel gehabt hatte, ob es richtig war, sich so Hals über Kopf in eine Ehe zu stürzen, so waren sie ihr jetzt völlig vergangen. Sie liebte ihn so sehr. Es würde nie einen anderen Mann für sie geben, und sie hatte nur den einen Wunsch, für immer mit ihm zusammenzusein.

Monika sagte es Sepp Mayr erst, als der Termin für die standesamtliche Trauung feststand.

Er sah sie über seine Brille hinweg an, mit jenem halb verwundert, halb skeptischen Blick, den sie so gut an ihm kannte. »Also doch? So geschwind?«

»Wir wissen, daß wir zusammengehören. Was für einen Sinn soll es da haben, noch länger zu warten?«

»Ist das der einzige Grund?«

Sie errötete. »Nein. Es gibt eine Menge. Soll ich sie dir alle aufzählen?«

»Du bist mir keine Erklärung schuldig.«

»Danke. Es geht mir nur darum, daß ich am Mittwoch frei bekomme. Die kirchliche Hochzeit ist dann am Samstag. Anders ging es nicht.«

»Weil ihr es so eilig hattet«, setzte er hinzu.

Dazu schwieg Monika; sie wollte nicht, daß sie in den Augen der Leute eine »Muß-Ehe« einging, denn so war es ja auch gar nicht, wenn sie es auch nur schwer hätte erklären können.

»Hast du es dir wirklich gut überlegt? Entschuldige die Frage, das geht mich ja nichts an. Aber eines möchte ich doch wissen: kann ich auch in Zukunft mit deiner Arbeitskraft rechnen?«

»Ja, natürlich.«

»Das wird aber ein ziemlicher Schlauch für dich werden, täglich von München nach Niedermoos und zurück.«

»Ich denke, daß ich mich daran gewöhnen werde. Du fährst ja auch dauernd durch die Gegend.«

»Wenn ich jetzt sagen würde: ›Aber ich bin auch ein Mann!‹ würde dich das auf die Palme bringen. Aber du wirst wohl zugeben müssen, daß ich kräftiger bin als du.«

»Dafür bist du einige Jahre älter!« Sie hielt seinem forschenden Blick stand.

Er senkte als erster die Augen. »Ich sehe, du bist guten Willens, in der Firma zu bleiben. Dann kann ich dir nur noch gratulieren.«

»Danke, Sepp und... können wir Freunde bleiben?«

»Wenn du wissen willst, ob ich dir böse bin: nein, das bin ich nicht.«

Monika hatte sich eine herzlichere Antwort erhofft, gab sich aber zufrieden.

»Weiß es Barbara?«

»Ich will heute nach der Arbeit zu ihr.«

»Es wird ein Schock für sie sein.«

Die Schwester öffnete Monika die Haustür. »Du kommst deine Sachen holen, wie? Ich habe dir alles säuberlich zusammengepackt, zum Teil allerdings in Kartons. Den einen Koffer mußt du zurückbringen.«

»Ich danke dir. Das war sicher 'ne Menge Arbeit.«

»Kann man wohl sagen. Steht alles in der Garage. Du brauchst nur einzuladen.«

»In der Garage? Warum?« fragte Monika betroffen.

»Ich wollte es dir bequem machen. Was ist falsch daran?«

»Ich weiß nicht, Gaby. Kommt mir nur ein bißchen

komisch vor. Als könntest du es nicht abwarten, mich loszuwerden.«

»Das stimmt gar nicht! Nur...« Jetzt wurde Gabriele doch ein bißchen verlegen. »...ich habe mich anders eingerichtet. Aus deinem Zimmer habe ich mein Wohnzimmer gemacht, und das andere ist nur noch zum Schlafen.« Herausfordernd blickte sie Monika an. »Mami hat's erlaubt, und Sepp hat mir dabei geholfen.«

»Und wenn ich nun reumütig zurückgekommen wäre?«

»Ach, du doch nicht! Dazu kenne ich dich zu gut.«

»Wo ist Barbara?« Unwillkürlich nannte Monika die Mutter beim Vornamen, wie Sepp es zu tun pflegte. »Ich hoffe doch, sie wird mich empfangen?«

»Aber gewiß doch! Komm nur herein! Wir haben gerade Kaffee gekocht. Du kannst sogar eine Tasse mittrinken.«

»Das ist aber reizend von euch.«

Gabriele überhörte ihren Spott oder hielt es für besser, so zu tun, als überhörte sie ihn. »Mami!« rief sie ins Haus. »Monika ist da!«

Mutter und Tochter begegneten sich im Flur. Barbara trug die heiße, gefüllte Kaffeekanne, so daß Monika sie nicht herzlich und versöhnlich in die Arme nehmen konnte, wie sie eigentlich vorgehabt hatte. Zudem blickte sie so kühl und abschätzend, daß sogar Monikas Lächeln gefror.

»Grüß dich, Mami!« brachte sie mühsam hervor.

»Daß du dich auch mal wieder blicken läßt!«

»Darf ich daraus schließen, daß du dich nach mir gesehnt hast?« – Diese Bemerkung klang frech, Monika merkte es selber, dabei hatte sie nur ihre Unsicherheit überspielen wollen.

»Nein!« entgegnete Barbara kalt.

»Na, dann kann ich ja wohl wieder gehen!« sagte

Monika und hoffte, daß die Mutter sie zum Bleiben auffordern würde.

Aber Barbara sagte nur: »Wie du meinst!«

Zum Glück kam Gabriele der Schwester zur Hilfe. »Nun sei doch nicht blöd, Monika«, sagte sie, »du kannst doch nicht gleich wieder abzischen, wenn du gerade erst gekommen bist! Warum müßt ihr euch bloß immer streiten? Trink jetzt Kaffee mit uns, und nachher helfe ich dir einladen!«

Monika griff das Stichwort auf. »Ich bin nicht nur deshalb gekommen. Ich muß euch was erzählen.«

Gabriele gab ihr einen freundschaftlichen Stoß. »Geh nur schon rein! Ich hole dir eine Tasse.«

So kam es, daß Monika dann wenig später mit Mutter und Schwester am Kaffeetisch saß. Alles war ihr so vertraut, die Übertöpfe der Blumen auf der Fensterbank, die weiße Leinendecke mit dem roten Kreuzstichmuster, das Bild mit den Sonnenblumen – jeder einzelne Gegenstand im Zimmer. Dennoch fühlte sie sich fremd. Es war ihr, als wäre sie Jahre fort gewesen, dabei war es doch nur eine kurze Zeit. War sie selber so anders geworden? Oder lag es an der ablehnenden Haltung ihrer Mutter? Barbara hatte zwar auch schon früher oft an ihr herumgenörgelt, aber sie war nie so feindselig gewesen.

»Was hast du bloß gegen mich?« platzte sie heraus. »Ich meine, es tut mir alles so leid!«

»Deine ganze Lebenshaltung paßt mir nicht!«

»Wenn es das ist... ich werde es ändern! Oliver und ich werden heiraten!«

Barbaras Lippen wurden bei dieser Ankündigung noch schmaler.

Gabriele rief: »Tatsächlich? Das hätte ich nicht gedacht!«

»Und warum nicht? Ich habe es euch doch früher schon erzählt, daß er es ernst meint.«

»Erzählen kann man viel! Ehrlich gestanden, ich hatte ihn für einen Hallodri gehalten.«

»Das ist er nicht!«

»Und wo wollt ihr leben?«

»Ich glaube nicht, daß er sich auf dem Karberg wohl fühlen würde.«

»Also in München?«

»Ja.«

»Du, das finde ich ganz toll! Herzlichen Glückwunsch!«

»Ihr kommt doch zur Hochzeit?« Monika blickte die Mutter flehend an. »Ich meine, zur kirchlichen Trauung? Die standesamtliche...«

Gabriele ließ sie nicht aussprechen.

»Was, sogar kirchlich?«

»Es soll doch alles seine Richtigkeit haben.«

»Ich muß schon sagen: du hast Mut!«

»Und du Mutter, was hälst du davon?«

»Du kennst meine Meinung über Herrn Baron.«

»Das ist keine Meinung, das ist ein Vorurteil!«

»Er paßt nicht zu uns.«

»Aber zu mir, und das ist ja wohl die Hauptsache!« Monika funkelte ihre Mutter an.

»Ich sehe schon, es hat keinen Zweck«, sagte Barbara. »Nein, hat es wirklich nicht. Jetzt, vierzehn Tage vor der Hochzeit, werde ich bestimmt nicht mehr abspringen. Du mußt meine Entscheidung akzeptieren, Mutter.«

»Das werde ich nie.«

»Aber du kommst doch zur Trauung? Wenn du erst mal seine Mutter kennenlernst! Sie wird dir bestimmt gefallen. Sie ist eine fabelhafte Frau.«

»Ja, vielleicht«, sagte Barbara unbestimmt.

»Das mußt du! Es gehört sich einfach so. Du kannst mich doch an einem solchen Tag nicht hängenlassen.«

»Wir werden sehen.«

»Monika hat recht«, sagte Gabriele, »als Brautmutter gehörst du dazu.«
»Versprich es mir!« drängte Monika.
»Also gut... ja, ich komme.«
»Oh, Mami, das ist lieb von dir!« In Monikas Augen traten Tränen. »Mir fällt ein Stein vom Herzen. Es wäre schrecklich für mich gewesen, ohne dich zum Traualtar zu gehen.«

Die standesamtliche Trauung hielten Monika und Oliver ganz klein. Nicht einmal Frau Baron nahm daran teil. Die Zeugen holten sie sich von der Straße und fanden das einen großen Spaß. Olivers Freunde hatten sich an diesem ganz gewöhnlichen Wochentag nicht freimachen können. Anschließend feierten sie zu Hause mit Rehrücken und Rotwein. Maria Baron freute sich über das Glück der jungen Leute und nahm Monika zum ersten Mal herzlich in die Arme.
Aber dann, noch bei Tisch, kam es zum ersten Streit. Oliver wollte am Abend groß ausgehen, doch Monika lehnte das ab.
»Aber, Geliebter«, sagte sie zärtlich, »das ist doch unmöglich! Wir müssen beide morgen arbeiten!«
»Warum?«
»Fragst du das im Ernst? Weil wir keinen Urlaub haben!«
»Die zwei Tage können wir doch schwänzen!«
»Du vielleicht, aber ich bestimmt nicht! Ich habe Sepp ausdrücklich gesagt, daß ich nur den Mittwoch freihaben will. Es würde ihn schwer enttäuschen, wenn ich morgen nicht zur Arbeit käme.«
»Was liegt schon daran, wie er über dich denkt!«
»Immerhin ist er mein Arbeitgeber. Jetzt hör mal, Oliver! Wir haben doch diese Woche wirklich Spaß genug: Freitag haben wir unseren Polterabend und Samstag die Hochzeit...«

»Aber heute haben wir geheiratet, und ich finde, das muß einfach gefeiert werden!«

»Ich würd's ja auch gerne, Oliver! Du weißt, wie gerne ich mit dir ausgehe! Aber wenn du das vorhattest, hättest du es mir vorher sagen sollen. Dann hätte ich Sepp gebeten, mir bis Montag freizugeben.«

»Das kannst du ja jetzt immer noch! Ruf ihn einfach an.«

»Das wäre nicht korrekt.« Monika wandte sich an ihre Schwiegermutter: »Bitte, Maria, sag du doch auch mal was!«

»Ich habe mir fest vorgenommen, mich nicht in eure Ehe einzumischen.«

»Das ist doch keine Einmischung, wenn wir dich ausdrücklich um deinen Rat bitten!«

»Ich nicht«, sagte Oliver, »ich brauche keinen Rat. Ich weiß selber, was ich will.«

»Nein, das ist es nicht! Du willst nicht hören, was deine Mutter dazu sagt, weil du weißt, daß sie meine Ansicht teilt. Du benimmst dich unvernünftig.«

Oliver warf seine Serviette auf den Tisch. »Ist dir die Vernunft denn wichtiger als die Liebe?«

»Ohne ein bißchen Vernunft muß selbst die schönste Liebe entzweigehen!«

Sie starrten sich über den festlich gedeckten Tisch an wie zwei Feinde.

»Oh, Oliver!« rief Monika. »Was ist mit uns geschehen? Warum streiten wir nur? Am ersten Tag unserer Ehe?«

»Weil du nicht mit mir ausgehen willst!«

Monika holte tief Atem. »Also gut«, sagte sie beherrscht, »dann gehen wir eben aus! Aber ich werde morgen früh pünktlich in Niedermoos sein. Du kannst es damit halten, wie du magst.«

»Er wird natürlich auch in seine Firma fahren«, entschied Maria Baron.

Einen Augenblick sah es so aus, als wollte Oliver aufbegehren. Aber dann zuckte er nur die Achseln. –
Monika und Oliver versöhnten sich rasch wieder, und der Abend wurde dann doch noch schön. Sie tanzten im Schwabinger »Käpt'n Cook«, und obwohl sie ganz ineinander versunken waren, genossen sie doch auch die bewundernden Blicke der anderen Gäste. Sie waren ein so gutaussehendes Paar, er mit seinem braunen Wuschelkopf, und sie mit ihrem schimmernden blonden Haar, das ihr bis zur Taille reichte. Dazu strahlte ihnen das Glück aus den Augen.

Sie machte nicht den Fehler, ihn, als es immer später wurde, zum Aufbruch zu drängen, denn sie wußte, daß sie ihn nur verärgert hätte. Auch dachte sie, daß man am Tag nach der Eheschließung auch einmal unausgeschlafen ins Büro kommen könnte. Wenn Sepp das nicht verstehen konnte, hatte er es sich selber zuzuschreiben. Unbekümmert gab sie sich ihrer Freude hin.

Als er endlich auf die Uhr blickte und vorschlug zu zahlen, lachte sie ihn an und fragte: »Schon?«

Er zog sie noch enger an sich und küßte sie. »Du bist wirklich das wunderbarste Mädchen auf der Welt!«

»Ich bin kein Mädchen mehr, sondern eine Frau... deine Frau!«

»Gott sei Dank!«

Am nächsten Morgen war Monika noch vor Sepp Mayr in der Firma. Als erstes setzte sie die kleine Kaffeemaschine in Gang. Während sie darauf wartete, daß das kochende Wasser durch den Filter lief, betrachtete sie sich prüfend im Spiegel. Sie sah nicht einmal übernächtigt aus, stellte sie fest. Die leichten Schatten ließen ihre blauen Augen nur noch größer und leuchtender scheinen.

So konnte sie Sepps prüfendem Blick später lächelnd standhalten.

»Ich muß nachher mit dir sprechen«, sagte er.
»Ja?«
»Nicht jetzt. Wenn ich von der Baustelle zurück bin.«

Monika hatte ihm eine Tasse Kaffee anbieten wollen, aber da er gleich wieder fort mußte, trank sie ihn allein. Danach machte sie sich daran, einige nicht ganz alltägliche Geschäftsbriefe in ihrer Schreibmaschine zu speichern. Wie immer hatte sie Spaß an ihrer Arbeit und verrichtete sie mit großer Sorgfalt.

Dann kam die Post. Sie mußte ein Einschreiben quittieren. Dann blieb sie in Sepps Büroraum, um für ihn Briefe zu öffnen und zu sortieren. Als ihr ein Umschlag mit ihrem eigenen Namen in die Hände fiel, lächelte sie überrascht. Sie erkannte sofort Gabrieles Handschrift und erwartete nichts anderes, als daß die Schwester ihr zur Trauung gratulieren wollte.

Aber als sie dann die ersten Zeilen las, verlor sie die Fassung.

»Mein liebes Schwesterherz«, schrieb Gabriele, »Du mußt mir, bitte, glauben, daß es mir sehr leid tut. Ich muß Dir eine unerfreuliche Mitteilung machen. Du weißt, Mami hatte versprochen, zu Deiner Hochzeit zu kommen. Aber das geht jetzt leider doch nicht, weil sie krank geworden ist. Sie hat eine Grippe und läßt sich deshalb bei Dir entschuldigen.

Auf mich kannst Du natürlich rechnen! Ich freu mich schon! Ob ich bei Barons übernachten kann? Sonst müßte ich dich bitten, mir ein Zimmer ganz in der Nähe zu besorgen. Es lohnt sich für mich ja nicht, in der Nacht zurückzufahren.

Sei nicht traurig! Deine Gabriele.«

Monika spürte, wie ihr das Blut vor Zorn in den Kopf stieg. Wie konnte die Mutter ihr das antun! Natürlich glaubte sie keinen Augenblick an diese vorgeschobene Grippe. Seit sie auf der Welt war, hatte sie keinen einzigen Tag erlebt, an dem Barbara wegen Krankheit das Bett gehütet hätte. Wie konnte sie sie nur so blamieren? Wie konnte sie den Barons so unverhüllt ihre Verachtung zeigen? Und welches Recht besaß sie überhaupt, auf diese andere Familie herabzusehen?

Ihre ganze Kindheit hindurch hatte Monika das Gefühl gehabt, daß ihre Mutter sie nicht wirklich liebte. Aber erst jetzt hatte sie den Eindruck, daß sie sich überhaupt nichts aus ihr zu machen schien. Dabei hatte sie doch immer versucht, eine gute Tochter zu sein.

Erst als heiße Tropfen den Briefbogen netzten, merkte sie, daß sie in Tränen ausgebrochen war. Sie wollte nicht weinen, aber sie konnte es nicht unterdrücken. Sie schluchzte jammervoll.

So fand Sepp sie vor, als er von seiner Inspektion zurückkam.

»Nanu«, sagte er und blieb in der Tür stehen, »was ist denn hier los?«

Wortlos, weil sie nicht sprechen konnte, reichte sie ihm Gabrieles Schreiben.

»Barbara hat die Grippe«, konstatierte er, »schade. Aber das ist doch kein Grund, so zu heulen.«

»Sie liebt mich nicht«, brach es aus Monika heraus, »sie hat mich niemals liebgehabt!«

»Das bildest du dir doch nur ein!«

»Nein, sonst könnte sie doch nicht so sein! Mir das anzutun!«

»Im falschen Moment krank zu werden, meinst du?«

»Ach, versuch doch nicht, mir was vorzumachen! Du weißt genau, daß es gar nicht wahr ist. Sie ist nicht krank.« Monika schnüffelte und suchte nach ihrem Taschentuch.

»Vielleicht«, sagte er nachdenklich, »seid ihr euch

zu ähnlich. Ihr wollt beide immer das durchsetzen, was ihr euch in den Kopf gesetzt habt. Keine ist bereit, über das Für und Wider auch nur zu diskutieren.«

Monika wischte sich die Tränen ab und putzte sich die Nase. »Ich bin ganz anders als sie«, sagte sie, trotz aller Beherrschung immer wieder aufschluchzend.

»Bist du nicht!«

»Ich jedenfalls habe sie immer liebgehabt!«

»Sie dich doch auch. Wenn es anders wäre, würde sie sich nicht so aufregen, sondern dich einfach laufenlassen.«

»Sie hat mich laufenlassen!«

»Aber jetzt bist du doch genau dort angekommen, wo du sein wolltest... bei deinem hübschen Bengel! Ob Barbara nun zur Hochzeit kommt oder nicht, ist doch nicht so schlimm. Hauptsache ist, du heiratest.«

»Du verstehst mich nicht.«

»Du verstehst deine Mutter nicht. Sie bringt's beim besten Willen nicht, diesen aufgezwungenen Schwiegersohn von heute auf morgen zu akzeptieren. Aber warte nur ab. Mit der Zeit wird sich alles einrenken. Wenn erst mal ein Enkelkind da ist...«

»Nein«, sagte Monika, »das stimmt nicht. Sie fühlt sich noch viel zu jung, um Großmutter zu sein.«

»Auf jeden Fall mußt du ihr Zeit lassen.«

»Und was soll ich Oliver sagen? Und meiner Schwiegermutter?«

»Genau das, was Gabriele schreibt.«

»Also wieder lügen! Nein, ich kann und will meine Ehe nicht mit Lügen beginnen.«

»Dann sag ihnen die Wahrheit! Hör mal, Monika, es hat doch wirklich keinen Zweck, wenn du dich jetzt mit dieser Geschichte verrückt machst. Wir beide kennen Barbara. Es hilft nichts, du mußt diese Weigerung einstecken.« Er ging um seinen Schreibtisch herum und setzte sich. »Aber ich wollte über etwas anderes mit dir reden. Vielleicht tröstet dich das ein bißchen.«

»Über was?« fragte Monika uninteressiert.

»Über Geld. Deine Mutter und ich sind der Meinung, daß du eine Mitgift bekommen solltest.«

»Ich will ihr blödes Geld nicht! Sie soll es sich sonstwohin stecken!« rief Monika wild.

»Red nicht so dumm daher«, sagte er gelassen, »Geld kann man immer brauchen! Gerade du in deiner Situation wirst es vielleicht bald sehr nötig haben. Eigentlich hatte ich doch von dir etwas mehr kaufmännischen Geist erwartet. Sonst hättest du deinen Beruf verfehlt.«

»Was hat das damit zu tun?«

»Ein vernünftiger Mensch schlägt niemals Geld aus, wenn es ihm angeboten wird. Es sei denn, man verlangt eine Gegenleistung von dir, die du nicht bringen willst. Aber das ist ja hier gar nicht der Fall.«

»Aber ich will mich nicht abfinden lassen!«

»Das Wort hast du gar nicht schlecht gewählt. Deine Mitgift soll tatsächlich in gewisser Weise eine Abfindung darstellen.«

»Jetzt verstehe ich gar nichts mehr.«

»Tatsache ist doch, daß dein Vater die Fabrik aufgebaut hat. Er hat Grund dafür verkauft und sein ganzes Geld und seine Arbeitskraft in dieses Unternehmen hineingesteckt. Deine Mutter hat die Firma nur geerbt.«

»Aber jetzt gehört sie ihr.«

»Richtig. Trotzdem hat sie das Gefühl, daß du zumindest ein moralisches Recht auf den Besitz hast. Gabriele natürlich auch. Dein Vater hat das zwar nicht ausdrücklich in seinem Testament geschrieben, aber Barbara weiß, daß er es so gemeint hat. Er ist davon ausgegangen, daß sie für euch sorgen würde, und nicht nur bis zu eurem achtzehnten Lebensjahr.

Da du dich nun durch deine Heirat selbständig gemacht hast...«

Monika, die schon seit einiger Zeit drauf und dran war, ihn zu unterbrechen, fiel ihm ins Wort. »Ja, ich bin selbständig und will selbständig bleiben! Deshalb pfeife ich auf ihre Unterstützung! Wenn sie wenigstens in die Kirche käme...«

»Das eine hat doch mit dem anderen gar nichts zu tun! Das Geld kommt aus der Firma, und es steht dir zu. Nimm es als Vermächtnis deines Vaters.«

»Aber er hat mir nichts hinterlassen!«

»Weil er davon ausging, daß Barbara für dich sorgen würde. Herrgott, Mädel, merkst du denn nicht, daß wir uns im Kreis drehen? Barbara bietet es dir ja auch aus egoistischen Gründen an, damit sie eines Tages mit der Firma schalten und walten kann, wie sie will.«

»Will sie sie etwa verkaufen?«

»Vielleicht auch das. Jedenfalls will sie nicht für alle Zeiten nur Sachverwalterin ihrer Töchter sein.«

»Die Firma ist Vaters Lebenswerk«, sagte Monika betroffen.

»Das wissen wir doch alle. Ich habe ja auch nicht gesagt, daß Barbara verkaufen will. Das warst du. Aber vielleicht will sie eines Tages einen Teilhaber hineinnehmen, oder sie ist gezwungen, größere geschäftliche Risiken einzugehen. Sie will sich von einer Verpflichtung dir gegenüber freimachen. Das mußt du doch verstehen. Außerdem brauchst du dich ja nicht jetzt sofort entscheiden.« Er sah sie über den Rand seiner Brille hinweg an. »Sprich mit deinem Mann darüber. Ich bin sicher, er wird's nicht ausschlagen wollen, und das mit Recht. Wenn du mich geheiratet hättest, hättest du ja auch eine Mitgift bekommen.«

»Daran habe ich nie gedacht!«

»Aber ich. Also sei nicht dumm und nimm das Geld! Denk daran wieviel Kosten Gabriele mit ihrem Studium noch machen wird! Oder willst du, daß die Barons glauben, du kommst auf einer Brennsuppe dahergeschwommen?«

Monika war nahe daran, ihren Widerstand aufzugeben.

»Wieviel ist es denn?«

»Eine gute Frage. Dreißigtausend. Steuerfrei. Es war gar nicht so einfach, das zusammenzukratzen.«

»Dreißigtausend!« wiederholte Monika beeindruckt, denn sie wußte, wie scharf er kalkulieren mußte. »Du lieber Himmel!«

Er grinste plötzlich. »Wenn du mich genommen hättest, wären es fünfzigtausend gewesen. So war es abgemacht. Du siehst, es ist nicht einmal ein schlechtes Geschäft für deine Mutter. Du brauchst dir also wirklich keine Gewissensbisse daraus zu machen, das Geld einzusacken.«

Monika kam eine Erleuchtung. »Das war nicht Mutters Idee, sondern deine!«

»Stimmt!« gab er unumwunden zu. »Ich habe sie überzeugen müssen, daß sie dich nicht einfach so ziehen lassen kann.«

»Aber warum? Du hättest das Geld in der Firma doch unbedingt brauchen können!«

»Weil ich mich immer noch ein bißchen für dich verantwortlich gefühlt habe. Aber das ist jetzt vorbei. Du bist jetzt eine verheiratete Frau. Du mußt dein eigenes Leben leben.«

Am Abend flog Monika in Olivers Arme und erzählte ihm als erstes von der Mitgift, die sie bekommen hatte. Zu ihrer Überraschung war er keineswegs beeindruckt.

»Na«, sagte er, »sehr großzügig ist das aber nicht.«

Sie löste sich von ihm, um ihm ins Gesicht sehen zu können. »Hattest du mit mehr gerechnet? Davon hast du mir nie etwas gesagt.«

Er grinste. »Gerechnet natürlich nicht. Aber ›Stuffer Fenster und Türen‹ ist doch ein Millionenwert.«

»Was hat das damit zu tun?«

»Von der Firma wirst du nie wieder einen Pfennig zu sehen bekommen. Das wird deine Mutter schon so einrichten.«

Noch einen Tag zuvor hätte Monika ihm heftig widersprochen. Aber nach dem Gespräch mit Sepp Mayr wußte sie, daß er recht haben konnte. »Soll sie doch damit selig werden!« sagte sie heftig. »Stell dir vor: sie kommt nicht einmal zur Kirche!«

»Ts, ts, ts!« machte er. »Das ist aber nicht die feine Art!«

»Sie hat Gaby einen Entschuldigungsbrief schreiben lassen. Angeblich hat sie die Grippe. Aber ich glaube ihr kein Wort. Hoffentlich ist deine Mutter jetzt nicht beleidigt.«

»Wir werden es ihr schon beibringen.« Er hatte ihr indessen aus dem Regenmantel geholfen und wollte mit ihr hineingehen.

»Einen Augenblick noch!« bat sie. »Sag mir eines: bist du sehr enttäuscht?«

»Wegen deiner Mutter? Nein, ich finde, das paßt ganz in ihre Linie.«

»Wegen des Geldes!«

Er tippte ihr auf das Kinn. »Ein Glück, daß ich dich nicht deiner Mitgift wegen geheiratet habe, wie? Mit dreißigtausend läßt sich ja auch schon eine ganze Menge anfangen!«

Maria Baron nahm die Neuigkeit sehr gelassen hin. Monika bewunderte ihre Art, über den Dingen zu stehen, und sagte es ihr auch.

»Wenn man erst...« begann Maria Baron, stockte

dann und fügte hinzu: ».... in meinem Alter ist, sieht man alles gelassener.«

»Jetzt könnt ihr euch wenigstens ein schönes Schlafzimmer einrichten«, fuhr Maria fort, »am besten nehmt ihr das Musikzimmer!«

Oliver fuhr hoch. »Und wo soll mein Flügel hin?«

»Verkauf ihn!« sagte seine Mutter sehr ruhig.

»Nein!« Oliver war so blaß geworden, daß die winzigen Sommersproßen auf seinem Nasenrücken sich scharf abhoben. »Niemals!«

»Dann stell ihn irgendwo unter!«

»Du weißt, daß ich den Flügel brauche!«

»Wozu?«

»Mutter!«

Noch nie hatte Monika erlebt, daß Oliver und seine Mutter so heftig aufeinander losgegangen waren, und sie begriff, daß der Anlaß zu ihrem Streit nicht erst in diesem Augenblick entstanden war. Sie erinnerte sich auch, daß Maria das Zimmer zu verlassen pflegte, wenn er sich an den Flügel setzte. Monika war das unverständlich, denn sie selber hörte ihm immer wieder gerne zu.

»Für deine Klimpereien«, sagte Maria Baron jetzt, »würde es ein Klavier auch tun, und es nimmt weniger Platz weg.«

»Bitte, hört auf damit!« rief Monika. »Wir brauchen doch gar kein Schlafzimmer! Wir können doch sehr gut schlafen wie bisher.«

»In Olivers schmalem Bett?«

»Ja, warum denn nicht? Es macht uns Spaß, nicht wahr, Oliver?«

»Noch«, sagte Maria, »aber das kann doch kein Dauerzustand sein.«

»Jedenfalls brauchen wir uns jetzt noch nicht den Kopf darüber zu zerbrechen. Wenn wir keine Lust mehr dazu haben, wird uns schon noch eine Lösung einfallen. Wichtiger ist, daß ich Platz für meine Kleider bekomme. Könnten wir die Sommersachen nicht auf dem Dachboden unterbringen?«

»Bestimmt!« sagte Oliver rasch. »Wir brauchen nur solche Plastikmottenschränke zu kaufen. Die kosten keine hundert Mark.«

»Wunderbar!« Monika lief zu ihm hin und küßte ihn auf die Wange; sie hatte das Bedürfnis, ihm ihre Liebe zu zeigen. »Jetzt gebt mit doch mal ein Maßband! Vielleicht kann man sogar ein breiteres Bett hineinstellen!«

Diese Annahme erwies sich als richtig. Oliver bewahrte seine Kleidungsstücke in Schränken mit Schiebetüren auf, die zum Öffnen keinen Platz brauchten.

»Sechzig Zentimeter!« verkündete Monika strahlend, als sie, das Maßband noch in der Hand, zu den anderen zurückkam. »Das alte Bett ist hundertundzehn. Wir können also ein Bett von hundertundsiebzig Zentimeter Breite aufstellen. Das muß doch wohl genügen!« Allerdings verschwieg sie, daß man dann, um an den Inhalt der Schränke zu kommen, jedesmal auf das Bett würde steigen müssen.

»Bravo meine Kleine!« sagte Oliver dankbar.

»Und wenn das Kind erst da ist?« bohrte Maria weiter; sie war die einzige, der sie es erzählt hatten, daß Monikas Menstruation ausgeblieben war.

»Aber bis dahin, Maria!« rief Monika. »Was bis dahin noch alles passieren kann!«

Überraschend lenkte Olivers Mutter ein. »Da muß ich dir recht geben«, sagte sie.

Noch am gleichen Abend begannen Monika und Oliver damit, seine Sommersachen auszusortieren. Vorläufig stapelten sie sie im Wohnzimmer. Er versprach, am nächsten Tag die Mottenschränke zu besorgen. Sie liefen auch auf den Dachboden des alten

Hauses hinauf und stellten fest, daß reichlich Platz da war. Dabei hatten sie viel Spaß. Sie fanden ein altes Schaukelpferd, das sie reparieren wollten, wenn ihr Kind erst soweit war, und eine Gipsbüste, die er gleich mit hinunter nahm, um sie bunt anzumalen.

Lachend und albern kamen sie wieder in die Wohnung.

»Ihr seid noch zwei richtige Kindsköpfe«, meinte Maria.

»Aber wieso denn?« gab er zurück. »Du wirst sehen, die Büste macht sich prächtig! Sie ist viel schöner, als die Styroporköpfe, die heutzutage alle Welt hat.«

»Aber, bitte, stell sie in deinem Zimmer auf!«

»Immerhin«, sagte Monika, »haben wir den einen Schrank schon geleert. Ich werde ihn jetzt mal ausputzen und dann meine Wintersachen verstauen.« Sie hatte den Wunsch, sich so schnell wie möglich häuslich einzurichten.

»Soll ich dir helfen?« fragte er.

»Ach ja, bitte!«

Er schlüpfte aus seinen Schuhen und setzte sich im Schneidersitz auf das Bett, während Monika die Wände und Ablagen des Schrankes erst feucht und dann trocken abrieb.

»Die geborene kleine Hausfrau!« sagte er.

»Bin ich gar nicht! Hol mir schon mal einen Koffer!« Als sie sah, daß er nur sehr umständlich Anstalten machte, sich die Schuhe anzuziehen, sagte sie: »Laß nur! Ich mach's schon selber.« Sie brachte die Tücher, die sie benutzt hatte, und die Schüssel mit Wasser in die Küche und kam mit einem ihrer Koffer zurück.

Er saß immer noch in der vorherigen Haltung auf dem Bett.

»Aber ich möchte dir doch helfen!« behauptete er.

»Es genügt, wenn du Platz für den Koffer machst... ja, da am Fußende!« Sie wuchtete das schwere Gepäckstück hoch; aus Platzmangel hatte sie bisher nur das Nötigste ausgepackt und begann die Kleider, Blusen und Hosen in den Schrank zu hängen. »Zum Glück habe ich ja wesentlich weniger Gadarobe als du!«

»Soll das ein Vorwurf sein?«

»Nur eine Feststellung.« Sie holte ein knöchellanges Dirndl heraus, sehr hübsch, aus blau-silbernem Brokat mit einer silbern schimmernden Seidenschürze. »Muß gebügelt werden«, konstatierte sie und hängte es außen an den Schrank.

»Ist das das Kleid, das du zur Trauung tragen willst?«

»Ja.«

»Gefällt mir.«

»Wenn ich gewußt hätte, das wir so viel Geld bekommen würden, hätte ich mir ein richtiges Brautkleid gekauft.«

»Das kannst du ja immer noch.«

»Meinst du?« fragte sie, begeistert von der Idee, aber doch noch schwankend.

Er dämpfte ihre freudige Erwartung sofort. »Aber natürlich wäre es rausgeschmissenes Geld.«

»Und wer weiß, ob ich in der Eile was Optimales kriegen würde«, tröstete sie sich.

Als sie den ersten Koffer geleert hatte, sagte er: »Jetzt mach mal Pause. Komm zu mir!

»Ach ja!« sagte sie und kletterte zu ihm auf das Bett. »Fünf Minütchen kann ich mir schon gönnen.«

Er nahm sie in die Arme, und sie legte ihren Kopf an seine Brust. Sanft schaukelte er sie wie ein Kind. »Hast du eine Ahnung, was wir mit den Piepen anfangen sollen?«

»Festverzinsliche Papiere.«

»Was?« Er hielt in der Bewegung inne.

Sie sah zu ihm hoch. »Hast du etwa vor zu spekulieren?« fragte sie überrascht.

»Etwas Dümmeres habe ich nie gehört!«

»Jetzt verstehe ich dich nicht mehr.« Sie löste sich aus seinen Armen. »Machst du Witze?«

»Das gleiche könnte ich dich fragen! Da schüttet uns das Schicksal unverhofft einen Haufen Kies in den Schoß, und dir fällt nichts Besseres ein, als es zur Bank zu bringen!«

»Was denn sonst?«

»Weißt du denn nicht, zu was Geld da ist? Um es auszugeben, mein Schatz!«

»Aber doch nicht sofort! Wir werden Ausgaben haben: Wenn das Kind erst da ist...«

»Glaubst du, wir beide wären nicht imstande, ein Kind zu ernähren?«

»Aber ich werde nicht gleich danach wieder arbeiten können.«

»Warum denn nicht? Mutter kann doch darauf aufpassen. Ich weiß, sie ist nicht mehr so gut beieinander. Aber zum Babysitten wird's ja wohl noch reichen.«

»Daran habe ich nicht gedacht.«

»Du wolltest Tag und Nacht für das Kind zu Hause bleiben? Wo dir die Arbeit doch so viel Spaß macht?« Er sah die Beunruhigung in ihren Augen und fügte rasch hinzu: »Von mir aus! Du kannst das machen, wie du willst. Ich verdiene ja genug, und Mutter hat ihre Pension. Es ist deine Entscheidung. Aber mit dem Geld hat das gar nichts zu tun.«

»Danke, Oliver«, sagte sie erleichtert, »danke! Ich bin selber noch nicht sicher. Aber ich bin froh, daß ich mich nicht unter Druck entscheiden muß.«

»Auch nicht wegen des Geldes!« sagte er. »Ich will dich überhaupt nicht drängen, aber ich finde es idiotisch, heutzutage was zu sparen. Du solltest doch wissen, daß sich der Wert des Geldes von Jahr zu Jahr verringert. Selbst wenn du anständig Zinsen kriegst... und damit kannst du bei festverzinslichen Papieren ja nicht rechnen... sind deine Dreißigtausend in drei Jahren weniger wert als heute! Was versprichst du dir also davon?«

»Es kann immer mal was passieren.«

»Wir sind in der Krankenkasse, mein Herz, unsere Autos sind versichert, und wenn einer von uns zu Tode kommen sollte, dann würden dem anderen die paar Zechinen auch nichts nutzen! Ja, wenn deine werte Familie mehr ausgespuckt hätte, eine sechsstellige Zahl, dann hätte sich damit was anfangen lassen. Wir hätten uns selbstständig machen können. Das wär's gewesen. Aber so! Für dreißigtausend kriegst du ja noch nicht mal ein anständiges Auto!«

Monika spürte, daß er mit dem Geld schon etwas Bestimmtes vorhatte, aber sie wollte es ihm nicht zu leicht machen. »Wir brauchen uns ja nicht jetzt zu entscheiden«, sagte sie deshalb und gab ihm rasch einen Kuß, »ich muß wieder an die Arbeit!« Sie schwang sich vom Bett, trug den leeren Koffer hinaus und holte den nächsten. »Meinst du, ob Gaby hier bei uns übernachten kann?« fragte sie. »Vielleicht auf dem Sofa im Wohnzimmer?«

»Weiß ich doch nicht«, erwiderte er mürrisch.

Monika tat so, als bemerke sie seine schlechte Laune gar nicht, und es dauerte nicht lange, dann war er wieder obenauf.

Am Polterabend lernte Monika endlich Olivers Freunde kennen.

Als erster kam Sven Lamprecht. Er hatte das Auftreten eines erfolgreichen Geschäftsmannes. Tatsächlich aber verdiente er noch gar nichts, sondern lebte vom Geld seines Vaters. Er versuchte, sein Abitur auf der Abendschule nachzuholen. Da er tagsüber nicht wie die meisten Mitschüler arbeiten mußte, hatte er viel freie Zeit, die er verbummelte.

Monika mochte ihn auf Anhieb. Er war groß, blond, blauäugig und hatte Humor. Gabriele begann sofort einen Flirt mit ihm.

Helmut Kittner dagegen war überhaupt nicht attraktiv. Er war klein und mager, hatte glattes dunkles Haar, das in den Stirnecken schon zurückging, und trug eine Brille mit dicken Gläsern. Die anderen behandelten ihn mit gewissem Respekt, weil er als Assistent eines Produktionsleiters in einer Schallplattenfirma arbeitete. Er nahm sich sehr wichtig, so daß bei den Mädchen unwillkürlich der Verdacht entstand, daß er so tüchtig, wie er tat, wohl doch nicht sein könnte.

Tilo Herberger brachte seine Freundin Tessy mit, ein hübsches rothaariges Mädchen, Jurastudentin, zu der Monika und auch Gabriele nur schlecht Kontakt fanden, weil sie sich sehr überlegen fühlte. Erst im Laufe des Abends ging sie aus sich heraus. Tilo war schlank und elegant und hatte ein schwarzes Bärtchen auf der Oberlippe, was ihm ein etwas dämonisches Aussehen verlieh. Tatsächlich aber war er harmlos und gutmütig und stets beflissen, den anderen einen Gefallen zu tun. Er verdiente sich seinen Lebensunterhalt als Verkäufer in einem Herrenmodegeschäft. Tessy behandelte ihn von oben herab, was ihn aber nicht zu stören schien.

Maria Baron zog sich gleich nach der Begrüßung zurück. Monika hatte den Eindruck, daß sie Olivers Freunde nicht mochte, konnte sich aber nicht vorstellen, warum. Es waren guterzogene und nette junge Leute, und sie gaben sich gerade der alten Dame gegenüber ausgesprochen höflich.

Erst als sie unter sich waren, kam Stimmung auf.

Gabriele war gleich von der Schule aus nach München gefahren, und die beiden Mädchen hatten den ganzen Nachmittag damit verbracht, Salate anzurichten und Schnittchen zu machen. Zu trinken gab es Sekt, Wein und Bier. Die Gäste aßen und tranken mit gutem Appetit. Nur Tessy verschmähte, wahrscheinlich ihrer Figur zuliebe, die belegten Brote. Das hatte zur Folge, daß sie als erste beschwipst wurde, was sie aber sehr viel menschlicher machte.

Natürlich wurden die üblichen Witze gerissen. Die Freunde rieten Oliver mit bewegten Worten davon ab, sich schon jetzt fest zu binden. Wenn sie das auch sehr lustig taten, spürte Monika doch einen ernsten Hintergrund. Es war den anderen nicht ganz recht, daß Oliver heiratete. Wahrscheinlich hatten sie nichts gegen sie, aber sie fürchteten wohl, ihn zu verlieren. Monika war froh, daß Oliver sich gar nicht von dem Gerede beeinflussen ließ.

»Ich weiß, ihr meint es gut mit mir«, wehrte er lächelnd an, »aber eure Warnungen kommen zu spät!«

»Du hättest vorher mit uns darüber reden sollen!« rief Sven.

»Es gab kein ›Vorher‹!« behauptete Oliver. »Als ich Monika zum erstenmal sah, war ich bereits verloren! Kommt, machen wir ein bißchen Musik!« Er gab Helmut seine alte Gitarre und ging ins Musikzimmer. Die anderen folgten ihm. Oliver setzte sich an den Flügel und schlug ihn an. Helmut stimmte die Gitarre, und Sven zauberte eine Querflöte hervor.

»Schade, daß ich mein Schlagzeug nicht dabeihabe«, sagte Tilo.

»Viel zu laut!« entschied Oliver. »Du weißt, meine Mutter verträgt das nicht.«

Monika begriff, das es die Musik war, die die jungen Männer verband. Sie waren aufeinander eingespielt und hatten ein ganz hübsches Repertoire, vorwiegend Rockmusik. Den Mädchen gefiel es, und auch die Musiker selber waren von ihrer eigenen Leistung beeindruckt.

»Wir sollten wirklich eine Band gründen!« rief Sven.

»Dilettanten gibt es schon zu viele in München und Umgebung!« erklärte Helmut daraufhin. »Wann wird das endlich in deinen Kopf gehen? Um was zu leisten, müßten wir acht Stunden am Tag üben. Wer, außer dir, hat dazu die Zeit und das Geld?«

»Aber schade ist es doch«, sagte Tilo, der mangels seines Schlagzeuges den Takt mit einem Löffel auf ein Glas schlug.

»Jetzt spielen wir noch etwas, das die Mädchen singen können, und dann machen wir Schluß!« schlug Oliver vor. »Ich will nicht wegen ruhestörenden Lärms aus der Wohnung geschmissen werden.«

»Aber alle wissen doch, daß wir heute unseren Polterabend feiern!« sagte Monika.

Er warf ihr einen liebevollen Blick zu. »Gutes Mädchen! Also los: ›The house of the rising sun‹... das kennt ihr doch wohl?«

»So ungefähr«, sagte Gabriele.

Monika und Gabriele sangen mit Begeisterung. Danach klappte Oliver den Flügel zu.

»Nicht einmal schlecht«, sagte Helmut, »ich hoffe nur, ihr wollt keinen Beruf draus machen!«

Gabriele lachte. »Wir sind doch nicht verrückt!«

Sie verzogen sich wieder in Olivers Wohnzimmer, das Monika bei sich immer noch so nannte, obwohl es doch jetzt ihr gemeinsames Wohnzimmer sein sollte. Auch ihre selbst getöpferte Schale hatte einen hübschen Platz auf dem Regal gefunden. Heute stand sie mit Knabberzeug gefüllt mitten auf dem Tisch.

Es wurde weitergetrunken und gescherzt. Monika

und Gabriele gingen in die Küche und arrangierten die restlichen Schnittchen und Salate neu, um sie noch einmal anzubieten. Um Mitternacht servierten sie eine Gulaschsuppe, und obwohl das für die Gäste das Signal zum Aufbruch sein sollte, blieben sie, bis auch die letzte Flasche sich mit Luft gefüllt hatte. Dann endlich verabschiedeten sie sich.

»Meine Freunde mögen dich«, sagte Oliver und nahm Monika in die Arme. »Dich auch, Gaby!«

»Wieviel mir daran liegt!« erwiderte Gabriele schnippisch. »Sie sind sehr nett«, sagte Monika, »sie gefallen mir. Aber jetzt... keine Müdigkeit vorschützen, an die Arbeit!«

»Räum du die Zimmer auf, Oliver!« befahl Gabriele. »Leer die Aschenbecher und lüfte! Monika und ich gehen in die Küche.«

Oliver zog eine Grimasse. »Hat das nicht Zeit bis morgen?«

»Nein, wirklich nicht, Geliebter«, sagte Monika sanft, aber entschieden.

»Glaubst du, wir wollen in einem Saustall aufwachen?« fragte Gabriele.

»Und was wird aus meiner Hochzeitsnacht?«

Gabriele lachte. »Die ist doch erst morgen!«

In der Küche sah es ziemlich schlimm aus. Aber da die Schwestern darin geübt waren, gemeinsam Ordnung zu schaffen, kamen sie flink voran. Die leeren Wein- und Sektflaschen, die Plastikplatten, die Teller und das Besteck stopften sie in einen Müllsack. Die Bierflaschen stellten sie zurück in die Kästen. So blieben nur noch die Gläser zu spülen und der Topf, in dem sie die Gulaschsuppe gekocht hatten. Als Oliver den braunen Wuschelkopf in die Küche streckte, waren sie schon fast fertig.

Er gähnte ausgiebig. »Ihr braucht mich wohl nicht mehr?«

»Geh schon ins Bad!« sagte Monika und mahnte liebevoll: »Aber bummle nicht! Gaby und ich wollen auch noch drankommen!«

»Dann gute Nacht, meine liebe Schwägerin!« Er nahm Gabriele in die Arme und küßte sie auf beide Wangen.

»Schlaf gut, du Schlawiner!«

Monika freute sich, daß die beiden sich immer besser zu verstehen schienen.

Später schufen die Schwestern gemeinsam mit Dekken, Laken und Kissen eine Schlafstätte für Gabriele auf dem Sofa im Wohnzimmer. »Weißt du, Monika«, sagte Gabriele, »es ist komisch! Es will mir einfach nicht in den Kopf, daß du jetzt wirklich verheiratet bist!«

»Aber ich bin es!« sagte Monika strahlend.

»Du hast dich überhaupt nicht verändert!«

Monika war nahe daran, ihr von der vermutlichen Schwangerschaft zu erzählen, tat es dann aber doch nicht. »Vielleicht hast du es nur noch nicht gemerkt«, sagte sie statt dessen.

»Möglich, daß es ja auch an Oliver liegt! Er ist wirklich süß, aber irgendwie alles andere als ein Ehemann!«

Monika glaubte, es besser zu wissen; sie lächelte nur und gab der Schwester einen Kuß.

»Ist dir nicht doch ein bißchen bänglich zumute?« bohrte die Schwester weiter.

»Nein, Gaby! Ich freu' mich auf das Leben an seiner Seite! Noch nie war ich so glücklich!«

Aber als der Pfarrer am nächsten Morgen jenes unheimlich fordernde, beschwörende Wort aussprach: »...bis daß der Tod euch scheide!« erschauerte Monika. Sie hob den Kopf und warf einen Blick auf Olivers hübsches regelmäßiges Profil. Er schien völlig gelassen, nicht einmal seine langen Wimpern flatterten. Unwillkürlich tat Monika einen Seufzer. Da wandte er sich ihr kurz zu, und seine Augen funkelten vor Glück und Zuversicht.

Sie spürte Tränen in sich aufsteigen. ›Nur das nicht!‹ wies sie sich zurecht. ›Nur nicht sentimental werden, damit seine Freunde dich für eine dumme Pute halten!‹

Die Trauung fand in der Kapelle des St.-Anna-Klosters im Lehel statt. Da sie nur eine kleine Hochzeitsgesellschaft waren, hatten sie sich für diesen sehr schlichten Ort entschieden. In einer großen Kirche hätten sie sich womöglich verloren gefühlt. So war alles wunderschön. Der Altar war mit gelben Rosen geschmückt und von Kerzenflammen erleuchtet.

Als alles vorüber war, als sie sich das Sakrament der Ehe gegeben und die Ringe getauscht hatten, küßten sie sich so lange und so innig, daß die Freunde sich zu räuspern begannen.

Beim Verlassen der Kapelle warf Monika ihren Brautstrauß aus Maiglöckchen Tessy zu. Gabriele, der das symbolische Geschenk zuerst zugedacht gewesen war, hatte eine entsetzte Gebärde der Abwehr gemacht. Tessy fing das Sträußchen zwar auf, betrachtete es dann aber irritiert.

Nach der Trauung fuhren sie in verschiedenen Autos zu »Feinkost Käfer«, wo sie eines der hinteren Zimmer hatten reservieren lassen. Auch hier brannten Kerzen, und der Raum war mit Gestecken von rosa Rosen und weißen Fresien geschmückt. Monika und Oliver nahmen oben am schmalen Ende des Tisches Platz, ihnen gegenüber Maria Baron und ihr Bruder, der von Straubing angereist war. Von dem alten Herrn abgesehen, war es derselbe Kreis wie am Abend zuvor. Alle waren elegant gekleidet und sehr vergnügt.

Monika saß still an Olivers Seite. Jetzt, zum ersten Mal, an ihrer Hochzeitstafel, wurde ihr bewußt, daß sie eine Grenze überschritten hatte, über die es kein Zurück mehr gab. Nie mehr würde sie so unbekümmert flirten können wie Gabriele und Tessy. Das Leben lag nicht mehr mit all seinen Verlockungen und Möglichkeiten vor ihr, sondern es hatte sich beschränkt. Schon seit Tagen hatte sie sich auf das wunderbare Menü gefreut, das sie nach den Ratschlägen des Geschäftsführers zusammengestellt hatte. Aber jetzt hatte sie, obwohl sie kaum gefrühstückt hatte, keinen Hunger. Sie hätte allein sein mögen.

Oliver dagegen löffelte die Bouillon mit gutem Appetit, trank mehr als gewöhnlich, lachte, redete und scherzte mit den anderen jungen Leuten, als begriffe er gar nicht die Last der Verantwortung, die er auf sich geladen hatte.

Erst als die Suppenteller abgetragen worden waren, fiel es ihm auf, wie schweigsam Monika war. »Ist was Liebling?« fragte er.

Sie war nahe daran, ihm etwas vorzumachen, um ihm die Laune nicht zu verderben, doch dann gestand sie: »Ich fühle mich etwas beklommen.«

»Beklommen?« rief er. »Bist du verrückt? Das sollte der schönste Tag deines Lebens sein!«

»Sag das, bitte, nicht!«

»Versteh das ein anderer!«

»Wenn es wirklich der schönste Tag wäre, dann könnten danach doch nur noch schlechtere kommen.«

Sie war dankbar, als der Onkel mit dem Dessertlöffel an sein Glas klopfte, um sich Ruhe auszubitten. Er erhob sich und hielt eine ziemlich langatmige Rede, die Monika Gelegenheit gab, sich zu fassen. Als er geendet hatte, klatschte sie wie die anderen lachend Beifall.

Beim Anstoßen auf das Glück des Brautpaares leerte Monika ein ganzes Glas Champagner und fühlte sich gleich besser. Sie sagte sich, daß Oliver ja recht hatte. Es war verrückt, an einem so schönen Tag düstere Gedanken aufkommen zu lassen.

Monika und Oliver sahen sich über die Gläser hinweg in die Augen.

»Ich war dumm«, gestand sie.

»Sehr dumm!« bestätigte er und fügte, während die grünen Lichter in seinen Augen funkelten, zärtlich hinzu: »Aber wunder-wunderschön! Weißt du, daß du noch nie so schön warst wie heute?«

»Weil ich glücklich bin!«

»Na, endlich!«

Monika gelang es, in die Heiterkeit der anderen mit einzustimmen. Dennoch war ihr sonderbar zumute. Die Kerzen, die Blumen, das Gläserklirren und Tellerklappern und die fröhlichen Stimmen ringsum kamen ihr unwirklich vor. Über die Länge des Tisches hinweg sah sie zu ihrer Schwiegermutter hinüber. Es gelang ihr, den Blick der alten Dame aufzufangen. Er war ernst und teilnahmsvoll.

Das Hochzeitspaar hatte nicht vor zu verreisen. Dafür schien ihnen das schon angebrochene Wochenende zu kurz. Statt dessen fuhr Maria Baron zu ihrer Freundin nach Berchtesgaden und überließ ihnen die Wohnung. Oliver brachte Maria und Gabriele, die mit dem gleichen Zug bis Rosenheim fuhr, zum Ostbahnhof.

Als Monika allein in der alten Wohnung war, setzte sie sich erst einmal ganz ruhig hin und versuchte sich zu entspannen. Nach einer Weile fühlte sie sich besser. Sie zog ihr Dirndl aus, machte bei geöffnetem Fenster einige Freiübungen, ging unter die Dusche und brauste sich heiß und kalt ab. Danach fühlte sie sich befreit, als wäre sie von einer schweren Krankheit genesen oder als hätte sie einen Alptraum abgeschüttelt. Sie schlüpfte in einen bequemen Hausanzug, bürstete sich das Haar und band es im Nacken zusammen. Trällernd machte sie sich daran, das Frühstücksgeschirr zu spülen, wozu sie am Morgen weder Zeit noch Lust gehabt hatte, und konnte es kaum erwarten, daß Oliver zurückkam. Als sie das Aufschließen der Wohnungstür hörte, lief sie ihrem Mann entgegen und warf sich ihm in die Arme.

Die beiden ersten Tage ihrer jungen Ehe wurden wunderbar. Nie zuvor hatten sie sich so leidenschaftlich geliebt. Beide genossen sie das Zusammensein. Ursprünglich hatten sie vorgehabt, am Abend tanzen zu gehen. Aber tatsächlich verließen sie das Haus nicht für fünf Minuten. Sie waren sich selber genug. Es machte Monika Spaß, für ihn die Hausfrau zu spielen. Er ließ sich gern bedienen, revanchierte sich aber, indem er ihr am Sonntagmorgen das Frühstück ans Bett brachte.

›Könnte es doch nur immer so sein!‹ schoß es Monika durch den Kopf. Aber daran war nicht zu denken, und so sprach sie es auch nicht aus. Unmöglich konnten sie sich eine eigene Wohnung suchen und Maria allein lassen. Obwohl die Schwiegermutter immer freundlich zu Monika war und die junge Frau sie mochte, ging etwas Bedrückendes von ihr aus. Monika hätte nicht sagen können, woran das lag, aber sie war überzeugt, daß es Oliver genauso empfand wie sie.

Doch rasch verscheuchte sie diese Gedanken und gab sich ganz dem Glück des Beisammenseins zu zweit hin.

Am Sonntag nachmittag lagen sie, eng aneinandergeschmiegt, auf der Ledercouch in Olivers Wohnzimmer und hörten Musik.

»Du, ich weiß, was wir mit deiner Mitgift anfangen sollten«, sagte er unvermittelt.

Aber Monika spürte, daß ihm das schon lange im Kopf herumgegangen war und er nach einer Gelegenheit gesucht hatte, es anzubringen. Unwillkürlich zuckte sie leicht zusammen.

»Nicht mit dem ganzen Kies natürlich!« sagte er beruhigend.

»Laß uns doch nicht über Geld reden«, bat sie, »wo es doch gerade so schön ist!«

Aber er ließ sich nicht von seinem Thema abbringen. »Wir sollten eine Hochzeitsreise machen. Möchtest du?«

»Au ja!« stimmte sie begeistert zu. »Aber es geht nicht«, verbesserte sie sich gleich daran, »ich kriege ja keinen Urlaub. Wir haben Betriebsferien im Juli.«

»Und was ist mit Weihnachten? Zwischen Weihnachten und Neujahr schließt ihr doch sicher auch. ›Arnold und Corf‹ tun's jedenfalls.«

»Ja. ›Stuffer Fenster‹ auch... aber wir können doch Weihnachten deine Mutter nicht allein lassen!«

»Den Heiligen Abend feiern wir zusammen. Er fällt dieses Jahr auf einen Dienstag, und am ersten Januar kommen wir zurück. Dann haben wir acht Tage für uns. Besser wäre es natürlich, wir könnten schon am Freitag fliegen.«

»Fliegen?« fragte Monika. »Wohin denn?«

»Nach New York.«

Sie richtete sich auf, um ihm ins Gesicht zu sehen. »Ist das dein Ernst?«

»Ich wollte immer schon mal nach New York, und jetzt, wo wir das Geld haben...«

»New York«, wiederholte Monika mitgerissen, »das wäre natürlich fantastisch!«

»Wir müßten uns sofort um Pässe und Visa kümmern... ich glaube, man braucht noch ein Visum, wenn man in die Staaten will.«

»Ob das klappen wird?«

»Wir brauchen nur zu wollen!«

Von seiner Begeisterung angesteckt, begann sie, mit ihm zusammen Pläne zu schmieden, was sie in der fernen Riesenstadt alles sehen und unternehmen wollten.

Monika fand als erste wieder in die Realität zurück. »Wenn Maria bloß einverstanden ist.«

»Sie kann uns gar nichts verbieten. Es ist doch sehr rücksichtsvoll von uns, daß wir bis zum vierundzwanzigsten bei ihr bleiben.«

»Und was ist mit dem Baby?«

»Gerade deshalb sollten wir es jetzt machen. Später wirst du doch einige Zeit gehandicapt sein.« Seine Augen funkelten, als ihm ein Einfall kam. »Am besten bleiben wir bis zur Geburt drüben. Dann wird es ein Amerikaner.«

»Du bist echt verrückt«, sagte sie, schwankend zwischen Lachen und Entsetzen.

»War ja nur ein Spaß!«

»Dir traue ich alles zu.«

Sie küßten und sie liebten sich auf dem alten Ledersofa, trunken vor Liebe und Begeisterung.

Später, viel später, sagte Monika: »Jetzt sollten wir uns aber endlich ordentlich anziehen!«

Dazu hatten sie sich das ganze Wochenende nicht die Mühe genommen, und Schlamperei war etwas, das Maria Baron haßte.

So aber traten ihr, als sie nach Hause kam, Oliver und Monika ordentlich gekleidet entgegen. Die Wohnung war sauber und aufgeräumt und der Abendbrottisch gedeckt. Selbst vor ihren strengen Augen gab es nichts auszusetzen. Beim Essen trug Oliver dann ihren Reiseplan vor, und zu seiner Erleichterung erhob sie keinerlei Einwände. »Das ist vielleicht gar nicht so schlecht!« meinte sie nachdenklich. »Macht euch so viel Spaß, wie ihr könnt! Jetzt habt ihr noch dazu Gelegenheit.«

»Wenn wir schon am Freitag aufbrechen könnten, hätten wir natürlich mehr Zeit«, sagte Oliver tastend, fügte aber rasch hinzu, daß sie am Heiligen Abend bei ihr sein wollten.

»Das ist lieb von euch, das ist wirklich ein Tag, an dem niemand gern allein ist.«

»Und was wirst du machen, während wir fort sind?« fragte Monika

»Dies und das. Mir wird schon was einfallen. Vielleicht fahre ich auch für ein paar Tage zu Trudchen nach Berchtesgaden oder ich besuche meinen Bruder in Straubing. Er hat mich sehr herzlich eingeladen. Ihr braucht euch keine Sorgen um mich zu machen.«

So war es denn beschlossene Sache, und die Wochen bis zum Weihnachtsfest vergingen unglaublich schnell. Beim Amtlichen Bayerischen Reisebüro erfuhr Oliver, daß jeden Mittwoch eine Maschine der PanAm von München direkt nach New York flog. So buchte er gleich für den 25. Dezember. Da ein Direktflug von New York nach München nur am Montag, Donnerstag und Samstag möglich war, entschied er sich für den Donnerstag. Den Aufenthalt im Hotel Waldorf Astoria zahlte er auch gleich voraus. Das hatte auch den Vorteil, daß sie weniger Geld mitnehmen mußten. Dennoch wechselte Oliver einige Hunderter in Dollar um und besorgte sich Travellerschecks bei der Bank. Da man ihn im Reisebüro darauf aufmerksam gemacht hatte, daß er ohne Kreditkarte in New York nicht weit kommen würde, beantragte er eine Mitgliedschaft bei American Express. Als er, sehr stolz auf seine Tüchtigkeit, Monika von seinen Unternehmungen berichtete, fand er nicht das erwartete Echo.

»Aber der Donnerstag«, rief sie, »das ist dann doch schon der zweite Januar! Dann versäume ich einen ganzen Tag im Büro.«

»Genaugenommen zwei«, entgegnete er ungerührt, »denn wir landen erst am nächsten Morgen kurz vor neun, und du wirst doch wohl nicht gleich vom Flughafen aus nach Niedermoos fahren wollen.«

»Und wie soll ich das Sepp erklären?«

»Erzähl's ihm genau, wie es ist! Theoretisch könnten wir natürlich auch mit der Lufthansa fliegen. Aber dazu müßten wir in Frankfurt umsteigen. Dadurch würde es zwei Stunden länger dauern und wäre eine weit größere Strapaze. Denk an deinen Zustand!« – Sepp Mayr war natürlich alles andere als begeistert, als er von diesem Plan erfuhr. »Das paßt mir aber gar nicht«, sagte er und sah sie über seine Brille hinweg an.

»Es sind doch nur zwei Tage, Sepp! Wenn du willst, mache ich anschließend zwei Wochen lang Überstunden. Ich hole es auf, das verspreche ich dir!«

»Und warum fliegt ihr nicht einfach schon am Freitag oder Samstag und kommt rechtzeitig zurück?«

»Wir wollen Olivers Mutter nicht Heilig Abend allein lassen.«

»Sehr edel von euch. Aber eigentlich sollte die Arbeit doch allen anderen Interessen vorgehen.«

Monika hörte nur das »eigentlich« heraus und rief: »Also bist du einverstanden?«

»Es bleibt mir wohl nichts anderes übrig.«

»Wenn du es wirklich nicht willst...«

Er ließ sie nicht aussprechen, sondern ergänzte von sich aus: »...würdest du eben unerlaubt zwei Tage später wieder an Land kommen! Erzähl mir nichts, Monika! Selbst wenn du die besten Vorsätze hättest, dein Mann würde dich schon entsprechend bearbeiten.«

»Aber du erlaubst es doch, nicht wahr? Dann brauche ich wenigstens kein schlechtes Gewissen zu haben!« rief Monika. Sie strahlte ihn an, obwohl es ihr nicht ganz wohl in ihrer Haut war. – Oliver gelang es, ihre letzten Bedenken rasch zu zerstreuen. Er war voller Anerkennung, daß es ihr gelungen war, Sepp Mayr ein Einverständnis abzuringen. Olivers Dankbarkeit und Bewunderung waren ihr wichtiger als die Tatsache, daß sie ihren Chef enttäuscht hatte.

Als sie dann endlich ihren Paß in Händen hielt, der sie als ›Monika Baron, geborene Stuffer‹ auswies, war es ihr, als könnte nichts mehr ihren Himmel verdüstern. Oliver schickte ihre Pässe noch am gleichen Tag als Einschreiben und Wertbrief an die Botschaft der USA nach Bonn. Sie hofften und beteten, daß die Pässe mit den Visa rechtzeitig vor Antritt ihrer Reise zurück sein würden.

Da Monika damit rechnete, daß es in New York bitterkalt sein würde, beschloß sie, sich für den Winter neu einzukleiden. Was sie auf dem Karberg getragen hatte, kam ihrer Meinung nach für die Weltstadt nicht in Frage. Sie begann die Münchner Geschäfte zu durchstöbern und erstand einen pelzgefütterten Mantel. Nach kurzem Überlegen kaufte sie ein Gegenstück im Partnerlook für Oliver, den sie ihm unter den Baum legen wollte. Dafür mußte sie zwar einige Tausender ausgeben, aber nun, da die Mitgift angebrochen war, schien es ihr nicht mehr wichtig.

Natürlich mußte sie auch andere Weihnachtsgeschenke kaufen, für Maria Baron, für die Schwester und auch für die Mutter, die ihr zur Hochzeit immerhin eine Kaffeemaschine von Gabriele hatte überbringen lassen. Auch das kostete Geld. –

Je näher die Feiertage kamen, desto nervöser wurde Oliver. Er stritt sich mit seiner Mutter, die ihm vorrechnete, daß er die Zeit zur Eintragung der Visa viel zu kurz berechnet hätte.

»Hast du wenigstens eine Reiseversicherung abgeschlossen?« fragte sie.

»Das ist wieder mal typisch für dich!« schrie er.

»Wenn man sich gegen alles und jedes versichern läßt, wo bleibt dann der Spaß am Leben?«

»Es wird ein teurer Spaß, wenn ihr nicht reisen könnt. Ich zweifle sehr daran, daß sich die Hotelreservierung einfach rückgängig machen läßt.«

»Du immer mit deinem Pessimismus!«

Monika hatte Mühe, sich nicht anmerken zu lassen, wie erschrocken sie war. Sie freute sich zwar auf die Reise, hatte es bisher aber nicht allzu schlimm gefunden, wenn sie abgeblasen werden müßte. Die ganze Zeit hatte sie versucht, Oliver zu trösten und zu beruhigen. Der Gedanke, daß sie eine Menge Geld für nichts und wieder nichts verlieren könnten, war ihr noch gar nicht gekommen.

Oliver merkte, wie blaß sie geworden war. »Jetzt mach du mir nur auch noch Vorwürfe!« schrie er sie an.

»Aber das tue ich doch gar nicht.«

»Selbst wenn du es nicht aussprichst, so denkst du es doch! Alles hat sich gegen mich verschworen, verdammt noch mal!« Er setzte sich an den Flügel und tobte seinen Zorn in einer wilden Rhapsodie aus.

»So ist er immer«, sagte Maria resignierend, »wenn er was falsch macht, sind nur die anderen schuld.«

Monika nahm ihn in Schutz. »Ich hätte auch nicht an eine Reiseversicherung gedacht«, gab sie zu.

»Ihr Traumtänzer!« sagte Maria, halb verächtlich, halb mitleidig, und zog sich, wie meist, wenn er musizierte, in ihr Zimmer zurück.

Später gelang es Monika, ihn wieder zu versöhnen. Sie versicherte ihm, daß es ihr gar nichts ausmachen würde, Geld zu verlieren, und schwor, ihm nie daraus einen Vorwurf zu machen. »Deine Liebe ist mir doch so viel mehr wert als das bißchen Kies! Glaub mir doch! Du mußt mir das einfach glauben!«

Dieses Bekenntnis schmeichelte ihm so, daß er seinen Ärger darüber vergaß.

Einige Tage später stellte sich heraus, daß all die Aufregung unnötig gewesen war. Die gestempelten Pässe trafen ein, zwar erst am Wochenende vor Weihnachten, aber immer noch früh genug. Monika jubelte und Oliver triumphierte.

Maria sagte nur: »Da habt ihr noch mal Glück gehabt!«, verzichtete aber auf weitere Bemerkungen um des lieben Friedens willen.

Am Mittwoch, dem 25. Dezember, startete die Boeing der PanAm mit Monika und Oliver an Bord pünktlich um 11 Uhr 50 auf dem Flughafen München-Riem. Acht Stunden und fünfundvierzig Minuten später traf sie auf dem Kennedy-Flughafen in New York ein. Nicht einmal der lange Aufenthalt zur Paßkontrolle in der zugigen, unterirdischen Halle konnte die Stimmung des jungen Paares trüben. In Deutschland wäre es jetzt schon Abend gewesen, aber in New York war es erst 14 Uhr 50.

Oliver und Monika stellten ihre Uhren um.

Das junge Paar genoß New York wie im Rausch. Monika und Oliver unternahmen alles, was sie sich vorgenommen hatten, und noch mehr. Sie fuhren zur Freiheitsstatue hinaus, und der eisige Wind, der über das Wasser strich, machte ihnen nichts aus. Vom Empire State Building aus, einem der höchsten Punkte, überblickten sie die gewaltige Stadt, die in die Wolken gewachsen war, weil sie sich, eine Halbinsel vom Meer umschnürt, nicht in die Breite hatte ausdehnen können. Die Häuserschluchten Manhattans schüchterten sie ein und vermittelten ihnen dennoch ein gesteigertes Lebensgefühl; sie wurden nicht satt, sie zu durchstreifen. Oliver amüsierte sich großartig im Guiness-Museum, das Abnormitäten zeigte, die Monika schaudern ließen.

Überhaupt hatte sie immer ein wenig Angst in dieser unbekannten Welt, aber es war eine prickelnde Angst. Sie gestand Oliver, daß sie sich wie im Märchen ›Einer, der auszog, das Fürchten zu lernen‹ fühlte. Er lachte darüber. Einmal liehen sie sich Schlittschuhe aus und machten sich den Spaß, mitten im Herzen Manhattans vor dem Rockefeller-Center, Schlittschuh zu laufen. Die Sonne schien, und sie glitten mit verschränkten Armen über die Eisfläche, eingebettet zwischen Wolkenkratzern. Immer wieder durchstöberte Monika die großen Kaufhäuser ›Bloomingdale‹ und ›Sacks‹, die Fifth Avenue, um nach Geschenken für die Daheimgebliebenen zu suchen; einkaufen wollten sie aber erst am letzten Tag.

Jeden Abend waren sie aus. Im ›Waldorf‹ war ein Kartenbüro, und Oliver hatte sie gleich bei ihrer Ankunft mit Tickets versorgt. Es war ihnen nicht möglich, alle Musicals zu besuchen, aber immerhin sahen sie doch die interessantesten: ›Cats‹ und ›A Cage of Fools‹ und das gute alte, schon recht verstaubte ›Oklahoma‹. Natürlich zog es sie auch in die ›Metropolitan Opera‹, wo sie ein Werk hörten, dessen Musik Monika zu modern und unverständlich war, die Oliver aber begeisterte. Auch einen Ballettabend im Lincoln Center besuchten sie.

Nach der Vorstellung machten sie sich dann gar nicht erst die Mühe, nach einem Taxi Ausschau zu halten. Das war, wie sie gleich am ersten Abend festgestellt hatten, nachts ein aussichtsloses Unterfangen. Mit gesenkten Köpfen, die Hände in den Manteltaschen vergraben, strebten sie zu Fuß in Richtung des Hotels zurück. Aber sie suchten es noch nicht auf. In einer Seitenstraße, nur wenige Minuten entfernt vom ›Waldorf‹, hatten sie einen kleinen Jazzkeller entdeckt.

Oliver konnte sich nicht satt hören, und so blieben sie dort, bis er geschlossen wurde.

Anfangs war es mit der fremden Sprache schwierig gewesen. Sie hatten beim Empfang an der Rezeption nicht gewußt, was die ›voucher‹ waren, die man von ihnen verlangte. Als sie endlich begriffen, daß damit die Gutscheine für die reservierten Zimmer gemeint waren, waren sie sich recht unbeholfen vorgekommen. Aber von Tag zu Tag kamen sie mit ihrem Schulenglisch besser zurecht.

Eines Tages wollten zu einem ›Rodeo‹, irrten sich aber in der Richtung. Auf dem Broadway, nahe dem Times Square, sprach Oliver ein älteres Ehepaar an und erkundigte sich nach dem Weg zum Madison Square Garden. Er verstand die etwas umständliche Erklärung sofort und bedankte sich.

»Das machst du fabelhaft!« sagte Monika.

»Noch ein paar Wochen, und ich wäre perfekt«, erwiderte er selbstgefällig.

»Das glaube ich dir sogar!«

»Eigentlich zu dumm, daß wir schon Donnerstag zurück müssen.«

»Schade, ja«, sagte sie und wechselte rasch das Thema; sie fürchtete daß Oliver sie bedrängen könnte, den Aufenthalt zu verlängern.

Die Silvesternacht feierten sie mit einem festlichen Dancing-Dinner im Hotel. Das Restaurant war prachtvoll und sehr bunt dekoriert, es wurden komische Kopfbedeckungen verteilt, und die Stimmung war ausgelassen. Es war, als wollte jedermann den Gedanken daran verscheuchen, daß es draußen in der Welt, ja, schon in den nahe gelegenen Slums, gar nicht so lustig zuging. Bis weit nach Mitternacht wurde getanzt.

Als sie dann im Bett lagen, schlief Oliver, der mehr als gewöhnlich getrunken hatte, sofort ein. Monika blieb wach. Die Sirenen der Überfall- und Feuerwehrwagen schrillten noch häufiger als gewöhnlich durch die Straßen. Immer wieder knallten vereinzelte Feuerwerksraketen. Monika bekam Bauchschmerzen, die sich zu wahren Krämpfen steigerten. Sie dachte, daß es an den Austern läge, die sie als Vorspeise gegessen hatte. So leise wie möglich schlich sie ins Badezimmer, zog die Tür hinter sich zu und versuchte zu erbrechen. Tatsächlich gelang es ihr, sich von dem ganzen köstlichen Dinner zu befreien. Aber auch danach wurde ihr nicht besser. Vor Schmerzen krümmte sie sich.

Auf den Gedanken, Oliver zu wecken, kam sie nicht. Er würde ihr nicht helfen können. Kein Mensch auf der Welt konnte ihr helfen. In der Silvesternacht den Hotelarzt zu alarmieren wäre ihr ungehörig erschienen. Zwischen den krampfartigen Anfällen zitterte sie vor Kälte, so daß ihr die Zähne klapperten. Das brachte sie auf die Idee, sich ein Bad einzulassen. Sie tat es mit Hilfe der Brause, um keinen Lärm zu machen.

Bis zum Nabel im Wasser, versuchte sie sich zu entspannen. So ruhig und gleichmäßig wie möglich atmete sie durch. Doch die Krämpfe kamen immer wieder. Ein schrecklicher Gedanke brachte sie der Ohnmacht nahe. Wie, wenn das die Wehen waren? Wenn sie hier in einem Hotelbad in New York eine Fehlgeburt erleiden sollte? Mit Entsetzen sah sie, daß das Wasser sich rot zu färben begann, Blut und Fetzen von geronnenem Blut strömten aus ihr heraus.

Aber allmählich ließen die Krämpfe nach, und sie begriff, daß nichts anderes passiert war, als daß ihre Menstruation wieder eingesetzt hatte.

Draußen dämmerte schon der Morgen. Monika ließ das Wasser aus der Wanne, ein Vorgang, der ihr einen Höllenlärm zu machen schien. Sie duschte sich ab, aber das Blut strömte weiter. Zwar hatte sie auf alle Fälle Tampons in ihrem Koffer. Aber die konnten ihr bei dieser starken Blutung nichts helfen. Sie klemmte sich ein Handtuch zwischen die Beine und zog ihr Nachthemd über. Aber sie wagte nicht, in diesem Zustand wieder ins Bett zu kriechen. Bei einem Blick in den Spiegel stellte sie fest, daß sie bleich, fast grün aussah und schwarze Schatten unter den Augen hatte. Sie setzte sich schwankend auf den kleinen, weiß lackierten Badezimmerschemel.

So fand Oliver sie. »Was ist denn los?« fragte er und rieb sich die Augen. »Warum bis du nicht im Bett?« und dann als er richtig wach war und sie erkennen konnte, entsetzt: »Wie siehst du aus? Bist du krank?«

»Ich glaube, ich habe nur meine Tage bekommen!« antwortete sie, und dann brach sie in Tränen aus.

»Nun wein doch nicht, Liebling!«

»Ach, Oliver, ich hatte mich so auf das Baby gefreut!«

»Ich auch, mein Herz! Glaub mir, ich verstehe das!« Er zog sie hoch. »Aber du mußt dich jetzt niederlegen! Du siehst aus, als hättest du keine Stunde Schlaf bekommen.«

»Hab' ich auch nicht«, schluchzte sie, »es ist furchtbar!«

Er wiegte sie sanft in den Armen. »Ich bin ja bei dir! Bitte, beruhige dich! Nimm's nicht so schwer!«

Es tat wohl, seine Arme um sich zu fühlen und sich auszuweinen zu dürfen.

»Auf keinen Fall kannst du in diesem Zustand reisen!« entschied er energisch. »Bitte, keinen Widerspruch! Brauchst du etwas? Ein Schmerzmittel? Ich arrangiere alles!« – Eine Viertelstunde später lag Monika gut gewickelt im Bett. Oliver hatte sich als ein Wunder von Umsicht und Tüchtigkeit erwiesen. Jetzt saß er im seidenen Morgenmantel bei ihr und löffelte ihr eine Bouillon mit Ei ein.

»Na, siehst du«, sagte er zufrieden, als die Tasse leer war, »jetzt hast du schon wieder Farbe bekommen. Versuch ein bißchen zu schlafen.«

»Und du?«

»Ich zieh' mich an und gehe runter. Aber sei ohne Sorge! Ich gucke alle Stunde mal bei dir rein.« Er stellte das Tablett mit der leeren Tasse vor die Zimmertür und verschwand im Bad.

Monika hörte ihn in der Wanne plätschern, lauschte dem sanften Brausen seines elektrischen Rasierapparates, und darüber schlief sie ein. – Als sie erwachte, war das Entsetzen der vergangenen Nacht für sie nur noch wie ein Alptraum. Das elegante kleine Zimmer war ruhig und friedlich – so friedlich, wie es im Herzen von Manhattan sein konnte –, die bunten Vorhänge waren zugezogen, und die Stehlampe leuchtete mit einem matten, warmen Schein. Oliver saß ihr schräg gegenüber in einem Sessel, die Beine weit von sich gestreckt, und las in einem Magazin. Als sie sich aufrichtete, blickte er sofort hoch.

Sie versuchte zu lächeln. »Wie lange habe ich geschlafen?«

Er warf einen Blick auf seine Armbanduhr. »Es ist gleich fünf Uhr. Wie fühlst du dich?«

»Besser, viel besser!«

»Na, Gott sei Dank!« Seine Augen funkelten fröhlich.

Sie war sicher, daß er sie liebte. Er hätte nicht rücksichtsvoller und besorgter sein können. Dennoch war es ihr, als hätte er sich von ihr entfernt. Nie, das wußte sie, würde er ihren Schmerz und den Verlust des erträumten Babys nachempfinden können, so wenig wie er ihn mit ihr geteilt hatte. »Ich muß ins Bad. Mich frisch machen.«

»Kannst du allein aufstehen?«

»Es wird schon gehen«, sagte sie.

Dennoch ließ er es sich nicht nehmen, sie zu stützen und wenigstens bis zur Tür zu begleiten.

Ihr Gesicht im Spiegel sah sie immer noch jammervoll an. Sie wusch es sich mit kaltem Wasser, bürstete ihr schweißverklebtes Haar so lange durch, bis es wieder etwas Glanz bekam, und flocht es zu einem dicken Zopf. Sie duschte sich gründlich und fühlte sich danach erschöpft.

Trotzdem sagte sie danach mit gespielter Munterkeit, als sie wieder ins Zimmer kam: »Was machen wir jetzt?« Mit Überraschung sah sie, daß ein dunkelhäutiges Mädchen dabei war, die Betten zu richten.

«Willst du wirklich schon aufstehen?« fragte er.

»Ja, warum nicht?«

»Weil du nicht aussiehst, als könntest du große Sprünge machen.«

»Immerhin könnte ich mich anziehen, runterfahren und etwas essen.«

»Da habe ich eine viel besser Idee! Wir bestellen uns ein Dinner aufs Zimmer und machen uns einen gemütlichen amerikanischen Fernsehabend! Ist das was?«

»Klingt verlockend. Aber ich glaube, ich sollte mich besser zusammenreißen. Sonst kann ich morgen nicht fliegen.«

»Das kannst du so und so nicht. Darüber haben wir doch schon gesprochen.«

Die Knie wurden ihr schwach, aber sie wußte nicht, wohin sie sich setzen sollte, und so lehnte sie sich an die Wand.

»Reg dich nicht auf, mein Herz! Ich weiß, wie pflichttreu du bist, und dein Chef muß es auch wissen. Niemand kann von dir verlangen, daß du in so angeschlagenem Zustand fliegst.«

»Aber ich habe doch nur meine Tage«, sagte sie kläglich.

»Ins Bett mit dir!« befahl er. »Du kannst dich ja kaum auf den Beinen halten!«

Monika gehorchte, und es war eine Wohltat, sich in das frisch bezogene Bett zu verkriechen.

Das Mädchen hatte die gebrauchte Wäsche in einen Wagen gestopft und ging mit frischen Tüchern ins Bad.

»Wir brauchen gar nicht mehr darüber zu reden«, erklärte Oliver, »ich habe den Flug auf Samstag umgebucht, an der Rezeption Bescheid gesagt und Sepp Mayr telegrafiert. Wenn du dich bis Freitag noch nicht besser fühlst, fliegen wir eben Montag.«

Trotz eines bohrenden Unbehagens war es doch auch eine Erleichterung, daß alles über ihren Kopf entschieden war und sie nicht zu denken brauchte.

»Und jetzt... was willst du essen?« fragte er.

»Ganz egal. Jedenfalls habe ich Hunger.«

»Ein gutes Zeichen! Dann denke ich, wir nehmen Steak, Salat und, zur Feier des Tages, kalifornischen Champagner.«

Ihre Augen wurden groß. »Was gibt es zu feiern?«

»Versteh mich nicht falsch, mein Herz! Natürlich ist es traurig, daß wir jetzt kein Baby bekommen. Ich hatte mich schon darauf gefreut, es auf meinen Knien ›Hoppe, hoppe, Reiter‹ machen zu lassen. Aber daß es nicht hat sein sollen, hat doch auch sein Gutes.«

Das dunkelhäutige Mädchen war mit dem Bad fertig, und er stand auf und gab ihr ein Trinkgeld. Sie dankte fröhlich.

Erst als er sich wieder zu Monika umdrehte, sah er, daß ihre Augen sich mit Tränen gefüllt hatten. »Habe ich was Falsches gesagt?«

Sie schüttelte den Kopf. »Nein, bestimmt nicht. Es ist nur... diese dumme Schwäche.«

»Schon gut. Wenn du erst was im Magen hast, wirst du dich besser fühlen.« Er nahm den Hörer vom Telefon und bestellte beim Etagenservice ihr Dinner.

Monika liefen die Tränen über die Wangen. »Ich kann nichts dafür«, schluchzte sie, »wirklich nicht! Ich weiß ja, daß ich nicht wirklich ein Baby verloren habe. Aber warum fühle ich mich dann so? Warum war ich so dumm und habe nicht gleich einen Test gemacht, als meine Regel damals ausblieb? Dann wäre ich nicht so enttäuscht worden.«

»Vielleicht«, sagte er und nahm ihre Hand, »hättest du dann gar nicht den Schwung gehabt, mich zu heiraten!«

»Bitte, gib mir ein Taschentuch!«

Er reichte ihr ein Päckchen Papiertaschentücher, und sie trocknete sich die Augen und putzte die Nase.

»Du bist doch noch so jung, mein Herz!« sagte er. »Freu dich, daß du noch nicht so bald an ein Kind gebunden sein wirst. Wir können so vieles zusammen unternehmen, und in ein paar Jahren, wenn wir etwas gesetzter sind, können wir noch so viele Kinder haben, wie wir wollen. Einverstanden?«

»Ich sehe das ja auch ein, aber nur mit dem Verstand! Mein Herz rebelliert dagegen. Ich weiß auch nicht, was mit mir los ist!« Sie schluckte schwer, um nicht wieder in Tränen auszubrechen. »Ich bin für dich eine richtige Plage!«

»Na ja, angenehm ist es nicht, jemanden trösten zu müssen, der eigentlich gar keinen Grund zum Weinen hat!«

Sie begriff endgültig, daß er sie nicht verstehen konnte und daß sie seine Geduld schon zu lange strapaziert hatte.

Mit einem gequälten Lächeln sagte sie: »Du hast ja recht, Oliver! Reden wir nicht mehr davon. Es ist so und so nicht zu ändern.«

»Hör mal, wenn du so gern ein Baby haben willst, dann versuchen wir es einfach, sobald du wieder auf dem Posten bist. Mir soll es nicht drauf ankommen.«

»Aber das wäre nicht dasselbe!«

»Es wäre viel besser! Kein Zufalls-, sondern ein Wunschkind! Und alle Welt würde wissen, daß wir nicht seinetwegen geheiratet haben!«

»Du bist so lieb, Oliver!« sagte sie und ihr Lächeln wurde gelöster. »Wir werden uns das noch überlegen!«

Aber am fünften Tag ihrer Periode nahm sie, wie der Frauenarzt in Rosenheim ihr geraten hatte, die erste empfängnisverhütende Pille ein.

Doch da war sie schon wieder in der Heimat.

Am Montag früh fuhr Monika pünktlich zur gewohnten Stunde auf der Autobahn nach Niedermoos hinaus.

Auch in Deutschland war es kalt, aber es hatte noch nicht geschneit, und die Fahrbahnen waren trocken.

Monika fühlte sich wieder völlig gesund. Die Zeitumstellung hatte sie gut verkraftet, da sie auf dem Rückflug meist geschlafen hatte. Natürlich hingen ihr die Erlebnisse aus der fernen Welt noch nach. Sie hatten die letzten, die ›geschenkten‹ Tage, wie Oliver sie nannte, damit zugebracht, einiges zu unternehmen, was sie bisher versäumt hatten. So waren sie mit der Untergrundbahn nach East New York, zur Wallstreet, gefahren und hatten sich vom hektischen Treiben der weltgrößten Börse faszinieren lassen. Sie hatten eine Rundfahrt durch den Central Park gemacht, in einer Kutsche mit Pferd, die von einem jungen Mädchen im Zigeunerlook gelenkt wurde. Aber sie waren auch noch einmal und noch einmal die elegante Fifth Avenue hinauf- und hinabgeschlendert, und auch immer wieder vom Broadway angezogen worden, der trotz seiner billigen Geschäfte, den schmutzigen Imbißstuben und den Pornoläden eine ganz besondere Atmosphäre hatte.

Das alles ging ihr jetzt noch im Kopf herum, und sie

brannte darauf, Sepp davon zu erzählen. Es war zu viel auf sie eingestürmt, sie war noch gar nicht wirklich wieder da.

Dann, als die fernen Alpen vor ihr auftauchten, die Gipfel schon mit leuchtendweißem Schnee bedeckt, ging ihr das Herz auf. Erst jetzt überfiel sie das glückliche Gefühl der Heimkehr, das sie bei ihrer Ankunft in München nicht gehabt hatte. Die Landschaft war in diesen ersten Januartagen zwar nicht schön, und Monika sah sie nicht verkehrt. Die Laubbäume standen kahl, und die Wiesen zeigten ein schmutziges Grüngelb. Aber der graue Winterhimmel wölbte sich so hoch und so weit. Monika fühlte sich befreit, wenn sie auch nicht hätte sagen können, wovon.

Auf dem Hof der Fabrik stand schon Sepp Mayrs Auto. Erschrocken blickte Monika auf ihre Armbanduhr. Es waren noch fünf Minuten bis zum Arbeitsbeginn. Sie parkte, nahm sich nicht die Zeit abzuschließen, und rannte in das Büro.

Der Chef von ›Stuffer Fenster & Türen‹ saß, die Brille auf der Nase, hinter seinem Schreibtisch und wühlte in Papieren.

»Sepp!« rief sie strahlend.

Ohne aufzusehen sagte er: »Daß du dich auch mal wieder blicken läßt!«

Bei diesem frostigen Empfang erstarb ihr Lächeln. »Entschuldige, daß ich Freitag nicht gekommen bin! Ich war krank.«

»Sag lieber, daß ihr noch einen Tag in New York anhängen wolltet!«

»Das ist einfach nicht wahr! Ich war wirklich krank. Oliver hat es dir telegrafiert.«

»Papier ist geduldig.«

»Sepp, warum bist du denn so? Ich habe dich doch noch nie belogen.« Sie verbesserte sich rasch: »So gut wie nie. Kaum je.«

»Du hast dich verändert, Monika, und nicht zu deinem Vorteil.«

»Ich glaube, das kommt dir nur so vor.«

»Nein, Monika«, sagte er, immer noch ohne sie anzusehen, »früher hättest du dir niemals einfach frei genommen. Jetzt ist es schon das dritte Mal.«

»Ich werde alles aufarbeiten, das habe ich dir doch versprochen. Ich werde Überstunden machen, bis alles vom Schreibtisch ist. Sag mir, was ich zuerst erledigen soll.«

»Setz dich!«

»Darf ich mir wenigstens erst meinen Mantel ausziehen?« Der Ofen, der mit Holzabfällen geheizt wurde, verbreitete eine Bullenhitze. Monika zog ihren Mantel aus und hängte ihn zu Sepps an den Ständer.

»Wir sollten mal in aller Ruhe miteinander reden«, sagte er, »so geht das nämlich nicht weiter.«

»Soll es ja auch nicht, Sepp«, erklärte sie eifrig, »das waren doch Ausnahmen, meine Hochzeit, diese Reise und daß ich unterwegs krank geworden bin!«

»Ich unterstelle gerne, daß du die besten Absichten hast, Monika, ich sage es noch einmal... du hast dich verändert, dein Leben hat sich verändert, du kannst nicht mehr so, wie du willst. Du weißt, daß ich deine Arbeit immer sehr geschätzt habe. Gerade deshalb bin ich der Meinung, wir sollten einen klaren Strich ziehen.«

»Was soll das heißen?« fragte sie entgeistert. »Etwa, daß du mir kündigen willst?«

»Das wird wohl kaum möglich sein. Ich nehme an, du wirst dich jetzt auf das Mutterschutzgesetz berufen. Aber du mußt dir darüber im klaren sein, daß ich mich von dir trennen werde, sobald die Schutzfrist abgelaufen ist.« Etwas freundlicher fügte er hinzu: »Wahrscheinlich wirst du dann ja sowieso zu Hause bleiben wollen.«

Ihr war eine Blutwelle in die Stirn gestiegen. »Aber, Sepp, es ist nicht so, wie du denkst!« rief sie und war zum ersten Mal froh, daß sie nicht schwanger war.

Jetzt sah er sie über seine Brille hinweg an. »Soll das heißen, daß du kein Kind erwartest?«

»Natürlich nicht«, erklärte sie im Brustton.

»Tatsächlich nicht? Wir hatten alle gedacht...« Er ließ den Satz unausgesprochen.

»Du und Barbara, nicht wahr? Das sieht euch ähnlich!«

»Wenn wir uns geirrt haben«, sagte er nüchtern, »dann um so besser.«

»Du hast gedacht, ich würde jetzt die werdende Mutter spielen, mit dauernder Übelkeit, Arztbesuchen, Ansprüchen auf Rücksichtnahme. Aber davor brauchst du wirklich keine Angst zu haben. Mit mir ist alles in Ordnung.«

»Um die Wahrheit zu sagen: mir fällt ein Stein vom Herzen!« Aber er lächelte nicht. »Nur hoffe ich, du weißt auch, was das für dich bedeutet.«

»Ja, was denn? Auf was willst du hinaus?«

»Du bist kündbar, und hiermit kündige ich dir also. Du bekommst es auch noch schriftlich.«

Monika sprang auf. »Du wirfst mich hinaus?«

»So würde ich es nicht nennen. Ich entlasse dich auch nicht fristlos. Den Gedanken an eine Klage vor dem Arbeitsgericht kannst du dir also gleich aus dem Kopf schlagen. Ich schlage vor, daß wir uns zum achtundzwanzigsten Februar trennen.«

»Aber warum, Sepp? Um Gottes willen, warum? Nur weil ich die paar Tage gefehlt habe?«

»Weil sich deine Einstellung zur Arbeit geändert hat, wenn du mich direkt fragst. Aber natürlich werde ich das nicht als Kündigungsgrund angeben...«

Sie fiel ihm ins Wort: »Aber was dann?«

»Weil ich dich nicht mehr brauche. Ich werde dir selbstverständlich ein erstklassiges Zeugnis ausstellen.«

Monika sank auf ihren Stuhl zurück. »Du machst doch nur Witze!« sagte sie konsterniert.

»Absolut nicht.«

»Wie kannst du sagen, daß du mich nicht mehr brauchst? Du hast doch niemanden, der mich ersetzen könnte!«

»Doch, Monika!« sagte er, und nach einer kleinen Pause, aus der sein Unbehagen sprach, fügte er hinzu: »Barbara!«

Monika brauchte einen Atemzug lang, ehe sie begriff. »Mami?« schrie sie dann. »Aber Mami kann das doch gar nicht!«

»Ich glaube doch. Ein bißchen Schreibmaschine hat sie ja immer schon beherrscht, Kopfrechnen kann sie besser als du, und Steno braucht man heutzutage kaum noch. Wenn es sein muß, werde ich auf Band diktieren. Aber die meisten Briefe hast du ja gespeichert.«

»Aber warum? Warum willst du mir meinen Arbeitsplatz nehmen?«

»Du siehst das falsch, Monika. Wir haben uns das gut überlegt. Du bist jung und tüchtig, du wirst leicht eine Stellung in München finden. Damit sparst du dir dann auch diese tägliche kilometerlange Anfahrt. Du wirst sehen, daß das viel bequemer so für dich ist.«

»Das ist keine Antwort, Sepp! Erklär mir, bitte, warum Barbara so etwas tut!«

»Das ist keine gegen dich gerichtete Aktion, Monika. Es ist einfach so, daß sie sich beschäftigen möchte. Sinnvoll. Was soll sie den lieben langen Tag tun? Es füllt sie nicht aus, nur das Haus zu putzen und im Garten zu werkeln und hin und wieder mal die

Bilanzen mit mir durchzusehen. Sie will am Ball sein, und das ist nur zu verständlich, da die Firma ihr ja gehört.«

»Ich sehe darin keinen Grund, mich hinauszudrängen.«

»Hättest du nicht nach München geheiratet, wäre das auch sicher nicht geschehen. Aber so...« Sepp zuckte die Achseln. »Sie fühlt sich verlassen, Monika. Zumal Gabriele ihr jetzt auch erklärt hat, daß sie nach dem Abitur nach München will.«

»Das wollte sie doch schon immer!« platzte Monika heraus.

»So?« Er sah sie skeptisch an. »Aber sie hat nie ein Wort davon gesagt.«

»Mir schon. Sie wollte Mami bloß nicht unnötig aufregen. Was hattet ihr denn übrigens sonst von ihr erwartet? Es war doch immer die Rede davon, daß sie studieren wollte.«

»Sie hätte hin- und herfahren können. Wie du ja auch. Versteh mich richtig, Monika, ich selber werfe weder dir noch deinem Mann vor, daß ihr Gaby bewußt beeinflußt habt. Aber du hast ihr den Abgang von zu Hause vorgemacht, und es ist nun mal so, daß böse Beispiele gute Sitten verderben.«

»Jetzt soll ich also auch noch daran schuld sein. Wenn es mir nicht so stinken würde, könnte ich darüber lachen.«

»Die Lösung, die ich dir vorgeschlagen habe, ist wirklich die beste... für dich und für mich und für Barbara. Wenn ich in meiner Kündigung eine Härte für dich sähe, hätte ich sie dir bestimmt nicht zugemutet.«

»Keine Härte, nein? Überhaupt keine Härte? Nachdem ich die Arbeit hier so schön rationalisiert habe, daß sie in Zukunft ein wahres Vergnügen sein sollte? Und jetzt wird Barbara davon profitieren!«

»So ist es nun mal«, sagte er, und jetzt lächelte er sogar, »du hast dir deinen eigenen Arbeitsplatz wegrationalisiert. Ohne den gespeicherten Computer und ohne deine vorfabrizierten Geschäftsbriefe hätte ich mir Barbara nicht leisten können.«

»Wie gemein du bist! Nie hätte ich geglaubt, daß du so gemein sein könntest!« rief sie in hilflosem Zorn. »Jetzt weiß ich, was das Ganze soll! Es ist ein Racheakt, weil ich dich nicht genommen habe!«

Er schwieg zu dieser Anschuldigung und erklärte statt dessen: »Du solltest dich mit deiner Mutter versöhnen!«

»Und wie, wenn ich fragen darf? Die nimmt mich doch höchsten dann in Gnaden auf, wenn ich Oliver verlasse. Aber das wird sie nie erleben, niemals!«

Ursprünglich hatte Monika vorgehabt, nach der Arbeit in ihr Elternhaus zu fahren, um Mutter und Schwester kurz zu begrüßen und von ihrer Reise zu erzählen. Nach Sepps Eröffnung war ihr die Lust darauf vergangen. Statt dessen rief sie an, zu einer Zeit, da sie ziemlich sicher sein konnte, daß Gabriele zu Hause war, und bekam die Schwester auch sofort an den Apparat.

»Du, ich komme heute doch nicht«, sagte sie.

Gabriele fiel auf, daß ihre Stimme bedrückt klang. »Was ist passiert?« fragte sie sofort.

»Sepp hat mich gefeuert!«

»Was?«

»Wußtest du nichts davon?«

»Kein Wort! Hör mal, aber deshalb kannst du doch trotzdem...«

»Nein! Ich mag Mutter jetzt nicht sehen.«

»Sie kann doch nichts dafür!«

»Aber ja doch! Sie übernimmt meinen Posten.«

Einen Augenblick lang war Gabriele ganz still, dann sagte sie: »Das ist ja ein Ding aus dem Tollhaus!«

»So kann man es auch nennen.«
»Du, wir müssen uns sehen! Treffen wir uns vor der Kirche? Fürs Mofa ist es momentan zu kalt.«
»Ja, gut. Kurz nach fünf dann.«
»Mußt du keine Überstunden machen?«
»Jetzt doch nicht mehr! Wo er mich geschmissen hat? Ich müßte ja verrückt sein!« –
Die Schwestern fuhren ins »Café Mengele«, ein kleines Hotel oberhalb von Höhenmoos, in dem es gewöhnlich sehr ruhig zuging. Sie hatten nicht daran gedacht, daß noch Schulferien waren. Es wimmelte von Wintersportlern, die sich nach dem Ski in der gemütlichen holzgetäfelten Gaststube aufwärmen wollten. Nur mit Mühe erwischten sie einen freien Tisch. Obwohl sie niemanden entdeckten, den sie kannten – auch die Bedienung kam von auswärts –, sahen sie sich gezwungen, sehr leise zu reden, konnten aber sicher sein, daß sie bei dem allgemeinen Stimmengewirr nicht gehört wurden. Monika erzählte nicht von New York. Die Reise in die Millionenstadt schien ihr so weit zurück zu liegen, als hätte sie sie nie unternommen. Sie berichtete von ihrem Gespräch mit Sepp.

»So eine Gemeinheit!« war Gabrieles mitfühlender, wenn auch ein wenig schadenfroher Kommentar.

»Du sagst es! Und dann noch so zu tun, als wenn's in meinem Interesse läge! Wenn mir die Hin- und Herfahrerei zu dumm geworden wäre, hätte ich mich schon gerührt.«

»Aber so bekommst du Arbeitslosenunterstützung!«

»Hoffentlich brauche ich die gar nicht. Ich werde mich natürlich sofort nach einem anderen Job umsehen.

»Dein Auto bist du jedenfalls auch quitt.«

»Daran habe ich noch gar nicht gedacht! Na ja, das

ist das wenigste. In München gibt es genügend Verkehrsmittel, und ein Auto in der Familie sollte ja wohl genügen.«

»Du hast vielleicht Nerven.«

»Muß ich ja wohl! Wenn die damit rechnen, daß ich zusammenbreche, haben sie sich geschnitten. Weißt du, was mich am meisten aufregt? Daß Barbara dahinter steckt. Sepp hätte sich nie von mir getrennt, wenn sie ihn nicht entsprechend bearbeitet hätte. Die eigene Mutter! Ich finde das einfach verheerend!«

»Sie ist furchtbar egoistisch geworden. Das muß wohl mit Vaters Tod zusammenhängen. Erst war sie ganz geknickt, wie wir alle. Aber in letzter Zeit ist sie anders.«

»Ja, wie denn?«

»Egoistisch, ich sagte es ja schon. Sie besteht darauf, daß ich mir meine Blusen selber bügle und daß ich jedesmal die Küche mache, wenn sie gekocht hat. Dabei ist es die reine Schikane. Sie hätte Zeit für alles.«

»Ich fand es schon sehr, sehr komisch, daß sie nicht zu meiner Hochzeit gekommen ist. Das wäre doch eine reine Sache der Höflichkeit gewesen.«

»Das habe ich damals auch gesagt.«

Endlich fand die Bedienung den Weg zu ihrem Tisch, und sie bestellten Kaffee und Apfelkuchen.

»Daß sie wütend auf dich ist, kann ich ja noch verstehen«, sagte Gabriele, als sie wieder allein waren, »daß du Oliver geheiratet hast, hat ihr eben ganz und gar nicht gepaßt.«

»Ach, sie hat ja auch schon früher dauernd auf mir rumgehackt. Dabei habe ich wirklich versucht, ihr alles recht zu machen.«

»Ihr seid euch eben zu ähnlich,.«

»Ähnlich?«

»Ja, natürlich. Ihr habt beide den gleichen Dickkopf, und auch äußerlich... du bist eine jüngere Ausgabe von ihr. Es muß sie dauernd ärgern, daß sie nicht mehr so aussieht wie du.«

»Du lieber Himmel! Sie ist eine alte Frau!«

»Gerade das will sie eben nicht einsehen! Als Vater noch lebte, da mußte sie folgen, genau wie wir ja auch. Sein Tod war dann ein Schock für sie. Aber inzwischen genießt sie es, frei zu sein... ja, sie genießt es wirklich! Und nicht nur das: sie will wieder jung sein!«

»Aber das geht doch gar nicht«, meinte Monika.

»Du solltest sie mal sehen! Sie hat sich eine neue Frisur machen lassen, ganz kurz, mit Dauerwelle. Zwar trägt sie noch Schwarz, aber nur der Leute wegen. Sie hat sich eine Menge neuer Sachen gekauft, ganz modisches Zeugs. Wenn ich Besuch habe, egal wen, setzt sie sich dazu und tut, als wäre sie eine von uns. Es ist zum Davonlaufen.«

»Hast du ihr deshalb gesagt, daß du nach München willst?«

»Genau. Weißt du, ich hatte vor, ihr das ganz schonend beizubringen. Den Sommer über erst mal zu Hause zu bleiben, und dann eine Weile... ein paar Wochen oder ein paar Monate... hin- und herzufahren, bis sie von selber drauf kommen würde, daß das zu anstrengend für mich ist. Aber ich konnte es einfach nicht mehr aushalten, wie sie sich auf jung trimmt.«

»Komisch«, sagte Monika nachdenklich, »das hätte ich nie von ihr gedacht.«

»Vater würde im Grab rotieren, wenn er es wüßte.«

»Glaubst du, sie würde noch einmal mit einem Mann was anfangen?«

»Ich fürchte, ja. Bei der ersten Gelegenheit.«

»Entsetzlich«, sagte Monika, und es kam ihr aus der Seele, »dabei ist sie doch schon vierzig!«

Die Barons nahmen Monikas Kündigung gelassen auf.

»Das war vorauszusehen!« behauptete Oliver sogar. »Die Rache des verschmähten Liebhabers!«

Monika ließ es dabei bewenden, denn sie mochte nicht über das Verhalten ihrer Mutter diskutieren.

»Mach dir nichts draus!« sagte Oliver noch. »Du kriegst bestimmt eine bessere Stellung. In der Firma deiner Mutter bist du ja doch bloß ausgenutzt worden...«

»Nein, das stimmt nicht!« warf Monika hastig ein.

»Auf alle Fälle sind die Gehälter in der Stadt höher, und da du jetzt in München lebst, ist es genau richtig, daß du auch hier verdienst.«

»Ich werde mich sofort nach einer neuen Stellung umsehen«, versprach Monika.

»Laß dir Zeit!« sagte Maria überraschend. »So eilig ist es ja nicht damit!«

Monika begann dennoch, die Stellenangebote zu studieren, wenn sie auch die Arbeitssuche ernsthaft erst im nächsten Monat betreiben wollte. Es gab tatsächlich einiges bei ›Stuffer Fenster & Türen‹ aufzuarbeiten, und wenn sie sich auch entschlossen hatte, keine Überstunden zu machen, wollte sie Sepp Mayr doch nicht dadurch reizen, daß sie sich für ein Vorstellungsgespräch freigeben ließ. Aber sie studierte gewissenhaft die Lage auf dem Arbeitsmarkt.

Eines Abends kam sie nach Hause, bevor Oliver zurück war. Sie begrüßte ihre Schwiegermutter. »Soll ich schon einen Tee aufgießen? Oder warten wir auf Oliver?«

Maria saß, die Hände im Schoß, im Wohnzimmer. »Bitte, tu nichts. Setz dich zu mir! Wer weiß, wieviel Zeit uns noch bleibt. Ich muß dir etwas sagen.«

»Ein Geheimnis?«

»Ja. Es muß unter uns beiden bleiben.«

»Da bin ich aber gespannt«, sagte Monika, bemüht

um einen heiteren Ton, obwohl ihr schon schwante, daß etwas Ungutes auf sie zukam.

»Monika«, fragte die alte Dame, »würde es dir sehr viel ausmachen, vorläufig auf eine neue Stellung zu verzichten?«

»Aber ich kann doch nicht einfach zu Hause bleiben!«

»Gerade darum möchte ich dich bitten. Natürlich wäre eine Halbtagsstellung das Ideale. Aber soviel ich weiß, ist es fast unmöglich, daran zu kommen.«

»Wenn es wegen der Hausarbeit ist, Maria... ich könnte morgens leicht eine Stunde früher aufstehen und den Rest nach Feierabend...«

»Nein, Monika, es ist wegen mir!«

Monika erschrak, und wußte selber nicht, warum; es hatte etwas Unheilvolles aus dem Ton ihrer Schwiegermutter geklungen. »Deinetwegen?« fragte sie und kam sich ziemlich dumm dabei vor.

»Ja, Monika. Ich bin krank.«

»Warst du beim Arzt?«

»Ja«, sagte Maria, zögerte dann, und das Sprechen fiel ihr sichtlich schwer, »ich habe sogar schon eine Operation hinter mir. Aber sie hat nichts genutzt. Oliver habe ich erzählt, es wäre der Blinddarm.«

»Was ist es denn?«

»Krebs.«

Das Wort stand im Raum wie ein schwerer, dumpfer Schlag.

»Nein«, sagte Monika endlich flehend, »das kann doch nicht sein!«

»Es ist die Wahrheit, und wir müssen uns damit abfinden.«

Monika schluckte, »Seit wann weißt du es?«

»Seit dem Frühjahr. Als Oliver dich kennenlernte.«

»Du hättest es uns sagen müssen.«

»Nein, Kind. Es hätte doch nichts genutzt. Sieh

mich nicht so entsetzt an. Noch geht es mir ja ganz gut. Die Schmerzen, natürlich. Aber dagegen gibt es Mittel.«

»Liebe Maria!« Monika ergriff die Hände ihrer Schwiegermutter und drückte sie fest, als hoffte sie, ihre eigene Kraft und Gesundheit übertragen zu können. »Wir hätten dich nicht allein lassen dürfen!«

»Ihr wußtet es ja nicht, und es war für euch die letzte Gelegenheit.«

»Du bist so tapfer!«

»Was bleibt mir anderes übrig?« Maria Baron lächelte schwach. »Wirst du dich um mich kümmern? Du brauchst mich nicht zu pflegen. Das nicht. Wenn es erst so weit ist...« Sie brach ab.

«Aber, Maria, das ist doch selbstverständlich! Oliver und ich...«

»Er darf es nicht wissen! Kein Wort zu ihm! Du hast es mir doch versprochen!«

»Warum nicht? Er ist dein Sohn! Er hat das Recht...«

»Er könnte es nicht ertragen. Ich kenne ihn besser als du, viel besser. Er würde zusammenbrechen, und das hätte uns gerade noch gefehlt, nicht wahr?« Sie entzog Monika ihre Hände und strich ihr sanft über das Haar. »Er ist ein guter Junge, aber man darf ihn nicht zu sehr belasten. Es ist nicht seine Schuld. Wir waren wohl schon zu alt, als er zur Welt kam. Wir wünschten uns so sehr ein Kind. Wir mißachteten, daß die Natur es nicht zulassen wollte. Wir haben es ertrotzt. So ist er nun geworden, wie er ist. Ein Sohn alter Eltern.«

»Das verstehe ich nicht. Es kommt dir sicher nur so vor. Er ist doch voller Schwung!«

»Man darf ihn nicht fordern und schon ja nicht überfordern. Sein Vater hat das versucht. Er wollte einen Sohn, ein Mann wie er selber. Er hat sein ganzes

Leben gearbeitet, sich in seiner Arbeit verzehrt. Oliver leistet nur so lange etwas, wie es ihm Spaß macht. Stundenlang Klavier üben, nein, das war nichts für ihn.«

»Aber er spielt doch so gut!«

»Nur für den Hausgebrauch. Monika, wenn ich nicht mehr bin, du mußt ihn von der Musik fernhalten. Er taugt nicht dafür. In der Kunst ist Mittelmaß eine Katastrophe. Mein Mann hat das wieder und wieder gesagt, und er wußte, wovon er sprach. Er war begnadet.«

»Mach dir keine Sorgen um Oliver! Das ist doch jetzt ganz unwichtig. Es geht um dich.«

»Oliver ist das einzige, was für mich zählt. Warum, glaubst du, war ich so für eure Verbindung? Weil du ein starker Mensch bist, weil du ihm den Halt geben kannst, der ihm fehlt. Ohne mich wäre er verloren.«

»Das glaube ich einfach nicht!«

»Du wirst die Erfahrung machen. Versprichst du mir, daß du ihn nie im Stich lassen wirst?«

»Aber bestimmt nicht. Ich liebe ihn doch.«

»Auch wenn er dich enttäuscht?«

»Ach, das wird er schon nicht!«

»Wie kannst du da so sicher sein? Er hat seinen Vater enttäuscht und auch mich. Eine Mutter kann viele Enttäuschungen ertragen. Aber du? Wie wird es mit dir sein?«

»Ich weiß es nicht«, sagte sie ehrlich, »ich wollte, ich wüßte es. Damals in New York, als ich plötzlich wieder meine Tage bekam... ich habe mich ziemlich angestellt. Hat Oliver es dir nicht erzählt?«

»Nein.«

»Ich habe geweint und geweint. Ich konnte einfach nicht aufhören. Heute schäme ich mich deswegen. Es war trostlos.«

»Du hast dich trostlos gefühlt, nicht wahr?«

»Ja.«

»Das war ganz natürlich. Eine Sache der Hormone. Viele Frauen sind ja jedesmal deprimiert, wenn sie ihre Regel bekommen. Der Körper sehnt sich nach Schwangerschaft, auch wenn man sie als Frau und als Mensch gar nicht brauchen kann. Und bei dir, nach dieser langen Zeit, da war die hormonelle Umstellung eben gewaltig. Dazu hattest du dich auch im Geist auf ein Kind gefreut.«

»Ja«, sagte Monika, »und außerdem war ich verkatert. Es passierte ja in der Silvesternacht, und ich hatte ziemlich viel getrunken. Das habe ich mir aber erst nachträglich klargemacht.«

»Du bist mit dem Schock aber doch ziemlich schnell fertig geworden.«

»Es hat doch einen ganzen Tag gedauert.«

»Einen Tag! Kind, was ist ein Tag! Versprich mir, daß du stark sein wirst... für Oliver!«

»Ich versuche immer, mein Bestes zu geben...«

»Das weiß ich, Monika!«

»... aber ich fürchte, es reicht nicht.« Mit Überwindung gestand sie: »Meine Mutter war immer unzufrieden mit mir.«

»Mütter sind manchmal blind den eigenen Kindern, ihren Schwächen, aber auch ihren Fähigkeiten gegenüber.«

»Kann das auf dich nicht auch zutreffen? Auf deine Meinung über Oliver?«

Maria dachte lange nach, dann räumte sie ein: »Ja, es wäre möglich. Mein Mann und ich, wir haben vielleicht von unserem Einzigen zu viel erwartet!«

»Na, siehst du!«

»Trotzdem darfst du es ihm nicht sagen. Ihn leiden zu sehen, das würde mir das Ende noch schwerer machen. Zu schwer. Vielleicht bin ich selber nicht so stark, wie ich vorgebe.«

»Vielleicht siehst du alles zu schwarz. Es muß doch noch Hoffnung geben. Ja, sicher gibt es noch eine Hoffnung.«

Maria schüttelte sacht den Kopf. »Nein, Kind, damit ist es vorbei. Vor der Operation hat man mir gesagt, daß alles wieder gut werden könnte, und eine Weile schien es auch so. Aber dann... es ist nicht mehr begrenzt, es... die Wucherung, meine ich, sie ist nicht mehr begrenzt. Die Metastasen sind weitergewandert. Sie breiten sich aus.«

»O Gott!«

»Man kann nichts mehr machen. Bestrahlungen ja. Aber die können das Ende nur verzögern, wenn überhaupt.«

Monika war so betroffen, daß sie kein Wort mehr herausbringen konnte.

»Willst du nicht wissen, wie lange mir noch bleibt?« fragte Maria. Monika nickte stumm.

»Ein paar Monate vielleicht. Bestimmt kein Jahr.«

»Soll ich meine Stellung aufgeben? Jetzt? Sofort? Ich könnte es tun. Ich fühle mich der Firma nicht mehr verpflichtet.«

»Sei nicht töricht! Du brauchst das Arbeitslosengeld und auch ein anständiges Zeugnis. Du mußt endlich lernen, nicht von heute auf morgen zu denken!« sagte Maria scharf, fügte dann aber milder hinzu: »Ich weiß natürlich, du meinst es gut. Es ist lieb von dir, mir ein Opfer bringen zu wollen...«

»Es wäre kein Opfer!«

»...aber es wäre eine Dummheit! Nein, ich will nichts mehr davon hören!«

Der Schlüssel, der sich in der Wohnungstür drehte, unterbrach das Gespräch. Oliver kam nach Hause.

»Niemand da?« rief er.

»Doch!« rief Monika zurück. »Wir sind hier! Im Wohnzimmer!« Rasch knipste sie die Stehlampe an.

»Wieso habt ihr denn im Dunklen gesessen?« fragte er trotzdem.

»Wir haben einfach vergessen, Licht anzumachen!« erklärte Monika. »So gut haben wir uns unterhalten!«

»Dann störe ich wohl?« fragte er, leicht pikiert.

»Du? Nie!« Monika sprang auf und gab ihm einen Kuß. »Sicher hast du Hunger. Ich werde jetzt das Essen richten. Hilfst du mir ein bißchen?«

»Na ja«, erwiderte er, nicht sehr glücklich, folgte ihr aber doch in die Küche, mehr um ihr zuzusehen, als wirklich zuzupacken.

»Hattest du einen anstrengenden Tag?« fragte sie, während sie den Wasserkessel auf den Herd stellte und die Platte einschaltete.

»Warum fragst du?«

»Weil du so spät kommst.«

»Ja, es war ziemlich schlimm. Deshalb war ich anschließend noch mit einem Kollegen auf ein Bier. Das ist doch wohl kein Verbrechen, oder?«

»Natürlich nicht.« Sie stellte das Geschirr auf einem Tablett zusammen und gab es ihm. »Deck schon den Tisch, ja?«

Er nahm das Tablett zögernd entgegen. »Weißt du, es ist mir direkt unheimlich, daß du dich mit Mutter so gut verstehst. Sie ist im allgemeinen kein sehr zugänglicher Mensch.«

»Ich hab' sie eben lieb«, sagte Monika einfach.

Es wurde ein schlimmer Winter.

Die Sorge um die Schwiegermutter setzte Monika unter ständigen Druck. Sie versuchte, sich nichts anmerken zu lassen, denn mit ihrem Kummer konnte sie nicht helfen. Aber es war ihr, als würde Maria Baron von Tag zu Tag elender und schwächer, und die Schmerzen schienen zuzunehmen. Es mußte die alte Frau unendliche Kraft kosten, sich gelassen zu geben.

Monika versuchte, es ihr gleichzutun, aber es gelang ihr schlecht. Fröhlich sein konnte sie nicht mehr. Zu deutlich fühlte sie den Schatten des Todes, der sich in der großen, altmodischen Wohnung ausbreitete. Oliver litt unter der gedrückten Stimmung, die er sich nicht erklären konnte. Immer öfter kam er abends spät nach Hause oder ging auch noch einmal fort, um sich mit seinen Freunden zu treffen. Wenn Monika ihn begleitete, wurde es kein Erfolg. Es gelang ihr nicht, den leichten Ton der anderen zu treffen, und sie spürte, daß ihre Anwesenheit störte. So blieb sie denn lieber zu Hause bei der Kranken, von der sie sich in ihren Gedanken doch nicht lösen konnte. Wenn sie wenigstens mit Oliver hätte offen reden können! Aber sie hatte Maria versprochen, den Mund zu halten, und sie hielt sich daran. Sie sagte sich auch, daß es ihr zwar eine Erleichterung geschaffen hätte, Oliver einzuweihen, sonst aber nichts genutzt hätte. Es hätte ihn nur unglücklich gemacht. Doch ihr Schweigen baute eine Barriere zwischen ihnen auf, die nur noch scheinbar durch Zärtlichkeit und Leidenschaft überwunden werden konnte.

Mitte Januar hatte es so stark zu schneien begonnen, daß Monika, nachdem sie einmal auf der Autobahn hängengeblieben war, täglich eine halbe Stunde früher aufstand und losfuhr. Oft war sie gezwungen, einem Schneepflug zu folgen, manchmal mußte sie sogar Ketten anlegen. Es schneite einen ganzen Monat fast ununterbrochen, so daß selbst die Möglichkeiten zum Wintersport stark eingeschränkt waren.

Zum ersten Mal in ihrem Leben hatte Monika auch gar keine Lust zum Skifahren. Die Berge, die sie einst so geliebt hatte, schienen ihr auf einmal feindlich gesinnt. In Wolken gehüllt hatten sie sich von ihr abgewandt. Die glückliche Kindheit war endgültig verloren. Selten noch sah sie ihre Schwester, die für das Abitur büffelte, und nichts zog sie mehr zu ihrer Mutter.

Ihre Tätigkeit im Büro, die ihr ein Gefühl von Wichtigkeit gegeben hatte, interessierte sie nicht mehr. Monika tat nur noch ihre Pflicht und nichts mehr darüber hinaus. Ihr Verhältnis zu Sepp Mayr war gespannt geworden. Sie gifteten sich zwar nicht an, aber sie waren beide auf Distanz gegangen. Daß er gekündigt hatte, konnte sie ihm nicht verzeihen. Sie betrachtete es als Verrat. Ganz wohl hatte er sich dabei selber nicht gefühlt, und er versuchte, sich zu rechtfertigen, indem er Fehler bei ihr suchte.

Noch nie hatte Monika eine so schwere Zeit durchgemacht. Als endlich ihr letzter Arbeitstag gekommen war, atmete sie auf. Sie hatte schon befürchtet, daß Sepp seiner kleinlichen Kritik beim Abschied Ausdruck geben würde. Tatsächlich aber hätte das Zeugnis, das er ihr dann diktierte, nicht besser sein können. Sie bedankte sich.

»Was hast du jetzt vor?« fragte er; es war das erste Mal seit langem, daß er ein persönliches Wort an sie richtete.

»Fürs erste bleibe ich zu Hause.«

»Du hast noch nichts gefunden.«

»Ich habe gar nicht gesucht. Ich möchte mal eine Pause einlegen.«

Er grinste. »Das Arbeitsamt schröpfen?«

Sie war nahe daran gewesen, ihm zu erzählen, daß ihre Schwiegermutter krank war. Jetzt aber sagte sie: »Nenn es, wie du willst!«

Als sie ihm das Zeugnis zur Unterschrift vorlegte, gab sie ihm gleich auch die Autopapiere und den Schlüssel.

»So eilig wär's doch damit nicht gewesen.«

»Mir schon«, entgegnete sie, »ich möchte einen Strich ziehen.«

»Und wie kommst du jetzt nach München?«

»Mein Mann holt mich ab.«

»Ach so. Dann kann ich dir wohl nur alles Gute für die Zukunft wünschen.«

»Ich dir auch. Mit Barbara.«

Sie gaben sich so flüchtig die Hand, als wären sie Fremde. – Da Oliver bei ›Arnold & Corf‹ morgens später anfing und auch später Feierabend hatte als sie, mußte sie im Gasthof auf ihn warten. Als er kam, wollte er sich zu ihr setzen.

»Bitte, nicht!« wehrte sie ab. »Ich habe schon bezahlt. Laß uns gleich losfahren.«

Er verstand sie. »Du bist froh, daß du es hinter dir hast.«

»Und ob.«

»War er sehr bösartig?«

»Nein. Nur kleinlich. Aber es ist wohl immer schlimm, in einer gekündigten Stellung zu arbeiten.«

»Na, jedenfalls finde ich es gut, daß du für eine Weile aufhörst. Vielleicht bessert sich dann auch deine Laune.«

Sie fuhren jetzt schon auf der Autobahn, und durch Olivers Kabriolett, das für solch einen Winter nicht geschaffen war, pfiff der Wind.

Monika nahm einen innerlichen Anlauf. »Oliver«, sagte sie, »ich bleibe nicht zu Hause, um mich zu erholen oder aus Faulheit...«

»Du brauchst dich nicht zu verteidigen!« unterbrach er sie. »Ich mach' dir daraus gar keinen Vorwurf.«

»Ist dir eigentlich noch gar nicht aufgefallen, daß deine Mutter sich nicht wohl fühlt?«

»Sie wird alt.«

»Das ist es nicht allein.«

»Was sonst?«

»Sie ist krank.«

»Ach was!« sagte er überrascht. »Tatsächlich?«
»Ja.«
»Warum hat sie denn nie ein Wort davon gesagt?«
»Mir schon. Mich hat sie gebeten, keine neue Stellung anzutreten, sondern vorübergehend zu Hause zu bleiben. Damit sie Gesellschaft hat und ich mich um sie kümmern kann.«
»Was fehlt ihr denn?«
Monika kämpfte mit sich. »Das habe ich nicht aus ihr herausbringen können!« log sie. »Wahrscheinlich weiß sie es selber nicht genau. Du weißt ja, wie Ärzte sind.«
»Na, jedenfalls ist sie in Behandlung. Das ist immerhin eine Beruhigung. Mehr kann man ja nicht tun.«
»Hör mal, Oliver, tu mir einen Gefallen: Sprich nicht mit ihr darüber. Ich hätte es dir eigentlich nämlich gar nicht sagen sollen.«
»Und warum nicht?«
»Um dich nicht unnötig zu belasten.«
»Das sieht ihr ähnlich!«
»Du läßt dir doch nichts anmerken?«
»Sicher nicht. Aber ich verstehe nicht, warum ihr so ein Theater darum macht!« – Sie schwieg.

Wenn Oliver jetzt auch nicht die ganze Wahrheit wußte, so war Monika doch erleichtert, daß sie mit ihm gesprochen hatte. Da von nun an auch die tägliche Konfrontation mit der Vergangenheit fortfiel, begann sie, sich wieder besser zu fühlen. Sie machte das Beste aus ihrer Situation.

Morgens schlief sie eine Stunde länger und bereitete für sich und Oliver das Frühstück. Das war ein guter Tagesanfang, der ihnen sonst nur an den Wochenenden möglich gewesen war. Danach brachte sie Maria das Frühstück ans Bett, Kräutertee und Toast. Die alte Dame trank jetzt weder schwarzen Tee noch Kaffee, rührte auch keinen Alkohol mehr an, weil der Arzt es ihr geraten hatte. Später stand sie ganz langsam auf und zog sich an; dabei mochte sie sich nicht helfen lassen. Währenddessen brachte Monika die Wohnung in Ordnung und kaufte ein. Am Nachmittag bereitete sie dann ein warmes Essen für den Abend vor.

Es waren erholsame Tage; sie hätte glücklich sein können, wenn nicht die Sorge um die Schwiegermutter gewesen wäre. Monika konnte jetzt wieder, aus ihrer Gesundheit und ihrer Jugend heraus, fast so heiter sein wie früher, und das wirkte ansteckend.

Aber auf die Dauer fühlte sie sich nicht ausgefüllt, und die Zeit begann, ihr lang zu werden. Auf Olivers Anregung hin nahm sie an einem Basiskurs für Programmierer teil, den ›Arnold & Corf‹ durchführten. Das war anregend, machte Spaß und konnte für die Zukunft nützlich sein.

Es wurde Frühling, und wenn der Himmel über München auch nicht so klar und blau war wie über Karberg, so doch immerhin blau genug, um den Sommer zu verheißen. In dem kleinen ›Shakespeare-Park‹, fast vor ihrer Haustür, begann es zu grünen und zu blühen, und mitten in der Großstadt tirilierten die Vögel in den Bäumen.

»Ich fühle mich besser«, sagte Maria eines Morgens.

Monika hatte ihr das Frühstück ans Bett gebracht und sich zu ihr gesetzt, um ihr Gesellschaft zu leisten; jetzt strahlte sie ihre Schwiegermutter an. »Das ist ja wunderbar!«

»Ich hätte es selber nicht für möglich gehalten.«

»Paß nur auf, du wirst noch ganz gesund!«

»Ich hätte gute Lust, einmal wieder übers Wochenende zu verreisen. Ich habe meine alte Freundin Trudchen so lange nicht mehr gesehen.«

»Wir bringen dich nach Berchtesgaden.«
»Nein. Ich möchte wie früher mit der Eisenbahn fahren.«
»Aber warum denn das? Mit dem Auto ist es doch viel bequemer.«
»Das ist die Ansicht von euch jungen Leuten, ich weiß. Aber im Zug brauche ich nicht die ganze Zeit zu sitzen. Ich kann hin und her gehen, auch auf die Toilette. Nein, ich fahre mit der Eisenbahn.«
»Wird dir das nicht zu anstrengend?«
»Ich habe dir doch gesagt, daß ich mich besser fühle!«

Auch Oliver schlug vor, sie mit dem Auto nach Berchtesgaden zu fahren. Aber die alte Dame blieb halsstarrig. Sie suchte sich selber einen Zug heraus, der um 11 Uhr 30 vom Hauptbahnhof abfuhr und um 14 Uhr 30 in Berchtesgaden war, und ließ sich von ihrem Sohn am Samstag vormittag nur zum Hauptbahnhof bringen.

Als er zurückkam lief Monika ihm entgegen und warf sich in seine Arme. »Du weißt, ich habe deine Mutter sehr lieb«, sagte sie nach einem langen Kuß, »aber es ist schön, endlich mal wieder mit dir allein zu sein: Was fangen wir jetzt mit unserem freien Wochenende an? Wir waren schon lange nicht mehr tanzen.«

»Das hat nicht an mir gelegen.«
»Ja, das gebe ich zu. Aber heute hätte ich Lust.«
»Ich weiß was besser: wir geben eine Party!«

Monika wäre zwar lieber mit Oliver allein geblieben, wollte aber nicht wieder der Spaßverderber sein; sie willigte ein. »Dann laß uns aber gleich einkaufen fahren.«

»Du brauchst dir keine große Arbeit zu machen. Ein paar Kästen Bier, eine Flasche Schnaps, Semmeln oder Stangenbrot genügen meinen Freunden vollkommen. Käse natürlich, und dann dein guter Heringssalat...« Er unterbrach sich. »Warum lachst du?«

»Weil du denkst, daß Heringssalat keine Arbeit macht! Außerdem hat er ja nicht genügend Zeit durchzuziehen.«

»Ach was! Ich werde dir helfen, und wir servieren ihn ja erst um Mitternacht.«

Wieder gab Monika nach, und so saß sie später Stunden in der Küche, um Heringe, Kalbsbraten, rote Bete, Sellerie, Äpfel, Gurken und Zwiebeln so klein wie möglich zu schneiden. Oliver leistete ihr dabei Gesellschaft, brachte aber nicht viel mehr zustande, als die Walnüße zu knacken. Aber immerhin konnten sie miteinander reden.

Sie hatte Gabriele einladen wollen, aber als sie in Höhenmoos anrief, kam nur Barbara an den Apparat. Auf ihre Frage nach der Schwester erhielt sie die frostige Auskunft, daß sie nicht da sei.

»Sagst du ihr, sie soll zurückrufen, wenn sie nach Hause kommt?« hatte Monika gebeten.

»Wenn ich daran denke«, war die Antwort gewesen.

Wütend hatte Monika den Hörer auf die Gabel geknallt. An diesem Nachmittag überwand sie sich zum ersten Mal, Oliver zu erzählen, daß sie und auch Gabriele es für möglich hielten, daß Barbara hinter ihrer Kündigung steckte.

Auch er sah darin eine Gemeinheit, tröstete sie aber: »Für dich war es doch das beste so. Ich bin froh, daß du nicht mehr da hinausfahren mußt. Am liebsten wäre es mir überhaupt, du müßtest nie mehr arbeiten.«

»Das wird wohl kaum möglich sein.«

»Warum nicht? Ich muß doch auch mal eine Gehaltserhöhung kriegen, Mutter hat ihre Pension und du deine Arbeitslosenunterstützung...«

»Das wird nicht ewig dauern«, erwiderte sie, ohne ihn anzusehen.

»Wir könnten Kinder haben, Monika! Das möchtest du doch, nicht wahr?«

»Ja, natürlich. Aber so bald werden wir uns das nicht leisten können.«

»Mir gefällt's am besten, wenn du nur zu Hause bist. Du bist dann nicht so angespannt. Du gehörst einfach nicht zu den Frauen, die unbedingt berufstätig sein müssen.«

»Ich gebe zu, daß mir das Leben ohne Büro auch ganz gut gefällt.«

»Na, siehst du! Dann wollen wir doch dasselbe, und über kurz oder lang wird es sich auch verwirklichen lassen.«

Sie konnte das nicht recht glauben, wußte aber, daß er es gut meinte, und lächelte ihn an: »Das wäre schön!« –

Gabriele rief nicht an, und Monika wollte nicht noch einmal versuchen, sich mit ihr in Verbindung zu setzten. So kamen am Abend nur Olivers Freunde, der blonde Sven Lamprecht, der kleine, bebrillte Helmut Kittner und der unter seiner Maske der Dämonie recht harmlose Tilo Herberger. Tilo hatte sich anscheinend mit seiner Freundin Tessy zerstritten; jedenfalls brachte er sie nicht mit und verlor auch kein Wort über sie.

Monika hatte sich in einem schwarzen Cocktailkleid, dessen Ausschnitt fast bis zum Nabel reichte, sehr chic gemacht. Sie hatte das lange blonde Haar gewaschen und geföhnt. Es fiel ihr fast bis zu dem breiten Gürtel herab, der ihre schmale Taille betonte. Sie wußte, daß sie sehr gut aussah, und nahm die Komplimente der jungen Männer ohne Koketterie entgegen. Um in Stimmung zu kommen, hatten Oliver und sie schon vor der Ankunft der Gäste ein Glas Sekt getrunken, und sie waren beide heiter und gelöst. Es gelang Monika, die Neckereien der anderen zurückzugeben und auf ihr vergnügliches, wenn auch etwas boshaftes Geplänkel einzugehen. Wie meist wurde viel von Musik geredet, von Pop- und Rockgruppen und ihrem jeweiligen Sound. Monika hatte in letzter Zeit zu diesem Thema viel dazugelernt. Wenn sie sich auch nicht traute, ein selbständiges Urteil abzugeben, verstand sie doch wenigstens, wovon gesprochen wurde, und kam sich nicht mehr ausgeschlossen vor.

»Wollt ihr nicht ein bißchen musizieren?« fragte sie nach einiger Zeit. »Ich höre euch so gern zu!«

»Sei ehrlich: du willst dich nur selbst produzieren!« gab Helmut zurück.

»Bestimmt nicht! Meine Schwester ist die Musikalische in der Familie.«

»Du hast doch aber auch eine sehr hübsche Stimme«, meinte Sven.

»Ja«, sagte sie, »zum Rindfleischessen!«, und gab damit einen alten Witz ihres Vaters zum besten.

Sie erntete einen Lacherfolg.

»Also, was ist nun? Wollt ihr nicht?«

»Wir haben schon zu viel intus«, meinte Sven, »da kommt nichts mehr bei raus.«

»Wenn du dich mit uns langweilst...« begann Helmut.

»Aber das tue ich doch gar nicht!« warf Monika ein.

Er ließ sich nicht unterbrechen. »...habe ich einen anderen Vorschlag: wie wäre es mit einem Spielchen?«

Die anderen stimmten so rasch zu, als wären sie erleichtert. Monika hatte den Eindruck, als hätten sie sich schon vorher abgesprochen.

»Was wollt ihr spielen?« fragte sie.

»Poker natürlich«, erklärte Sven.

»Aber doch nicht um Geld!«

»Ohne macht's keinen Spaß.«

»Wir spielen nicht sehr hoch, Monika«, behauptete Oliver.

»Weiß Maria davon? Ich glaube nicht, daß sie das billigen würde.«

Er fuhr hoch. »Das ist doch ganz egal. Ich bin kein kleiner Junge mehr, und zum Glück ist sie ja verreist.«

»Aber in ihrer Wohnung...«

»Es ist auch unsere!« unterbrach er sie hitzig. »Schließlich zahlen wir Miete!«

»Ach, Oliver, muß denn das sein?«

Helmut stand auf. »Du hättest nicht heiraten sollen, Olli! Wir haben es dir ja gesagt! Kommt, Jungs! Worauf wartet ihr noch?«

Die anderen folgten, wenn auch widerwillig, seinem Beispiel. Oliver war sehr blaß geworden.

»Ihr wollt doch nicht etwa schon gehen?« rief Monika erschrocken.

»Was denn sonst? Wir merken, wenn wir unerwünscht sind.«

»Aber das stimmt ja gar nicht! Ich wollte nur nicht, daß ihr...« Monika rang, ohne es selber zu merken, die Hände.

»Daß wir Spaß miteinander haben!« ergänzte Helmut. »Das ist es, was euch Frauen nicht paßt. Wir sollen euch bewundern, Männchen machen und eine angenehme Konversation, aber nur ja nicht Spaß haben!«

Monika fühlte sich hilflos. »Wenn Oliver mir gesagt hätte, daß ihr pokern wollt...« begann sie und brachte auch diesen Satz nicht zu Ende.

»Jetzt weißt du es. Also... was ist?«

»Von mir aus könnt ihr machen, was ihr wollt!« sagte Monika mit einem Seufzer; sie wußte, Oliver würde es ihr nicht verzeihen, wenn sie seine Freunde vertriebe.

»Äußerst gnädig«, erklärte Helmut und setzte sich wieder.

»Das ist wirklich nett von dir, Monika«, sagte Sven, »du spielst doch mit?«

»Ich kann gar nicht pokern.«

»Aber du kennst doch die Karten?« Sven zog ein neues Paket Spielkarten aus der Tasche seiner Tweedjacke und riß die Plastikfolie ab.

»Ja, natürlich.«

»Dann paß mal auf!«

»Du willst ihr das doch nicht etwa jetzt erklären?« fragte Helmut ungehalten.

»Und warum nicht? Das dauert keine Minute! Monika ist doch ein kluges Kind.« Er mischte mit geschickten Händen. »Je höher die Karten, die man in der Hand hat, desto höher kann man gehen. Der höchste Wert ist ein ›straight flush‹, das ist eine Folge von fünf Karten gleicher Farbe. Wenn du einen ›Royal flush‹ hast, also As, König, Dame, Bube, zehn, bist du nicht zu übertreffen, aber ein niedriger Flush ist auch schon sehr schön. Wir spielen mit zweiundfünfzig Karten. Etwas billiger, aber immer noch sehr hoch, ist ein ›Four‹, ein Vierer-Pasch, wenn du also vier gleichwertige Karten auf der Hand hast. Die vier Asse sind natürlich die höchsten. Dann gibt's noch ›Full hand‹, dazu mußt du drei und zwei gleichwertige Paare haben. Du kennst doch die Werte?«

»Ich kann Rommé, Sechsundsechzig und Schafskopfen.«

»Schafskopfen?« wiederholte Tilo amüsiert.

Die anderen lachten.

»Mein kleines Mädchen vom Lande!« sagte Oliver.

»So einfach ist Schafskopfen gar nicht!« verteidigte sich Monika. »Ich wette, ihr kennt nicht mal die deutschen Karten.«

»Wozu? Poker wird mit französischem Blatt

gespielt!« sagte Helmut. »Können wir jetzt endlich anfangen?«

»Wenn man drei gleichwertige Karten oder auch nur zwei in der Hand hat, ist das auch schon besser als nichts, Monika«, sagte Sven, immer noch mischend.

»Du hast ihr nicht den ›Straight‹ und den ›Skip straight‹ erklärt«, warf Tilo ein.

»Und auch nicht den ›Round the corner straight‹, ja ich weiß. Aber damit braucht sie sich gar nicht zu belasten. Für den Anfang ist's genug!«

»Eure Einsätze!« rief Helmut und warf eine Mark auf den Tisch.

Die anderen taten es ihm nach.

»Moment mal! Ich muß eben meine Handtasche holen!« Monika sprang auf und lief hinaus.

Als sie zurückkam, war Sven schon dabei, die Karten auszuteilen. Sie legte eine Mark aus ihrem Portemonnaie zu den anderen Münzen.

Die Karten rutschten verdeckt über den glatten Tisch. Die Spieler nahmen sie mit zögernder Erwartungsfreude auf. Jeder bekam fünf. Monika hatte vier Asse.

»Will jemand?« fragte Sven. »Du kannst bis zu drei Karten austauschen, Monika.«

Sie schüttelte den Kopf.

Auch Helmut wollte nicht tauschen. Die anderen ließen sich neue Karten geben.

Tilo warf seine Karten enttäuscht aus der Hand. »Ich passe!«

Helmut legte eine weitere Münze auf den Tisch. »Ich gehe weiter.«

Monika, Sven und Oliver folgten seinem Beispiel. Helmut setzte höher und immer höher, bis auch Oliver und Sven entmutigt aufgaben. Nur Monika hielt weiter mit. Sie hatte sich ausgerechnet, daß sie das bessere Blatt haben mußte. Da sie die Asse hatte, war ein Royal flush nicht drin. Ein einfacher Flush wäre zwar möglich gewesen, aber sie glaubte nicht daran. Sie war sicher, daß Helmut darauf aus war, sie hereinzulegen. Endlich, als er merkte, daß sie nicht bereit war aufzugeben, verlangte er, ihr Blatt zu sehen. »Verdammt!« fluchte er, als sie ihre vier Asse herzeigte.

Sven grinste. »Das berühmte Anfängerglück.« Er schob Monika das Geld zu, das sich in der Mitte des Tisches gesammelt hatte.

Es waren über hundert Mark. Monika verbiß sich eine Bemerkung über die Höhe des Betrages.

Spiel folgte auf Spiel, und das Glück blieb Monika treu. Allerdings spielte sie sehr vorsichtig und reizte immer nur dann hoch mit, wenn sie gute Karten hatte. Dabei beobachtete sie ihre Gegenspieler sehr genau. Es gab gewisse kleine Anzeichen, die ihr verrieten, wenn sie blufften oder ihrer Sache nicht ganz sicher waren.

Um Mitternacht hatte sie mehr als fünfhundert Mark gewonnen. »Danke«, sagte sie, »das war wirklich sehr lustig. Ich werde jetzt in die Küche gehen und uns etwas zu essen holen.«

»Soll das heißen, du willst aufhören?« rief Helmut, und Oliver: »Du kannst doch jetzt nicht einfach aufhören!«

»Eine kleine Stärkung zwischendurch wäre ganz gut«, meinte Sven.

»Ja, schaden könnte es nichts«, stimmte Tilo ihm zu.

Monika hatte es sich überlegt. »Am besten kommt ihr einfach mit in die Küche! Eure Gläser könntet ihr mitnehmen.« Erst als sie zu essen begannen, merkten die jungen Leute, wie heißhungrig sie waren. In kurzer Zeit war der große Topf voll Heringssalat weggeputzt. Käse und Semmeln gingen den gleichen Weg.

»Schluß für heute«, bestimmte Monika dann, »ich räume jetzt die Küche auf, und dann gehe ich zu Bett.«

»Das kannst du nicht!« widersprach Helmut. »Du kannst nicht einfach Schluß machen, wenn du im Gewinnen bist!«

»Dazu müßte ich deiner Meinung nach also erst verlieren?« Sie lächelte ihn freundlich an. »Ich fürchte, das würde mir diese Nacht einfach nicht gelingen.«

Er wurde rot vor Zorn.

»Übrigens will ich das Geld gar nicht haben. Nur meinen Einsatz. Das übrige könnt ihr untereinander aufteilen.«

Dieses Angebot stieß auf heftigen Protest.

»Na schön, wenn ihr nicht wollt, dann überlasse ich es meinem Mann. Dann habt ihr doch noch eine Chance, es zurückzugewinnen.«

»Ich werde es dir verdreifachen!« behauptete Oliver.

»Warten wir es ab.«

»Komm doch mit, Monika!« drängte Sven. »Sei keine Spielverderberin! Wozu willst du jetzt schon ins Bett? Morgen können wir doch alle ausschlafen.«

»Es würde meiner Schönheit schaden, wenn ich mir die Nächte um die Ohren schlage!« erwiderte Monika lächelnd. »Im übrigen bin ich sicher, daß einige von euch sehr froh sein werden, wenn sie mich los sind.«

»Stimmt!« sagte Helmut grob. »Mit jemandem, der nichts riskiert, kann man nicht spielen.«

»Danke, Helmut, das habe ich mir gedacht. Aber glaub nur nicht, daß du mich kränken kannst. Dazu imponierst du mir nicht genug. Du hast dir Kumpel ausgesucht, denen du haushoch überlegen bist, und das nutzt du aus. Wenn ich nicht mehr von der Partie bin, wirst du der Sieger sein. Ich gratuliere im voraus.«

»Mein Gott, Monika, nun sei doch nicht so!« sagte Oliver ärgerlich.

»Was dich betrifft: du brauchst keine Angst haben, mich zu stören, wenn du dich irgendwann mal entschließen solltest, doch zu Bett zu gehen. Ich schlafe heute nacht in Marias Zimmer.«

Am nächsten Morgen schlief Oliver lange. Es war schon zwölf Uhr vorbei, als er sich endlich rührte. Monika, längst geduscht und angezogen, ging in die Küche, setzte die Kaffeemaschine in Gang, band sich eine Schürze um und bereitete einen Brunch vor. Sie briet Speck, Spiegeleier und Würstchen.

Er erschien in seinem Morgenmantel, unrasiert, mit dunklen Schatten unter den Augen, und brummte einen Gruß, den Monika munter erwiderte.

So sehr sie sich auch über ihn geärgert hatte, spürte sie doch instinktiv, daß es nicht der richtige Augenblick war, ihm Vorhaltungen zu machen. Bestimmt war er verkatert und in schlimmer Verfassung, da er wahrscheinlich Geld verloren hatte.

»Essen wir gleich hier, ja?« sagte sie, legte Brettchen auf den Tisch und stellte die heißen Pfannen darauf; sie schenkte ihm und sich selber Kaffee ein.

»Du bist gestern ganz schön auf Helmut losgegangen!« tadelte er sie.

»Höchste Zeit, daß ihm jemand mal die Meinung gegeigt hat.«

»Er ist sehr wichtig für mich.«

»Weil er bei einer Schallplattenfirma arbeitet? Das verstehe ich nicht. Du hast doch einen ordentlichen Beruf.«

»Du verstehst überhaupt nichts.«

»Im Gegenteil. Allmählich wird mir manches klar, zum Beispiel, warum Maria so gegen deine Freunde eingenommen ist.«

»Laß meine Mutter aus dem Spiel!« entgegnete er heftig. Sie begriff, daß sie nahe daran war, das zu tun, was sie hatte vermeiden wollen: ihm eine Szene zu machen. »Streiten wir uns doch nicht«, bat sie, »das ist so sinnlos. Iß lieber!«

»Ich mag keine Eier!« Er schob die Pfanne mit den Spiegeleiern angewidert von sich.

»Dann halt dich an die Würstchen. Wenn du erst was im Magen hast, wirst du dich gleich besser fühlen.«

»Wie kommst du darauf, daß es mir nicht gut geht?«

»Schau mal in den Spiegel!«

Es klingelte an der Wohnungstür.

»Das wird sicherlich einer von deinen Kumpeln sein«, meinte sie.

»Wir haben uns nicht für heute früh verabredet, falls du das glauben solltest.«

»Früh ist gut!« sagte sie, stand auf und ging durch das Wohnzimmer in den Vorraum.

Als sie öffnete, sah sie sich zwei uniformierten Polizisten gegenüber. Beide hatten die Schirmmützen abgenommen. Obwohl sie nichts Böses ahnte, erschrak sie doch, wie es den meisten Menschen geschieht, wenn sie sich mit den Vertretern der Staatsgewalt konfrontiert sehen. Die Männer grüßten leicht verlegen.

»Ist etwas passiert?« fragte Monika.

»Lassen Sie uns, bitte, hinein!« sagte einer der beiden, ein sehr großer Mann mit breiten Schultern und einem runden glattrasierten Gesicht.

Monika kam der Gedanke, nach ihren Ausweisen zu fragen. aber dann erschien ihr das dumm, denn sie sahen zu glaubhaft wie Polizisten aus. Der Kleinere war schlank, hatte dunkle Augen, einen durchdringenden Blick und trug einen gepflegten Schnauzer.

»Bitte«, sagte sie deshalb nur und trat einen Schritt zurück. Wieder war es der Größere, der sprach, als sie im Vorraum standen. Der Kleinere schloß die Wohnungstür.

»Ich nehme an, Sie sind Frau Baron... Frau Oliver Baron?«

»Ja.«

»Sind Sie allein?«

Jetzt griff der mit dem Schnauzer ein. »Das ist doch ganz egal, Egon!« Er straffte die Schultern und zog sich seine Uniformjacke glatt. »Wissen Sie, wo Ihre Schwiegermutter ist? Frau Maria Baron ist demnach Ihre Schwiegermutter, nicht wahr?«

»Sie ist zu ihrer Freundin nach Berchtesgaden gefahren... warten Sie, ich hole ihre Adresse!« Sie wandte sich zum Wohnzimmer.

»Das ist nicht nötig!« sagte der Beamte rasch. »Frau Maria Baron ist nicht in Berchtesgaden. Sie ist in München.«

»Aber mein Mann hat sie gestern zum Zug gebracht!«

»Sie ist nicht eingestiegen, Frau Baron. Sie ist in ein Hotel gegangen. Gleich beim Bahnhof.«

Jetzt begriff Monika. »Oh, mein Gott!« sagte sie. »Deshalb hat sie sich von uns nicht mit dem Auto bringen lassen!«

»So wird's wohl sein.«

»Hat sie... sehr gelitten?«

»Mit Sicherheit nein.«

»Ich muß es meinem Mann sagen.«

»Das wäre gut. Er sollte gleich mit uns kommen, um sie zu identifizieren.«

Monika war sehr blaß geworden, fühlte sich wie gelähmt und rührte sich nicht von der Stelle.

Der große Polizist schlug vor: »Sollen wir das lieber übernehmen? Mit Ihrem Mann sprechen, meine ich?«

»Nein«, sagte Monika, »ich muß das wohl selber tun.« Sie brauchte Kraft, um sich umzudrehen, und merkte, daß ihre Schritte steif wie die einer Marionette waren.

Oliver sah nicht auf, als sie in die Küche kam. »Zeugen Jehovas?« fragte er.

»Nein.« Sie setzte sich wieder und legte ihre kräftige Hand auf seine feingliedrige. »Oliver«, sagte sie, »es ist etwas passiert... etwas ganz, ganz Trauriges...«

Jetzt erst blickte er auf. »Was ist los?«

»Etwas Schlimmes, Oliver. Mit Maria. Zwei Polizisten sind da.«

Er lachte auf. »Nun erzähl mir bloß, sie hat auf ihre alten Tage etwas angestellt!«

»Sie ist gar nicht nach Berchtesgaden gefahren, Oliver, sie ist hier in München in einem Hotel abgestiegen.«

Er verstand immer noch nicht.

»Wozu das denn?«

»Um zu sterben, Oliver!«

Die Wahrheit durchzuckte ihn wie ein elektrischer Stromstoß. »Sie ist tot?« schrie er.

»Ja, Oliver.«

»Weil ich gepokert habe! Ich hatte ihr geschworen, nie mehr eine Karte anzurühren!« Er verbarg sein Gesicht in den Händen und brach in Tränen aus.

Monika kniete sich vor ihn hin und nahm ihn in die Arme. »Aber, Oliver, das bildest du dir doch nur ein! Das eine hat mit dem anderen gar nichts zu tun. Sie war krank, schwer krank. Sie wußte seit langem, daß sie sterben mußte!«

Der große Polizist kam in die Küche. »Können wir helfen?« Monika sah zu ihm auf. »Ich weiß nicht.«

»Haben Sie Beruhigungstabletten im Haus?«

»Nein. Meine Schwiegermutter hatte schmerzstillende Mittel. Aber ob das das richtige wäre?«

Oliver schluchzte immer noch fassungslos.

»Scheint mir ein Nervenzusammenbruch zu sein. Wir werden wohl am besten den Polizeiarzt verständigen, damit er ihm eine Spritze gibt. Bis dahin stecken wir ihn am besten wieder ins Bett.« Abschätzig fügte er hinzu: »Da scheint er ja auch gerade erst herzukommen.«

Monika hörte ihn im Wohnzimmer mit seinem Kollegen reden, während sie Oliver in den Armen wiegte. »Komm, steh auf!« redete sie ihm sanft zu. »Du mußt wieder ins Bett. Ich helfe dir! Komm, mach dich nicht schwer!« Sie war erfüllt von Liebe und unendlichem Mitleid. Mühsam gelang es ihr, ihn auf die Beine zu stellen. Ohne Hilfe der Polizisten wäre es ihr nicht gelungen, ihn ins Schlafzimmer zu bringen. Im Bett krümmte er sich zusammen wie ein Fötus und verbarg sich unter der Decke.

»Scheint ziemlich an ihr gehangen zu haben«, sagte der Polizist mit der Verachtung eines Mannes, der sich für sehr stark hält, auf ihn niederblickend.

»Sie war eine großartige Frau!« erklärte Monika und sah in zornig an.

»Wenn Sie es sagen, muß es ja wohl wahr sein«, sagte der Polizist und hielt ihrem Blick stand; aus seinen Augen sprach Bewunderung.

»Ich finde es sehr gut, daß er jetzt weint, viel besser, als den Schmerz in sich hineinzufressen.«

»Vor einer Frau wie Ihnen würde ich mich nicht so gehenlassen!«

»Was Sie tun würden, interessiert mich nicht. Bitte gehen Sie jetzt!«

»Ganz wie Sie wollen. Ich werde warten.«

»Wozu?«

»Na, wie's aussieht, werden Sie wohl die Identifizierung durchführen müssen.«

»Aber mein Mann braucht mich doch!«

»Wenn er erst mal eine Spritze bekommen hat, wird er sich beruhigen. Es dauert ja nur kurz. Danach bringen wir Sie gleich wieder zurück.«

»Muß das denn sein? Sie hatte doch sicher ihren Ausweis?«

»Ja, aber der ist acht Jahre alt. Auf dem Foto sieht sie ziemlich anders aus. Wir müssen ganz sichergehen. Verstehen Sie?«

Der Polizeiarzt traf ein. Er war in Zivil, trat aber schneidig auf und erfaßte die Situation sofort.

»Sie haben recht«, sagte er zu Monika, als er die Einwegspritze in den Papierkorb warf, »der Patient sollte jetzt nicht allein bleiben. Ich habe leider keine Zeit.« Er wandte sich an den Polizisten. »Wie wär's dann mit Ihnen? Ihr Kollege kann die Frau doch bestimmt auch allein zur Identifizierung bringen und holt Sie dann nachher wieder ab.«

»Ich? Was soll ich hier?«

»Aufpassen zum Beispiel, daß er nicht aus dem Fenster springt.«

»So was tut doch kein normaler Mensch, bloß weil die Mutter gestorben ist.«

»Der Patient befindet sich in einem nicht normalen Zustand. Wenn die Nerven erst mal außer Kontrolle geraten, kann jeder von uns Dinge tun, die für ihn ein paar Stunden später schon unbegreiflich sind.« Er schloß seine Bereitschaftstasche und sagte zu Monika: »Gehn wir. Der Mann bleibt hier.« Zu dem Polizisten gewandt: »Sie sind mir für den Patienten verantwortlich!«

Monika holte ihre Handtasche und vergewisserte sich, daß sie ihre Schlüssel hatte.

Der Polizist mit dem Schnauzer wartete auf sie im Vorraum und half ihr fürsorglich in eine Jacke. »Darf ich mich übrigens vorstellen«, sagte er, »mein Name ist Strecker.«

Erst als sie neben ihm im Streifenwagen saß und er losfuhr, fragte sie: »Wie ist es passiert?«

»Sie traf gestern gegen Mittag im Hotel ein, sagte,

daß sie von einer längeren Reise käme und sehr ermüdet sei. Sie sagte, daß sie nur eine Nacht bleiben wolle, und zahlte im voraus. Als sie auf ihrem Zimmer war, hängte sie dann gleich dieses Schildchen ›Bitte nicht stören‹ vor die Tür. Das Stubenmädchen nahm auch heute morgen darauf Rücksicht. Erst als es auf zwölf Uhr zuging, klopfte sie an. Da sich drinnen nichts rührte, benachrichtigte sie den Geschäftsführer. Der Schlüssel war von innen abgezogen, und so konnten sie ohne weiteres mit dem Passepartout öffnen.« Er sah Monika von der Seite an. »Sehr überlegt das Ganze. Sie wollte Ihnen den Schock ersparen.«

»Ja«, sagte Monika, »sie war eine sehr bedachtsame Frau.«

»Wissen Sie, warum sie es getan hat?«

»Sie war unheilbar krank. Krebs.«

»Ach so. Sie hat Ihnen übrigens einen Brief hinterlassen. Sie können ihn lesen.« Er bog in die Prinzregentenstraße und mußte warten, bis er sich in den Verkehr einordnen konnte. »Aber danach muß ich ihn vorläufig zu den Unterlagen nehmen.« Aus der Innentasche seiner Uniformjacke zog er einen Umschlag und reichte ihn ihr.

Der Brief war noch ungeöffnet. In Maria Barons steiler, zittrig gewordener Schrift standen Olivers und Monikas Namen darauf und ihre Anschrift.

Monika zögerte. »Wie hat sie es gemacht? Mit Tabletten?«

»Nein.« Er gab Gas. »Mit einer Spritze. Wahrscheinlich Morphium.«

»Aber sie bekam in letzter Zeit Morphium. Müßte sie nicht daran gewöhnt gewesen sein?«

»Es kommt auf die Menge an. Sie hat sich eine entsprechende Überdosis gegeben. Vielleicht hatte sie sie vom Arzt, vielleicht hat sie es sich aber auch zusammengespart, immer etwas weniger genommen, als ihr der Arzt verschrieben hat.«

»Ja«, sagte Monika, »das hätte zu ihr gepaßt.«

»Der Arzt wird es jedenfalls so darstellen. Es wäre allerdings auch möglich, daß sie die Überdosis von ihm verlangt hat. Aber natürlich wird er das nicht zugeben. Trotzdem wäre es gut, wenn Sie mir Namen und Adresse nennen könnten. Schwierigkeiten bekommt er sicher nicht.«

Monika sagte sie ihm.

»Muß ich mir aufschreiben.«

Sie hielt den Brief immer noch in der Hand. »Kann ich den später lesen, ich möchte sie erst sehen.«

»Sie haben sich gut mit ihr verstanden?«

»Ja, sehr. Allerdings kenne ich sie noch gar nicht so lange. Ich bin noch kein Jahr verheiratet. Trotzdem... es ist so erschütternd. Sich vorzustellen, daß ein Mensch ganz allein einen solchen Entschluß faßt. Sich ganz allein hinlegt, um zu sterben. Ein Unfall wäre natürlich auch schlimm gewesen... aber das!«

»Denken Sie immer daran: es war ein leichter Tod, und er war freiwillig.«

»Gerade deshalb! Ich meine... ich habe gelernt, daß das eine Todsünde ist.« Sie wußte selber nicht, warum sie mit diesem wildfremden Menschen so offen sprach, aber nachdem sie den ersten Schock überwunden hatte, empfand sie das Bedürfnis, sich durch Worte zu befreien.

»Sie sind katholisch?« fragte er.

»Ja. Sie war es allerdings nicht.«

»Die Kirche sieht eine Sünde darin. Da haben Sie recht. Aber ich meine, Sie sollten sich mit dieser Vorstellung nicht unnütz plagen. Sie mußte ja sterben. Daß sie das Verfahren abgekürzt hat, nun ja.«

»Sie ist Gottes Willen nur ein wenig zuvorgekommen, meinen Sie?«

»Vielleicht hat sie ihn sogar unterstützt. Vielleicht wollte er es so. Wer kann das wissen? Wenn man es genau nimmt, im kirchlichen Sinne, müßte man ja auch gegen jede lebensrettende Operation sein. Es gibt Sekten, die so denken. Im Mittelalter hat man nicht gewagt, Feuer zu löschen. Man hat es als Gottes Willen angesehen, daß es abbrannte, und hat nur gebetet und Heiligenbilder in die Flammen geworfen. Die Einstellung zu all diesen Dingen hat sich doch sehr geändert.«

»Ich habe vorher nie darüber nachgedacht.«

»In meinem Beruf wird man auf solche Probleme gestoßen, wenn man überhaupt an irgend etwas glaubt.«

»Ich hatte Polizisten immer für ziemlich zynisch gehalten.«

»Nach außen hin mag es manchmal so scheinen. Aber wir sind ja Ordnungshüter. Was für ein Beruf wäre das, wenn wir die Welt nur als ein Chaos sähen?«

»Da haben Sie recht.«

»Also machen Sie sich mal nicht so viel Gedanken um das Seelenheil Ihrer Schwiegermutter. Das ist es doch, was an Ihnen nagt?«

»Ja.«

»Wenn Sie es ganz kirchlich sehen wollen; dann gäbe es ja auch noch das Fegefeuer. Auf ewig verdammt ist man, wenn man sich selber ein wenig Sterbehilfe geleistet hat, jedenfalls bestimmt nicht. Mein Wort darauf.«

Zum ersten Mal konnte sie wieder lächeln. »Sie sind sehr nett.«

Sie hatten inzwischen die Stadt durchquert und den Hauptbahnhof erreicht.

»Parken wir lieber hier«, sagte er, »die haben es nicht gern, wenn ein Streifenwagen vor dem Haus steht. Ist ja auch verständlich. Es sind nur noch ein paar Minuten zu Fuß bis zum Hotel.«

Er stellte das Auto ab, sie stiegen aus, und er verschloß es, nachdem er noch eine Meldung an die Zentrale durchgegeben hatte. Es war ein sonniger Sonntag, und die Straßen waren verhältnismäßig leer, weil viele Münchner ins Freie gefahren waren. Es war merkwürdig, an einem solchen Tag mit dem Tod in Berührung zu kommen. Ein wolkenverhangener Himmel, dachte Monika, hätte besser gepaßt.

Sehr merkwürdig schien es ihr auch, daß das Hotel, in dem Maria Baron ihrem Leben ein Ende gesetzt hatte, in der Schillerstraße lag, schräg gegenüber von ›Arnold & Corf‹. Aber sie sprach nicht darüber, weil sie sich selber sagte, daß es sicher nur ein Zufall war.

In der Halle verständigte sich der Polizeibeamte mit einigen halblaut gesprochenen Worten mit dem Empfangschef. Sie bekamen den Zimmerschlüssel und fuhren mit dem Lift in den dritten Stock. Niemand war auf dem Gang. Strecker schloß auf, trat als erster in das Zimmer, sah sich kurz um und ließ sie dann eintreten.

Maria Baron lag auf dem Bett. Ihr abgezehrtes Gesicht war eingefallen, die Nase stach größer denn je daraus hervor. Ein tiefer Ernst lag in ihren Zügen. Aber sie wirkte ganz friedlich.

»Ja, sie ist es«, sagte Monika, »das ist meine Schwiegermutter, Frau Maria Baron.«

»Kommen Sie«, sagte er und legte die Hand unter ihren Ellenbogen.

»Darf ich noch bleiben? Nur einen Augenblick? Allein, bitte.«

»Ich warte draußen.«

Monika trat an das Bett und legte die Hand auf die Wange der Toten. Sie war eiskalt. Monika zuckte zurück, zwang sich dann aber, sie noch einmal sanft zu berühren. »Arme Maria«, sagte sie halblaut, »tapfere

Maria! Jetzt hast du es jedenfalls überstanden. Gott wird deiner Seele gnädig sein.« Sie betete ein leises Vaterunser. Dann nahm sie den Brief aus ihrer Handtasche und öffnete ihn.

›Meine lieben Kinder‹, hatte Maria geschrieben, ›es tut mir unendlich leid, Euch solchen Kummer bereiten zu müssen. Aber ich konnte nicht anders. Ich wollte kein Pflegefall werden, Euch nicht diese Last aufbürden. Ihr müßt einsehen, daß es besser so ist, für uns alle.

Ich sterbe in der Gewißheit, daß Du, Oliver, eine gute Frau gefunden hast. Haltet zusammen und verlaßt Euch nie, auch wenn es nicht leicht werden wird. Ich habe Dir meinen Sohn ans Herz gelegt, Monika. In Liebe Eure Mutter.‹

Darunter stand, unterstrichen: ›Ich möchte ein stilles Begräbnis. Meine Leiche soll verbrannt und die Urne im Grab meines Mannes beigesetzt werden. Kein Pfarrer, bitte, keine Trauergäste. Das ist mein Letzter Wille.‹«

Diese Worte schockierten Monika. Auf dem Karberg wäre ein Begräbnis ohne Feierlichkeit nicht denkbar gewesen. Sie verstand noch, daß Maria keinen Rummel am Grab haben wollte, keine Reden und keinen Leichenschmaus. Aber daß sie sich die Einsegnung verbat, das konnte sie nicht begreifen. Hatte sie denn an nichts geglaubt? Monika spürte schmerzlich, wie wenig sie die Schwiegermutter doch gekannt hatte.

Sie steckte den Briefbogen wieder in den Umschlag und gab ihn, als sie das Zimmer verließ, dem Polizisten. »Wie soll es nun weitergehen?« fragte sie.

»Es tut mir sehr leid, aber sie muß zur Autopsie. Sie wird heute nacht abgeholt. Der Hotelbetrieb darf nicht gestört werden, Leichen sind nicht gerade eine gute Reklame.«

»Und dann?«
»Wenden sie sich am besten an ein Bestattungsinstitut. Das wird dann alles übrige veranlassen. Nach Ihren Wünschen.«
»Danke«, sagte Monika.
»Sie haben mir nichts zu danken. Es wäre schön für uns, wenn alle Hinterbliebenen es uns so leicht machen würden.«

Oliver schlief den Tag und die ganze Nacht durch. Monika wagte nicht, sich zu ihm zu legen, ihn aber auch nicht allein zu lassen. So trug sie abends die Matratze aus Marias Bett vor die geöffnete Tür und hielt Wache. Sie selber schlief wenig, aber das machte ihr nichts aus. Es gab so vieles zu überdenken.

Als Oliver aufstand, hatte er sich gefaßt, aber er wirkte bedrückt und wie abwesend. Am liebsten hätte er sich gleich wieder ins Bett gelegt. Aber Monika tat ihr Bestes, ihn mit guten Worten und starkem Kaffee munter zu machen. So brachte sie ihn immerhin dazu, sie zu einem Bestattungsinstitut zu fahren. Aber während sie einem gepflegten, professionell teilnahmsvollen älteren Herrn den Fall schilderte und mit ihm verhandelte, blieb Oliver stumm, als ginge ihn das alles nichts an.

Der Mitarbeiter des Bestattungsinstituts versicherte, daß die Bestattung keine Schwierigkeiten machen werde. Er werde sich mit dem Gerichtsmedizinischen Institut in Verbindung setzen. Sobald die Leiche freigegeben sei, werde sie abgeholt und zum Krematorium gebracht werden. Dort werde sie ohne jedwede Feierlichkeit verbrannt werden. Man solle sich dann, nach telefonischer Rücksprache, mit einem Gärtner am Tor des Ostfriedhofes treffen und gemeinsam zum Grab des alten Baron gehen.

»Du mußt in der Firma anrufen«, sagte Monika, als

sie wieder auf der Straße standen, »das hättest du gleich heute früh tun sollen. Ich habe nicht daran gedacht.«

»Tu du's für mich, ja?« bat er.

Sie hatte Verständnis dafür, daß er nicht mit Außenstehenden über den Tod seiner Mutter sprechen wollte, und erfüllte ihm den Wunsch.

Die Tage bis zur Beerdigung verliefen schleppend. Monika machte sich daran, die Adressen von Marias Verwandten und Bekannten zusammenzusuchen, und schrieb kurze Briefe, in denen sie das Hinscheiden ihrer Schwiegermutter mitteilte. Oliver saß währenddessen tatenlos herum. Das Wetter war wunderbar, und Monika versuchte ihn dazu zu bewegen, mit ihr im Englischen Garten oder in den Isarauen spazierenzugehen. Aber als er es ablehnte, bestand sie nicht darauf. Vielleicht wäre es wirklich pietätlos gewesen. Sie hatte nur gedacht, daß es ihnen beiden gutgetan hätte.

Statt dessen redete sie mit ihm über seine Mutter.

Er tat, als interessierte ihn das nicht mehr. »Es ist vorbei. Was soll's also?«

Aber sie ließ nicht locker. Fast wortgetreu gab sie den hinterlassenen Brief wieder, schilderte ihm, wie friedlich Maria auf dem Totenbett gewirkt hatte, und berichtete ihm von ihrem Gespräch mit dem Polizisten Strecker. Sie erzählte ihm auch, wie lange Maria schon krank gewesen war. Daß sie schon vor mehr als einem Jahr, als sie sich kennengelernt hatten, gewußt hatte, daß sie sterben mußte. Es gelang ihr, ihm sein Schuldbewußtsein zu nehmen. Er begann, sich von dem schweren Schlag zu erholen. Als er am Dienstag abend den Fernseher einschaltete, wußte sie, daß die Krise überwunden war.

Die Beisetzung der Urne hatte nichts Feierliches und Bedrückendes an sich. Es war nicht viel anders, als würde man einen neuen Blumenstock eingraben. Erst jetzt, nachträglich, war Monika froh darüber, daß Maria es so gewollt hatte. Der Himmel war blau, die Vögel jubilierten, und die Pflanzen auf den Gräbern wucherten üppig.

Monika hielt während der kurzen Zeremonie Olivers Hand ganz fest, um ihm die eigene Kraft zu übertragen. Seine Augen blieben tränenlos, und er zitterte nicht. Aber er schien, trotz der Wärme des Tages, zu frieren. Seine Hand war eiskalt.

Als sie den Friedhof verlassen hatten und in Olivers Kabriolett stiegen, sagte er überraschend: »Du, ich habe eine Idee!«

Erfreut, daß er wieder Initiative entwickelte, rief sie: »Das ist ja fabelhaft!«

»Es ist eine wirklich gute Idee!« behauptete er. »Laß uns ein paar Tage wegfahren, ja?«

Das hatte sie nicht erwartet, und sie erschrak. »Aber du mußt doch zu ›Arnold und Corf‹!«

»Das ist doch nicht wichtig. Glaubst du, ich könnte mich jetzt schon auf die Arbeit konzentrieren? Besser erscheine ich erst gar nicht, als daß ich Fehler mache.«

Sie sah ihn von der Seite an. Er sah sehr elend aus. Vielleicht brauchte er tatsächlich ein paar Tage Erholung. »Du solltest zum Arzt gehen«, schlug sie vor.

»Wozu? Bis heute bin ich entschuldigt, und um zwei Tage blauzumachen, brauche ich kein Attest.«

»Du könntest ein Stärkungsmittel brauchen, Vitamine oder was weiß ich.«

»Ich brauche nichts als ein paar Tage weg von dem allem... ein paar Tage mit dir allein! Bitte, sei jetzt nicht kleinkariert!«

Sie war gerührt. »Na gut«, sagte sie, »einverstanden.«

Er strahlte. »Ich wußte, du würdest Verständnis haben!«

»Mir würde ein Tapetenwechsel auch guttun«, gab sie zu.

»Dann also... up and away!«

»Ich werde ganz rasch unsere Koffer packen!«

»Nichts da! Wir fahren so, wie wir sind! Alles, was wir brauchen, kriegen wir auch unterwegs.«

»Aber Oliver...«

Er fiel ihr ins Wort. »Widersprich ein einziges Mal nicht, wenn ich etwas vorschlage. Du wirst sehen, es macht Spaß.«

Monika war froh, daß er sich wieder ganz gefangen zu haben schien. Sie selber hatte im Grunde auch keine Lust, erst noch einmal in die Wohnung zurückzukehren. So brausten sie also los.

Als sie die Stadt hinter sich gelassen hatten, erfaßte Monika eine ungeahnte Erleichterung. Wieder durchströmte sie dieses seltsame, beglückende Gefühl, mit ihm bis ans Ende der Welt fahren zu mögen. Sie erinnerte sich, daß sie es schon einmal so empfunden hatte, damals, als sie sich gerade erst kennengelernt hatten. Es war wie ein Wunder, daß sie es nach alldem, was inzwischen geschehen war, noch so stark spürte.

Oliver fuhr nur bis Kufstein über die Autobahn, denn sie hatten es ja nicht eilig. Außerdem konnte er so das Dach seines Kabrioletts öffnen. Er tat es, nachdem sie im »Hotel Alpenrose« zu Mittag gegessen hatten. Als sie einige Stunden später in Innsbruck ankamen, hatten sie beide schon Farbe bekommen. Sie stiegen im »Hotel Europa« ab und gingen dann sofort einkaufen. Auf der breiten Maria-Theresien-Straße lag ein elegantes Geschäft neben dem anderen. Aber mehr noch als die Auslagen gefiel ihnen die Straße selber, auf der die Alpen zum Greifen nahe schienen.

Natürlich gaben sie mehr Geld aus, als sie vorgehabt hatten. Das meiste bezahlte Oliver mit American

Express. Aber Monika verscheuchte jeden Gedanken an Sparsamkeit. Das unbekümmerte Beisammensein wog alles andere auf. Es war ja auch noch ein guter Teil ihrer Mitgift vorhanden. Besser und vernünftiger als für ihr eigenes Glück konnte es gar nicht angelegt werden.

Am Abend aßen sie gemütlich im »Euorpa-Stüberl«. Danach gingen sie zum Tanz. An einem Mittwoch abend außerhalb der Ferienzeit vergnügten sich zu den Klängen einer Combo vorwiegend einheimische Jugendliche und Studenten. Monika und Oliver fühlten sich mit ihnen jung. Aber es zog sie schon bald in ihr Hotelzimmer zurück. Sie hatten sich fast eine Woche nicht mehr geliebt, und jetzt, von jedem Druck befreit, entflammte ihre Leidenschaft wie nie zuvor.

Den nächsten Tag blieben sie in Innsbruck, weil ihnen die Stadt so gut gefiel. Sie schlenderten durch die Altstadt, bewunderten das ›Goldene Dachl‹, wie es sich für Touristen gehörte. In einem ›Beisel‹ mit niedriger Holzbalkendecke aßen sie Tiroler Speck und tranken Rotwein dazu. Am Nachmittag fuhren sie zur ›Hungerburg‹ hinauf und ließen sich die Sonne auf die Nase scheinen.

Am nächsten Morgen starteten sie früh mit dem Ziel Bozen. Ihre Tage verliefen fast immer nach dem gleichen Schema: tagsüber spazierengehen, wandern oder bergsteigen, ein kleines Mittagessen, viel Obst, manchmal ins Kino, abends groß ausgehen und tanzen, danach miteinander ins Bett. Es war eine wunderschöne und unbeschwerte Zeit. Doch je näher der Tag der Heimreise rückte, sank Olivers gute Laune.

Als sie am Sonntag mittag wieder in Innsbruck eintrafen, flehte er Monika geradezu an: »Bitte, mein Herz, laß uns noch etwas bleiben! Wir haben so vieles noch nicht getan! Wir könnten schwimmen gehen, eislaufen...«

»Du weißt, daß es nicht möglich ist.«
»Nein, das weiß ich nicht. Ich sehe es nicht ein.«
»Du hast einen Beruf, Oliver, eine feste Stellung! Wir brauchen dein Gehalt, Marias Penison fällt jetzt fort...«
»Das macht doch nichts!«
»Bitte, Oliver, bitte! Sei vernünftig!«
»Ich will nicht.«
»Überleg mal, was deine Mutter dazu gesagt hätte!«

Sein Gesicht verdüsterte sich. »Sie hat mir nichts mehr zu sagen.«

»Dafür aber ich. Ich bin deine Frau, Oliver, und ich weiß, was für uns beide gut ist. Wir müssen nach München zurück, und du mußt morgen wieder bei ›Arnold und Corf‹ erscheinen.«

Er gab nach, aber nicht aus Einsicht, sondern weil er sich gezwungen sah. Auf der Rückfahrt nahmen sie die Autobahn.

Monika hatte die Idee, die große Wohnung aufzugeben, denn die Miete erschien ihr sehr hoch. Aber als sie die Mietangebote in den Tageszeitungen studierte, stellte sie fest, daß in München wesentlich kleinere Wohnungen auch nicht entscheidend billiger waren. Das Haus, in dem sie lebten, gehörte einem alten Herrn, der sich wenig darum kümmerte, aber auch die Mieten seit Jahren nicht mehr erhöht hatte. Da Monika wußte, wie sehr Oliver an seinem Flügel hing, den er anderswo kaum hätte unterbringen können, ließ sie den Plan wieder fallen.

Sie wünschte sich ein Kind. Aber sie mußte einsehen, daß dies finanziell nicht möglich war. Sobald ihre Arbeitslosenunterstützung fortfiel, und das würde in absehbarer Zeit geschehen, würden sie sehr knausern müssen, um zu zweien über die Runden zu kommen. Deshalb sprach sie erst gar nicht darüber. Es war unbedingt nötig, daß sie eine neue Stellung fand. Aber das erwies sich als sehr schwierig. Auf Dutzende von Bewerbungen mit ihrem ausgezeichneten Zeugnis und ihrem Lebenslauf bekam sie nur Absagen. Sie verstand es nicht.

Ein einziges Mal wurde sie zu einem Vorstellungsgespräch gebeten. Eine Dame aus der Personalabteilung unterhielt sich sehr freundlich mit ihr. Monika war aufgeregt, ließ es sich aber so wenig wie möglich anmerken. Sie spürte, daß sie einen guten Eindruck machte, wußte auch, daß sie in dem grauen Jackenkleid, das sie sich für den Friedhof gekauft hatte, sehr gut aussah. Aber sie merkte auch, daß die mütterliche Dame auf der anderen Seite des Schreibtischs zögerte, eine Entscheidung zu treffen.

»Frau Baron«, sagte sie endlich, »natürlich sind Sie für den ausgeschriebenen Posten durchaus qualifiziert...«

»Aber?«

»Ich hätte Sie gar nicht kommen lassen sollen. Es tut mir leid, wenn ich eine falsche Hoffnung erweckt habe.«

»Sie nehmen mich nicht?«

»Ich werde es Sie in den nächsten Tagen wissen lassen.« Monika begriff, daß sie damit entlassen war, wollte aber nicht so schnell aufgeben. »Bitte«, sagte sie, »bitte, erklären Sie mir doch ganz offen, was mit mir nicht stimmt! Ich bekomme am laufenden Meter Absagen. Was mache ich falsch?«

»Gar nichts. Es ist nicht Ihr Fehler.«

»Liegt es daran, daß ich ein paar Monate ausgesetzt habe? Aber die Krankheit meiner Schwiegermutter war ein Notfall!«

»Ganz sicher. Daraus wird Ihnen niemand einen Vorwurf machen, im Gegenteil, es spricht für Sie. Ich will jetzt mal ganz ehrlich sein: es bestehen gewisse Bedenken, weil Sie so jung verheiratet sind.«

»Wieso?« fragte Monika und kam sich dumm vor.

»Da entsteht die Vermutung, daß Sie... nun ja, ob gewollt oder ungewollt, in andere Umstände kommen könnten.«

»Daran ist gar nicht zu denken! Wir könnten uns ein Kind überhaupt nicht leisten!«

»Das sollten Sie in Zukunft vielleicht ganz deutlich in Ihrem Lebenslauf hervorheben. Aber da ist noch etwas anderes. Ihr Mann ist Programmierer, da muß er doch ganz gut verdienen, jedenfalls ausreichend für Sie beide.«

»Nur sehr knapp.«

»Aber immerhin, Sie kommen über die Runden. Ich habe Anweisung von oben, Bewerberinnen zu bevorzugen, die die Arbeit wirklich nötig haben. Ich halte das auch für sozial gerechter.«

»Aber ich brauche die Stellung!«

»Nicht so sehr wie andere.«

Monika erhob sich. »Jedenfalls danke ich Ihnen, daß Sie so offen mit mir gesprochen haben.« Sie rang sich ein Lächeln ab. »Daß Sie mich überhaupt empfangen haben. Das ist wesentlich mehr als einer dieser trockenen Absagebriefe nach Schema F.«

Sie war wirklich dankbar. Jetzt wußte sie wenigstens, wo die Schwierigkeiten lagen. Sie würde in Zukunft ihre Bewerbungen anders abfassen, wenn sie sich auch nicht entschließen konnte, die Tatsache, daß sie verheiratet war, einfach unter den Tisch fallen zu lassen.

Oliver fand es nicht wichtig, ob sie eine Stellung fand oder nicht. Vorläufig hatten sie ja noch genug Geld. Später würde sich schon alles finden.

Vorläufig hatte Monika auch noch genug im Haus zu tun. Jetzt, da Marias Schlafzimmer leer stand, wollte sie es für sich und Oliver nutzen. Es war groß und bequem und lag unmittelbar neben dem Bad. Aber sie mochte ihm auch nicht zumuten, in einen Raum zu ziehen, der ganz von seiner Mutter geprägt war. Wenn Maria auch rücksichtsvoll genug gewesen war, in einem Hotelzimmer zu sterben, erinnerte doch alles sehr stark an sie und an ihr Ende.

»Wärst du damit einverstanden, wenn ich die Möbel weggäbe?« hatte sie ihn eines Morgens beim Frühstück gefragt, tatsächlich völlig unsicher, wie er sich zu ihrem Vorschlag verhalten würde; sie hielt es auch für möglich, daß er an diesen Dingen hing.

»Wer will das alte Gerümpel schon haben?«

»Sag das nicht! Das Bett, der Schrank und die Kommode sind tadellos, der Sessel müßte bloß neu gepolstert werden. Nur der Frisiertisch ist einigermaßen überholt. Aber vielleicht findet sich auch für den eine Liebhaberin.«

»Willst du etwa eine Auktion veranstalten?«

»Viel einfacher. Du weißt doch, daß ein Mann von der Diakonie ihre Kleider, ihre Wäsche und all das abgeholt hat. Der hat mich gefragt, ob ich die Möbel auch loshaben möchte. Die Diakonie würde sie mit Kußhand nehmen. Sie haben ein Lager dafür.«

»Und wieviel zahlen sie?«

»Nichts. Sie besorgen den Abtransport.«

»Ist das nicht ein bißchen wenig?«

»Eben hast du noch gesagt, es wäre ein altes Geraffel!«

»Mach es, wie du willst. Ich merke schon, du bist fest entschlossen.«

»Wenn du nicht einverstanden bist...« sagte sie rasch.

»Aber ja doch. Meinen Segen hast du.«

Also hatte sie die Diakonie angerufen, und wenige Tage später war das Schlafzimmer leer gewesen. Jetzt erst wurde deutlich, in welch schlechtem Zustand sich die Tapeten befanden. Der Boden bestand, wie in den meisten Räumen, aus schönem alten Parkett. Er mußte nur abgezogen werden, aber die Wände brauchten einen Anstrich oder neue Tapeten.

»Das hast du nun davon«, war Olivers Kommentar gewesen, als er den Schaden sah.

»Nun sei doch nicht so! Wir können es ja selber machen!« hatte Monika gesagt.

Zuerst war er begeistert gewesen, hatte die Wände ausgemessen und mit ihr zusammen Tapeten ausgesucht. Aber schon dabei war ihm die Lust vergangen. Die Vielfalt der Muster verwirrte ihn, und keines entsprach seinen Vorstellungen.

»Dann streichen wir eben«, hatte Monika gesagt.

»Das kannst du selber machen.«

Monika hatte schon kommen sehen, daß die ganze Arbeit an ihr allein hängenbleiben würde. Aber da war Sven eingesprungen. Er, der tagsüber nichts zu tun hatte, als für seine Abendschule zu lernen, hatte mit Vergnügen geholfen. Unentwegt werkelten sie zusammen. Sie strichen nicht nur die Wände in einem gedeckten Weiß, sondern auch die Decke, was besonders schwierig war wegen der Stukkaturen. Sven besserte sie sogar mit Gips sehr sorgfältig aus. Sie schmirgelten die Fensterrahmen ab und strichen sie mit Ölfarbe. Den Parkettboden zogen sie ab und bohnerten ihn.

»Du machst das alles fabelhaft!« sagte sie einmal, dankbar und bewundernd. »Warum bist du eigentlich nicht Handwerker geworden?«

Er zog eine Grimasse. »Mein Vater glaubt, ich sei zu Höherem geboren. Wenn man zu den feinen Leuten gehört, lebt man nicht von der Hände Arbeit.«

»Armer Sven! Ich bin sicher, es würde dir mehr Spaß machen als die Schule.«

»Worauf du wetten kannst.«

Da Monika nicht das letzte Geld für neue Möbel ausgeben wollte, war ihr die Idee gekommen, sich nun ihrerseits im Lager der Diakonie umzusehen. Zusammen mit Sven durchstöberte sie die Räume, fand auch wirklich ein sehr schönes französisches Bett mit guter Matratze, in dem man zu zweit bequem schlafen konnte.

»Warum hat man das abgegeben?« staunte sie.

»Vielleicht war's ein Pärchen, das sich zerstritten hat«, meinte Sven grinsend.

Nachttische gab es in großer Auswahl, und sie suchten zwei aus, die am besten zu dem Superbett paßten. Sie erstanden noch einen kleinen Sessel und einen Stuhl, auf dem sie ihre Kleider ablegen konnte, und einen Schrank, den sie abbeizen wollten. Die ganze Einrichtung kostete nicht mehr als zweihundert Mark, und der Transport war umsonst. Die Lampen, Glas mit Messing gefaßt, waren teurer als die übrige Einrichtung. Dazu mußte sie noch zwei überbreite Laken kaufen aber das war dann schon alles. Um den Raum gemütlicher zu machen, legte Monika einen Teppich aus dem Wohnzimmer hinein.

Oliver war begeistert. Er wollte Poster besorgen, aber ihr gefielen die weiß gestrichenen Wände so, wie sie waren. Auch er gewöhnte sich daran.

Monika hatte sich angestrengt, das Schlafzimmer so rasch wie möglich umzugestalten. Aber als es fertig war, fehlte ihr die Arbeit und auch das Beisammensein mit Sven. Jetzt blieb ihr nur noch der Haushalt und die Bewerbungsschreiben, die sie mit nie erlahmender Hoffnung verschickte. Sie war froh, als ihre Schwester zu Besuch kam.

Gabriele hatte inzwischen ihr Abitur bestanden, mit einer guten Note, die aber nicht gut genug war, ihr ein Studium in den Numerus-Clausus-Fächern zu ermöglichen. Deshalb hatte sie sich entschlossen, Rechtswissenschaft zu studieren, ungeachtet dessen, daß sie als fertige Juristin kaum Chancen auf eine Anstellung haben würde. Jetzt war sie auf Zimmersuche.

Monika quartierte sie in dem ehemaligen Schlafzimmer ein. Sie und Oliver hatten sich entschlossen, sein Bett dort stehenzulassen, damit er dort übernachten konnte, wenn er einmal spät nach Hause kommen sollte und sie nicht stören wollte.

Gabrieles Suche nach einem Zimmer erwies sich als ebenso schwierig wie Monikas Bemühen um eine Stellung. Sie trösteten und ermutigten sich gegenseitig und hatten sich viel zu erzählen. Auch Oliver empfand die Anwesenheit der Schwägerin anregend. Manchmal spielten sie zusammen Skat. Freitagabend gingen sie zusammen aus. Dann waren Sven, Tilo oder Helmut mit von der Partie. Gabriele verstand sich gut mit Olivers Freunden.

Eines Tages sagte sie: »Du, ich bin wirklich gerne hier bei euch!«

Die Schwestern standen zusammen in der Küche, um eine warme Mahlzeit für den Abend vorzubereiten.

»Wir vertragen uns jetzt besser als früher, nicht wahr?« entgegnete Monika.

»Stimmt auffallend! Wenn ich gar kein Zimmer finde, könnte ich dann nicht einfach bei euch wohnen bleiben?« Spontan wollte Monika zusagen, besann sich dann doch anders. Die Schwester für ein paar Wochen zu Besuch zu haben, das war gut und schön. Aber wenn Gabriele sich hier einnistete, würde sie, Monika, nie mehr einen Abend mit ihrem Mann allein sein. »Ich weiß nicht recht«, sagte sie, »wenn ich erst eine Stellung habe...«

»Um so besser! Dann ist es für dich doch eine Erleichterung, wenn ich einen Teil der Hausarbeit übernehme. Ich könnte zum Beispiel abends für euch kochen.«

Monika lächelte sie an. »Klingt sehr verlockend. Ich werde drüber nachdenken.«

»Ich würde natürlich Miete zahlen und meinen Anteil am Haushalt. Das Geld könnt ihr doch sicher brauchen.«

»Ja, schon. Aber du müßtest doch auch lernen. Du brauchtest einen Schreibtisch und...«

»Ich würde mir das Wohnzimmer einrichten!« erklärte Gabriele. »Sieh mal, die Wohnung ist für euch zwei sowieso viel zu groß. Wir halten uns doch meist in Olivers Zimmer auf. Das Wohnzimmer braucht ihr überhaupt nicht.«

»Das hast du dir also alles schon fix und fertig in deinem kleinen Kopf zurechtgelegt!« sagte Monika und verbarg nicht, daß sie irritiert war.

»Hast du was dagegen,«

»Nur insofern es immer noch Olivers und meine Wohnung ist.«

»Er ist bestimmt damit einverstanden!«

»Hast du schon mit ihm gesprochen?«

»Nein«, sagte Gabriele. Monika war nicht sicher, daß sie die Wahrheit sagte. »Ich werd's mir überlegen, versprechen kann ich dir nichts.«

Je länger sie über Gabrieles Vorschlag nachdachte, desto mehr befreundete sie sich mit ihm. Die Schwester war ein Teil ihrer verlorenen Heimat, und wenn sie bei ihr in München wohnen blieb, wäre das eine gute Lösung für einen Teil ihrer Probleme. Sie zögerte eigentlich nur noch, weil Gabriele sie zu sehr bedrängte.

Endlich aber versprach sie: »Heute abend werde ich mit Oliver darüber reden!«

Aber dazu sollte es nicht kommen.

Oliver war sehr vergnügt, ja, geradezu aufgekratzt. »Hm, das duftet ja!« rief er, als er die Wohnung betrat. »Hoffentlich ist noch Sekt im Eisschrank!«

Monika war ihm entgegengelaufen und küßte ihn. »Haben wir! Nach dem Essen...«

Er ließ sie nicht aussprechen. »Nein, jetzt!«

Gabriele kam mit der Flasche und einem Küchentuch. »Gibt es was zu feiern?« fragte sie.

»Wie man es nimmt!« Er nahm der Schwägerin Tuch und Flasche aus der Hand. »Rasch ein Glas!«

Monika hatte den Verdacht, daß er schon von Gabrieles Plan wußte und daß sie überfahren werden sollte. Das paßte ihr gar nicht. Dennoch lief sie ins Wohnzimmer und holte drei Gläser aus dem Schrank. Die anderen kamen ihr nach.

»Was gibt's denn?« fragte Gabriele. »Erzähl schon, Oliver! Mach's nicht so spannend!«

»Erst der Sekt!« Geschickt öffnete er die Flasche, fing den Korken auf, der mit einem dumpfen Plop aus dem Hals fuhr, und schenkte die perlende Flüssigkeit ein. »Stoßen wir an, Kinder!«

Sie taten es und tranken. »Ab heute«, verkündete er vergnügt, »bin ich ein freier Mann!«

Monika erschrak bis ins Herz hinein. »Du hast doch nicht etwa gekündigt?«

»Wo denkst du hin, mein Herz! Ich bin doch nicht deppert. Nein, ich habe mich feuern lassen.«

»Oh, mein Gott!« Monika ließ sich auf den nächsten Stuhl sinken.

»Was hast du angestellt, Oliver?« fragte Gabriele.

»Gar nichts. Ich habe ein paar Fehler gemacht, zugegeben, aber es waren lächerliche Fehler. So was kann jedem passieren.«

»Aber das kann doch kein Kündigungsgrund sein!«

Oliver grinste. »Vielleicht war ich nicht reumütig genug. Aber ich hatte es ehrlich satt, mich dauernd anmotzen zu lassen.« Er wandte sich seiner Frau zu. »Monika, mein Herz, was machst du für ein Gesicht? Warum freust du dich nicht mit mir?«

»Jetzt sind wir beide arbeitslos«, sagte sie dumpf.

»Also paßt's doch! Wir könnten was zusammen unternehmen. Eine Reise irgendwohin. Du weißt, wieviel Spaß wir immer haben, wenn wir zusammen unterwegs sind.«

»Und ich passe so lange auf die Wohnung auf!« rief Gabriele.

»Mir scheint, ihr seid beide verrückt geworden«, erklärte Monika mit tonloser Stimme.

»Ich weiß gar nicht, was du hast!« behauptete Oliver. »Kannst du dir nicht vorstellen, wie froh ich bin, endlich diesen elenden Job loszuhaben?«

»Nein.«

»Du weißt nicht, was es heißt, Stunde um Stunde auf so einen blöden Bildschirm zu starren!«

»Du willst also deinen Beruf überhaupt aufgeben?«

»Keine Ahnung. Das muß ich ja auch jetzt noch nicht entscheiden. Erst mach' ich mal eine Weile Urlaub und erhole mich. Vielleicht drängt es mich danach ja geradezu wieder in die Arbeit.«

»Das glaube ich nicht.«

Er lachte. »Du kennst mich also doch einigermaßen.«

»Oliver, bitte!« Monika stellte das Glas, an dem sie kaum genippt hatte, auf den Tisch.

Gabriele sah einen Streit herankommen und rief: »Ich muß mich um das Essen kümmern!« und lief aus dem Zimmer.

»Trag's mit Fassung!« sagte Oliver. »Es ist ja nicht zu ändern. Es wird mir wirklich guttun, ein paar

Wochen zu Hause zu bleiben. Wenn du darauf bestehst, werde ich mich sofort um eine neue Stellung kümmern.«

»Das wäre mir sehr lieb.«

»Komm, sei nicht so! Lach ein bißchen! Du tust gerade so, als wär's eine Tragödie, daß ich meinen Arbeitsplatz verloren habe.«

»So kommt es mir auch vor.«

»Ach was! Deswegen müssen wir doch nicht verhungern.«

»Aber wir können die Wohnung nicht halten.«

»Unsinn. Ich kriege ganz schnell Arbeit, du wirst sehen. Aber erst mal verreisen wir, ja?« – »Nein.«

»Sei kein Spielverderber!«

»Das ist kein Spiel mehr, Oliver, es ist bitterer Ernst. Selbst wenn ich es wollte, ich könnte nicht. Ich habe nicht die Nerven, mich in einer solchen Situation zu amüsieren.«

»Und ich habe dich immer für eine starke Person gehalten, für einen Fels in der Brandung sozusagen.«

»Dann hast du dich in mir getäuscht.«

»Scheint mir auch so«, sagte er schmollend.

»Sei jetzt nicht beleidigt«, bat sie, »ich verstehe ja deinen Standpunkt, aber du siehst die Dinge nicht, wie sie sind.«

»Im Gegensatz zu dir!«

»Ja, Oliver. Ich habe über hundert Bewerbungen abgeschickt, und nur Absagen bekommen. Du machst dir keinen Begriff, wie das ist.«

»Und du hast keine Ahnung, wie es ist, wenn man sich acht Stunden und mehr am Tag mit diesen seelenlosen elektronischen Mistdingern abplagen muß. Ich kann mich genausowenig verstellen wie du. Ich bin froh, daß ich die Computer vom Hals habe.« Als er ihr Gesicht sah, fügte er einschränkend hinzu: »Wenigstens für eine Weile.«

»Aber das ist dein Beruf! Warum hast du dir den denn gewählt?«

»Weil Mutter es so wollte.« Er zog eine Grimasse. »Sie fand, daß es das Richtige für meine geschickten Finger wäre.«

Sie stand auf und nahm ihn in die Arme. »Armer Oliver!« sagte sie. Er tat ihr leid, und sie liebte ihn.

»Laß uns verreisen, bitte! Wenigstens für eine Woche oder so.«

»Nein«, sagte sie seufzend, »ich muß mich jetzt noch energischer um eine Stellung bemühen.«

Beim Essen waren Gabriele und Oliver dann vergnügt, ja, aufgekratzt; beide hatten ein volles Glas Sekt fast in einem Zug heruntergegossen und tranken weiter. Monika war sehr still.

Gabriele stieß sie unter dem Tisch an. »Hör mal, Oliver«, rief sie, »Monika hat dir auch etwas Interessantes zu erzählen!«

Jäh wurde Monika aus ihren Gedanken gerissen. »Nein!« sagte sie scharf.

»Wieso nicht? Du hattest mir doch versprochen...«

»Jetzt ist alles anders.«

»Das versteh' ich nicht. Ihr braucht das Geld doch jetzt noch nötiger.«

»Ich höre immer Geld!« sagte Oliver. »Wollt ihr mir nicht, bitte erklären...«

»Nein«, sagte Monika wieder, »es hat sich erledigt.«

»Du kannst wirklich ganz schön dickköpfig sein«, sagte Gabriele enttäuscht.

»Ja, das kann sie«, stimmte Oliver ihr zu.

Monika funkelte die Schwester an. »Und du hast kein Gespür für das, was sich gehört!«

»Ich ahne nicht einmal, auf was du hinauswillst.«

»Dann bist du einfach dumm. Trotz deines vielgepriesenen Abiturs.«

Oliver spielte den Vermittler. »Nun zankt euch nicht«, sagte er gutmütig, »laßt uns doch fröhlich sein! Nachher musizieren wir zusammen, ja? Meint ihr, daß ihr zweistimmig singen könnt?« –

Es wurde doch noch ein sehr vergnüglicher Abend. Oliver riß Monika mit seinem Charme aus ihren düsteren Gedanken, und Gabriele kam nicht wieder auf ihr Anliegen zurück.

Aber als das junge Ehepaar dann allein in seinem Schlafzimmer war, fragte Oliver: »Worüber habt ihr euch eigentlich gestritten? Ich bin da nicht ganz mitgekommen.« Er lag schon im Bett, die Hände hinter dem Kopf verschränkt, und sah zu, wie sie sich auszog.

»Ach, das ist nicht von Belang«, erklärte sie ausweichend.

»Eurem Ton nach aber doch! Willst du es mir nicht erzählen?«

»Warum soll ich ein Geheimnis daraus machen?« Monika schlüpfte zu ihm unter die Decke. »Gaby möchte bei uns wohnen.«

»Aber das tut sie doch schon.«

»Für immer«, erklärte Monika, »während ihres ganzen Studiums. Sie möchte sich das Wohnzimmer einrichten.«

»Gar keine dumme Idee.«

»Das habe ich anfangs auch gedacht. Da wußte ich noch nicht, daß du deine Stellung verlieren würdest.«

»Was hat das damit zu tun?«

»Glaubst du, ich könnte arbeiten... ich könnte mich auch nur um Arbeit bemühen, wenn ich wüßte, daß ihr beide hier zusammen seid?«

Er beugte sich über sie und sah ihr lächelnd in die Augen. »Eifersüchtig?«

»Ich könnte es nicht ertragen, dich zu verlieren.«

»Das wird nie geschehen. Niemals.«

»Ich kenne Gaby zu gut. Sie würde nicht davor zurückschrecken, sich an dich heranzumachen.«

»Aber ich mach mir doch gar nichts aus ihr.«

»Oh, ihr beide flirtet ganz schön.«

»Nur zum Spaß.«

»Mag sein. Aber ich möchte euch nicht miteinander allein lassen. Ich finde das einfach nicht richtig.«

»Meine kleine Spießerin«, sagte er zärtlich.

»Du hast gewußt, wie ich bin.«

»Und genau so gefällst du mir. Aber es ist dumm von dir, auf Gabriele eifersüchtig zu sein... ausgerechnet auf Gaby! Die kann dir doch nicht das Wasser reichen!«

»Bitte, laß es nicht zu, Oliver! Bitte!«

»Natürlich nicht.« Er legte die Arme um sie und zog sie an sich. »Nie werde ich etwas zulassen, was dir Schmerzen bereitet, auch wenn sie nur aus deiner Einbildung kommen. Gleich morgen werde ich sie fragen, wann sie denn endlich Leine ziehen will.«

»Das wird ihr gar nicht gefallen.«

»Ist mir ganz egal. Hauptsache, du bist wieder glücklich.« Sie küßten und sie liebten sich, und sie vergaß ihre Sorgen, wenigstens für eine Weile.

Ein paar Tage später erschien Sven und erklärte Monika, die ihm die Tür öffnete: »Es ist alles geregelt. Ich werde bei euch einziehen, wenn's recht ist.«

»Wie kommst du darauf?«

»Wie schon. Oliver hat mir von Gabys Plan mit dem Wohnzimmer erzählt...«

»Er hat sich über mich lustig gemacht.«

»Deine Eifersucht hat ihm geschmeichelt. Was hattest du denn erwartet, Nun, ich habe mir die Sache durch den Kopf gehen lassen und mit meinem Vater gesprochen. Ich hätte längst von zu Hause wegziehen sollen, und das ist nun die Gelegenheit. Was sagst du dazu?«

»Wenn du mir versprichst, daß ihr euch kein allzu gutes Leben macht...«
»Wie meinst du das?«
»Das weißt du ganz gut. Ich möchte, daß er wieder Arbeit sucht.«
»Aber das ist doch selbstverständlich.«
»Hoffentlich.«

Gegen Svens Einzug konnte Monika nicht gut etwas einwenden. Dennoch hatte sie Bedenken, ob der Freund, der selber den lieben langen Tag herumhing, die richtige Gesellschaft für Oliver war. Andererseits war es auch gut für sie zu wissen, daß ihr Mann nicht allein sein würde, wenn sie endlich Arbeit gefunden hatte.

Natürlich freute Gabriele sich über diese unerwartete Entwicklung nicht. Sie spielte ein paar Tage die Beleidigte, während Sven sich mit Hilfe von Monika und Beratung von Oliver einrichtete. Sie selber zog aber erst aus, als das Semester schon begonnen und sie eine Kommilitonin kennengelernt hatte, die bereit war, sie bei sich aufzunehmen.

Bis dahin lebten die vier jungen Leute ziemlich einträchtig zusammen und machten sich so viel Spaß wie möglich. Daß Monika nicht so vergnügt war wie die anderen, störte niemanden. Man hatte sie als schwerfällig und pessimistisch eingestuft, und so kam sie sich auch selber vor.

Unentwegt studierte sie Stellenangebote und verfaßte Bewerbungen. Jedesmal wenn sie schreiben mußte: ›Mein Mann ist arbeitslos‹, tat es ihr weh. Andererseits hoffte sie, daß dieser magische Satz ihr doch irgendwann eine Tür öffnen würde. Tatsächlich kam es jetzt auch öfters zu Vorstellungsgesprächen, aber es klappte dann doch nie.

Sie war schon nahe daran, sich als »Junge, freundliche Dame zur Unterhaltung der Gäste« in einer Bar zu bewerben, denn die wurden ständig gesucht, schreckte aber doch noch davor zurück. Ihre Herkunft und ihre Erziehung sprachen dagegen, und sie konnte sich auch nicht vorstellen, daß sie Talent zu einem solchen Job haben würde. Aber sie war bereit, von ihren eigenen Berufsvorstellungen abzugehen und etwas ganz anderes zu versuchen. Sie stellte sich in einem Geschäft für Kleidermoden in der Theatinerstraße vor. Die Chefin, eine Frau Stadler, nahm sich Zeit für eine Unterhaltung.

»Ich habe zwar keine Lehre als Verkäuferin«, erklärte Monika, »aber ich bin sicher, ich könnte es lernen! Ich brauche eine Arbeit!«

»Das glaube ich Ihnen. Aber vor allem brauchen Sie wohl Geld, und als Hilfsverkäuferin ohne Ausbildung könnte ich Ihnen nur sehr wenig zahlen.«

»Das ist natürlich schlecht. Aber es wäre doch wenigstens ein Anfang.«

»Anfang von was? Das würde zu nichts führen.«

»Können Sie mir denn gar nicht helfen?«

»Würden Sie auch eine Arbeit nehmen, die mit vielen Überstunden verbunden ist?«

»Aber ja! Warum denn nicht?«

»Sie sind jung verheiratet...«

»Hätte ich gewußt, daß es mir so sehr schaden würde, hätte ich es nicht getan!« sagte Monika impulsiv und erschrak über sich selber. »Nein, das stimmt nicht«, verbesserte sie sich, »ich liebe meinen Mann, und ich bin nicht dazu erzogen, mit jemandem ohne Trauschein zusammenzuleben. Nur habe ich nicht geahnt, daß ich dadurch solche Schwierigkeiten haben würde.«

»Es würde Ihnen nichts ausmachen, ihn oft allein lassen zu müssen?«

»Doch«, gab Monika zu, »schon. Aber auf meine Gefühle kommt es ja nicht an.«

»Da irren Sie sich. Es ist ein sehr großer Unterschied, ob jemand ungern bei der Arbeit ist und dauernd auf die Uhr schielt, oder ob er mit Lust und Liebe dabei ist.«

»Ich habe immer gern gearbeitet, und jetzt, wo ich so lange aussetzen mußte, sehne ich mich geradezu danach.«

»Sie machen mir doch nichts vor?«

»Nein«, sagte Monika und hielt Frau Stadlers prüfendem Blick stand, »bestimmt nicht.«

»Ich kenne vielleicht jemanden, der Sie brauchen könnte. Aber wenn ich Sie jetzt empfehle... es fällt auf mich zurück, falls Sie versagen.«

»Ich werde Sie nicht enttäuschen.«

»Kennen Sie die ›Ziller-Moden‹?«

Monika erinnerte sich, große Anzeigen von ›Ziller-Moden‹ für Kostüme, Jackenkleider, Mäntel und auch Kleider gesehen zu haben. »Nur dem Namen nach.«

»Hartmut Ziller, der Chef, sagte mir gestern, daß er dringend eine tüchtige und attraktive Kraft für sein Büro sucht. Sie könnten die Richtige sein.« Frau Stadler griff zum Telefon und ließ sich mit dem Chef der ›Ziller-Moden‹ verbinden.

Monika saß da, ohne sich zu rühren, und lauschte mit angehaltenem Atem.

Nach dem üblichen Begrüßungszeremoniell hörte sie Frau Stadler sagen: »Nein, Hart, tut mir leid, es geht um keine Nachbestellung! Ich werde froh sein, wenn ich eure teuren Stücke los bin! Ich rufe aus einem anderen Grund an: suchst du immer noch eine Sekretärin? Ja? Vor mir sitzt eine sehr attraktive junge Dame, die... wie alt?«

»Neunzehn Jahre«, sagte Monika.

»Neunzehn«, wiederholte Frau Stadler, »du wolltest doch was Junges! Sehr gute Zeugnisse.« Sie lauschte eine Weile. »Ja, gut, ich schick' sie los. Nichts zu danken. Hoffentlich wird was draus. Ich melde mich wieder.« Sie legte den Hörer auf. »Er will Sie sehen. Jetzt gleich. Berg am Laim, Neumarkter Straße, nicht zu verfehlen. Am besten nehmen Sie ein Taxi. Haben Sie das Fahrgeld?«

»Ja, natürlich.« Monika schoß es durch den Kopf, daß sie sich nach diesem Vorstellungsgespräch mit Oliver im ›Café Arzmiller‹ verabredet hatte. »Ich danke Ihnen so sehr!«

»Für mich wäre es schön, wenn ich Ihnen und Hartmut Ziller geholfen hätte! Der nächste Taxistand ist gleich gegenüber.«

Monika hatte daran gedcht, zum Taxistand am Odeonsplatz zu laufen. Dann hätte sie ins »Arzmiller« hineinspringen und Oliver Bescheid sagen könne. Aber sie folgte dann doch dem Hinweis von Frau Stadler. Um nichts in der Welt wollte sie ihre Chance, und wenn sie auch noch so klein war, aufs Spiel setzen.

Das Gebäude der ›Ziller-Moden‹ war ein riesiger, ganz schmuckloser, grauer Kasten, tatsächlich unübersehbar, denn er war namentlich zweimal gekennzeichnet: einmal mit einem Messingschild neben dem Eingang und ein zweites Mal mit Neonbuchstaben auf dem Dach. Im Erdgeschoß links war eine Pförtnerloge, ringsum verglast. Eine Schranke versperrte die Einfahrt in den Hof.

Der Pförtner war auffallend jung. Wahrscheinlich, dachte Monika, ein Invalide. Obwohl er sehr freundlich war, machte er Schwierigkeiten, sie in das Haus zu lassen oder sie auch nur anzumelden. Niemand hatte ihn informiert, daß sie erwartet wurde. Endlich brachte sie ihn dazu, sich mit dem Chefsekretariat in Verbindung zu setzen.

»Ihr Name?«

»Monika Baron. Sagen Sie, bitte, Frau Stadler hat mich empfohlen. Sie hat vor etwa zwanzig Minuten selber mit Herrn Ziller gesprochen!«

Der Pförtner wiederholte am Haustelefon, was Monika ihm erklärt hatte. Dann endlich betätigte er den Türöffner. »Siebter Stock. Sekretariat. Erste Tür links.« –

Es gab keine Empfangshalle, sondern der Eingangsraum war nur gerade so groß, daß er gegenüber der Haustür für zwei Glastüren Platz hatte, die offensichtlich zu Gängen parallel der Straße führten. Dazwischen lagen zwei Aufzüge, von denen nur einer bis zur Chefetage hochfuhr. Monika drückte auf den Knopf. Die Tür öffnete sich. Die Kabine war unten. Monika stieg ein. Ihr Herz klopfte heftig, als er nach oben fuhr.

Sie bereute, während der Taxifahrt nicht in den Spiegel geschaut zu haben. Sie hatte sich das lange Haar im Nacken hochgesteckt und tastete danach, weil sie sich jetzt zerzaust fühlte. Aber alles schien in Ordnung. Es war ein kühler, herbstlicher Tag, und sie trug einen Regenmantel über einem marineblauen Kleid mit weißen Applikationen, dazu blaue, hochhackige Pumps.

Als sie an die Tür zum Sekretariat klopfte, bekam sie sofort Antwort und trat ein. Beim Anblick des Büros gewann sie sofort Sicherheit. Der Raum war größer und heller als ihr Büro bei ›Stuffer Türen & Fenster‹, aber sonst war alles fast so, wie sie es gewohnt war. Es gab einen Computer mit Drucker, ein Kopiergerät, und es war anzunehmen, daß auch die Schreibmaschine elektronisch funktionierte.

»Grüß Gott«, sagte sie, »ich bin Monika Baron.«

»Hatte ich mir fast gedacht.« Die junge Frau, die am Schreibtisch gesessen und Ausdrucke des Computers geprüft hatte, stand auf, und es wurde offensichtlich, daß sie schwanger war. »Ich bin Helene Briegel.« Sie musterte Monika mit kühlem, abschätzendem Blick. »Reichlich jung«, sagte sie.

»Älter wird man ganz von selber.«

»Auch wieder wahr. Bitte, denken Sie nicht, daß ich etwas gegen Sie habe. Ich werde froh sein, wenn der Chef endlich Ersatz für mich hat.« Sie nahm einen Kleiderbügel aus einem schmalen Garderobenschrank. »Na, dann legen Sie mal ab!«

Monika hängte ihren Regenmantel auf. »Wie sehe ich aus?«

»Hundejung. Ich sagte es schon.« Helene Briegel war über dreißig, und die Schwangerschaft schien ihr nicht zu bekommen; ihr braunes Haar war strähnig und ihr Gesicht gedunsen.

Sie drückte auf den Knopf der Sprechanlage. »Das Mädchen, das Frau Stadler empfohlen hat!« Dann wandte sie sich an Monika. »Sie sollen reinkommen«, sagte sie mit einer Bewegung des Kinns zu einer gepolsterten Tür und setzte sich wieder.

Das Chefbüro war ein Eckraum mit zwei großen Fenstern, die den Blick über die Stadt freigaben. Es war sehr sachlich, aber eindrucksvoll mit Stahlrohrmöbeln aus den dreißiger Jahren eingerichtet. Auch der Schreibtisch war aus Stahl. Hartmut Ziller legte ein Mikrophon aus der Hand, als Monika eintrat, und blickte ihr mit leicht zusammengekniffenen Augen entgegen. Aber die Skepsis verschwand sofort aus seinem Blick, und Monika spürte, daß sie ihm gefiel.

»Setzen Sie sich noch nicht«, sagte er nach der Begrüßung, »lassen Sie sich erst mal ansehen. Was für eine Kleidergröße tragen sie?«

»Achtunddreißig.«

»Habe ich mir gedacht. Über einssiebzig groß?«

»Einssechsundsiebzig.«

»Wären Sie bereit, auch als Hausmannequin zu

arbeiten?« Obwohl Monika sich nur schwer vorstellen konnte, was er damit meinte, sagte sie: »Ja.«

»Das ist sehr gut!« Hartmut Ziller lehnte sich in seinem Sessel zurück, ohne sie aus den Augen zu lassen.

Monika wagte den Sprung ins kalte Wasser. »Eines muß ich Ihnen gleich sagen: ich bin verheiratet. Aber ich habe nicht vor, in den nächsten Jahren ein Kind zu bekommen, und meine Ehe wird mich auch nicht daran hindern, Überstunden zu machen, wenn es erforderlich ist. Mein Mann ist arbeitslos, und er ist durchaus imstande, sich selber zu versorgen.«

»Warum haben Sie ihn dann geheiratet?«

»Aus Liebe«, erklärte Monika schlicht.

»Das sollte aber doch heutzutage kein Grund sein...«

»Für uns war es einer.«

»Na ja«, sagte er, mit einem Lächeln, das schwer zu deuten war, amüsiert und zynisch zugleich. Hartmut Ziller war ein sehr eleganter Mann, das mußte er in seinem Beruf auch wohl sein, breitschultrig, mit einem kantigen Kopf, glattem braunem Haar, einer kräftigen Nase und einem Grübchen im Kinn. Auf eine sehr männliche Weise sah er gut aus.

Monika erzählte ihren Werdegang, zog ihre Papiere aus der Handtasche und reichte sie ihm über den Tisch. Endlich forderte er sie auf, sich zu setzen, und während er ihre Zeugnisse überflog, erzählte sie ihm, warum sie so lange ausgesetzt hatte.

»Eine kranke Schwiegermutter«, sagte er, »sehr ergreifend, und jetzt müssen Sie also arbeiten, um Ihren Mann zu ernähren.«

»Das habe ich von Anfang an gewollt«, erklärte Monika und schluckte ihren Ärger.

»Wann«, fragte er, »könnten Sie denn anfangen?«

»Natürlich sofort.«

»Noch heute?«

Monika dachte an Oliver, der wahrscheinlich noch immer im ›Café Arzmiller‹ auf sie wartete, aber sie sagte: »Ja.«

»Dann soll Frau Briegel Sie mal unter die Lupe nehmen. Es ist ein Versuch. Angestellt sind Sie damit noch nicht.«

Monika arbeitete den ganzen Nachmittag mit voller Konzentration. Es stellte sich heraus, daß sie den Anforderungen einer Chefsekretärin bei ›Ziller-Moden‹ gewachsen war. Mit dem Computer kam sie sogar besser zurecht als Frau Briegel, die sich mit der neuen Technik nie hatte anfreunden können. Die Firma hatte eine Herstellung im Haus, eine andere in Bielefeld, deren Bestände auch über den Computer abgerufen werden konnten. Monika begeisterte sich daran.

Die Arbeiter und Angestellten wurden von einem Computer in der Personalabteilung erfaßt. Anders als bei ›Stuffer Fenster & Türen‹ hatte Monika damit nichts zu tun.

Sie nahm ein Diktat in Steno auf und übertrug es auf die Schreibmaschine, wozu Frau Briegel ihr sagte, daß das in der Praxis selten vorkam, da der Chef lieber auf Band diktierte. Auch davon lieferte sie eine Probe, und es gelang ihr sehr gut, nachdem sie sich an die Aussprache Zillers gewöhnt hatte.

Es bedrückte sie, daß Oliver nicht ahnen konnte, wo sie geblieben war. Aber sie ließ es sich nicht anmerken. Wenn es nötig gewesen wäre, hätte sie bis zum Abend weitergemacht.

Doch als Frau Briegel gegen fünf Uhr sagte: »Ich glaube, das genügt«, atmete sie auf.

»Soll ich nicht noch...?«

»Nein, ich mache jetzt auch Feierabend. Zu zweit sind wir ja ganz schön vorangekommen.«

Zusammen gingen sie ins Chefbüro, um sich zu verabschieden.

»Na, wie steht's?« fragte Hartmut Ziller. »Bleiben Sie doch noch einen Augenblick draußen, Frau Baron!«

»Nicht nötig«, sagte Helene Briegel, »sie darf das ruhig hören. Wir haben da einen guten Griff getan, Herr Ziller!«

»Das ist doch mal eine gute Nachricht.« Er wandte sich an Monika. »Und wie gefällt Ihnen die Arbeit?«

»Wunderbar! Eigentlich ist alles so wie bei meiner vorigen Stellung. Nur daß Mode natürlich was Faszinierendes hat.«

»Sie interessieren sich dafür?«

»Ja, sehr!« Ehrlich fügte sie hinzu: »Allerdings erst, seit ich in München lebe. Auf dem Land bin ich mit Dirndl und Jeans ausgekommen.«

»Na, dann seien Sie morgen pünktlich um acht Uhr da. Gehen Sie als erstes in die Personalabteilung zu Herrn Pulcher und melden sich an.«

Monika strahlte. »Ich habe also die Stellung?«

»Erst mal auf Probe, würde ich sagen. Drei Monate... einverstanden?«

»Ich weiß, daß Sie mit mir zufrieden sein werden!«

Oliver riß die Wohungstür auf, kaum daß Monika den Schlüssel ins Schloß gesteckt hatte.

»Na endlich!« rief er. »Wo hast du denn gesteckt? Ich habe mir gräßliche Sorgen um dich gemacht!«

Sie warf sich in seine Arme. »Tut mir so leid, Liebling! Ich habe dauernd an dich gedacht. Aber ich konnte dich nicht verständigen.«

»Du hättest wenigstens anrufen können.«

»Konnte ich nicht. Das hätte bestimmt einen schlechten Eindruck gemacht. Außerdem wußte ich ja gar nicht, wo du warst.«

Sven kam aus dem Musikzimmer und klopfte Oliver auf die Schulter. »Habe ich nicht wieder mal recht gehabt? Nichts ist passiert. Die ganze Aufregung war umsonst.« Zu Monika sagte er: »Dein Mann war total durcheinander. Ich habe ihn gerade noch abhalten können, die Polizei zu benachrichtigen.«

Monika blickte Oliver in die Augen.

»Verzeih mir, bitte!«

»Die Hauptsache ist, daß du gesund und munter vor mir stehst! Ich hatte Angst, verstehst du.«

»Er dachte, du wärst unter ein Auto gekommen.«

Monika zog ihren Mantel aus. »In der Fußgängerzone?«

»Woher sollte ich wissen, daß du da geblieben bist?«

»Du hast recht. Bin ich auch nicht. Kommt, gehen wir rein! Dann werde ich euch alles erzählen.«

Oliver und Sven waren eigentlich nicht beeindruckt davon, daß Monika eine Stellung gefunden hatte. Beide begriffen sofort, daß das Leben für sie nicht mehr so bequem sein würde wie bisher. Aber sie freuten sich an Monikas Begeisterung.

»O je!« sagte sie plötzlich. »Jetzt habe ich ganz vergessen, mich bei Frau Stadler zu bedanken! Und morgen komme ich wohl auch nicht dazu.«

»Ruf einfach an!« riet ihr Sven mit einem Blick auf seine Armbanduhr.

»Ach was, schick ihr einen hübschen Strauß durch Fleurop!« meinte Oliver. »Schreib ihr ein paar Zeilen, dann werde ich das morgen erledigen.«

Monika fand das ein bißchen verschwenderisch, aber doch auch sehr nett.

Die letzten Tage des Monats, bis Ende Oktober also, arbeitete Monika mit Frau Briegel zusammen. Sie nutzte diese Zeit, um sich bis ins Detail über alles zu informieren. Es war ein wunderbares Gefühl, keine

Arbeitslosenunterstützung mehr empfangen zu müssen, sondern selber Geld zu verdienen. Zwar war ihr Gehalt nicht so hoch wie das, was Oliver bei ›Arnold & Corf‹ bekommen hatte, aber immerhin würden sie mit der Miete, die Sven zahlte, zur Not davon leben können, auch wenn Oliver keine Stellung finden sollte. Das war ungemein beruhigend. In dieser ersten Zeit kam sie immer pünktlich nach Hause, weil sie mit Helene Briegel zusammen die Aufgaben flott bewältigte.

Danach fingen die Überstunden an, und sie konnte das Werk oft erst nach acht Uhr abends verlassen, manchmal wurde es sogar zehn. Sie hatte den Eindruck, daß Ziller sie mit voller Absicht so stark belastete, stärker als es nötig gewesen wäre, um ihren guten Willen zu testen. Manchmal aber ließ es sich wirklich nicht anders einrichten. Da tagsüber voll durchgearbeitet wurde, fanden erst abends die Konferenzen der leitenden Mitarbeiter statt. Monika mußte dann nicht nur Getränke servieren, sondern auch anwesend sein, da der Chef Wert darauf legte, daß sie auf dem laufenden war.

Es kam auch vor, daß sie in der Schneiderei als Hausmannequin gebraucht wurde, und dann mußte sie die liegengebliebene Sekretariatsarbeit anschließend erledigen. Die Modelle wurden nach festliegenden Maßen und nach Puppen geschneidert, aber der Chef der Werkstätten, Robert Armbruster, im Werk nur der ›Couturier‹ genannt, war glücklich, daß er jetzt ein lebendes Mannequin zur Verfügung hatte. Im Moment wurde die Sommermode des nächsten Jahres produziert, und er ließ Monika vor allem Jackenkleider probieren, bevor sie in die Endanfertigung gingen. Sie brauchte nichts vorzuführen, aber das lange Stehen war ermüdend. Die Arbeit im Sekretariat war ihr sehr viel lieber. Aber sie wagte nicht zu mucken, und es war doch auch sehr nett, wenn der Couturier sich an ihr und seinen Kreationen begeisterte. Wie sie voraus gesagt hatte, war sie allen Anforderungen gewachsen und stellte ihren Chef voll zufrieden. Nach Ablauf von drei Monaten bekam sie einen Angestelltenvertrag mit einem wesentlich höheren Gehalt, aber einer Klausel, nach der die Bezahlung der Überstunden fortfiel. Sie stand sich also kaum besser als bisher, doch ihr Arbeitsplatz war sicherer geworden.

Ihr Zusammenleben mit Oliver änderte sich stark. Es gab keine gemütlichen Frühstücke mehr, und an den Abenden war sie zu geschafft, um noch etwas unternehmen zu können. Aber es war ein gutes Gefühl, daß er da war und sie erwartete, wenn sie nach Hause kam. Nur an den Wochenenden konnte sie sich wirklich entspannen und für ihn da sein. Dann kochte sie auch, was er sich wünschte. Unter der Woche brutzelten Oliver und Sven sich selber etwas oder gingen aus. Monika aß in der Kantine. Sie war froh, daß Oliver wenigstens nicht allein war, aber es war ihr rätselhaft, wie er die langen Tage verbrachte.

Den ›Ziller-Werken‹ gehörte eine Verkaufsetage in der Leopoldstraße, und dort fanden im März Modeschauen statt. Den Kunden, Geschäftsinhabern aus dem süddeutschen Raum und der Schweiz, wurden die neuen Modelle vorgeführt. Hartmut Ziller leitete die Verkaufsgespräche persönlich, weil er niemandem mehr zutraute als sich selber. Da Monika nichts damit zu tun hatte, erhoffte sie sich eine etwas ruhigere Zeit.

Aber am vierten Tag der Modeschauen erhielt sie einen Anruf von ihrem Chef. »Nehmen Sie sich sofort ein Taxi und kommen Sie her!«

Monika gehorchte, ohne Fragen zu stellen. Ein Mannequin war nicht erschienen, Ersatz war angeblich so schnell nicht zu bekommen, und so sollte sie einspringen.

Jetzt scheute Monika doch, zum ersten Mal, seit sie bei ihrer neuen Firma war. »Aber ich kann das nicht! Ich habe noch nie...«

»Machen Sie kein Theater!« sagte Ziller hart. »Niemand verlangt von Ihnen eine schauspielerische Leistung. Die Sachen sind auf Sie zugeschnitten. Also ziehen Sie sie an, kommen heraus, machen ein paar Schritte, drehen Sie sich um sich selber, und fertig ist die Laube.«

Frau Beermann, die Geschäftsführerin der Verkaufsetage, zeigte ihr, wie sie sich schminken sollte, etwas stärker als gewöhnlich, aber nicht so sehr wie die anderen Mannequins. »Sie haben eine so frische, junge Haut, Sie haben das nicht nötig!«

Als Monika vor den Vorhang trat, war sie sehr gehemmt. Aber zu ihrer Überraschung empfing sie sehr freundlicher Beifall, der, als sie errötete, noch wärmer wurde. Sie trug ein flammendrotes Wollkostüm, das schon der Couturier an ihr bewundert hatte. Was hatte sie also zu befürchten? Wenn sie der Kundschaft nicht gefiel, würde man sie nicht mehr vorführen lassen. Aber da sie darauf ja auch keinen Wert legte, hatte sie nichts zu verlieren. Lächelnd machte sie ihre Schritte, ganz so, als wollte sie ihrem Mann oder Sven oder Gabriele ein neues Kleidungsstück zeigen.

Herr Heinze, der junge Assistent von Frau Beermann – es war bei Ziller ein offenes Geheimnis, daß er ihren Platz anstrebte –, stellte das Modell vor: »Herbstsonne, Kleid mit Jacke, ein sehr jugendliches und doch elegantes Kostüm aus reiner Wolle, leicht genoppt...«

Etwas ungeschickt versuchte Monika die Jacke auszuziehen, wie Frau Beermann sie angewiesen hatte. Gewandt und galant half ihr Herr Heinze. Wieder klang Beifall auf, sei es nun, daß er der kleinen Vorstellung galt oder dem Kleid; es war ärmellos und brachte Monikas schöne Schultern voll zur Geltung.

Die Kugelschreiber der Kunden flogen über das Papier.

Monika schlüpfte hinter den Vorhang zurück. Frau Beermann half ihr, sich in Windeseile umzuziehen, während die anderen Mannequins nacheinander vortraten. So ging es weiter mit kurzen Verschnaufpausen, in wechselnden Kleidern, vor immer neuen Kunden. Bis zum frühen Abend hatte Monika es auch gelernt, sich ohne Hilfe geschickt die Jacken abzustreifen. Sie wußte jetzt auch, daß die Arbeit eines Mannequins schwer und ermüdend war. Die Beine taten ihr weh, und sie hatte das Gefühl, daß ihr Lächeln eingefroren war.

Überraschend fragte Herr Ziller sie, ob er sie nach Hause fahren könnte. Erleichtert stimmte sie zu.

»Na, hat es Ihnen Spaß gemacht?« fragte er, als sie über die Leopoldstraße in Richtung Englischer Garten fuhren.

»Das kann ich nicht behaupten«, erwiderte sie ehrlich.

»Aber Sie haben ganz den Eindruck gemacht.«

»Das gehört ja wohl dazu. Die Kunden sollen doch das Gefühl haben, daß ich mich in diesen Sachen wohl fühle, und das stimmt ja auch. Privat würde ich sie gern tragen.«

»Das dürfen Sie. Wenn die Modewochen vorbei sind, können Sie sich ein paar Lieblingsstücke aussuchen.«

»Oh!« sagte Monika.

»Das macht's Ihnen schmackhafter, wie?«

»Ich verstehe nicht...«

»Weiter vorzuführen. Ich möchte auf Sie in der Verkaufsetage nicht verzichten, und Frau Beermann ist ganz meiner Meinung.«

»Aber es ist nicht mein Beruf.«

»Vielleicht gerade deshalb. Sie haben nicht diese Routine, durch die nur zu oft Langeweile schimmert. Zudem sind Ihnen die Sachen ja auf den Leib geschneidert. Es braucht nichts gesteckt oder gerafft zu werden.«

»Ich möchte es trotzdem nicht weitermachen. Das ist nichts für mich. Bitte, Herr Ziller, haben Sie Verständnis!«

»Ich dachte, Sie fühlten sich unserer Firma verbunden.«

»Das tue ich ja auch.«

»Dann dürfen Sie jetzt nicht kneifen. Um die Wahrheit zu sagen: die Modelle, die Sie vorgeführt haben, sind besonders stark geordert worden. Etwa fünfzehn Prozent mehr als die anderen. An Ihrem guten Willen, meine liebe Frau Baron, hängt nicht nur der Profit, sondern auch die Sicherheit von Arbeitsplätzen.«

Dazu wußte Monika nichts zu sagen; sie saß in der Falle.

»Übrigens ist sogar das Brautkleid sehr viel stärker geordert worden, als zu erwarten war. Sie müssen eine bezaubernde Braut gewesen sein.«

»Ich habe im Dirndl geheiratet.«

»Sehr schade.«

»Es war eine ganz kleine Hochzeit.«

»Das nächste Mal feiern Sie richtig! Noch jede Frau, die das versäumt hat, hat es bereut.«

»Es wird kein nächstes Mal geben.«

»Wer weiß.«

Monika konnte ihrem Chef nicht recht geben, wollte ihm aber auch nicht widersprechen, und so wechselte sie das Thema. »Was ist mit der Büroarbeit?« fragte sie.

»Die muß, jedenfalls in gewissem Maße, weitergehen. Die Bestellungen müssen aufgeschlüsselt und im Computer gespeichert werden. Das läßt sich aber nebenher machen. Zur Not hängen wir einen Samstag dran.« Er sah sie von der Seite an. »Oder wird das Ihrem Mann nicht recht sein?«

»Er hat sehr viel Geduld.«

»Das muß er ja auch, solange er keine Arbeit gefunden hat. Oder hat er wieder?«

»Nein.«

»Dann sind doch wohl eher Sie es, die Geduld zeigt.«

»Es ist nicht seine Schuld.«

»Für einen jungen Kerl wie ihn sollte es doch eine Möglichkeit geben, irgendwo zuzupacken.«

»Er ist zwar jung, aber kein Kerl.«

»Ich habe das nicht abträglich gesagt.«

»Sie machen sich eine falsche Vorstellung von ihm. Aber das ist ja auch ganz egal.«

Sie durchfuhren jetzt den großen Park, in dem es noch kaum Anzeichen des beginnenden Frühlings gab. Einzig ein Strauch Zaubernuß hatte, wie zum Trotz, seine gelben Blüten aufgesetzt. Aber die Bäume waren noch kahl, und auf den Wiesen lag Schnee. Monika schauderte.

»Was ist Ihnen?« fragte Hartmut Ziller.

»Das hier«, sagte sie mit einer Handbewegung, »paßt so gar nicht zu unseren Kleidern. Ich hatte die Illusion, es wäre schon Sommer, dabei ist noch nicht einmal Frühling.«

»Das ist nun mal in unserer Branche so«, erklärte er ungerührt, »im Sommer Modelle des kommenden Winters vorzuführen ist wesentlich schlimmer.«

»Heitere Aussichten!«

Flüchtig legte er die Hand auf ihr Knie. »Sie sollen es ja nicht umsonst tun, Monika! Selbstverständlich kriegen Sie einen Bonus, je nachdem, wie die Aufträge eingegangen sind. Ich habe nicht vor, Sie auszunutzen.«

Monika mochte nicht sagen, daß sie manchmal genau diesen Eindruck hatte.

»Meiner Frau Briegel«, fuhr er in ihr Schweigen hinein fort, »hätte ich das nie zugemutet. Auch Sie hätte ich nicht als Mannequin auftreten lassen, wenn Sie nur genauso gut wie die anderen wären. Aber Sie sind besser, viel besser.«

»Tatsächlich?«

»Bilden Sie sich nur nichts darauf ein. Es liegt nicht an Ihrem Können, sondern an Ihrer Schönheit. Sie sind jung und schön und frisch und sympathisch. So was verkauft sich halt.«

Er sagte das ganz sachlich, und doch hatte Monika plötzlich das Gefühl, daß sie ihm auch persönlich etwas bedeutete. Sie selber kam sich überhaupt nicht so bezaubernd vor, wie er sie geschildert hatte. Also mußte er sie wohl mit verliebten Augen sehen.

›Nur das nicht!‹ dachte sie und erklärte: »An mir ist gar nichts Besonderes. Wenn Sie mich näher kennen würden...«

»Das möchte ich sehr gern!«

»Da wir Tag für Tag zusammen sind, werden Sie schon noch dahinterkommen!« Bewußt versuchte sie, ein sachliches Thema anzuschneiden: »Haben Sie eigentlich schon einen Eindruck, was sich am besten verkauft hat?«

Er merkte ihre Absicht und erwiderte kurz: »Dazu ist es noch zu früh.«

»Ich weiß, aber trotzdem, ein gewisser Trend müßte sich doch jetzt schon zeigen. Was zum Beispiel hat Frau Stadler geordert? Ich glaube, daß sie eine gute Nase für Modedinge hat.«

Da Hartmut Ziller für seine Moden und nur für seine Moden lebte, gelang es ihr tatsächlich, ihn abzulenken. Aber sie war erleichtert, als sie den Prinzregentenplatz erreicht hatten.

»So«, sagte sie, »hier können Sie mich absetzen! Und vielen Dank!«

»Ich fahre Sie nach Hause!« widersprach er.

»Wie Sie wollen. Wir wohnen am Shakespeareplatz.« Sie überlegte, ob er erwartete, daß sie ihn zu sich hinaufbitten würde, aber sie tat es nicht. Ihr bißchen Privatleben wollte sie denn doch verteidigen. Überdies traute sie ihm durchaus zu, daß er versuchen könnte, ihren Mann zu reizen. Daß er sehr gut aussah und noch keine Vierzig war, kam dazu. Aus Gründen, die ihr selber nicht ganz klar waren, pflegte sie ihn Oliver und Sven als bärbeißigen alten Mann zu schildern.

So zeigte sie ihm denn das Haus von außen, bedankte sich noch einmal und sprang aus dem Auto. Ob er enttäuscht war oder nicht, hätte sie nicht zu sagen gewußt. Es war ihr auch gleichgültig.

Monika veränderte sich, ohne es zu merken. Sie gewann an Selbstgefühl, wurde ausgeglichener und fröhlicher. Oliver gefiel die neue Monika. Obwohl er selber ganz anders war, verstand er, daß sie glücklich war, mehr und mehr Verantwortung übertragen zu bekommen. Aber er begriff nicht, warum sie in ihrer kargen Freizeit, meist samstags vormittags, durch die eleganten Modegeschäfte streifte, Stoffe prüfte und Modelle anprobierte, die sie gar nicht kaufen wollte. Sie hielt es für wichtig festzustellen, was die Konkurrenz machte und was die Endverbraucher wünschten. Monika identifizierte sich mit den ›Ziller-Moden‹; sie wollte nicht nur selber erfolgreich in der Firma sein, sondern wollte, daß die Firma Erfolg hatte.

Oliver hatte in ›Arnold & Corf‹ immer nur den Brötchengeber gesehen, und es war ihm gleichgültig gewesen, wie die Geschäfte liefen. Monikas Einstellung war ganz anders. Da sie zuerst im Betrieb ihres Vaters gearbeitet hatte, von dessen Wohl und Wehe sie und ihre Familie abhängig gewesen waren, lag ihr der Geschäftssinn im Blut.

Gabriele, die sich häufig an den Wochenenden blicken ließ, sagte wieder einmal mehr: »Du bist ganz wie Mutter. Die nimmt die Arbeit genauso wichtig.«

»Ist sie das nicht?«

»Nicht so wie das Privatleben. Ich finde, in der Jugend sollte man sein Leben genießen.«

Monika zweifelte daran, daß Gabriele das wirklich tat. Sie hatte zu viel von überfüllten Hörsälen gehört und gelesen, wußte auch, daß die Rechtswissenschaft ein sehr trockenes Studium war. Wenn Gabriele einen Freund oder einen wirklich netten Kreis gefunden hätte, wäre sie nicht so oft bei ihnen aufgetaucht. Aber sie sprach es nicht aus, weil sie die Schwester nicht ärgern wollte.

Statt dessen sagte sie: »Ich gebe zu, daß ich eine mächtige Wut auf Barbara hatte, trotzdem finde ich sie bewundernswert.«

»Weil sie sich in die Arbeit gestürzt hat? Ich bitte dich! Wenn du mich fragst: sie hätte was Besseres mit ihrem Leben anfangen können. Außerdem kommt sie auch nicht sehr gut zurecht.«

»Sagt sie das?«

»Das würde sie nie zugeben. Aber ich habe doch Augen im Kopf. Dich habe ich noch niemals halb so gestreßt gesehen wie sie, weder früher noch jetzt. Wahrscheinlich macht ihr die Technik zu schaffen.«

Monika lächelte. »Ja, die verfluchte Technik. Wie gehen denn die Geschäfte?«

»Null Ahnung. Solange ich regelmäßig meinen Scheck kriege, ist es mir egal.« –

Oliver schrieb laufend Bewerbungen, mehr um seinen guten Willen zu zeigen, als daß er wirklich hätte arbeiten wollen. Wenn es zu einem Vorstellungsgespräch kam, was dann jedesmal schiefging, erzählte er in Form einer lustigen Anekdote davon. Seine Freunde lachten, und Monika lachte mit. Sie dachte, daß er sich, wenn die Arbeitslosenunterstützung auslief, bestimmt ernsthaft bemühen würde. Ihr genügte es, daß er gut gelaunt, ausgeruht und liebevoll war.

Es war ihr auch klar, daß er ihre beruflichen Interessen nicht teilen konnte. Wenn sie ihm von Ereignissen im Betrieb erzählte, hörte er ihr zwar aufmerksam zu. Daß es eine Katastrophe war, wenn etwa zwei konkurrierende Geschäfte in einer Kleinstadt die gleiche Kollektion erhalten hatten oder wenn eine Partie Mäntel nicht in genau der Qualität geliefert werden konnten, wie sie geordert worden waren, verstand er nicht. Er fand es höchstens komisch.

Aber er war damit einverstanden, den Urlaub in diesem Jahr mit ihr in Paris zu verbringen. Monika wünschte es der Mode wegen und um sich an den Leistungen der Haute Couture zu orientieren. Aber sie streifte auch mit Oliver unermüdlich durch die Stadt an der Seine, besuchte den Louvre, das Jeu de Paume und das Wachsfigurenkabinett. In kleinen Straßencafés ruhten sie sich dann aus und beobachteten das vorbeischlendernde Publikum. Etwas enttäuscht waren sie, daß man kaum Pariser sah, sondern daß Paris von Ausländern zu wimmeln schien. Aber auch so war es herrlich.

Abends gingen sie ins ›Lido‹ und bewunderten eine aufwendige Revue. Sie nahmen an einer Motorbootfahrt mit Tanz und Musik teil. Einmal konnten sie auch Karten für das ›Crazy Horse‹ ergattern. Oliver bewunderte die schönen Mädchen, die sich so ungeniert auszogen, Monika bedauerte sie.

Auch auf dieser Reise war Oliver strahlend und

voller Einfälle. Aber der Abschied fiel ihm diesmal nicht so schwer, und Monika nahm es als gutes Zeichen.

Er behauptete: »Wenn wir erst zurück sind, werde ich bestimmt was unternehmen, verlaß dich drauf!«

Monika glaubte ihm. Er hatte inzwischen Zeit gehabt, sich vom Tod seiner Mutter zu erholen, und sie konnte sich nicht vorstellen, daß irgend jemand einfach so dahinleben konnte. Sie selber war schon wieder ganz arbeitshungrig.

In der Firma wartete eine Überraschung auf sie. Es hatte sich herausgestellt, daß die letzten Lieferungen in die Schweiz zu spät, erst mitten in der Saison, eingetroffen waren. Deshalb wollte man den Schweizern Gelgenheit geben, schon auf einer Vorkollektion zu wählen. Da man ihnen aber nicht zumuten wollte, außerhalb der Modewochen nach München zu kommen, sollte die Vorführung in Zürich stattfinden. Frau Beermann hatte schon alles organisiert. Sie war in Zürich gewesen, hatte eine Hotelsuite reservieren lassen und zwei Mannequins engagiert. Auch die Termine standen bereits fest. Da Herr Heinze im Urlaub war, sollte Monika sie begleiten und auch mit vorführen.

»Das wird eine nützliche Erfahrung für Sie sein!« sagte Hartmut Ziller, und etwas lauernd fügte er hinzu: »Oder wird Ihr Mann etwas dagegen haben?«

»Er ist bestimmt nicht gern allein, aber er wird's schon verkraften. Schließlich waren wir ja gerade vierzehn Tage lang ununterbrochen zusammen.«

»Sehr schön. Dann stellen wir noch heute hier im Werk die Vorkollektion zusammen. Verständigen Sie den Zoll. Jedes einzelne Stück muß deklariert sein, damit wir die Sachen unverzollt in die Schweiz und wieder zurück bringen können. Frau Beermann und

Sie fahren zusammen im Lieferwagen. Vielleicht können Sie sich unterwegs am Steuer abwechseln. Montag früh geht es los. Die Vorführung dauert drei Tage. Am Freitag sind Sie wieder zurück.«

Monika tat es leid, Oliver allein lassen zu müssen, aber sie freute sich auch auf Zürich, von dem sie, wie sich später herausstellen sollte, herzlich wenig zu sehen bekommen würde.

Oliver nahm es gelassen auf. »Ich werde mir schon irgendwie die Zeit vertreiben!« – Er brachte sie sogar mit ihrem Köfferchen am Montag morgen mit dem Auto in die Firma. Monika fuhr nicht hinauf in ihr Büro, sondern wartete bei dem Lieferwagen, dessen Laderaum schon zwei Tage zuvor versiegelt worden war. Eine gute halbe Stunde verging, und nichts geschah.

Dann kam Inge Gross, eine Assistentin des Couturiers auf den Hof und teilte ihr atemlos mit, daß es noch etwas dauern könnte.

»Was ist denn los?«

»Die Beermann ist nicht erschienen.«

Monika, die Unpünktlichkeit haßte, stieß einen Fluch aus.

»Reg dich nicht auf!« sagte Inge. »In fünf Stunden seid ihr in Zürich. Also ist noch Zeit genug.«

»Aber wenn sie nun krank ist? Was dann?«

»Wird ein anderer mit dir fahren. Allein läßt der Chef dich bestimmt nicht.«

»Das könnte ich auch nicht.«

»Wie schön, daß es noch etwas gibt, was du dir nicht zutraust«, sagte Inge süffisant und ließ sie stehen.

Monika wartete.

Endlich kam der Chef selber auf den Hof. Als Monika schon von weitem den kleinen Koffer in seiner Hand sah, wußte sie sofort, was los war. Daß sie allein mit Hartmut Ziller verreisen sollte, hatte sie nicht erwartet. Aber es war zu spät, einen Einwand dagegen zu erheben. Außerdem hätte sie es auch wohl dann nicht gekonnt, wenn es von Anfang an so geplant gewesen wäre. Monika hielt es für das beste, ihr Unbehagen nicht zu zeigen, sondern sich ganz sachlich und unbefangen zu geben. Als er dann vor ihr stand, hatte sie sich so weit gefaßt, daß sie ihm ruhig und freundlich entgegenblicken konnte.

»Tut mir leid, daß Sie warten mußten«, sagte er, »aber ich habe mir erst noch ein paar Klamotten aus der Wohnung holen lassen müssen.«

»Es hat ja nicht so lange gedauert.«

Er schloß den Wagen auf, und Monika stieg von der anderen Seite her ein. Ihr Köfferchen verstaute sie hinter dem Sitz.

»Sie wissen, was mit Frau Beermann passiert ist?«
»Nein.«

»Ein Migräneanfall! Die mit ihrer verdammten Migräne! Ich sehe schon, daß ich mich von ihr trennen muß.«

»Aber sie kann doch nichts dafür, wenn sie krank ist.«

»Dummheit ist auch keine Schuld und trotzdem ein Kündigungsgrund.«

Schweigend durchquerten sie die Stadt. Es herrschte starker Berufsverkehr, sie kamen nur langsam voran, und Hartmut Ziller mußte sich konzentrieren. Hin und wieder fluchte er grimmig. Monika saß mucksmäuschenstill, um ihn nur ja nicht abzulenken oder seinen Zorn auf sich zu ziehen. Endlich hatten sie die Autobahn Ulm erreicht, und er konnte in den vierten Gang schalten und Gas geben.

»Wissen Sie, was mir an Ihnen so gut gefällt, Frau Baron?« fragte er und lehnte sich zurück, das Steuer fest in den Händen. »Daß Sie nie krank sind.«

»Das liegt in der Familie«, erklärte Monika und

erzählte von ihrem Vater, der viel zu jung hatte sterben müssen, weil er vor sich selber nicht hatte wahrhaben wollen, daß er ernstlich erkrankt war.

Ihn interessierte es, daß ihr Vater Fabrikbesitzer gewesen war. »Schade, daß ich ihn nicht mehr kennengelernt habe. Wir hätten sicher manches gemeinsam gehabt. Ich habe meine Firma ja auch aus dem Boden gestampft.« Er berichtete von den Anfängen der ›Ziller-Moden‹, von den Schwierigkeiten, sich einen Namen zu machen und sich in der Branche durchzusetzen. »Heute kann ich, glaube ich, sagen, daß ich es geschafft habe. Aber meine Ehe ist darüber in die Brüche gegangen.«

»Ich wußte gar nicht, daß Sie verheiratet sind.«

»Ich war es.«

»Kinder?«

»Zwei Mädchen.«

»Dann hätte ich mich nicht scheiden lassen«, meinte sie spontan.

Er lächelte und warf ihr einen kurzen Seitenblick zu.

»Meine Frau wollte es so. Da war nichts zu machen.«

»Warum?« fragte Monika, entschuldigte sich dann aber gleich darauf. »Das geht mich natürlich nichts an.«

»Ach, lassen Sie nur, es tut ganz gut, mal darüber zu sprechen. Es ist eine banale Geschichte. Sie fand, daß ich zu wenig Zeit für sie hatte, fühlte sich vernachlässigt.«

»Hätten Sie das nicht ändern können?«

»Ich weiß es nicht. Um die Wahrheit zu sagen: wir waren zehn Jahre verheiratet. Da interessiert einen die Frau weniger als der Beruf. Ich hatte keine Lust, mit ihr Händchen zu halten und dummes Zeug zu reden, wie sie es sich wünschte.«

»Das klingt sehr hart.«

»Das hat meine Frau mir auch immer zum Vorwurf gemacht: daß ich zu hart sei. Aber so bin ich nun einmal. Ich kann es nicht ändern.«

Obwohl Monika und ihr Chef in der Vergangenheit viele Stunden lang täglich zusammen gewesen waren, hatten sie noch niemals ein privates Gespräch geführt. Aber jetzt, in der engen Kabine des Lieferwagens, hatten beide das Bedürfnis danach. Während sie durch die herbstliche Landschaft fuhren, fühlten sie sich vom Geschäftsalltag abgeschnitten und einander nahe wie nie zuvor.

»Und ihr Mann?« fragte er.

»Oliver ist ganz anders. Er ist nicht hart, sondern intelligent, charmant, bezaubernd...« Sie suchte nach Worten, ihn zu beschreiben.

»Aber ein Taugenichts«, ergänzte Hartmut Ziller unumwunden.

»Wie können Sie das sagen!«

»Stimmt das etwa nicht?«

»Ganz und gar nicht. Er ist vielleicht ein bißchen... unbedacht, irgendwie noch nicht ganz erwachsen. Aber das ist nicht seine Schuld. Seine Mutter war eine sehr starke Persönlichkeit, und sie hat ihn immer an seinem verstorbenen Vater gemessen, der ein großer Musiker gewesen sein soll. Sie hat ihn in einen Beruf gedrängt, der ihm eigentlich nicht liegt... oder von dem er glaubt, daß er ihm nicht liegt, weil er hineingedrängt worden ist. Man muß ihm Zeit lassen.«

»Dann ist er keinesfalls reif für die Ehe.«

»Waren Sie es denn?«

Er lachte. »Gut pariert! Nein, ich war es nicht. Hätte ich damals gewußt, was auf mich zukommen würde, hätte ich mich niemals darauf eingelassen.«

Bei Ulm verließen sie die Autobahn und schlängelten sich ab Memmingen über Landstraßen zum Bodensee, vorbei an Weinbergen, sanften Hügeln und durch alte Dörfer. Die Gegend wurde immer lieblicher. Im schönen Konstanz gönnten sie sich eine Mittagspause. Sie bestellten in einem gemütlichen Gasthof Sauerbraten und Spätzle.

»Wie gern würde ich jetzt ein Glas Wein trinken!« sagte er. »Aber zum Teufel, ich muß noch fahren!«

»Wir könnten tauschen«, schlug sie vor, »ich würde Sie gern am Steuer ablösen.«

»Kommt gar nicht in Frage.«

»Aber Frau Beermann hätte ich ablösen sollen!«

»Das wäre etwas ganz anderes gewesen. Jetzt bin ich da.«

Monika wußte, daß es keinen Zweck hatte, ihm weiter zuzureden. Also hielt sie den Mund.

»In einer anderen Sache aber«, sagte er zögernd, wie es sonst nicht seine Art war, »können Sie mir allerdings sehr helfen.«

»Ja? Sie wissen, ich tue, was ich kann.«

»Haben Sie schon daran gedacht, wer die Conférence machen soll?«

Sie verstand sofort. »Nur das nicht!«

»Sie können es bestimmt besser als ich. In solchen Dingen habe ich kein Talent.«

Es rührte sie, daß er das zugab; es mußte ihm schwergefallen sein.

»Und wenn ich nun was verwechsle, mich verspreche oder verhasple?«

»Falls das Ihnen passiert, ist es halb so schlimm. Sie sind eine schöne junge Frau, Ihnen wird man es nachsehen. Aber ich bin der Chef. Für mich wäre es eine tödliche Blamage. Außerdem können Sie den Text einfach ablesen.«

»Nein, das werde ich nicht!« sagte Monika entschlossen.

»Wennschon, dann mache ich es richtig. Ich werde die Liste auswendig lernen.«

»Das ist die richtige Auffassung!« Er lächelte sehr erleichtert. »Ich wußte, daß ich mich auf Sie verlassen kann!« –

Die Folge dieses etwas voreiligen Versprechens war, daß Monika dann den Nachmittag, den Abend und noch einige Stunden der Nacht in ihrem kleinen Hotelzimmer in Zürich saß und die Namen der einzelnen Modelle lernte, die Farben und die Materialien, in denen sie geliefert werden konnten. Es half ihr, daß sie alle Stücke der Vorkollektion schon von ihrer Herstellung her kannte, nur die teils recht fantastischen Bezeichnungen, die sich die Werbung ausgedacht hatte, waren ihr neu. Zudem mußte sie sich die genaue Reihenfolge einprägen und zumindest einige heitere Zwischentexte ausdenken, mit denen sie die Pausen überbrücken und die Kunden bei Laune halten konnte. Bei Herrn Heinze hatte sie erlebt, wie das klingen mußte. Aber für sie war es eine ganz ungewohnte und harte Arbeit, etwas Ähnliches selber zu erfinden.

Gegen acht Uhr abends hatte Hartmut Ziller angerufen und sie aufgefordert, zum Essen in das Hotelrestaurant zu kommen. Aber sie hatte abgelehnt.

»Soll ich Ihnen eine Kleinigkeit auf Ihr Zimmer schicken?«

»Nein, danke. Ich könnte keinen Bissen hinunterwürgen.«

»Bloß nicht nervös werden! Es wird schon klappen. Übrigens habe ich eine Neuigkeit! Ich habe ein Mannequin zusätzlich engagiert. Sie brauchen morgen also nicht vorführen... höchstens während der Kundengespräche.«

Das war eine gute Neuigkeit. Monika hatte sich zwar inzwischen an die Arbeit als Mannequin gewöhnt. Aber wohl dabei fühlte sie sich immer noch nicht. Ihr blieb das Unbehagen, nicht nur die Modelle, sondern auch sich selber zur Schau zu stellen.

Monika und Hartmut Ziller waren in einem Hotel in der Nähe des Züricher Hauptbahnhofes abgestiegen. Frau Beermann hatte für die Modeschau eine Suite gemietet, zu der ein Schlafzimmer gehörte, das er benutzte, und zwei große Wohnräume; in dem einen konnten sich die Mannequins umziehen, dann durch einen Türbogen treten und sich zeigen. Im Vorführraum waren entlang der großen Fenster Sitzgruppen für die Kunden arrangiert. Die Termine waren so gelegt, daß jeweils Vertreter von vier Modehäusern gleichzeitig betreut werden konnten. Alles war perfekt.

Die erste Vorführung sollte um zehn Uhr morgens sein, aber Monika war schon zwei Stunden früher dort, während Hartmut Ziller noch frühstückte. Sie vergewisserte sich, daß die Kleidungsstücke in der richtigen Reihenfolge an den Ständern hingen und daß nichts zerknittert war. Als die Mannequins eintrudelten, beschwor sie jede einzelne der jungen Frauen, sich nur ja an diese Ordnung zu halten, damit sie mit ihrer Ansage nicht ins Schleudern käme.

Monika kannte die Schweizer Kunden inzwischen vom Namen und Aussehen her – auch ihre Liste hatte sie sich einprägen müssen – und begrüßte jeden persönlich und mit Handschlag. Sie führte die Gruppen zu ihren Plätzen, bot Fruchtgetränke, Mineralwasser, Kaffee, Tee und Alkoholisches an, bediente, während auch Ziller Kontakt aufnahm.

Es war zehn Minuten nach zehn, als sie beginnen konnte; sie stelle sich neben den Türbogen. »Meine Herren und Damen«, sagte sie mit frischer Stimme, die doch ein ganz klein wenig zitterte, »Sie wissen alle, es ist das erste Mal, daß ›Ziller-Moden‹ zu Ihnen in die Schweiz kommt, aber es soll, wenn es nach uns geht, nicht das letzte Mal sein. Es ist ein Versuch, Ihnen den Einkauf bequemer zu machen und Ihnen schneller als bisher zu der nötigen Ware zu verhelfen. Gewiß ist es nicht einfach, jetzt schon zu bestimmen, was nächsten Sommer Mode sein wird. Aber Sie dürfen sicher sein, daß ›Ziller-Moden‹ im Trend goldrichtig liegen und sich dafür verbürgen, in gleichbleibender Qualität zu liefern.« Nachdem sie diese lange Einleitung ohne Versprecher von sich gegeben hatte, begann sie sich schon sicherer zu fühlen; sie machte das verabredete Zeichen.

Eines der Mannequins trat heraus und ging lächelnd an den Kunden vorbei, drehte sich, damit man sie von allen Seiten betrachten konnte.

»Dies ist unser Modell ›Strandpromenade‹«, erklärte Monika, »ideal für Reise und Urlaub, damenhaft und sehr angezogen mit Jacke...«

Gewandt streifte das Mannequin die Jacke ab.

»...und jugendlich keck ohne. Das Material ist grobe Leinwand, die ruhig auch knittern darf, ohne ihren Charme zu verlieren. Das Modell wird in Grau, Beige, Olive und Bleu hergestellt...«

Die Vorführung dauerte eine knappe Stunde. Nachdem sie beendet war, wünschten die Kunden sich einige der Modelle noch einmal näher anzusehen. Jetzt zog auch Monika sich mit den anderen um. Sie hatte Tisch vier zu betreuen, einen älteren Herrn, Besitzer eines großen Züricher Modehauses. Er war mit einer Assistentin gekommen, die einiges zu bemäkeln hatte. Aber Monika ließ sich nicht aus der Ruhe bringen und gab sachliche Antworten, ohne zum Kauf zu drängen. Am Ende orderten sie gut.

So ging es den ganzen Tag weiter, nur unterbrochen von einer kurzen Mittagspause, in der gerade Zeit für einen kleinen Snack blieb. Die Kunden zeigten sich sehr angetan, Hartmut Ziller war zufrieden, aber am Abend hatte Monika nur noch den Wunsch, ihre Pumps abzustreifen und die Beine hochzulegen. Sie aß auf dem Zimmer. Obwohl alles blendend lief, war sie in der Nacht noch so aufgeregt, daß sie kaum Schlaf fand.

Die Vorkollektion in Zürich wurde ein wirklicher Erfolg.

»Das muß gefeiert werden!« bestimmte Hartmut Ziller, als am Donnerstag abend der letzte Kunde gegangen war.

»Kinder, ich lade euch alle ein!«

Während Hausdiener die Kleiderständer wieder in den Lieferwagen brachten, fuhr die Crew in zwei Taxen durch die Stadt. Endlich sah Monika die berühmte Bahnhofstraße, aber die eleganten Auslagen der Geschäfte konnte sie nur ahnen. Sie fuhren durch die verwinkelten Straßen der Altstadt und später am Ufer entlang. In einem Restaurant hoch über dem See aßen sie dann Felchen und Käsefondue, tranken dazu Fondant, den herben Wein des Landes. Keines der Mannequins achtete an diesem Abend auf seine Linie. Es wurde gelacht und gescherzt, und Monika war die Fröhlichste von allen. Ihr war die Last der Verantwortung von den Schultern genommen. Als sie ins Hotel zurückkamen, nur sie und Hartmut Ziller, war sie ein wenig beschwipst.

»Trinken wir noch einen Schluck in der Suite, Monika?« fragte er. Sie standen sich in der Hotelhalle gegenüber, die bis auf den Nachtportier verlassen war. Auch die meisten Lichter waren schon abgeschaltet.

»Nein, danke, wirklich nicht. Ich bin es nicht gewohnt.«

»Wir könnten uns auch einen Kaffee kommen lassen oder ein Glas Milch... ganz wie du wünschst.«

Jetzt erst begriff sie, was diese späte Einladung bedeutete.

»Wir müssen ja morgen gar nicht zurück«, sagte er, ihren Einwand im vorhinein entkräftend, »wir können ohne weiteres den Freitag noch dranhängen oder das ganze Wochenende. Du hast ja noch gar nichts von Zürich gesehen.«

»Ich danke dir, aber das ist unmöglich.«

»Dann bleibt es also bei einer Tasse Kaffee?«

»Nein«, sagte Monika.

Er legte ihr zwei Finger unter das Kinn und zwang sie so, ihm in die Augen zu sehen. »Und warum nicht?«

»Das weißt du ganz genau.«

»Du unterstellst mir also schlimme Absichten? Vielleicht habe ich die gar nicht. Vielleicht möchte ich den Tag nur ganz ruhig in deiner Gesellschaft ausklingen lassen.«

Sie schüttelte den Kopf. »Das wäre für mich eine zu große Versuchung. Ich bin überdreht und... du bist sehr anziehend.«

»Du möchtest es also?«

»Ich darf es nicht.«

»Niemand würde es je erfahren.«

»Das ändert nichts. Mein Mann vertraut mir, und ich will sein Vertrauen nicht mißbrauchen.« Sie zitterte.

Er küßte sie kurz und heftig auf den Mund. »Ist ja schon gut. Du brauchst keine Angst zu haben. Ich achte dich viel zu sehr, als daß ich... Schluß damit. Bis morgen.« Er ließ sich die Schlüssel geben und drehte sich abrupt ab.

Monikas Knie waren so weich, daß sie sich in den nächsten Sessel fallen lassen mußte. Sie verstand nicht, was mit ihr geschehen war. Sie liebte doch Oliver. Dennoch hatte sie hart gegen den Wunsch kämpfen müssen, mit diesem anderen Mann ins Bett zu gehen.

Sie schämte sich.

Auf der Heimfahrt am nächsten Morgen waren Monika und Hartmut Ziller schweigsam. Beide waren ernüchtert und siezten sich wieder, wenn er sie auch von jetzt an mit dem Vornamen anredete. Sie protestierte nicht dagegen, traute es sich aber selber nicht. Unterwegs sprachen sie nur über geschäftliche Dinge. Er schien ihr nicht böse zu sein, und sie war froh, daß sie der Versuchung widerstanden hatte.

»Wissen Sie was, Monika«, sagte er überraschend, als sie durch München fuhren, »Sie haben hart gearbeitet, und Sie haben eine Verschnaufpause verdient. Ich fahre Sie jetzt nach Hause.«

Das war ein verlockendes Angebot, aber Monika war zu pflichtbewußt, um gleich zuzustimmen. »Und was ist mit den Bestellungen?«

»Die haben Zeit bis Montag... oder, wenn sie Ihnen keine Ruhe lassen, dann schauen Sie doch Samstag ins Büro. Ich lege den Stapel auf Ihren Schreibtisch.«

»Ja, das wäre schön.«

»Also abgemacht. Ruhen Sie sich aus, und wenn Sie Lust haben, kommen Sie morgen. Es muß aber nicht sein.«

Sie lächelte. Er konnte leicht großzügig sein, da er inzwischen wissen mußte, daß er sich auf sie verlassen konnte. Er setzte sie vor der Haustür ab, und als sie sich noch einmal umwandte, um ihm zuzuwinken, fuhr er schon davon. Sie rannte die Treppen hinauf und schloß die Wohnungstür auf.

Schon auf der Schwelle stutzte sie. Irgend etwas war anders als sonst. Aus keinem der Räume klang Musik. Auch aus der Küche drang kein Geräusch, dabei war es doch Mittagszeit. Ihr Köfferchen noch in der Hand, öffnete sie die Tür zu Olivers altem Zimmer.

Oliver lag auf der Couch, und ein Mädchen war bei ihm, nackt wie er selber. Es war Gabriele. Sie hielten in der Bewegung inne und starrten sie an, als wäre sie ein Gespenst.

Seltsamerweise war Monika nicht geschockt; ihr schien das gebotene Bild nur lächerlich und traurig zugleich. »Sehr taktvoll, daß ihr es wenigstens nicht in unserem Ehebett treibt«, sagte sie trocken und zog die Tür wieder zu. Sie wunderte sich über sich selbst. Sie wäre gerne empört gewesen, aber sie war es nicht. Nicht einmal Eifersucht empfand sie. Die beiden kamen ihr vor wie Kinder, die verbotene Spiele spielten.

Als sie gerade erst begonnen hatte, ihr Köfferchen auszupacken, war Oliver schon bei ihr. Er erschien in der Schlafzimmertür, barfuß und nur in seiner Jeans, an deren Reißverschluß er noch nestelte. Sein Gesicht war weiß, und seine Augen blickten verstört.

»Verzeih mir, Monika, ich habe ja nicht gewußt...«

»Und ich habe nicht geahnt, daß ich mich anmelden muß, wenn ich überraschend nach Hause komme.«

»Es ist nun einmal passiert... dieses eine Mal, das mußt du mir glauben!«

»Das macht es auch nicht besser«, erklärte sie kalt, nicht deshalb, weil sie ihm böse war, sondern weil er eine derartige Reaktion von ihr zu erwarten schien.

»Ich wollte es nicht, wirklich nicht, aber Gabriele hat...« Er brach ab. »Es ist idiotisch.«

»Da hast du sehr recht.«

»Was wirst du jetzt tun?«

»Ich werde Gabriele verbieten, je wieder herzukommen. Aber ich weiß nicht, ob das etwas nutzt. Ich kann es ja nicht kontrollieren.«

»Ich werde sie nie wiedersehn, das schwöre ich dir! Ich werde sie rauswerfen.«

»Hoffen wir, daß es nicht dazu kommt!« Monika konnte sich Oliver nur schwer in der Rolle des Rauswerfers vorstellen. »Wo steckt eigentlich Sven?«

»Hat eine Verabredung.«

Monika verstand. Gabriele hatte schon lange auf eine Gelegenheit gewartet, mit Oliver allein zu sein. Doch die hatte sich erst heute ergeben. Falls Olivers Darstellung stimmte. Aber Monika war geneigt, ihm zu glauben. Sven hätte sich bestimmt nicht in die Rolle des Mitwissers drängen lassen.

»Reden wir nicht mehr davon«, sagte sie.

»Du verläßt mich nicht?«

»Wegen Gabriele? Das würde ihr so passen.«

»Ach, Monika!« sagte er erleichtert, machte einen Schritt auf sie zu, blieb dann aber doch wieder stehen.

Ihr Blick sagte ihm, daß sie noch nicht so weit war, sich von ihm in die Arme nehmen zu lassen.

Später, als Monika in der Küche stand und, eine Schürze vorgebunden, Fisch panierte, kam Gabriele zu ihr. Monika musterte sie nur aus den Augenwinkeln. Die Schwester trug Jeans und ein knappes rosa Sweatshirt, unter dem ihr kleiner, haltloser Busen hüpfte. Sie hatte sich sorgfältig geschminkt.

»Tut mir leid«, sagte sie sehr obenhin.

»So siehst du gerade aus.«

»Tut mir wirklich leid... ich meine, daß du so hereingeplatzt bist. Wir konnten ja nicht ahnen, daß du...«

»Spar deinen Atem! Ich erwarte keine Erklärung von dir.«

»Mehr als mich entschuldigen kann ich nicht. Es ist nun mal passiert.«

»Du sagst es. Und jetzt... schwirr ab!«

Gabriele begehrte auf. »Es ist nicht meine Schuld, wenn du deinen Mann nicht halten kannst!«

»Und ob ich das kann! Du wirst schon sehen.«
Monika tat Butter in die heiße Pfanne. »Dieser Seitensprung mit dir bedeutet nichts, aber auch schon gar nichts.«

»Da wäre ich mir nicht so sicher!«

»Ich bin's aber!« Monika hielt die Pfanne schräg, so daß sich die Butter verteilen konnte, und legte die Fischfilets hinein. »Zisch ab und laß dich nie wieder hier blicken!«

»Ist das dein Ernst?« Mit einem Schlag zerbrach Gabrieles aufgesetzter Gleichmut.

Jetzt erst sah Monika sie wirklich an und fand sie bemitleidenswert, ein dünnes, viel zu stark geschminktes Mädchen in einem erbärmlichen Aufzug. Sie begriff, wie sehr die Schwester sie beneiden mußte, wegen ihres Mannes, ihrer schönen Kleider, ihres Geldes und ihrer Selbstsicherheit. »Du hast es gewollt, daß ich es erfahren sollte, nicht wahr?« Gabriele zuckte die Achseln. »Ist doch ganz gut, daß du jetzt weißt, woran du mit ihm bist.«

»So ähnlich hatte ich mir das vorgestellt.«

»Früher oder später hättest du es ja doch rausbekommen.«

»Er ist ein Mann und kein Engel. Ich habe das immer gewußt, auch daß du es drauf anlegen würdest, ihn zu verführen. Ich war nicht so wahnsinnig überrascht, wie du dir einbildest. Also verschwinde endlich! Worauf wartest du noch?«

»Es war falsch von mir, aber es hat mich einfach gereizt...«

»Verschone mich mit Einzelheiten!«

»Bitte, Monika, bitte, sei mir doch nicht böse!«

»Bin ich ja gar nicht.«

»Wirklich nicht?«

»Nein. Aber ich erwarte von dir, daß du dich eine Weile von hier fernhältst. Daß du aufhörst, hier ein und aus zu gehen, als wäre es dein Zuhause. Warte, bis ich dich anrufe, oder... von mir aus... ruf selber an und frag, ob es paßt.« Und in ihrem breitesten Bayrisch fügte sie hinzu: »Host mi?«

Gabriele atmete auf. »Du bist lieb!« Auch sie wollte Monika versöhnlich in die Arme nehmen, aber auch sie traute es sich dann nicht. »Bis bald!« sagte sie statt dessen und wandte sich zum Gehen.

»Nicht zu bald!« rief Monika ihr nach. Sie fragte sich, wie sie diesen Treuebruch wohl aufgenommen hätte, wenn sie nicht an sich selber erfahren hätte, wie stark eine Versuchung sein kann.

In der nächsten Zeit gingen Monika und Oliver sehr vorsichtig miteinander um. Sie hatten ihre Unbefangenheit verloren. Es half ihnen, daß sie selten allein waren.

Anfangs war es Oliver unheimlich, daß ihm Monika keine stärkeren Vorwürfe gemacht hatte. Aber schon bald zog er daraus den Schluß, daß sein Vergehen demnach auch gar nicht so schlimm gewesen war. Er fand zu seinem charmanten, schillernden Selbst zurück, und das ärgerte Monika. Ihrer Meinung nach hätte er noch länger den reuigen Sünder spielen sollen, gerade weil sie ihm keine Vorhaltungen machte. Sie gab sich nicht zu, daß sie trotz ihrer äußeren Gelassenheit eben doch verletzt und nachtragend war.

Auch zwischen ihr und Hartmut Ziller herrschte Spannung. Das Bewußtsein, daß sie einander anzogen, war nicht leicht zu überspielen. Sie sprachen nie mehr darüber, und er machte auch nie einen Versuch, sie zu berühren. Monika verbat sich auch die leiseste Koketterie und gab sich betont sachlich. Aber zuweilen, wenn ihre Augen sich trafen, durchzuckte es sie wie ein elektrischer Strom.

Monika dachte schon daran zu kündigen. Sie

wußte, daß es das einzig Richtige gewesen wäre. Aber sie tat es doch nicht. Vor sich selber entschuldigte sie sich damit, daß sie es sich finanziell nicht leisten könnte. Tatsächlich ertrug sie den Gedanken nicht, Hartmut Ziller nie wiederzusehen.

Anfang Dezember sorgte Oliver für eine Überraschung. Es war Mitte der Woche. Er und Sven waren nicht dagewesen, als sie nach Hause kam. Sie hatte einen Zettel mit einer Entschuldigung gefunden, hatte allein gegessen und saß vor dem Fernseher, als die beiden jungen Männer hereinstürmten.

»Mach die Kiste aus!« rief Oliver.

Sven tat es, obwohl Monika protestierte. »Wir haben dir was zu sagen!«

»Endlich ist es soweit! Wir haben eine Band gegründet!«

Monika war nicht so beeindruckt, wie sie erwartet hatten. Die warnenden Worte Marias schossen ihr durch den Kopf. Aber sie wollte ihnen den Spaß nicht verderben und tat, als wenn sie sich freute. »Ach, wirklich?« fragte sie, und es klang lahm in ihren eigenen Ohren.

Die Freunde bemerkten es in ihrem Überschwang gar nicht.

»Wir hatten das schon lange vor!« verkündete Oliver. »Was glaubst du, was wir den Sommer über gemacht haben? Geübt, ein ganzes Repertoire zusammengestellt... Jetzt ist es soweit.«

»Aber ihr zwei allein...«

»Tilo macht natürlich mit. Aber er will seinen Beruf nicht aufgeben. Deshalb können wir nur am Wochenende spielen, verstehst du?«

»Ja, aber dann bin ich doch allein! Oder kann ich mitkommen?«

»Lieber nicht. Wenigstens zu Anfang. Das würde uns irritieren.«

»Außerdem können wir dir nicht zumuten, daß du bis in die Puppen hinein in irgend so einem verräuchertem Lokal herumsitzt«, fügte Sven hinzu.

»Wie rücksichtsvoll!«

Aber sie überhörten ihren Sarkasmus.

»Wir haben auch einen Sänger«, erzählte Oliver, »hundejung, knapp aus dem Stimmbruch. Aber ein toller Bursche!«

»Helmut hat ihn aufgetan, verstehst du? Greg hat Kassetten von sich eingeschickt, aber die Bosse wollen sich nicht mit einem so unbeschriebenen Blatt befassen. Deshalb soll er erst mal ganz klein anfangen.«

Sie redeten und redeten, gingen in die Küche und holten Bier, redeten weiter. Sie schienen gar nicht zu merken, daß Monika immer stiller wurde.

Erst als sie allein zusammen in ihrem Schlafzimmer waren, sagte Oliver: »Du darfst nicht glauben, daß ich dich gern allein lasse, mein Herz!«

»Warum tust du es dann?« Sie wußte, wie dumm diese Frage war, aber sie konnte sie nicht zurückhalten.

»Weil ich Geld verdienen muß.«

»Wäre es nicht besser, du würdest dir eine vernünftige Arbeit suchen?«

»Wir unterhalten die Leute. Das ist doch auch was wert.« Er nahm sie in die Arme. »Ich werde viel glücklicher sein, wenn ich etwas zu tun habe, und Musik macht mir nun mal mehr Spaß als alles andere.«

Darauf gab es nichts zu sagen. Sie wollte ihn nicht beherrschen, wie seine Mutter es getan hatte.

Wenn Monika Freitag abends nach Hause kam, waren Oliver und Sven schon fort. Aber sie empfand das nicht als Verlust. Nach einer Woche angestrengter Arbeit war es ganz erholsam, einmal allein zu sein. Den Samstag benutzte sie für Betätigungen im Haus. Sie putzte und rackerte so, daß sie am Abend müde genug war, um schlafen zu können. Aber die Sonntage waren trostlos.

Manchmal ging sie in die Kirche, aber damit brachte sie nur eine Stunde um. Gabriele wäre sicher gerne gekommen, aber gerade sie schien ihr in ihrer Situation nicht die richtige Gesellschaft. Also las sie, ging spazieren, besuchte Museen, kochte sich etwas besonders Gutes und fühlte sich verlassen. Immer öfter dachte sie jetzt an ihre Heimat und an das helle Haus in den Bergen. In Höhenmoos hatte sie sich nie allein gefühlt. Dort hatte sie alle Menschen gekannt. Ohne Oliver war sie in München immer noch eine Fremde.

So hatte sie sich ihre Ehe nicht vorgestellt.

Olivers Band, »Gregs band«, wie sie sich nach dem jungen Sänger nannte, hatte ihre Engagements nie in München, sondern in kleineren Städten der Umgebung. Manchmal spielten sie auch auf Dörfern. Wenn sie in der Sonntagnacht zurückkamen, war Oliver völlig erledigt. Sven war robuster, ihm machte die Anstrengung, der Rauch, der Bierdunst und der Lärm nicht so viel aus. Oliver brauchte Tage, um sich zu erholen, und wirkte geradezu pflegebedürftig. Monika kam sogar der Verdacht, daß er sich nicht nur in der Musik, sondern auch mit Mädchen verausgaben könnte. Aber sie sprach es nicht aus und fragte auch nicht danach, weil es sinnlos gewesen wäre. Oliver hätte ihr doch nicht die Wahrheit gesagt, und falls es so war, wie sie vermutete, wollte sie es lieber gar nicht hören.

Auch die Weihnachtsfeiertage standen unter einem schlechten Stern. Monika konnte und wollte sich nicht damit abfinden, auch Silvester allein verbringen zu müssen. Oliver versuchte ihr klarzumachen, daß sie gerade Silvester ein besonders gutes Engagement hatten. Sie sollten in einem Wintersporthotel in Kitzbühel spielen.

»Das ist eine Chance, verstehst du?«

»Für wen? Doch nur für deinen Sängerknaben. Du willst mir doch wohl nicht weismachen, daß du die Musiziererei auf Dauer betreiben wirst. Das hältst du doch schon gesundheitlich nicht durch!«

»Jedenfalls kann ich die anderen jetzt nicht einfach im Stich lassen.«

»Die anderen! Immer sind die anderen wichtiger als ich! Was ist das überhaupt noch für eine Ehe, die wir führen?« Sie hatten einen heftigen Streit. Monika wußte, daß er nicht einfach alles hinwerfen konnte, um bei ihr zu bleiben. Aber sie war außerstande, weiterhin alles zu schlucken, was er ihr zumutete. Natürlich versöhnten sie sich wieder. Aber diese Versöhnung war nicht echt. Zu viel hatte sich zwischen ihnen angestaut, das durch eine leidenschaftliche Umarmung nicht aus der Welt geschafft werden konnte.

Monika war froh, als sie wieder in die Firma gehen konnte. Die Arbeit war ihr zum Ersatz für ein befriedigendes Privatleben geworden.

Hartmut Ziller erzählte, daß Max Stecher, sein Bielefelder Geschäftsführer, mit seiner Frau zum Jahreswechsel nach München kommen würde. »Wir wollen Silvester zusammen feiern«, sagte er, »ich habe einen Tisch im ›Bayerischen Hof‹ bestellt.« Etwas lauernd, wie es seine Art war, fügte er hinzu: »Sie können sich für den Abend nicht freimachen, Monika?«

»Doch, das kann ich!« sagte sie spontan.

Er war überrascht. »Sie feiern nicht mit Ihrem Mann?«

»Er spielt in einer Band.«

Sie war dankbar, daß er keinen Kommentar dazu abgab.

»Also dann«, sagte er nur, »kann ich mit Ihnen rechnen. Wir treffen uns im Foyer. Punkt acht Uhr. Und machen Sie sich hübsch.«

»Was zieht man denn zu so was an?«

»Sie haben kein Abendkleid? Dann lassen Sie sich eins von Frau Gross geben. Sicher ist noch ein Vorführmodell aufzutreiben!« –

So kam es, daß Monika die Silvesternacht doch nicht einsam vor dem Fernseher in ihrer Wohnung verbrachte, sondern strahlend in den Armen eines Mannes tanzte, der sie begehrte. Max Stecher, den Monika als einen sehr zuverlässigen, aber recht trokkenen Menschen kennengelernt hatte, war so verliebt in seine junge Frau, daß auch die Stimmung am Tisch ausgesprochen fröhlich wurde. Frau Stecher war hübsch und blond, aber etwas nichtssagend. Mit Monika konnte sie sich jedenfalls nicht messen, die in einem eleganten schwarzen Abendkleid, für das sie eigentlich noch zu jung war, bezaubernd schön aussah. Das lange blonde Haar fiel ihr, sorgfältig gefönt, mit einer Innenwelle über den Rücken, und ihre großen blauen Augen leuchteten vor Begeisterung. Die bewundernden Blicke der anderen Männer ließen sie erglühen.

»Alle beneiden mich um dich«, flüsterte Hartmut Ziller ihr während des Tanzes zu, und sie verstand sofort, was er meinte. Er tanzte bei weitem nicht so gut wie Oliver, aber das machte ihr nichts aus. Es schien ihr eine Ewigkeit her, seit sie zuletzt ausgegangen war.

Die Stechers zogen sich kurz nach Mitternacht zurück.

»Willst du noch bleiben?« fragte er.

Sie spürte das Unausgesprochene hinter dieser Frage und schüttelte den Kopf. Ganz offiziell hatten sie während des Abends Brüderschaft getrunken, und sie wußte, daß es von nun an beim ›Du‹ bleiben würde. Sie wußte auch, wie dieser Abend enden würde; sie hatte es von Anfang an geahnt und wehrte sich nicht mehr dagegen.

Hartmut Ziller bewohnte ein schönes Apartment im Schwabinger ›Kurfürstenhof‹ das aber auffallend karg eingerichtet war. Es war die Wohnung eines Mannes, der praktisch dachte und keine Gemütlichkeit brauchte. Schon im Taxi hatten sie sich leidenschaftlich geküßt, und jetzt konnten sie nicht schnell genug aus ihren Kleidern kommen. Monika verschwand im Bad, und als sie zurückkam, nackt unter seinem Bademantel, erwartete er sie schon in seinem Bett. Der Alkohol und das Gefühl, von ihrem Mann enttäuscht zu sein, nahmen Monika jede Hemmung.

Sie liebten sich, und es war anders als mit Oliver. Er war hart und fordernd und gar nicht zärtlich. Aber sie genoß es.

»Na endlich!« sagte er. »Du hast es mir verdammt schwergemacht!«

»Mir selber auch.«

»Ich weiß, du gehörst zu denen, die es sich schwermachen. Gerade das gefällt mir an dir. Unter anderem.« Er gab ihr keine Gelegenheit, sich an ihn zu kuscheln, sondern stand auf, um Kaffee zu kochen.

Monika benutzte die Gelegenheit, sich anzuziehen.

»Du willst schon fort?« fragte er, als er das Tablett mit zwei Tassen Pulverkaffee hereinbrachte. Aber er schien nicht allzu enttäuscht.

»Es ist besser so.«

»Wahrscheinlich hast du recht. Trink deinen Kaffee. Dann bestelle ich dir ein Taxi.«

Nach dieser Nacht waren Monika und Hartmut Ziller oft zusammen, an den Wochenenden oder wenn sie geschäftlich verreisten. Monika hatte nie geglaubt, daß sie ein solches Doppelleben führen könnte. Sie hatte nicht einmal ein schlechtes Gewissen dabei, denn sie redete sich ein, daß sie Oliver ja nichts nähme. Jetzt war sie sogar wieder liebevoller und nachsichtiger ihm gegenüber und fühlte sich nicht mehr frustriert, wenn er keine Lust zum Sex hatte. Nachts lag sie in seinen Armen und freute sich an seiner Nähe. Wenn er sich von seinen strapaziösen Wochenenden erholt hatte, schlief sie auch wieder mit ihm. Ihr schien dieses Leben mit zwei Männern eine ideale Lösung.

Daß Oliver etwas ahnen könnte, fürchtete sie nicht; er war viel zu sehr mit sich selber beschäftigt.

Eines nachts, als sie von Hartmut Ziller Abschied nahm, sagte sie: »Wir werden uns in nächster Zeit nicht so häufig sehen können, Hart!«

»Und warum nicht?« Er wirkte sofort verärgert.

Dennoch lächelte sie. »Aschermittwoch, mein Lieber: Du weißt doch, hierzulande fallen zwischen Aschermittwoch und Ostern die meisten Vergnügungen flach. Fastenzeit.«

Er packte sie bei den Schultern. »Monika! Wann wirst du endlich mit ihm Schluß machen?«

»Du tust mir weh!«

Aber er lockerte seinen Griff nicht. »Ich will eine klare Antwort!«

»Ich bin verheiratet!«

»Das hast du mir nun schon oft genug vorgebetet. Laß dich endlich scheiden!«

»Das kann ich nicht.«

»Nenn mir einen einzigen vernünftigen Grund, warum das unmöglich sein sollte!«

»Nenn du mir einen Grund, warum ich es sollte!«

»Weil du zu mir gehörst! Weil ich mich auf Dauer nicht mit einer Wochenendliebe begnügen kann. Weil ich will, daß du dich zu mir bekennst.« Er hatte sie losgelassen und begonnen, in dem großen, karg eingerichteten Raum hin- und herzulaufen. »Weil ich nicht Abend für Abend in eine leere Wohnung kommen will.«

»Du wirst mir doch nicht erzählen wollen, daß du mich Abend für Abend bei dir haben willst! Erinnere dich an deine Ehe!«

»Das war etwas anderes, und du bist anders als meine Frau. Ich will dich treffen können, wann es mir paßt. Ich hasse diese ganze Heimlichtuerei und diese Zwänge.«

»Klein Monika, immer Gewehr bei Fuß, wie?«

»Spotte nicht! Es ist mir ernst. Vielleicht werde ich dich eines Tages sogar heiraten.«

»Und dich scheiden lassen, wenn du mich satt hast. Für dich ist eine Ehe doch nur eine Formsache. Aber Oliver und ich sind kirchlich verheiratet. Bis daß der Tod uns scheidet.«

»So was nimmt doch heutzutage kein Mensch mehr ernst.«

»Aber ich!« Ihr Ton wurde weicher. »Versteh doch, Hart! Ich kann ihn nicht verlassen. Was soll aus ihm ohne mich werden?«

»Das heißt, daß er von deinem Geld lebt?«

»So habe ich es nicht gemeint.«

»Gib's doch zu! Was er in seinen Kneipen verdient, ist doch nicht mehr als ein Tropfen auf einem heißen Stein.«

»Und wenn es so wäre! Ich habe ihn nicht geheiratet, weil ich einen Ernährer brauchte.«

»Es ist unmoralisch und dumm, ihn mit durchzuziehen.« Sein Gesichtsausdruck wechselte, als wäre ihm gerade eine Erkenntnis gekommen. »Aber das müßtest du wohl auch, wenn du dich scheiden ließest, und vielleicht würde der Filou dann gar nichts mehr tun.«

»Darüber brauchst du dir keine Sorgen zu machen, denn ich werde mich nicht von ihm trennen.«

»Das verlange ich von dir. Ich bin kein Mann, der sich mit Häppchen begnügt. Vielleicht treibst du es sogar noch mit ihm?«

»Das geht dich nichts an.«

»Ich glaube, ich werde mir den Burschen mal persönlich vorknöpfen.«

»Wenn du das tust...«

Er ließ sie nicht aussprechen. »Nein, das hat keinen Sinn. Er würde sich seine Geldquelle nicht zuschütten lassen. Meinst du, daß er sich abfinden lassen würde? Mit einer größeren Summe?«

»Für dich zählt nur das Geld, nicht wahr? Aber das ist ein Problem, das nichts mit Geld zu tun hat und das sich auch mit Geld nicht lösen läßt.« Sie wandte sich zur Tür. »Laß mich jetzt, bitte, gehen. Mein Taxi wartet.«

»Nur noch einen Augenblick. Du hast vorhin etwas gesagt... ja, jetzt weiß ich es wieder. Bis daß der Tod euch scheidet. Vielleicht sollten wir in dieser Richtung denken.«

Sie wirbelte zu ihm herum. »Was hast du da gesagt?«

»Ich habe nur laut gedacht.«

»An Mord?«

»Nun werde bloß nicht gleich dramatisch! Es gibt eine Menge natürlicher Ursachen, an denen ein Mensch sterben könnte... Krankheiten, Unfälle. Wenn du wüßtest, wie es mit der Kriminalstatistik tatsächlich aussähe, wenn die guten Ärzte nicht so bereitwillig Totenscheine ausstellen würden.«

Sie starrte ihn mit weitaufgerissenen Augen an. »Du bist ein Ungeheuer!«

Er lachte nur. »Wir sprechen noch darüber.«

Monika stürzte aus der Wohnung.

Auf ihrer nächtlichen Heimfahrt konnte sie es sich nicht mehr vorstellen, daß Hartmut Ziller seinen Vorschlag ernst gemeint hatte. Es war zu ungeheuerlich. Und doch erinnerte sie sich daran, daß er gerne und sogar mit einem gewissen Stolz erzählte, wie er Konkurrenten ›fertiggemacht‹ hatte. Er gab sogar zu, daß einer, den er in den Konkurs getrieben hatte, aus dem Fenster des Arabella-Hauses gesprungen war. »Ein labiler Bursche«, hatte er gleichmütig erklärt, »paßte nicht in die Geschäftswelt. Ein Kaufmann muß auch einen Konkurs überstehen können. Ein guter Kaufmann stößt sich daran sogar gesund.«

Wie hatte sie sich das nur anhören können, ohne zu protestieren! Sie mußte besessen gewesen sein.

Monika schämte sich, sie schämte sich zutiefst. Wie hatte sie ihren Mann betrügen können, der sie trotz all seiner Schwächen aufrichtig liebte. Selbst wenn er sich mit Groupies eingelassen haben sollte – und auch das war ja nur ein vager Verdacht –, so konnte sie doch sicher sein, daß ihm diese Mädchen gar nichts bedeuteten. Sie dagegen hatte sich in einen Mann verliebt, der skrupellos über Leichen ging. Sie hatte es gewußt, denn er hatte nie einen Hehl davon gemacht. Aber sie hatte diese Einsicht von sich geschoben, weil sie ihr nicht gepaßt hatte. Es war Hartmut Zillers Stärke, die sie angezogen hatte, eine Kraft, die, wie sie jetzt erst klar erkannte, mit Brutalität gepaart war.

Seine geschiedene Frau hätte sicher ein Lied davon zu singen gewußt. Die wenigen Worte, mit denen er seine Ehe abgetan hatte. Seine Familie war ihm lästig geworden, also weg damit. Einmal hatte er gesagt: »Ich würde meiner Frau keinen roten Heller zahlen, wenn sie sich nicht um die Kinder kümmern würde. Dieses Arrangement kommt mir immer noch billiger, als wenn ich sie in ein Internat stecken müßte.« Monika hatte das für einen Scherz gehalten, einen ziemlich bösen Scherz, aber immerhin, sie hatte es nicht ernst genommen. Jetzt war sie sich nicht mehr sicher, ob sie sich darin nicht getäuscht hatte.

Aber eines wußte sie, erkannte sie in dieser Nacht ganz klar: sie mußte dieses Verhältnis lösen. Es mußte

Schluß sein, jetzt, sofort und endgültig. Aus Leichtsinn, aus Enttäuschung, aus Unerfahrenheit und aus Dummheit hatte sie sich zu nahe an einen gefährlichen Abgrund gewagt. Wenn sie nicht umkehrte, würde er sie verschlingen.

Es war ihr auch gleichgültig, wenn er sie daraufhin schikanieren oder ihr aus einem vorgeschobenen Grund kündigen würde. Sie kannte sich inzwischen in der Branche aus, und in der Branche wußte man um ihre Tüchtigkeit. Auch ohne ›Ziller-Moden‹ würde es weitergehen.

Am nächsten Morgen sagte Monika es Hartmut Ziller. Nach einer Konferenz, als die anderen gegangen waren, blieb sie vor seinem Schreibtisch stehen.

»Ist noch etwas?« fragte er mit einer ungeduldigen Kopfbewegung.

»Ja. Du hast eine Entscheidung von mir verlangt, und ich habe sie getroffen. Ich werde meinen Mann nicht mehr betrügen. Ich liebe ihn.«

»Das hätte man aus deinem Verhalten in den letzten Monaten aber nicht schließen können.«

»Ich habe gedacht, ich könnte euch beide haben.«

Er lachte auf. »Wenigstens bist du ehrlich.«

»Aber das kann ich ihm nicht zumuten und dir doch auch nicht.«

»Du machst die größte Dummheit deines Lebens.«

»Das hat man mir schon gesagt, als ich heiratete. Aber anscheinend kann ich nicht anders. Trotzdem... es war eine schöne Zeit mit dir. Ich danke dir für alles.«

»Willst du aus der Firma ausscheiden?«

»Wenn du es wünschst.«

»Ich wünsche das ganz und gar nicht. Ein flotter Betthase ist leicht zu finden, eine zuverlässige Mitarbeiterin aber nicht.«

»Danke.«
»Wofür jetzt schon wieder?«
»Daß du mich nicht rauswirfst.«
»Ich halte dich aus reinem Egoismus.«
»Ja«, sagte sie, »das sieht dir ähnlich.«

Monika wunderte sich, daß es so leicht gegangen war. Vielleicht, dachte sie, hatte Hartmut Ziller schon genug von ihr gehabt, als er ihr am Abend zuvor diese häßliche Szene gemacht hatte. Vielleicht hatte er es sich selber noch nicht eingestanden. Möglicherweise aber hoffte er auch darauf, sie bei nächster Gelegenheit wieder ins Bett bekommen zu können. Gelegenheiten würde es ja immer wieder geben.

Wenn er so dachte, irrte er sich. Für sie war diese Geschichte aus, ein abgeschlossenes Kapitel ihres Lebens.

Als sie in dieser Nacht in Olivers Armen lag, war sie nahe daran, ihm alles zu erzählen. Es wäre eine Wohltat für sie gewesen, sich ihre Schuld von der Seele zu reden und ihn um Verständnis und Verzeihung zu bitten. Aber sie verbot es sich. Es wäre eine zu starke Belastung für ihn, für seine Liebe, für ihre Ehe gewesen.

Für sie als Katholikin gab es eine andere Möglichkeit, mit der Vergangenheit fertig zu werden. Als Mädchen hatte sie es gehaßt, ihre kindlichen Verfehlungen vor dem Pfarrer ausbreiten zu müssen. Jetzt war sie dankbar bei der Aussicht, ihre Sünde im Beichtstuhl abladen und Absolution erhalten zu können.

Sie nahm sich vor, die nächste Beichtgelegenheit wahrzunehmen, und sie tat es. Danach fühlte sie sich ungeheuer erleichtert.

Als sie nach Hause kam, drangen ihr, schon als sie die Wohnungstür aufschloß, Stimmengewirr, Gelächter und Gläserklirren entgegen. Offensichtlich hatte Oliver seine Freunde zu Besuch. Sie legte ab und trat zu ihnen in das Wohnzimmer.

»Wo warst du?« fragte Oliver.

Sie zog es vor, diese Frage nicht zu beantworten und statt dessen eine Gegenfrage zu stellen: »Was ist los mit euch? Ihr seid ja so aufgekratzt!«

Sie waren alle beisammen: Oliver, Sven, Tilo, Helmut und Greg, ein Junge mit fast schwarzen, auffallenden Augen und einer blonden Löwenmähne. Auf dem Fußboden stand ein Kasten Bier, und die jungen Männer tranken aus den Flaschen, nur Greg hatte eine Cola in der Hand.

»Greg hat seinen Schallplattenvertrag!« berichtete Sven.

»Congratulation!« sagte Monika und gab dem Jungen einen freundschaftlichen kleinen Stoß.

»Und ich auch!« verkündete Oliver.

»Wieso?«

»Sie haben drei Lieder von mir aufgenommen!«

»Lieder?« Monika kam sich ziemlich dumm vor.

»Na, du weißt doch! Wir haben alles mögliche ausprobiert, und drei Songs sind tatsächlich hängengeblieben. Die Texte müssen noch gefeilt werden, und die Instrumentation wird auch neu gemacht, aber immerhin: meine Kompositionen sind angekommen!«

»Und angenommen!« fügte Helmut hinzu.

»Ich bin total geplättet!« Monika ließ sich neben ihren Mann auf die Couch sinken; es stimmte, Oliver hatte ihr erzählt, daß er sich als Komponist versuchte, aber sie hatte es nicht ernst genommen, sondern es für eines seiner üblichen Hirngespinste gehalten.

»Stell dir vor, ich brauche nie mehr zu tingeln, nur noch dieses eine Wochenende!« erklärte Oliver.

»Wir sind der Firma zu dilettantisch«, fügte Sven

grinsend hinzu, »und das ist gut so, denn sonst würde es nie was mit meinem Abi.«

»Und ich brauche mich nicht mehr von meinem Chef anraunzen zu lassen, weil ich montags im Halbschlaf im Laden stehe«, sagte Tilo.

»Ist das auch wirklich wahr? Ich kann es noch gar nicht fassen.«

»Vielleicht paßt es dir auch gar nicht«, sagte Oliver, ohne sie anzusehen, »wenn ich die Wochenenden wieder zu Hause bin.«

»Sag doch so was nicht! Nichts könnte mich glücklicher machen.«

»Ich hatte das Gefühl, daß du ganz gut ohne mich ausgekommen bist. Manchmal hattest du einen Ausdruck wie... na, wie die Katze, die die Sahne ausgeschleckt hat!«

Jetzt blickten alle Monika an.

Aber sie errötete nicht. »Ich habe mir die Zeit, so gut es ging, vertrieben. Schließlich bin ich ein erwachsener Mensch. Ich wollte mich nicht an dich klammern und dich belasten.« Sie legte zärtlich ihren Arm um Oliver und rieb ihr Gesicht an seiner Wange. »Aber ich bin froh, daß das jetzt vorüber ist.«

»Also war der böse Helmut doch mal zu etwas gut«, meinte Helmut Kirst feixend.

»Du hättest dich bestimmt nicht für Olivers Songs eingesetzt, wenn sie nichts taugten!« fuhr sie ihn an.

Er lachte. »Du änderst dich nicht! Immer der gleiche feuerspeiende Drachen, der seine Höhle verteidigen muß!«

»Sei mir nicht böse, Helmut«, sagte sie weicher, »ich bin ja froh, daß es so ist. Wenn ich glauben müßte, daß du Oliver nur aus Freundschaft protegierst, könnte ich ja kein Zutrauen zu der ganzen Sache haben. So aber...« Sie beendete den Satz nicht.

»Bilde dir nur nicht ein, daß nun schon das große Geld in eurer Kasse klingelt.«

»Braucht es ja auch nicht. Ich habe nicht vor, meinen Beruf aufzugeben und Oliver beim Komponieren zuzusehen. Aber ich bin glücklich, so glücklich, daß er jetzt endlich eine Arbeit gefunden hat, die ihm Spaß macht.«

»Komponieren ist Arbeit!« bestätigte Oliver. »Glaub nur nicht, daß das so leicht geht!«

»Ich weiß ja! Das habe ich ja auch gesagt!« Sie sprang auf. »Ich finde, wir sollten irgendwas zur Feier des Tages unternehmen. Hier rumhängen und Bier saufen bringt's ja nicht!« Sie blickte auf ihre Armbanduhr. »Schade, daß die Geschäfte schon zu sind!«

»Der Großhandel hat noch offen«, sagte Helmut, »und ich habe zufällig den Einkaufsschein von unserer Firma dabei.«

»Wunderbar! Dann laß uns gleich losfahren! Wir kaufen Rinderfilet und machen uns ein Fondue, ja?«

Damit waren alle einverstanden.

Schon in der Tür, drehte Monika sich noch einmal um. »Und du rufst Gabriele an, Oliver, ja? Wenn sie Lust hat, soll sie kommen. Wir haben sie jetzt lange genug schmoren lassen, finde ich!« – Als Monika und Helmut, schwer beladen, von ihrem Einkauf zurückkamen, war Gabriele schon da und versuchte die Schwester mitsamt ihren Päckchen und Paketen zu umarmen.

»Nimm mir lieber was ab«, sagte Monika.

»Ich habe schon alles erfahren«, sagte Gabriele, »ich freue mich ja so für euch!« Dann verbesserte sie sich: »Die Wahrheit ist, daß ich dich beneide!«

»Dazu hast du auch allen Grund«, bekannte Monika lächelnd.

»Kann ich dir in der Küche helfen?«

»Nein, heute nicht. Du sollst nicht denken, daß ich dich deshalb eingeladen habe.«

»Ich schneide das Fleisch«, erbot sich Helmut, der schon an den beiden vorbei war, »wenn du die Beilagen machen willst, Monika?«

»Ja, natürlich. Lieb von dir. Geh du ins Wohnzimmer, Gaby, und unterhalte die anderen, das heißt, unterhalten mußt du sie gar nicht... Bewunderung ist alles, wonach sie lechzen.« –

Es wurde der vergnüglichste und harmonischste Abend, den Monika je mit Oliver, seinen Freunden und ihrer Schwester erlebt hatte. Es lag nicht daran, daß ihr Mann endlich den Zipfel eines Erfolges zu fassen bekommen hatte. Monika war zu realistisch, um in ihm schon einen berühmten und saturierten Mann zu sehen. Sie wußte, wie schwer der Konkurrenzkampf überall in der Welt und wie schnell Oliver zu entmutigen war. Aber das war für sie nicht entscheidend. Es genügte ihr, daß er eine Hoffnung hatte, an die er sich klammern konnte.

Sie fühlte sich stark genug, für ihn zu sorgen, ihn immer wieder aufzurichten und ihm neuen Mut zu geben.

Am Sonntag morgen – sie war vor wenigen Minuten aus der Kirche gekommen – klingelte es an der Wohnungstür. Sie konnte sich nicht denken, wer sie besuchen wollte, und öffnete erst nach einigem Zögern.

Überrascht sah sie sich ihrer Mutter gegenüber. Barbara wirkte jünger, als sie sie in Erinnerung gehabt hatte, vielleicht auch deshalb, weil sie ein wenig unsicher war. Der graue Mantel, den sie trug, war zwar solide, aber vom Schnitt her so veraltet, wie man ihn nur noch auf dem Land trug.

»Ich hoffe, ich störe dich nicht«, sagte Barbara, »ich weiß, ich hätte vorher anrufen sollen, aber Gaby sagt...«

Monika kam endlich dazu, ihr ins Wort zu fallen.

»Komm doch herein! Was redest du da? Ich freue mich!« Sie half ihrer Mutter aus dem Mantel.

»Gut siehst du aus!« stellte Barbara fest.

Monika trug eines der eleganten Modellkleider von ›Ziller-Moden‹, an die sie sich inzwischen gewöhnt hatte, das lange Haar hatte sie aufgesteckt. »Mir geht's auch gut.«

»Gaby hat es mir erzählt.«

Monika führte die Mutter durch die Wohnung.

»Schön habt ihr's hier«, sagte Barbara.

»Groß, nicht wahr? Ein Zimmer haben wir sogar noch vermietet.«

»Und so hohe Decken!«

»So hat man eben früher gebaut.«

»Platz genug für Kinder.«

Monika zog es vor, diese Anspielung zu überhören. »Darf ich dir was zu trinken anbieten? Es ist noch früh am Tag, aber einen Sherry könnten wir uns doch genehmigen.«

»Ja, bitte«, sagte Barbara und sah sich in dem Wohnzimmer mit den Ledersesseln um, das ehemals Olivers Vater gehört hatte.

Monika war froh, daß sie am Tag zuvor gründlich saubergemacht hatte; sie holte die Karaffe und zwei Gläser und sagte: »Bitte, setz dich doch endlich!«

Barbara nippte nur an ihrem Sherry, und Monika wußte, daß ihr eigentlich gar nichts daran lag. Sie hatte nur zugesagt, um nicht weltfremd zu wirken.

Jetzt sah sie ihre Tochter an. »Du bist so großstädtisch geworden!«

»Das mußte ich ja wohl. Inzwischen kann ich auch mit der U-Bahn fahren. Erzähl das Sepp. Wie geht es ihm eigentlich?«

»Na ja. Die Geschäfte laufen nicht sehr gut, aber zum Frühjahr hin wird es hoffentlich besser.«

»Und wie kommst du im Büro zurecht?«

»Es ist schwerer, als ich mir vorgestellt hatte. Anfangs war ich manchmal der Verzweiflung nahe. Ich hatte mir gedacht, weißt du, was ein so junges und dummes Kind wie du könntest, würde ich mit Leichtigkeit schaffen.«

»Für mich war das alles einfacher. Ich bin sozusagen in den Beruf hineingewachsen.«

»Du sollst so tüchtig geworden sein.«

»Das liegt daran, daß mein Chef sehr hohe Anforderungen an mich stellt. Und daran, daß natürlich Mode mehr Spaß macht als Türen und Fenster. Jedenfalls mir.«

»Ich freue mich, daß für dich alles so gut ausgegangen ist.«

»Es war nicht immer leicht.« Monika vermied es, ihre Mutter anzusehen, denn sie wollte nicht, daß sie den Vorwurf in ihren Augen las.

Das Gespräch wurde schleppend.

Monika hatte das Gefühl, daß die Mutter etwas auf dem Herzen hatte, was sie sich nicht auszusprechen traute. »Hör mal«, sagte sie endlich, »willst du nicht zum Essen bleiben? Ich koche uns etwas ganz Schnukkeliges.«

»Lieb von dir.« Barbara zupfte nervös an den Manschetten ihrer Hemdbluse. »Aber ich bin mit Sepp verabredet.«

»Hier in München?«

Barbara nickte stumm.

»Dann habe ich eine andere Idee!« Monika fand, daß es höchste Zeit war, die Verhältnisse wieder zu normalisieren. »Ich komme mit. Wir versuchen, Gabriele zu erreichen und essen zu viert. So viel wird die Firma ja wohl noch abwerfen.«

»Natürlich. Sepp wird sich bestimmt freuen. Aber ich muß dir erst noch etwas sagen.«

»Na los, Barbara! Hust es heraus.«

»Wir werden heiraten.«

Diese Mitteilung verschlug Monika die Sprache; sie konnte ihre Mutter nur wortlos anstarren.

»Sag mir jetzt nur nicht, daß er zu jung für mich ist!« verteidigte die Mutter sich gegen einen Angriff, der gar nicht erfolgt war. »Er ist ein paar Jahre jünger, das stimmt. Aber er sagt, das macht ihm nichts aus und mir auch nicht! Wir passen sehr gut zusammen, in jeder Beziehung, das ist doch die Hauptsache!«

Monika begriff. »Du hast ihn immer schon liebgehabt, nicht wahr? Aber du hast dich nicht getraut. Vielleicht hast du es nicht einmal dir selber zugegeben. Deshalb wolltest du ihn unbedingt mit mir verkuppeln. Und Sepp ist es wahrscheinlich genauso gegangen. Er hat dich geliebt und nicht mich.«

»Er ist der beste Mann der Welt.«

Plötzlich konnte Monika lachen. »Nur gut, daß du ihn kriegst! Ich könnte mit einem Idealbild gar nichts anfangen. Dazu bin ich selber viel zu unvollkommen.«

»Hat es dich sehr geschockt?«

»Ein bißchen schon. Aber das macht nichts. Ich bin hart im Nehmen.« Monika reichte der Mutter die Hand und zog sie hoch. »Gratuliere, Barbara!« Sie umarmte sie herzlich. »Ich wünsche dir alles Glück der Welt! Und jetzt wird gefeiert!«